Werner Kopacka

Der Wald

Werner Kopacka

Der Wald

nymphenburger

Umschlaggestaltung: Atelier Höpfner-Thoma, München
Satz: MPM, Wasserburg
Gesetzt aus der New Baskerville
Druck und Bindung: Wiener Verlag, Himberg
Printed in Austria
ISBN 3-485-00657-2

Ein Wahnsinniger, dachte er und schüttelte im Dunkeln den Kopf. Dabei hob er den Gasfuß an und lenkte das Auto noch näher an den Straßenrand.
Der andere befand sich nun auf gleicher Höhe, und Fürst riskierte einen kurzen Blick nach links. Wie ein Blitzlicht flammte drüben ein Feuerzeug auf und erhellte ein Gesicht. Plumpe Nase, Schnurrbart, dunkles Haar.
»Ein Irrer«, schrie Fürst. Keiner hörte es, nur er selbst.
Die Lichter des Gegenverkehrs schoben sich rasch näher. Natürlich stieg er auf die Bremse, und natürlich ließ er den anderen vor sich in die Kolonne.
»Überholt, wo er nicht überholen soll, riskiert seinen Kopf und meinen Kragen und zündet sich dabei auch noch seelenruhig eine Zigarette an«, sagte er laut zu einem imaginären Beifahrer.
Er haßte diese Strecke, er haßte den Wahnsinnsverkehr, die damit verbundene Rücksichtslosigkeit. Er haßte es, in der Nacht hier zu fahren, und er war unglücklich, wenn er den Jungen in Graz zurücklassen mußte und in sein einsames Nest am Rande von Nirgendwo fuhr.
Seit der Scheidung war er diesem Frust an jedem zweiten Wochenende ausgeliefert.
Patrick war jetzt zehn.
Der Schnurrbartmann vor ihm hatte den Blinker eingeschaltet. Klick-Klack-Klick-Klack. Der orange Lichtball schob sich nach links, und Fürst ging wieder vom Gas.

»Diesmal geht sich's nicht aus«, sagte er und wartete darauf, daß sich das Auto vor ihm wieder in seine Lücke zurückschöbe.
Es blieb draußen und schoß auf der linken Fahrspur nach vorn.
Er sah die Lichter des entgegenkommenden Autos und wußte plötzlich, daß er in den nächsten Sekunden etwas schrecklich Endgültiges erleben würde. Sein Körper erstarrte, und er hielt den Atem an. Zugleich schaffte er es, den Wagen fast zum Stillstand zu bringen. Hinter sich hörte er das Quietschen von Bremsen.
Die Vereinigung der Lichter erfolgte fünfzig oder hundert Meter vor ihm. Nah genug, um alles genau mitverfolgen zu können, weit genug weg, um ihn selbst nicht ins unmittelbare Unfallgeschehen zu verwickeln. Der Schnurrbartmensch hatte im letzten Augenblick noch versucht, sein Auto in einem Verzweiflungsakt nach links in die Wiese oder das Feld zu reißen. Bremslichter gab's keine.
Das Krachen drang dumpf, wie ein Schuß mit Schalldämpfer, an sein Ohr.
Die beiden Autos stiegen in die Luft, wie zwei Monster, die sich in einem bizarren Tanz umschlungen halten. Rundherum das Lichtermeer der Scheinwerfer. Gierige Beobachter in der Arena der makabren Sensationen. Das Bild fraß sich in seiner Erinnerung fest. Jederzeit abrufbar, wie das Standbild eines Films.
Dann krachten die beiden Umschlungenen auf den Boden. Blechtrümmer flogen durch die Luft wie Riesenvögel, die jemand vom Freßnapf vertrieben hatte. Ein Rad blinkte kurz auf und segelte ins Schwarz.
Fürst bemerkte, daß er noch immer den Atem anhielt, und stieß ihn fauchend aus. Plötzlich war alles Wirklichkeit. Er stieg auf die Bremse und zog den Zündschlüssel ab.
Nach ein paar zögernden Schritten begann er zu laufen. Vor ihm liefen Menschen, und hinter sich hörte er Stim-

men. Einige Frauen schrien schrill, irgendwo mußte jemand versehentlich die Hupe betätigt haben. Das häßliche Dröhnen blieb in seinem Ohr hängen, lange nachdem es verstummt war.
Kurz vor den Wracks rannte er gegen einen Menschenberg, der sich ihm in den Weg gestellt hatte.
»Nicht weiter«, sagte der Menschenberg. »Da herrscht Explosionsgefahr!«
»Aber die Leute«, hörte er sich sagen, »da drinnen sind ja Leute, die muß man doch rausholen!«
»Das kann jede Sekunde in die Luft fliegen«, sagte der Menschenberg, »es hat doch keinen Sinn, wenn noch mehr dabei draufgehen. Ich hab' das schon erlebt, glauben Sie mir. Ich bin Feuerwehrmann!«
Hinter Fürst und um den Riesen vor ihm hatte sich eine Menschentraube gebildet. Keiner wagte sich näher an den rauchenden Blechhaufen heran.
»Scheiße«, schrie Fürst, »irgendwer muß doch was tun. Irgendwer muß die armen Teufel rausholen!«
»Ich habe ein Autotelefon«, sagte jemand neben ihm. »Ich rufe die Rettung an!«
»Und die Gendarmerie«, sagte der Koloß. »Mehr können wir im Augenblick nicht tun!«
Er fühlte, wie ihn von hinten zwei Arme packten und zur Seite schoben. Zwei Männer drängten sich wortlos an ihm vorbei und gingen über den leeren Platz zwischen den Autotrümmern und den Zuschauern.
»Seid ihr wahnsinnig«, schrie der Große vor ihm, »wollt's euch umbringen?«
Die beiden Männer hatten kantige Balkangesichter, einer trug einen pechschwarzen Schnurrbart, der andere hatte schulterlanges, dunkles Haar. Ihre Blicke trafen sich eine Sekunde lang, einer zuckte die Schultern, der andere nickte kurz.
In der Arena war es still geworden.

Erst jetzt hörten sie das leise Wimmern, das aus dem Trümmerhaufen kam.
Es waren nur ein paar Schritte, die den Unterschied zwischen Helden und Nicht-Helden ausmachten. Die Mut und Nicht-Mut trennten.
Fürst beobachtete jede Bewegung der beiden und wußte, daß eigentlich auch er dort vorn sein sollte. Eine Sekunde lang dachte er daran, ebenfalls zu den Wracks zu gehen. Er tat's nicht. Weil ja schon zwei dort waren, die ihr Leben riskierten. Zwei waren genug, um zu helfen. Und sollte alles in die Luft fliegen, dann wären zwei Opfer mehr immerhin noch um eines weniger als drei.
Er schüttelte die Gedanken über sein Nicht-Handeln wieder ab und schämte sich kurz. Wie oft, dachte er, will man ein anderer sein, als man ist, und schafft es doch nicht. Zuviel Denken schadet. Man müßte in der Lage sein, einfach seinen Instinkten zu folgen, und etwas tun, bevor man dazukommt, es einzureihen. In die Kategorien »richtig« oder »falsch«. Oder »gefährlich« und »harmlos«.
Die Männer hatten jetzt den Blechhaufen erreicht. Die Scheinwerfer der anderen Autos sorgten für genügend Licht. Der Rauch, der immer dichter werdend aus den Wracks quoll, hatte für Fürst den Effekt einer Zeitbombe. Dort vorn tickte etwas ...
Der Langhaarige riß einige Blechfetzen zur Seite und schuf eine Öffnung, durch die der andere verschwand.
Hinter Fürst begann eine Frau laut zu schreien, neben ihm hustete einer. Und der Menschenberg, der ihn vorhin noch zurückgehalten hatte, war verschwunden. Die Spannung hatte die Gesichter, die ihn umgaben, versteinert. Sein eigenes wohl ebenso.
Die Zeit tropfte ganz langsam dahin. Er roch den Rauch. Gummi, Stoff, Haare, Haut.
Die Übelkeit hockte irgendwo, tief unten, und er versuchte, sie mit ein paar tiefen Atemzügen zu vertreiben.

Durch den Rauch drang plötzlich der Schein von Flammen. Sie flackerten kurz und rot auf. Eine einmalige Warnung. Im nächsten Augenblick leckte eine riesige Feuerzunge aus den Wracks. Er fühlte die Hitze auf der Haut, hörte, wie die anderen schrien, schrie selbst auch und drängte sich mit den Riesenkräften, die einem die Todesangst verleiht, weg von der Bombe. Dabei prallte er gegen Leiber, stieß sie weg, stürzte, hetzte auf allen vieren weiter, stand auf, lief, lief, lief.

Als es krachte, zerriß es ihm fast das Trommelfell. Er warf sich über den Straßenrand hinweg auf die Wiese und hielt sich die Ohren zu.

Zuerst lag er nur da. In der schwarzen, nassen Wiese. Dachte nichts, fühlte nichts, wollte nichts fühlen.

Die Helden sind tot, dachte er schließlich. Doch der Triumph, vernünftig gewesen zu sein und sein eigenes Leben gerettet zu haben, blieb aus.

Er sah den Mann mit dem schwarzen Schnurrbart und den anderen mit dem schulterlangen Haar. Letzteren, wie er stolz wie eine Statue neben dem Trümmerhaufen stand und das Blech von der Öffnung wegzerrte, aus dem sein Freund gekrochen kommen würde.

Er drehte sich um und stand auf. An seinen Händen klebte nasse Erde. Er wischte sie an der Hose trocken.

Vorn fraßen die Flammen alles Brennbare von den beiden Autowracks und tauchten die Umgebung in ein beklemmend-gespenstisches Licht.

Als er wieder auf der Straße war, kam ihm ein Mann entgegen. Das Gesicht war blutüberströmt und zu einem bitteren Lächeln verzerrt.

Da waren plötzlich Sirenen. Ihr Geheule war der akustische Schlußakt der Tragödie, die sich dort vorn abgespielt hatte. Was jetzt kam, war nur noch Neugierde. Oder Sensationslust. Er hielt sich von beidem fern.

Blaulichter zerhackten die Nacht, als er von Auto zu Auto

ging und dabei sein eigenes suchte. Er hatte keine Ahnung mehr, wo er es abgestellt hatte.
Als er es fand, sah er, daß die Tür offenstand. Er machte sich keine Sorgen, daß irgend jemand etwas gestohlen haben könnte. In einer Nacht wie dieser stiehlt man nichts aus fremden Autos.
Er setzte sich hinein, legte die Hände aufs Lenkrad und den Kopf darauf.
Er hätte gerne über irgend etwas nachgedacht, das Geschehene zu verarbeiten versucht, aber da war nichts.
Ich lebe, dachte er zum Schluß. Und die anderen sind tot. Das ist doch schon etwas. Damit kann man doch zufrieden sein.

Als der Wecker ihn am nächsten Morgen aus einem verschwitzten und unruhigen Schlaf riß, dauerte es eine Weile, bis er zwischen Alptraum, Traum und Realität unterscheiden konnte. Die verdreckten Sachen auf dem Sessel bewiesen, daß der Horror auf der Straße tatsächlich stattgefunden hatte.
Er hatte länger als eine Stunde im Auto warten müssen, bis der Verkehr endlich wieder zu fließen begonnen hatte. Dann war er an den Resten der beiden Autos vorbeigerollt. Sie waren mit weißem Löschschaum überdeckt gewesen und hatten ihn erinnert an einen Autofriedhof im Winter. Einen winzigen Augenblick lang hatte er auch vier oder fünf längliche, in Decken gewickelte Körper am Boden liegen sehen.
Er ging ins Bad und stellte sich unter die Dusche. Das lauwarme Wasser, das ihn berieselte, war ihm zu angenehm. Er hatte plötzlich das Gefühl, er müsse sich bestrafen, und drehte den Warmwasserhahn zu. Als die Kälte mit eisigen

Nadeln auf ihn einstach, begann er laut zu stöhnen und ließ die Tortur eine Weile über sich ergehen. Seine Haut brannte und war beinahe gefühllos, als er die Dusche abstellte und sich mit einem alten, muffigen Handtuch, das längst hätte gewaschen werden sollen, trockenrieb.
Bevor er das Kaffeewasser aufstellte, schaltete er das Kofferradio in der Küche ein. Dann ging er vor die Tür und holte die Morgenzeitung. Er ließ sich in den Wohnzimmersessel fallen und blätterte sie hastig durch. Keine Zeile vom Unfall. Wahrscheinlich, dachte er, ist's erst nach Redaktionsschluß passiert. So heißt doch die Phrase, die die Zeitungsfritzen immer verwenden, wenn sie etwas Wichtiges verschlafen haben.
Fürst mochte Zeitungsleute nicht. Als er noch verheiratet gewesen war und an einer Volksschule in Graz unterrichtet hatte, war an seiner Schule ein Streit um die Neubesetzung des Direktorpostens entbrannt, und ein Kollege hatte sich an die Presse gewandt. In der Hoffnung, mit ihrer Hilfe den Mann durchsetzen zu können, den ein Großteil der Lehrerschaft gerne als neuen Chef gesehen hätte. Er erinnerte sich noch an den jungen Mann, der sich heimlich mit einer Lehrerabordnung, der auch Fürst angehörte, in einem Gasthaus getroffen hatte. Auch ein Fotograf war dabeigewesen und hatte Bilder von der Gruppe gemacht. Am nächsten Tag war das Foto in der Zeitung gewesen. In der Bildunterschrift stand etwas von »Rebellen« und sogar »drohenden Suspendierungen«, und in dem Bericht schlug sich der Schreiber ganz auf die Seite des Mannes, der vom politischen Establishment auf den Direktorsessel gehievt werden sollte.
Der Kaffee war fertig, und der Duft breitete sich in der kleinen Wohnung aus. Fürst legte die Zeitung zur Seite und ging in die Küche. Er nahm eine Tasse aus dem Schrank über dem Herd, löffelte etwas Zucker hinein und goß den dampfenden Kaffee darüber.

Eine harsche, männliche Stimme sagte im Radio gerade etwas von sieben Uhr und daß nun Nachrichten kämen. Er stellte das Gerät lauter.
Zuerst verlas der Sprecher einige außenpolitische Meldungen, dann kam sofort der Unfall an die Reihe. Er hörte auf, seinen Kaffee umzurühren, und starrte auf das Radio.
»Auf der Schoberpaßbundesstraße in der Nähe von St. Michael in der Obersteiermark ereignete sich gestern nacht ein folgenschwerer Verkehrsunfall«, sagte die Stimme. Kühl, trocken, sachlich. »Während eines riskanten Überholmanövers prallte der Pkw des jugoslawischen Staatsbürgers Mirko Stojanovic frontal gegen das entgegenkommende Fahrzeug des Ehepaares Anna und Frank Zöcke aus Regensburg, in dem sich auch dessen vierjährige Tochter Tatjana befand. Alle vier kamen bei der darauffolgenden Explosion der Wracks ebenso ums Leben wie zwei noch nicht näher bekannte türkische Staatsbürger, die versucht hatten, einige der Unfallopfer aus den Trümmern zu retten. Zu einer Explosion, die allerdings nur drei Leichtverletzte forderte, kam es in den späten Abendstunden auch in einer Halle des Stahlwerks ...«
Er begann wieder seinen Kaffee umzurühren. Zwei nicht näher bekannte türkische Staatsbürger, dachte er. So sterben Helden. Einsam und anonym. Wer will da schon ein Held sein ...
Um halb acht läutete es an der Tür. Er trank rasch den letzten Schluck Kaffee und machte auf. Draußen stand eine Mittdreißigerin, dunkles Haar, eilig aufgelegtes Make-up, warmes Lächeln. Sie roch nach einem angenehmen, unaufdringlichen Parfum. Bevor er ihr den programmierten Kuß auf die frischbemalten Lippen drücken konnte, drängte sich ein riesiger Dalmatiner zwischen die beiden und preßte ihn gegen den Türrahmen.
»Rocco«, rief sie und lachte, als der Hund begann, Fürst mit seiner riesigen Zunge das Gesicht abzuschlabbern. Es

dauerte eine Weile, bis er es geschafft hatte, das Tier von seinem Gesicht wegzudrängen und ins Haus zu ziehen.
»Wie du siehst, habe ich gut auf ihn aufgepaßt«, sagte sie, als alle drei im Wohnzimmer saßen.
Jetzt küßte er sie. »Danke, Marlies«, sagte er.
»Wie war's?« fragte sie.
Er blickte auf die Uhr. »Patrick geht's gut. Aber die Heimfahrt war ein Horrortrip. Hast du von dem Unfall auf der Schoberpaßstraße gehört? Es war gerade im Radio. Sechs Tote.«
Er hatte plötzlich keine Lust, ihr mehr über den Unfall zu erzählen. Irgendwie war die vergangene Nacht für ihn zu etwas ganz Privatem geworden. Ein Erlebnis, mit dem er allein war. Das er erst einmal verarbeiten mußte. Er schaute wieder auf die Uhr und stand auf.
»Ich muß mich ja noch anziehen. In einer Viertelstunde fängt die Schule an!«
Sie nickte.
»Ich muß auch noch zum Kaufmann. Wir sehen uns ja bald. Spätestens in der Neun-Uhr-Pause.«
Er küßte sie flüchtig auf die Wange und schob sie zur Tür hinaus.

Der große Hund mit dem seltsamen Blick, in dem man schüchterne Treue ebenso finden konnte wie grimmig selbstbewußte Kraft, war das einzig Wertvolle, das er aus seiner Ehe hierher ins Dorf mitgebracht hatte. Das stimmte ganz sicher im materiellen Sinn. Der Dalmatiner war absolut reinrassig, besaß einen elendlangen Stammbaum und hatte ihn als winziges Hündchen mehr gekostet als etwa ein nagelneues Mofa. Und das stimmte auch im ideellen Sinn. Er hing an Rocco, wie man an einem Kumpel

hängt, der auch während der dürren Zeiten mit einem durch dick und dünn gegangen ist.
Natürlich hatte auch Patrick zu dem Hund ein innig-intensives Verhältnis entwickelt. Die beiden waren ja beinahe gemeinsam groß geworden. Trotzdem – oder vielleicht gerade deshalb – hatte Fürst darauf bestanden, Rocco behalten zu dürfen. Wenn er mit ihm spielte, hörte er das Babylachen des Jungen. Er sah ihn die ersten unbeholfenen Schritte tun. Und manchmal, wenn er die Augen schloß und den Pelz des Hundes kraulte, war's beinahe wieder so wie damals, als er eine Woche lang mit dem Buben und dem Hund auf der Insel Krk gezeltet hatte.
Es tat ihm leid, daß er nicht mehr Zeit hatte. Rocco schien nur darauf zu warten, mit ihm in der Wohnung herumtollen zu können. Er hatte sich überraschend schnell an die neue Umgebung gewöhnt und schien Rosie und Patrick überhaupt nicht zu vermissen. Nach Graz nahm Fürst ihn aber trotzdem nicht mit. Irgendwo, tief drinnen, schlummerte die Angst in ihm, der Hund könnte sich gegen ihn entscheiden und sich weigern, wieder ins Auto zu springen.
Er zog seine Schuhe an und nahm den Hund an die Leine. Da er ihn nicht in die Schule mitnehmen konnte und Marlies vormittags ebenfalls unterrichtete, lieferte er ihn bei einer benachbarten Bäuerin ab, die den gewaltigen, gefleckten, furchteinflößenden aber doch so sanften Riesen mochte und sich freiwillig angeboten hatte, auf ihn aufzupassen, während Herrchen arbeitete.
»Wir fahren vormittags in die Stadt«, sagte die Frau, eine schlanke, recht hübsche Blondine, bei der ihn nur die Hände abschreckten. Große, rissige, rote Finger und immer Dreck unter den Nägeln. »Wahrscheinlich werden wir erst in der Nacht zurückkommen. Wenn's ihnen nichts ausmacht, nehmen wir den Hund mit. Sie können ihn dann ja morgen nachmittag abholen«, sagte sie. Er

hatte keine andere Wahl. Es tat ihm leid, einen weiteren Tag auf Roccos Gesellschaft verzichten zu müssen.
»Ja, ja«, sagte er, »wenn er zuviel frißt, dann zahl' ich selbstverständlich dafür.«
Sie lächelte und schüttelte den Kopf.

Lehrer war er geworden, weil es damals so einfach gewesen war. Nach dem Abitur noch ein Jahr Sessel drücken, und schon saß man hinter dem Lehrerpult in einem Klassenzimmer.
Da war immer der Traum vom großen Ausbruch gewesen. Einmal war's der Journalismus gewesen. Und er hatte auch an mehrere Zeitungen geschrieben. Eine einzige hatte ihm geantwortet. Ganz banal. »Wir danken für Ihr Interesse. Leider ist im Moment kein Bedarf ...« Auch ein Grund, warum er Presseleute nicht mochte.
Je älter er wurde, desto weniger glaubte er daran, jemals etwas anderes tun zu dürfen, als Tag für Tag um punkt acht Uhr in einem stickigen Klassenzimmer stehen und in freche Kindergesichter blicken zu müssen.
Heute berührte ihn das alles seltsamerweise nicht.
Immer wieder wanderten seine Gedanken zu den beiden Türken. Der Blick, den der Langhaarige seinem Kumpel zugeworfen hatte, fraß sich immer tiefer in ihn hinein. Und dann mußte er an den Tod denken. Die winzige Zeitspanne, die alles auslöscht. Den Menschen in einen Haufen lebloser, nutzloser, von Fleisch überzogener Knochen verwandelt.
Brunners Tochter ging ihm wie immer auf die Nerven. Vorlaut, frech, dumm. Und wie immer sagte er nichts, weil Brunner der beste Freund des Direktors war.
Die Pausenklingel riß ihn aus dem seltsamen Geisteszu-

stand, in dem er schwebte. Er ging rasch ins Lehrerzimmer und war froh, als er sah, daß Marlies schon dort war.
»Hallo, Karl«, sagte sie. Die beiden anderen Kollegen schauten beinahe provokant unbeteiligt weg. Er wußte, daß sein Verhältnis zu Marlies längst Dorftratsch war. Aber er kümmerte sich ebensowenig darum wie sie. Er war geschieden, sie war geschieden. Mit einem Unterschied. Er war nach der Scheidung aus Graz weggezogen und hatte hier, im Dorf, einen neuen Job gefunden. Marlies war damals zu ihrem Mann hierhergezogen und nach der Scheidung dageblieben. Und auch der lebte immer noch im Dorf. Sägewerksbesitzer. Einflußreich. Bürgermeisterfreund.
»Geht es dir nicht gut?« fragte sie.
Er schüttelte den Kopf. »Alles okay«, sagte er.
»Soll ich einen Kaffee machen?«
Er grinste. »Danke, ich hab' ja schon zwei Tassen getrunken.«
Die beiden Kollegen unterhielten sich jetzt angestrengt. Genau in der Lautstärke, die es erlaubt, nebenbei auch noch eine andere Unterhaltung mitzuverfolgen.
Er roch ihr Parfum und hatte plötzlich das Verlangen, von irgend jemandem beschützt zu werden. Vor allem. Und Geborgenheit spüren zu können. Er nahm sie in die Arme und küßte sie.
Die beiden Kollegen lachten laut und verlegen. Einer räusperte sich. »Muß junge Liebe schön sein«, sagte der andere. Marlies befreite sich aus Fürsts Umklammerung und wischte ihm mit dem Daumen den Lippenstift aus dem Gesicht. »Wenn du willst«, sagte sie, »kannst du heute bei mir zu Mittag essen. Ich habe einen Braten ins Rohr gestellt. Der ist viel zu groß für mich.«
»Mit Semmelknödeln und warmem Krautsalat?«
»Was willst du denn noch alles? Sachertorte als Nachspeise?«

»Dich!« hätte er am liebsten gesagt. Aber die Nähe der beiden Lauscher hielt ihn davon ab.
Statt dessen grinste er die zwei an, zuckte die Schultern und öffnete die Arme in einer hilflosen Geste. »Ihr habt ja ein Familienleben«, sagte er, »aber ich muß mir erst wieder eines zusammenbasteln.«
Sie verstanden. »Die Freiheit«, sagte der eine, ein hagerer Brillenträger mit Halbglatze und angegrautem Haar, »hat auch Nachteile. Vor allem im kulinarischen Bereich!« Der andere, mittelgroß, füllig, blond, nach italienischem Rasierwasser riechend, schüttelte den Kopf. »So einfach, lieber Max, kannst du es dir auch wieder nicht machen. Mit solchen Sprüchen wird man leicht als Macho abgestempelt.«
Zum Glück läutete es.
Fürst atmete auf. Die beiden waren zwar harmlos und versuchten, zu ihm, dem Neuling, nett zu sein, sie gingen ihm aber trotzdem auf die Nerven. Er lächelte ihnen zu, suchte dann mit seinen Augen die von Marlies und ging in seine Klasse. Nach der vierten Stunde schloß er seinen Aktenkoffer und blieb auf seinem Platz sitzen, bis alle Kinder aus dem Raum waren. Er wartete eine Weile, dann ging er selbst.
Das Dorf war nicht groß. Zwölfhundert Einwohner, hauptsächlich Landwirtschaft, das Sägewerk, die Kirche, drei Lebensmittelläden, vier Gasthäuser.
Fürst hatte von seiner Vorgängerin, einer jungen, aufgeweckten Einheimischen, die unbedingt in die Stadt wollte, die Wohnung übernommen. Küche, Wohnzimmer, Schlafzimmer, Bad, Balkon. Die Einrichtung stammte zum Großteil noch von ihr. Billig, aber manches recht originell. Er hatte ein paar Poster an die Wand genagelt und ein großes Foto von Patrick. Mit dem Skateboard unterm Arm vor dem Grazer Stadtparkbrunnen. Er selbst hatte das Bild geschossen. Damals, als vieles nicht mehr

gestimmt, er aber nicht im entferntesten an eine Scheidung gedacht hatte.
Er schlüpfte in Jeans und zog ein frisches Hemd an. Dann sprühte er etwas Deodorant in die Achselhöhlen. Auf den Stoff, so, wie er es immer getan hatte. Er lächelte. Rosie hatte sich immer schrecklich aufgeregt, wenn sie ihn dabei beobachtet hatte. Es war ein Detail aus der Summe der Dinge gewesen, die sie an ihm so irritiert hatten. Er kniff die Lippen zusammen und sprühte einen zweiten Strahl aufs Hemd.
Der Braten roch gut. Marlies hatte den Tisch beinahe festlich gedeckt. Nur der silberne Kerzenleuchter fehlte. Als er kam, legte sie gerade eine Platte auf. Die *Abbey Road* von den Beatles. »Etwas für unsere Generation«, sagte sie und legte ihre Arme um seinen Hals.
»Essen wir doch später«, sagte er und küßte sie.
Sie aßen doch zuerst.

Am Nachmittag war er wieder allein in seiner Wohnung und korrigierte die Aufgabenhefte. Als er damit fertig war, setzte er sich auf den Balkon. Es war ein milder Spätsommertag. Die Blätter der Alleebäume begannen sich schon leicht zu verfärben. Vogelgezwitscher mischte sich mit Straßenlärm. Ein Traktor übertönte für kurze Zeit mit seinem hektischen Geschnaufe alles, dann verlor sich das Geräusch in der Ferne. Die Ruhe legte sich plötzlich wie ein Schraubstock um seine Brust. Er fühlte sich unendlich einsam und sehnte sich nach Patricks Gesellschaft. Die kindliche, unkomplizierte Ehrlichkeit. Die helle Stimme, die sich vor Freude und Aufregung überschlug, wenn er dem Papa erzählte, was sich während dessen Abwesenheit in seinem Leben alles ereignet hatte.
Er ging zum Telefon und wählte die vertraute Nummer.
»Was willst du?« fragte Rosie.
»Kann ich den Jungen sprechen?«

»Er macht gerade seine Aufgaben. Stör' ihn nicht!«
»Ich hab' vergessen, ihm etwas zu sagen.«
»Ist es etwas Wichtiges?«
Er zögerte. War's wichtig, daß er nur Patricks Stimme hören wollte?
»Laß nur«, hörte er sich sagen. »Er soll seine Aufgaben machen. Ich ruf' ein andermal an!«
Sie legte auf. Einfach so.
Er spürte die Kälte.
Marlies kam sofort zum Telefon.
»Ich lade dich zum Abendessen ein«, sagte er.

Als er in seinem Auto saß, roch er plötzlich wieder die Explosion. Der Geruch blieb in seiner Nase, bis Marlies zu ihm einstieg und ihr Parfum das Wageninnere erfüllte. Ihre Nähe tat ihm wohl. Wie eine warme Decke, die man sich über den frierenden Körper legt.
An der Theke des Gasthofes trafen sie Brunner und den Direktor. Beide hatten volle Biergläser vor sich und offensichtlich schon ein paar andere geleert. Der Direktor lachte laut, als er Fürst und Marlies sah. Er hob sein Glas in ihre Richtung und rief so laut, daß es die meisten im Lokal hören konnten: »Ein Prost dem Liebespaar des Jahres!«
Ein paar Köpfe drehten sich in ihre Richtung. Grinsen blitzte auf, einige witzig gemeinte Bemerkungen gingen im Wirtshauslärm unter.
Er warf dem Direktor einen eisigen Blick zu, schwieg aber und ging an ihm vorbei ins Hubertuszimmer, einen kleinen Raum mit vier Tischen, in dem es ruhiger war und in den auch die Blicke der Meute nicht eindringen konnten.
Als sie saßen, streckte Marlies ihre Hände über den Tisch, er tat dasselbe und traf die ihren in der Mitte. Er spürte

ihre Finger, die die seinen fest umklammert hielten, und blickte ihr tief in die Augen. Für das »Gesicht des Jahres« waren ihre Vorderzähne zu groß, sonst stimmte jedoch alles. Marlies war sicher die hübscheste Frau im Ort. Und er war froh, daß sie einander so rasch gefunden hatten.
»Da hast du dich in etwas eingelassen«, sagte sie sanft und drückte noch etwas fester zu. »Die Dorfhyänen lauern schon auf dich!«
Er lachte.
»Keine Sorge. Ich kann ein ziemlich ungenießbarer Brokken sein, wenn ich will.«
Die Kellnerin kam und grüßte höflich. Ein junges Mädchen mit strohblondem Haar und blaßgrauen Augen.
Die beiden studierten die Speisekarte, obwohl sie sie schon auswendig kannten.
»Laß mich für dich bestellen«, schmunzelte sie.
»Und mich für dich«, sagte er.
Wie kindisch man doch wieder sein kann, wenn man verliebt ist, dachte er.
»Leberknödelsuppe«, sagte sie.
»Falsch«, sagte er. »Keine Suppe! Die Waage im Badezimmer verbietet es.«
Erstaunter Blick. »Also gut, dann das Putenschnitzel mit Reis und den gemischten Salat!«
»Klingt schon besser«, sagte er. »Und für dich nur die Salatplatte, dafür als Nachspeise aber die Schwarzwälder Kirschtorte.«
»Perfekt«, jubelte sie in gekünsteltem Entzücken.
Je besser er Marlies zu kennen glaubte, desto besser schien er zu verstehen, warum sie sich von ihrem Mann getrennt hatte. Hatte trennen müssen. Er kannte ihn zwar nur flüchtig, aber der Eindruck, den er von dem hünenhaften Erfolgsmenschen bekommen hatte, genügte, um festzustellen, daß er ihm zuwider war. Laut und polternd, rechthaberisch und befehlsgewohnt, ständig mit materiellen

Werten protzend, Mercedesfahrer, Jäger mit eigener Jagdhütte. Einer, der tief in die Tasche greift, um irgendwo auf der Welt einen kapitalen Abschuß feiern zu können.
»Warum«, fragte er plötzlich, »hast du ihn damals überhaupt geheiratet?«
Sie zog die Augenbrauen hoch. »Interessiert dich das wirklich?«
Er nickte.
»Ich war halt jung, damals«, sagte sie schließlich. »Arme Eltern, direkt von der Pädagogischen Akademie in den Lehrberuf geschlittert. Das hat ihm wohl imponiert. Eine Lehrerin ist ja schließlich was, hier draußen auf dem Land.« Sie begann mit der Serviette zu spielen. »Er war nicht immer so wie jetzt. Du wirst es nicht glauben, aber damals konnte er auch charmant sein. Ich glaube, ich hab' ihn wirklich geliebt. Vielleicht würd's auch jetzt noch klappen, wenn wir Kinder gehabt hätten.«
Schweigen. Er wußte nicht, was er darauf sagen sollte. Seine eigene Scheidungsgeschichte hatte er ihr schon erzählt, und mit Details daraus wollte er sie jetzt nicht langweilen. Er war froh, als die Kellnerin kam, ihn mit den blaßgrauen Augen anlächelte und das in eine Papierserviette gewickelte Besteck neben seiner rechten Hand auf den Tisch legte.
Draußen wieherten der Direktor und Brunner über einen Witz.
»Er säuft recht viel in letzter Zeit«, sagte Marlies.
»Wer, dein Mann?«
Sie lachte. »Der auch. Aber ich meine den Direktor.«
Fürst gab ihr recht, schränkte aber ein, daß er ihn noch nicht lange genug kenne, um einen Vergleich mit seinen früheren Trinkgewohnheiten ziehen zu können.
»Der Brunner ist's«, sagte sie. »Seit die beiden ihre regelmäßigen Wirtshaustouren machen, ist's aus mit dem Alten. Früher war er ein ganz passabler Kerl!«

Das Essen kam bald, und es schmeckte wie immer. Sie aß konzentriert, so als ob sie Angst hätte, dabei einen Fehler zu machen. Er beobachtete sie.
Da er mit dem Rücken zur Tür saß, bemerkte sie ihn zuerst. Fürst sah, wie sie plötzlich in der Bewegung erstarrte und aufschaute.
»Guten Abend«, sagte eine tiefe Stimme hinter ihm. Er drehte sich um und blickte in ein breites Grinsen im Gesicht Erwin Schweglers, des reichsten Mannes im Dorf. Und des Exgatten der Frau, mit der er gerade zu Abend aß.
»Laßt euch nicht stören. Ich hab' nur gehört, daß ihr hier drinnen seid, und wollte nicht unhöflich sein. Die Frau, mit der man die Hälfte seines Lebens verbracht hat, muß man doch zumindest begrüßen, wenn man sie irgendwo trifft, nicht wahr?«
»Laß den Sarkasmus«, sagte sie.
»Sarkasmus«, höhnte er. »Frau Lehrerin wirft wieder einmal mit Fremdwörtern um sich. Weil sie ja so gescheit ist.«
»Du hast getrunken, Erwin«, sagte sie. »Laß uns bitte allein!«
Er riß die Augen weit auf, dann verzog sich sein Mund zu einem hämischen Lachen.
»Allein sein wollt ihr. Das seid ihr ja ohnehin immer. In deiner Wohnung und in seiner!« Er machte eine verächtliche, wegwerfende Handbewegung in Richtung Fürst. Dann verschloß sich sein Gesicht plötzlich, und er beugte sich hinunter, bis sein Mund ganz nahe an Fürsts Ohr war.
»Sie ist nicht schlecht im Bett«, sagte er schließlich. »Hab' ich recht?«
Fürst spürte, daß die Lage für ihn eng wurde. Der Bulle neben ihm zwang ihn dazu, Stellung zu beziehen.
Er haßte Wirtshausraufereien, und er wußte, daß er mangels Übung auch eine lausige Figur als Kämpfer abgeben würde.

Marlies versuchte die Situation zu retten, indem sie aufstand, seine Hand packte und ihn hochzuziehen versuchte.
»Gehen wir, Karl«, sagte sie. »Wir lassen uns doch von einem Besoffenen nicht den Abend verderben!«
»Besoffen?« fragte Schwegler und zog dabei das Wort drohend in die Länge. Er wandte sich von Fürst ab und baute sich vor ihr auf. Die Rechte packte ihre Schulter, und Fürst sah, wie sich die Finger im Stoff verkrallten. Sie schrie vor Schmerz auf.
Aus den Augenwinkeln bemerkte Fürst, daß sich in der Tür eine Zuschauerschar angesammelt hatte, dann sprang er auf und rammte dem Riesen seine Schulter in den Oberarm. Der ließ Marlies los, wich erstaunt einen Schritt zurück, stemmte die Hände in die Hüften und brach in schallendes Gelächter aus. »Na endlich«, schnaufte er schließlich, »der Herr erinnert sich an seine Qualitäten als Gentleman.« Dann schnellte seine Rechte vor und gab Fürst eine schallende Ohrfeige.
Von der Tür her hörte Fürst hämisches Gekicher.
Seine Oberlippe begann zu zittern, und er wußte nicht, ob es aus Angst oder aus Wut war. Er wußte nur, daß er irgendwie reagieren mußte, um im Ort nicht sein Gesicht zu verlieren. Sein Blick fand die Augen des Gegners. Er starrte sie eine Sekunde lang an und war sich sicher, daß er über kein Mittel verfügte, einen Kampf zu gewinnen. Er konnte nur versuchen, die Bühne ehrenvoll zu verlassen.
Marlies saß jetzt am Tisch, hatte den Kopf in den Händen vergraben und schluchzte laut.
Er seufzte hörbar auf, zuckte die Schultern und tat so, als ob er an Schwegler vorbei, als Geprügelter, den Raum verlassen wolle. Als er auf gleicher Höhe mit ihm war, drehte der Große die Schulter in seine Richtung und versperrte ihm den Weg. Fürst, der auf ähnliches gefaßt war, holte kurz mit der Rechten aus und schlug die Faust in Richtung

Kinn. Sie kam nicht ganz so weit, denn der andere hatte blitzschnell den Arm hochgerissen und blockte den Schlag mit spielerischer Leichtigkeit ab. Fast im selben Augenblick gab er Fürst mit der Linken eine zweite Ohrfeige. Die an der Tür lachten jetzt laut.

Es war ein schrecklicher Moment. Ein Gemisch aus Ohnmacht und unkontrollierbarer Wut wühlte Fürsts Inneres auf. Sein Gesicht lief knallrot an, in den Augen brannte es heiß, der ganze Körper schien zu zittern.

Er stürzte vorwärts und begann auf den Fleischberg einzuhämmern. Einmal, zweimal, dreimal. Seine Knöchel schmerzten. Aber er schlug weiter zu. Bis er von einem Schraubstock umklammert, hochgehoben und auf den Boden geschleudert wurde. Er landete auf dem Rücken, versuchte sich aufzurichten, wurde jedoch von einem Fußtritt wieder in die Waagrechte zurückbefördert.

In seinem Kopf brummte und summte es jetzt. Irgend jemand schlug von innen mit einem Hammer immer wieder gegen seine Schädeldecke. Er hörte Stimmen, sah ein paar verschwommene Gesichter, spürte, wie ihn Arme packten und hochhoben, dann klatschte etwas in sein Gesicht. Er hob die Augenlider und sah den Direktor. Das breite, rote Gesicht, die große Nase, die hohe Stirn, die kleinen, zusammengekniffenen Augen. Alkoholatem schlug ihm entgegen.

»Herr Kollege«, krächzte es aus dem Mund, »wachen Sie auf!«

Er schüttelte die helfenden Arme ab, die Knie sackten leicht ein, er fing sich aber wieder, ging zwei Schritte zu einem Sessel und setzte sich.

»Wo ist er?« fragte er schließlich.

»Draußen, an der Theke«, sagte der Direktor. »Aber es ist schon gut. Der tut Ihnen nichts mehr!«

Marlies stand neben ihm. Sie schluchzte noch immer.

»Er war halt aufgebracht«, murmelte der Direktor. »Man

muß das auch verstehen. Die Scheidung hat ihn doch mehr mitgenommen, als er zugibt.«

»Ein mieser Kerl ist er«, rief Marlies. »Ein primitiver, mieser Kerl!«

Fürst blickte sie an und versuchte ein Lächeln.

»Wie wär's jetzt mit einer Nachspeise«, sagte er. »Deine Schwarzwälder Kirsch ist noch ausständig!«

Als er am nächsten Morgen aufwachte, wußte er zunächst nicht, was ihn hinderte, aus dem Bett zu springen. Erst ein stechender Schmerz in der Hüfte und ein ähnliches Gefühl im Genick brachten die Ereignisse des letzten Abends in seine Erinnerung zurück. Er schloß die Augen und ließ alles noch einmal vor sich abrollen. Der Haß, den er eigentlich gegen Schwegler hätte empfinden sollen, war aber nicht da. Der große Mann tat ihm sogar leid. Und er überlegte, ob Marlies wirklich all diese Unannehmlichkeiten wert war. Schließlich war er nie ein allzugroßer Kämpfer gewesen.

Selbst der Hausmeister der Schule wußte bereits von seiner abendlichen Mutprobe. Sein Lächeln war nicht echt, die Freundlichkeit gespielt. Dachte Fürst.

Bachmaier, der Hagere mit der Halbglatze, grinste wissend, als Fürst ins Lehrerzimmer trat. Er sagte aber nichts. Ebenso wenig wie Skrivanek, dessen Rasierwasser Fürst plötzlich noch widerlicher vorkam als sonst.

Marlies war noch nicht da. Dafür kam der Direktor früher als gewöhnlich. Er war sichtlich verkatert, die Stirn lag leidend in Falten, die Augen vermochten dem Tageslicht nur schwach zu trotzen. Er räusperte sich umständlich, bevor er allen mit überlauter Stimme einen guten Morgen

wünschte. Die übliche banale Konversation setzte ein. Es ging um Autos, den Preis von Reparaturen, die steigende Rücksichtslosigkeit der Autofahrer. Fürst bekam ein paar abwartende Seitenblicke ab, sonst lief das Gespräch aber an ihm vorbei. Er war froh darüber und vergrub sich in ein paar Aufgabenhefte, die er längst korrigiert hatte.
Wieder ein scheußlicher Tag, dachte er. Scheußliche Tage hatte er in letzter Zeit zu viele durchstehen müssen. Aber irgend etwas gab es doch, auf das er sich eigentlich hätte freuen sollen. Marlies war's nicht. Im Gedanken an sie rannten seine Gefühle gegen eine kalte Wand. Dabei war sie am gestrigen Unglück völlig unschuldig gewesen. Er wußte es, schaffte es aber trotzdem nicht, ihre Rolle im peinlichen Geschehen neutral zu betrachten. Gegen jede Logik tauchte sie in seinem Unterbewußtsein immer wieder als Schuldige auf. Als Marlies kurz vor Unterrichtsbeginn kam, grüßte er sie knapp und vermied es, ihr länger als einen Augenblick in die Augen zu schauen.
Auf dem Weg ins Klassenzimmer wußte er plötzlich, was es war, worauf er sich freute. Nach der Schule würde er Rocco von der Bäuerin abholen. Dann würde er mit ihm einen langen Spaziergang machen. Vom Dorf hinauf auf den Krahkogel, einen sanften, bewaldeten Hügel mit einem Gewirr von Wegen und Pfaden. Manchmal joggte er auch hinauf, und der Hund rannte mit. Fürst mochte die Geräusche des Waldes. Den Wind in den Ästen und Blättern, die Vögel, das Knacken dürrer Äste, die unter den Schritten zerbrachen. Manchmal sang er ein paar Sekunden lang irgendein Lied, das ihm gerade einfiel, weil seine Stimme hier draußen ganz anders klang als unten zwischen den Häusern.
Er konnte den östlichen Rand des Krahkogels von seinem Pult aus sehen. Die bräunlich-grüne Wiese, die sich wie eine riesige Schürze vom Waldrand weg nach unten ausbreitete. Die hohen Nadelbäume, die wie die Hände ehr-

geiziger Schüler über den dichten Blätterballen der Laubbäume in den Himmel zeigten.
Für eine Weile dachte er an nichts anderes. Er allein mit dem Hund, weg von allem.
Nach dem Unterricht vermied er es, mit Marlies zusammenzutreffen. Warum war er auch so blöd gewesen, sich nach dem Desaster mit Rosie wieder mit einer Frau einzulassen? Der ganze Sinn und Zweck seiner freiwilligen Versetzung in den nördlichsten Zipfel der Steiermark hatte doch darin bestanden, viel Zeit für sich selbst zu haben, über vieles in seinem Leben nachzudenken zu können, eine neue Richtung zu finden, die Weichen entsprechend zu stellen.
Die Bäuerin stand am Herd und rührte in einem großen, glänzenden Topf. Rocco hockte neben ihr am Boden und lechzte mit den Augen nach den Brocken, die er zwar roch, aber nicht sehen konnte.
»Ah, da sind Sie ja, Herr Fürst«, sagte die Frau freundlich und wischte ihre Hände an der Schürze trocken, bevor sie ihm die Rechte zum Gruß hinstreckte. Die Hand war noch immer feucht, als Fürst sie schüttelte.
»Er war brav, Ihr Rocco«, sagte sie. Sie kniete sich vor dem Hund auf den Boden, legte ihre Hände hinter seine Ohren und begann, das Fell zu kraulen.
Der Dalmatiner klatschte ihr die Zunge ins Gesicht und warf Fürst einen schuldbewußten Blick zu. So, als wolle er sich dafür entschuldigen, daß er sich bei der Bäuerin auch recht wohl zu fühlen schien.
»Sie können ruhig bei uns essen«, sagte die Frau, als sie aufstand und sich die Hände erneut an der Schürze abrieb. »Es ist genug da!«
Er dachte an die dreckigen Fingernägel und lehnte mit nicht allzu überzeugendem Bedauern ab. Er habe bereits selbst etwas vorbereitet, meinte er, verabschiedete sich und gab dem Hund einen Wink, daß es Zeit sei, zu gehen.

Der erhob sich widerwillig, streckte sich, warf einen letzten flehenden Blick auf die Kochtöpfe am Herd und trottete dann hinter seinem Herrn auf die Straße.
Auf dem Heimweg kaufte Fürst in einem der Lebensmittelläden ein paar Packungen Tiefkühlkost für sich und den Hund.
Es dauerte eine Weile, bis das Essen fertig war. Der Hund kaute geräuschvoll an einigen Wurstresten, die noch im Kühlschrank gewesen waren, und Fürst las die Zeitung. Der Unfall kam diesmal vor. Allerdings nur im Zusammenhang mit einem anderen, der auf demselben Straßenstück drei Schwerverletzte gefordert hatte. »Unweit der Stelle, an der – wie in einem Teil unserer gestrigen Ausgabe berichtet – Sonntagabend sechs Menschen bei einem Unfall ums Leben gekommen waren, wäre es gestern mittag beinahe erneut zu einer Katastrophe gekommen ...«
Zuerst der Unfall, dann der deprimierende Auftritt mit Schwegler. »Aller schlechten Dinge sind drei«, sagte Fürst halblaut, während er dem Hund etwas von seinem Essen in den Freßnapf füllte. »Bin neugierig, was mir jetzt noch passieren kann.«

Er war in der Stadt aufgewachsen, deshalb fehlte ihm auch die natürliche Beziehung zum Wald. Für ihn hatte er etwas mit Romantik zu tun, mit frischer Luft, mit Erholung, mit Wandern, mit Entspannung, mit Pilzesuchen. Für die meisten Menschen im und um das Dorf hatte der Wald eine völlig andere Bedeutung. Im Wald wuchs Holz. Holz war Arbeit, und Holz war Geld. Der Wald bedeutete Besitz, der Wald bedeutete Niederwild und Hochwild und damit auch Jagd. Für Romantik war in ihrer Welt wenig Platz.
Er dachte an den riesigen Waldstreifen, der sich irgendwo

hinter dem Krahkogel in Richtung Nordwesten erstrecken mußte. Alle im Dorf wußten davon, aber nur wenige waren wirklich dortgewesen. Den »Urwald« nannten sie ihn. Und hatten damit sicher den richtigen Ausdruck gewählt. Wenn es stimmte, was er gehört hatte, dann handelte es sich dabei um das größte seit Jahrhunderten von äußeren Einflüssen verschonte Waldgebiet Mitteleuropas. Die Besitzer, das nicht verarmte Adelsgeschlecht der Hebensteiner, konnten sich eine solche Marotte zweifellos leisten. Trotz der gewaltigen Ausdehnung war der »Urwald« nur ein geringer Teil ihres Gesamtbesitzes.
Der alte Hölzl, das Dorforiginal, hatte ihm als erster von der Existenz des »Urwaldes« erzählt. Die Hebensteiner hätten vor einigen Jahrhunderten einfach vergessen, daß sie auch in diesem Winkel der Monarchie Besitz hatten. Das Gebiet war immer schon schwer erreichbar gewesen. Dazu sei es felsig und zerklüftet, der Abtransport geschlagenen Holzes sei enorm schwierig, und jeder Jäger, der sich darin bewege, müsse über ausgezeichnete Kletterkenntnisse verfügen, um überhaupt an das Wild herankommen zu können. Man hatte ja genügend andere Wälder, die man wirtschaftlich nutzen konnte, und so ließ man diesen unberührt dahinschlummern. Als eiserne Reserve sozusagen.
Als der heutige Hebensteiner den Familienbesitz übernahm, habe er den »Urwald« besucht und sei so begeistert gewesen, daß er sogar schriftlich festhalten ließ, dieses Gebiet müsse von allen forstlichen und jagdlichen Aktivitäten verschont bleiben. Außenstehenden sei der Zutritt strengstens untersagt, es sei denn, es handle sich um Menschen, die über eine persönlich unterzeichnete Genehmigung des Waldbesitzers verfügten. Außer einigen Gruppen von Wissenschaftlern war angeblich noch niemand in den Besitz dieses raren Papiers gekommen.
Im Dorf, das wußte er, hatte man für die Einstellung des »stinkreichen Adligen« wenig Verständnis. Er selbst be-

wunderte den Mann jedoch insgeheim und hatte sich längst vorgenommen, ihn einmal aufzusuchen und um Besuchserlaubnis für seinen »Urwald« zu bitten.
Heute begnügte er sich allerdings mit dem Krahkogel.
Der Weg, der an den letzten Häusern des Dorfes vorbeiführte, war frisch asphaltiert. Es roch nach Teer, und der schwarze Belag schien das Sonnenlicht zu schlucken.
Er hatte den alten Karrenweg mit den Steinen, die jahrhundertelang von den darüberrollenden Lasten blankgescheuert und abgeschliffen worden waren, viel lieber gemocht. Nach jedem Unwetter war der Weg mit Pfützen übersät gewesen, und das lehmigbraune Wasser hatte den Geruch des Regens noch lange in der Luft hängen lassen.
Das letzte Haus gehörte einer alten Frau namens Kroll, die alle im Ort nur als die Hölzlsauerin kannten. Irgendwann einmal hatte ihr Haus wohl einem gewissen Hölzlsauer gehört. Hausnamen waren in dieser Gegend stets verpflichtender gewesen als Familiennamen.
Hier hörte der Asphalt auf.
Rocco blieb angesichts des erdigen Untergrundes stehen, wedelte mit dem Schwanz, winselte kurz auf und verschwand nach einem Blitzstart aus seinem Blickfeld.
Der Weg schlängelte sich den Hügel entlang und verlor sich dann hinter einer sanften, grasigen Rundung. Wenn man ihn weiterginge, würde man in einem der Nachbardörfer landen. Einer uninteressanten Ansammlung von Häusern, die sich um eine kleine Kapelle und ein Gasthaus scharten.
Er verließ den Weg und stapfte in selbstgewählten Serpentinen die steile Wiese hoch. Plötzlich war auch Rocco wieder neben ihm, schmiegte sich kurz an sein Hosenbein und rannte dann in gewaltigen Sätzen direkt auf den Waldrand zu. Im hohen Gras sah er aus wie ein schwarzweißgefleckter Gummiball, der den Berg hinaufhüpfte.
Anfangs zählte er die Schritte, als ihm das aber zu lang-

weilig wurde, begann er den Atem in einem gewissen Rhythmus auszustoßen. Nach einer Weile gesellten sich auch Töne dazu, die sich zur Melodie von *This Land is Your Land* formten. Die ersten Bäume rückten nur ganz langsam näher. Er schwitzte und merkte immer deutlicher, daß es um seine Kondition ziemlich schlecht bestellt war. Er mußte seine ganze Willenskraft aufwenden, um nicht schon vor dem Waldrand stehenzubleiben und zu rasten.

Der Hang schien immer steiler zu werden. Er legte die Hände an die Oberschenkel, knapp hinter die Knie, und drückte die Beine bei jedem Schritt nach unten. Es war eher eine psychologische als eine echte Aufstiegshilfe, aber sie lenkte ihn von den Schmerzen ab, mit denen seine Wadenmuskeln signalisierten, daß sie wenig von derartigen Gewaltaktionen hielten.

Ich muß wieder mit dem Joggen anfangen, dachte er, als er sich in den Schatten des ersten Baumes fallen ließ.

Zuerst hörte er nur seinen eigenen Atem, der den Brustkorb hob und senkte wie einen alten Blasebalg.

Er schloß die Augen und ergab sich dem Gefühl der Erschöpfung. Der Atem wurde bald leiser, und nach einer Weile entspannte sich sein Körper. Erst jetzt hörte er die Geräusche des Waldes.

Die Blätter über ihm schienen in ständiger Bewegung zu sein. Manchmal war es nur ein leises Wispern, doch wenn der Wind etwas kräftiger blies, wurde es zum aufgeregten Getuschel oder sogar zu einem gequälten Stöhnen. Ein Kuckuck ließ vor diesem Klanghintergrund immer wieder die einzigen beiden Töne erschallen, die er zu beherrschen schien. Wie ein Sänger, der Talent durch Hartnäckigkeit zu ersetzen versucht. Unten, auf der Wiese, zirpten ein paar Grillen. Und weiter hinten, wo der Nadelwald begann, bahnten sich dann und wann fallende Zapfen geräuschvoll den Weg vom Wipfel durch das Astgewirr.

Ein Konzert, dachte er, ganz allein für mich! Er lächelte mit geschlossenen Augen und versuchte eine Zeitlang, an gar nichts zu denken. Dabei schlief er ein.
Als sich ein kühler Windhauch wie ein feuchtes Tuch über sein Gesicht legte, schauderte es ihn, und als er aufwachte, waren seine Hände mit Gänsehaut überzogen.
Es dauerte einige Sekunden, bis er wußte, wo er war. Die Tierstimmen waren verstummt, und da war nur noch der Wind, der jetzt viel rauher mit den Blättern und Ästen umging.
Er fühlte sich plötzlich einsam. Er stand auf und rief nach dem Hund. Als sich der nicht meldete, ging er etwas tiefer in den Wald hinein und rief abermals. Diesmal etwas lauter. »Verdammtes Vieh«, sagte er halblaut, so als sollte es der Hund nicht hören, falls er in der Nähe wäre. Und dann laut, wie zu einem Wanderpartner, der vorausgeeilt und außer Sichtweite ist: »Mir ist kalt, hörst du! Ich will nach Hause gehen!«
Die Sonnenstrahlen drangen nur noch dünn durch das Laub- und Nadeldickicht.
»Rocco, verdammt noch mal!«
Der Pfad war jetzt etwas breiter geworden und mündete hinter einer Biegung in einen Karrenweg, in den sich die Spuren von Traktorreifen eingegraben hatten. Rechts lagen einige geschlagene Bäume. Gelbbraun und nackt und ohne die Rinde gar nicht in den Wald passend. Er erkletterte den Stapel und konnte von dieser Position aus den Weg etwa dreißig, vierzig Meter weit verfolgen.
»Rocco, komm sofort hierher. Zeit zum Heimgehen, du Strolch!« Die Einsamkeit war noch intensiver geworden und mischte sich mit einem wachsenden Angstgefühl. Der Hund! Was sollte er tun, wenn er nicht mehr zurückkäme?
Einige Sekunden verstrichen, dann hörte er endlich das vertraute kurze Bellen, das der Hund immer dann aus-

stieß, wenn er ein schlechtes Gewissen zu haben schien. »Reg dich nicht auf, Alter, ich bin ja schon da!«

Fürst hörte ein Rascheln im Unterholz, das aber nicht aus der Richtung kam, aus der das Kläffen gekommen war. Ein Hase, dachte er. Dann tauchte der weiß-schwarze Koloß am Ende des Weges auf. Nicht laufend, wie Fürst es erwartet hatte, sondern vorsichtig um sich spähend, immer wieder stehenbleibend.

»Was ist, Rocco, komm!« schrie Fürst und klatschte die Rechte ungeduldig auf den Oberschenkel.

Der Hund schien ihn flehend anzublicken, winselte kurz, dann ging ein Ruck durch den Körper, die Muskeln spannten sich, und er schoß nach vorn. In vier, fünf Sätzen würde er bei Fürst sein, der sprang vom Holzstapel und bereitete sich auf den Anprall vor. Wahrscheinlich würden beide umstürzen, aber da war ja die Wiese, die den Fall dämpfen würde.

Der herrliche Körper streckte sich im Flug, der Kopf durchschnitt die Luft wie der eines Adlers. Die Enge der Beziehung zwischen Mensch und Tier wurde für Fürst körperlich spürbar. Er war unendlich stolz auf den Hund. In diesem Augenblick fiel der Schuß.

Etwas Unsichtbares packte den schwarz-weißen Hundekörper mit unheimlicher Gewalt und warf ihn zu Boden. Fürst erstarrte. Seine Kehle schnürte sich zu. Er konnte kaum atmen. Der Schrei, den er ausstoßen wollte, verkümmerte zu einem kaum hörbaren Krächzen.

Rocco lag etwa zehn Meter vor ihm in der Mitte des Weges. Die Beine ragten aus dem langgestreckten Körper wie starre Holzstäbe. Manchmal zuckten sie. Auch die Zunge, die aus dem halbgeöffneten Maul hing, bewegte sich. Blut war keines zu sehen. Das Winseln, das das sterbende Tier ausstieß, schnitt wie ein Messer in Fürsts Brust. Und da waren die Augen. Weit aufgerissen, verständnislos, um Hilfe flehend. Das »Warum« interessierte Fürst noch nicht. Er woll-

te nur helfen. Irgendwie schaffte er es, die Lähmung abzuschütteln und einen Schritt nach vorn zu tun.
In diesem Augenblick fiel der zweite Schuß.
Die Kugel schlug in den Kopf des Tieres und löschte die Augen aus. Fürst spürte, wie ihn Blutspritzer und Knochenteile trafen. Er sank in die Knie und starrte ungläubig auf das, was vor Sekunden noch Wärme und Stolz in ihm erzeugt hatte. Die Beine zuckten noch immer, aber es gab keine Zunge mehr und auch keine Augen. Nur etwas Rotes, Schwarzes, Nasses. Blut rann auf die Erde und färbte sie dunkel.
»Nein«, schrie Fürst. Und wieder: »Nein!«
Er stand auf und schleppte sich die paar Schritte zum toten Hund hin. Seine Hand berührte das Fell.
Fürst hörte nicht, wie sich hinter ihm der Wald teilte und ein Mann auf die Lichtung trat. Er hörte die Schritte nicht und spürte auch die Nähe des anderen Menschen nicht.
Erwin Schwegler stand beinahe eine halbe Minute hinter der zusammengekauerten Gestalt des Lehrers und verstand nicht, warum ein erwachsener Mann weinen konnte, nur weil ein Hund verreckt war.
Der Anblick schien ihm aber zu gefallen. Die Hilflosigkeit des Städters angesichts des Todes entlockte dem starken, in Jägergrün gekleideten Schützen sogar ein überlegenes, beinahe mitleidiges Lächeln.
»Gewildert hat er«, sagte er schließlich. »Dort vorn hat er versucht, einen Hasen zu reißen. Ich hab's genau gesehen!« Das Geräusch der Stimme traf Fürst so unerwartet, daß sein Körper zusammenzuckte. Der Schweiß auf seiner Stirn schien zu gefrieren, und sein Herz klopfte so wild, daß er das Gefühl hatte, es würde den Brustkorb durchstoßen und nach draußen springen.
Die Erkenntnis, wer der Mann hinter ihm war, kam unmittelbar bevor er ihn sah. »Schwegler«, sagte er und richtete sich langsam auf.

Der Riese hielt das Gewehr in der Rechten. Ganz locker, mit dem Lauf nach unten zeigend. Unter dem Hut mit dem gewaltigen Gamsbart lauerten zwei Augen, deren Kälte auch sein Grinsen nicht milderte.
»Ich hab's tun müssen«, sagte der Jäger. Langsam, jedes Wort auskostend. »Tut mir leid um deinen Hund. War ja ein ganz nettes Tier.« Und nach einer kurzen Pause: »Und sicher auch ziemlich wertvoll. Stimmt's?«
Fürst starrte ihn an. Angst war keine mehr in ihm. Auch der Schmerz war verflogen. Da war nur noch kalte Wut.
»Natürlich hast's tun müssen, du Schwein«, sagte er, und seine Augen wurden ganz klein.
Sein Gesicht war noch einen halben Meter von dem Schweglers entfernt, und er schob es näher heran. Jetzt konnte er den Atem riechen. Schnaps!
Der Große hob das Gewehr. »Nur keine tätlichen Angriffe«, sagte er und spielte plötzlich den Ängstlichen. »Ich bin Besitzer dieses Jagdreviers und damit Amtsperson. Als solche kann ich mich mit der Waffe wehren!«
Vor Fürsts Augen begannen flimmernde Bällchen zu tanzen. Hitze stieg in sein Gesicht. Er drehte sich kurz zum Kadaver des Hundes um und warf sich dann mit aller ihm zur Verfügung stehenden Gewalt gegen Schwegler. Dieser hatte offensichtlich mit keiner derartigen Aktion gerechnet, verlor das Gleichgewicht und stürzte gemeinsam mit Fürst ins Gras.
»Du Schwein«, schrie Fürst und begann auf den Größeren einzuschlagen.
Seine Faust vergrub sich im dicken Loden des Jägeranzugs. Immer wieder. Sie suchte das Gesicht des Gegners und fand es nicht. Der grobe Stoff dämpfte die Kraft, die Fürst in jeden der verzweifelten Hiebe legte. Und plötzlich lag er nicht mehr oben, sondern auf der Seite. Plötzlich schlug nicht mehr er, sondern der andere. Der erste gezielte Hieb traf ihn knapp unterhalb der Schläfe am

Jochbein. Sein Kopf wurde zur Seite geschleudert, und der Schmerz mischte sich mit dem, den die andere Hand Schweglers verursachte. Die hatte sich um seinen Hals gelegt und drückte zu.

Fürst wußte, daß er verloren hatte. Wenn der Druck anhielt, würde er in wenigen Sekunden das Bewußtsein verlieren. Er hatte keine Angst. Dazu war der Wille, wach zu bleiben, zu stark. Er verlieh ihm Kräfte und eine Geistesgegenwart, die er unter anderen Umständen nie gehabt hätte. Zwei, drei Sekunden lang hielt er den Atem an, ließ den Körper erstarren und konzentrierte sich auf die Explosion, die dann folgte. Während er den Kopf blitzschnell einzog, schoß alles, was er noch an Kraft hatte, in seinen Ellbogen und rammte sich in die Seite des Gegners. Der überraschende Schlag lockerte den eisernen Griff, und Fürst nutzte die winzige Schwäche, um sich mit einer schlangenartigen Drehung zu befreien und auf die Beine zu springen.

Als ungeübter und körperlich weit unterlegener Kämpfer wußte er mit dem frischgewonnenen Vorteil jedoch nichts anzufangen. Er stand wenige Meter von Schwegler entfernt da und sah zu, wie dieser sich mühsam aufrappelte. Dann standen sie einander erneut gegenüber. Schweglers Gesicht war dunkelrot, die Augen waren zusammengekniffen und die Fäuste so geballt, daß sich die Haut über den Knöcheln weiß spannte.

»Du Zwerg«, schnaubte der Jäger, »du widerlicher kleiner Zwerg. Jetzt reiß' ich dir die Eier aus und schick' sie der Marlies!«

Er stürmte in blinder Wut vorwärts, und Fürst wich zurück. Dabei wäre der Lehrer beinahe über einen dicken Ast gestolpert, der am Wegrand lag. Er schwankte, stürzte aber nicht, wurde dadurch jedoch aus der Angriffsbahn des Riesen geworfen, und dessen ausgestreckte Hände verfehlten ihn.

Schwegler schrie gequält auf, warf sich mit erstaunlicher Wendigkeit herum und stürmte erneut auf Fürst los.
Der Ast, der ihn aus dem Gleichgewicht gebracht hatte, war plötzlich in Fürsts Hand. Etwa einen Meter lang, so dick wie ein Männerarm, in der Mitte leicht geknickt. Der Lehrer war erstaunt, wie selbstverständlich er den Prügel als Waffe benutzte. Er ging einen Schritt zur Seite und hieb ihn dem Jäger auf den Rücken. Nicht mit aller Kraft. Dazu fehlte ihm selbst in dieser Situation die Brutalität. Aber fest genug, um den anderen zu Fall zu bringen.
Als Schwegler am Boden lag, wußte Fürst, daß es aus seiner Lage kein Entrinnen mehr geben würde. Der Mann vor ihm wollte ihn vernichten. Er konnte nur noch versuchen, um sein Leben zu laufen.
Das wollte er auch tun. Er drehte sich um und stand plötzlich wieder vor den schwarz-weiß-roten Resten seines Hundes. Da er nicht einfach darüberspringen konnte, zögerte er. Trauer, Wut, Angst. Emotion und Vernunft. Er drehte sich um und blickte zurück.
Schwegler stand breitbeinig im zerdrückten Gras und zielte mit dem Gewehr auf ihn.
Als der Schuß die Stille zerriß, lag Fürst bereits auf dem Boden. Und so selbstverständlich, wie er sich auf die Erde hatte fallen lassen, sprang er auch auf und sprintete die wenigen Meter auf die wuchtige Gestalt zu.
Irgendein Instinkt ließ ihn im Augenblick der extremsten Bedrohung kühl und nüchtern das einzig Mögliche tun. Der Widerstand des vermeintlichen Schwächlings hatte Schwegler auch innerlich aus dem Gleichgewicht gebracht. Seine Überlegenheit bestand nur noch aus dem holzbestückten Eisenrohr in seiner Hand. Da war keine Vernunft mehr und kein klares Denken. Nur der Wille, zu siegen. Auch wenn er dafür zerstören mußte.
Die beiden Körper prallten aufeinander. Fürsts Hände griffen nach dem Gewehr. Die Rechte spürte das Metall

des Laufes und klammerte sich daran. Die Linke packte den Ärmel des Lodenrocks und verkrallte sich darin.
Der Jäger fletschte die Zähne und sah aus wie ein wundgeschossener Bär. Mit beiden Händen riß er an der Waffe und versuchte sie in Richtung des Gegners zu drehen. Dieser hing jedoch mit dem Gewicht seines ganzen Körpers daran.
Hätte es einen Beobachter gegeben, dann hätte dieser einen bizarren Tanz zweier Feinde gesehen. Den Tanz ums Leben. Oder um den Tod. Er hätte auch gesehen, wie sich das umschlungene Paar dem Weg näherte, und er hätte gesehen, wie sich die Beine des Größeren plötzlich in einem weiß-schwarz-gefleckten Tierkadaver verfingen.
Fürst roch den Schnaps und den Schweiß, und er sah die Augen. Klein und zusammengekniffen. Als Schwegler stürzte, riß er sie weit auf. Der Körper kippte nach hinten, Fürsts Gewicht drückte die Mündung des Gewehrs gegen den Hals des anderen. Das Unvorhergesehene veranlaßte den Jäger zum Handeln. Er drückte ab.

Der Knall war so nahe und so laut, daß Fürst einen Augenblick lang dachte, er wäre getroffen. Er spürte jedoch keinen Schmerz. Statt dessen explodierte Schweglers linke Gesichtshälfte. Das Blut, das sein Gesicht traf, verklebte Fürst die Augen, und er spürte es im Mund.
Die Hände des Jägers umklammerten immer noch das Gewehr, die Beine trugen ihn aber nicht mehr. Der Lehrer spürte, wie die ganze Last des schweren Mannes plötzlich in seinen Händen lag. Eine Sekunde lang versuchte er sie zu halten, dann lockerte er den Griff und ließ Körper und Waffe zu Boden fallen.

Schwegler landete seltsam verkrümmt auf der Erde. Der Kopf lag auf der fehlenden Gesichtshälfte und verbarg damit die tödliche Verletzung.
Ich lebe, dachte Fürst nur. Und: Ich habe gesiegt!
Der Knall des Schusses blockierte immer noch seine Ohren. Er riß den Mund weit auf, um die Gehörgänge zu öffnen, und hörte plötzlich den Kuckuck wieder. Die gespenstische Monotonie des Vogelgesangs riß ihn aus dem kurzen Siegestaumel.
Da war er wieder, der Tod. Diesmal näher als jener, dem er auf der Straße begegnet war. Viel näher.
Und er, Karl Fürst, hatte ihn verursacht. Ob direkt oder indirekt, würde später niemand mehr interessieren. Erwin Schwegler war durch seine Hand gestorben!
Er sah das Blut, das Schweglers Kopf umgab wie ein schwarzer Heiligenschein. Es gab keine schwarzen Heiligenscheine. Es gab überhaupt keine Heiligenscheine.
Fürst wandte den Kopf ab, und sein Blick streifte dabei den reglosen Hundekörper.
Als er sich übergab, schien der Kuckuck noch lauter zu rufen als zuvor.
Das klare Denken, das er sich so sehr wünschte, setzte nicht ein. Nur die Angst. Riesengroße, alles in seinem Inneren auffressende Angst. Er wollte das Wort nicht denken, aber es war doch da. »Mörder«, sagte eine Stimme. Und auch der Kuckuck schrie es: »Mör-der, Mör-der.«
»Nein«, brüllte er. »Es war ein Unfall!«
»Mör-der, Mör-der.«
Er griff sich an den Kopf und preßte die Handflächen gegen die Ohren.
Und plötzlich war sie da, die Klarheit.
Nichts in seinem Leben würde mehr so sein wie früher. Alle im Ort wußten von seinem Streit mit Schwegler, alle wußten, daß er, der Newcomer im Dorf, mit der Exfrau des reichen Mannes geschlafen hatte. Und alle würden

bezeugen, daß er am Vorabend der Tat vom Opfer verprügelt worden war. »Sie werden mich einsperren«, sagte er halblaut. »Jahre!«
Sie würden seinen Hund finden und die Spuren des Kampfes sehen. Daß der Tote das Gewehr in seinen Händen hielt, sagte überhaupt nichts. Die Kriminalbeamten würden auch Fürsts Fingerabdrücke darauf finden.
Ich könnte die Spuren verwischen, dachte er. Aber wo sollte er den Hundekadaver verstecken? Und wie konnte er die Blutflecken von der Erde entfernen?
Es schreckte ihn, daß sein Gehirn wie das eines Detektivs zu funktionieren schien. Eines Detektivs, der alles daransetzte, seine, Fürsts, Schuld zu beweisen.
Den Job als Lehrer war er auf alle Fälle los. Der Untersuchungshaft konnte er nicht entkommen. Die ehrbare Gesellschaft würde mit Fingern auf ihn zeigen. Und Patrick hatte einen Vater, den sie für einen Mörder halten würden. Nein – Patrick hatte keinen Vater mehr.
Sie würden kommen und Rosie fragen, ob sie ihrem Exmann eine solche Tat zutraue, und sie würde sagen, daß er immer schon einen Hang zur Brutalität gehabt habe. Auch sie sei einmal von ihm verprügelt worden.
Und Marlies? Hatte sie nicht gesagt, sie habe Schwegler früher geliebt? Vielleicht war er jetzt für sie gestorben. Hatte versucht, sie von Fürst zurückzuerobern, und dieser hatte ihn dafür getötet.
Fürst bemerkte erst jetzt, daß er schon längst rannte. Den Waldweg entlang. Rasch, zügig, scheinbar ohne Anstrengung. Ich werde mich irgendwo im Wald verbergen, dachte er. Die erste Aufregung verstreichen lassen. Zeit gewinnen, um nachzudenken, wie es weitergehen könnte. Südamerika vielleicht, oder Südafrika. Irgendeine Insel. Oder die Sowjetunion. Oder Libyen. Dort würden sie ihn bestimmt nicht suchen.
Die Sonne war längst hinter den Wipfeln verschwunden.

Es war düster, und es wurde kälter. In einer Stunde würde die Nacht kommen.
Sie werden ihn erst morgen finden, dachte er. Wenn er nicht nach Hause kommt, suchen sie ihn. Aber wann? Er könnte ja auch bei einer Frau sein. Oder in irgendeinem Wirtshaus. Spätestens zu Mittag werden sie ihn aber finden. Dann holen sie die Kriminalbeamten aus Leoben. Oder gar aus Graz. Spurensicherung nennen sie das. Am Abend werden sie dann wissen, daß ich es war. Da wird es aber zu spät für eine Suchaktion sein. Die kann erst übermorgen beginnen!
Das Wissen um den mindestens sechsunddreißigstündigen Vorsprung beruhigte ihn. Er blieb stehen und wartete, bis sein Atem wieder normal ging. Er wußte zwar nicht, wohin der breite Karrenweg führte, den er entlanggelaufen war, sicher war jedoch, daß er in irgendeiner Ortschaft endete.
Fürst suchte den Nordwesten, entschied sich nach einer Weile für eine Richtung und marschierte los. Dorthin, wo er den Urwald vermutete.

Einige Tausend Schritte später kam die Dunkelheit. Da war längst kein Weg mehr, aber es war immer noch Wald, wie er ihn kannte.
Obwohl er gewußt hatte, daß er irgendwo in dieser Umgebung übernachten mußte, hatte er sich während des Marsches kaum Gedanken darüber gemacht. Jetzt war es beinahe zu spät. Es würde kalt werden, nachts im Herbst im Wald.
Einige Minuten lang suchte er planlos in der näheren Umgebung nach irgendeinem Unterstand, der ein Nachtquartier abgeben konnte. Aber da waren keine Felsen, in

denen Höhlen hätten sein können, und es gab auch keine Hütte irgendwelcher Art. Nur Wald. Hohe Fichten, die nur noch in der Nähe als solche zu erkennen waren, etwas weiter weg aber zu einem schwarzen Wall zusammenwuchsen. Er hatte noch nie eine Nacht im Wald verbracht und sich auch noch nie Gedanken darüber gemacht, mit welchen Schwierigkeiten das verbunden sein könnte.

Es war empfindlich kühl geworden, doch die Jacke, die ihn dagegen hätte schützen können, hing daheim. Am Kleiderständer aus dunkelbemaltem Holz unmittelbar neben der Wohnungstür.

Obwohl er sich übergeben hatte und sein Magen leer war, hatte er keinen Hunger.

Es roch nach Erde und Harz, nach verfaultem Holz und nach Fichtennadeln.

Im letzten Licht, das der Tag durch den grünen Wall sickern ließ, trug er Äste und Zweige zusammen, die auf der Erde lagen, und häufte sie auf. Es ergab ein dürftiges Bett, aber er würde nicht auf dem bloßen, kälteren Waldboden schlafen müssen. Er setzte sich und starrte in das Dunkel. Der Wald hatte seine Konturen verloren. Es gab nur noch Schwarz. Ich müßte dafür dankbar sein, dachte er. Im Augenblick beschützt mich der Wald. Aber er hatte trotzdem Angst. Nagende, quälende Angst. Nicht vor den Verfolgern. Die waren noch weit weg. Er hatte das Gefühl, in einem riesigen Vakuum gelandet zu sein. Man hatte ihm nur wenig Sauerstoff mitgegeben, und er mußte äußerst sparsam damit umgehen. Ein paar unüberlegte Atemzüge, und er würde ersticken.

Er legte sich zurück und sah über sich ein paar Löcher im Wald-Wall, die der Himmel heller gefärbt hatte. Sogar einen Stern entdeckte er. Er klammerte sich lange mit seinem Blick an den winzigen goldglänzenden Punkt und schaffte sich damit eine Brücke zur anderen Welt. Zur realen Welt, in der er bis jetzt immer gelebt hatte. Zur

Welt mit Häusern und Autos, Läden, in denen man Eßbares kaufen konnte, Gasthäusern, Menschen, der Sonne, dem Mond und den Sternen. »Ich komme wieder dorthin zurück«, sagte er laut. Er glaubte es fest, und es half ihm auch beim Einschlafen.

Als er aufwachte, glaubte er zunächst, er schliefe in seinem eigenen Bett und irgend jemand hätte ihm die Decke weggezogen. Er murmelte auch irgendeine Beschimpfung, aber seine Hände, die nach der Decke fühlten, griffen ins Leere. Es war kalt. Und stockdunkel.

Er drehte sich leicht zur Seite, dabei stachen ihn einige Äste in Hüfte und Brust. Plötzlich wußte er wieder, wo er war. Seine Hände waren eiskalt, und er hielt sie vor das Gesicht und hauchte sie an. Es half kaum. Der Rest seines Körpers war ebenso kalt. Rücken, Brust, Beine, Arme. Mühsam stand er auf und streckte sich.

Die Nacht kann ja nicht mehr lange dauern, dachte er und schob den Ärmel des dünnen Pullovers zurück, um damit die Uhr freizumachen. Es war eine jener Digitaluhren, die sich auf Knopfdruck erleuchten.

22.05 Uhr. Er hatte höchstens eine Stunde lang geschlafen. Er wollte es nicht glauben und inspizierte die Uhr genau. Aber es war so. Bis zum Hellwerden mußte er noch acht oder neun Stunden durchstehen. Durchfrieren.

»Verdammt«, schrie er, »das hält ja kein Mensch aus!«

Er ging ein paar Schritte vor und ein paar Schritte zurück, machte ein halbes Dutzend Kniebeugen, ließ die Arme einige Male kreisen, hüpfte mit beiden Beinen im Stand und klatschte die Hände an die Seiten.

Warm war ihm noch immer nicht. Aber nicht mehr ganz so kalt.

Ich brauche irgend etwas, um mich damit zuzudecken, dachte er. Da es außer den abgestorbenen Fichtennadeln, die den Boden mit einer dicken Decke überzogen, und den Ästen, die von den Bäumen hingen, nichts gab, das beweglich war, machte er sich daran, kleine, dünne Fichtenzweige abzureißen und vor sich am Boden aufzuhäufen. Es war eine mühsame Arbeit. Die dünnen Hölzer waren biegsam wie Gummi, und es bedurfte unzähliger Knicke und Drehungen, um sie loszukriegen. Seine Hände klebten vom Harz. Seine Augen hatten sich an die Dunkelheit gewöhnt, und er konnte die Umrisse der Bäume erkennen.

Als er genug Äste gesammelt zu haben glaubte, schaufelte er einen Teil des Nadelteppichs auf seine Schlafstatt, um sie etwas weicher zu machen. Er blickte wieder auf die Uhr, bevor er sich hinlegte. 22.45 Uhr. So langsam war die Zeit noch nie vergangen.

Das problemlose Einschlafen und der tiefe, traumlose Schlaf von vorhin wiederholten sich jedoch nicht. Als er sich endlich mit einer dünnen Schicht von Zweigen zugedeckt hatte, hatten sich längst auch die quälenden Gedanken eingestellt. Er ließ das Geschehen des Spätnachmittags noch einmal vor sich abrollen. Und kam zu dem Schluß, daß es nichts gab, das er anders hätte machen können. Der Gedanke an Rocco schmerzte ihn. Und als er an Patrick dachte, weinte er sogar.

Die Nacht wurde zu einem grausamen Wechselspiel zwischen langen, kalten, von nervenzermürbenden, schmerzenden Gedanken geprägten Phasen des Wachseins und kurzen Schlafsequenzen, die viel länger schienen, als sie waren, und damit das Warten auf den Morgen noch qualvoller machten. Als das erste Tageslicht durch die Baumkronen sickerte, verwischte er die Spuren seines Nachtlagers, so gut es ging, und machte sich wieder auf den Weg. Erst als die Morgenkälte etwas nachließ und er ein gemächlicheres Tempo einschlagen konnte, ohne dabei zu frieren, begann er, an Nahrung zu denken. Sein Mund war trocken, und der Magen schickte ein säuerliches Gefühl nach oben. Er hatte keine Ahnung, was der Wald außer Eierschwammerln und Steinpilzen noch an Eßbarem zu bieten hatte. Die Pilzsaison war längst vorbei. Er sah zwar dann und wann ein ihm unbekanntes oder nur vage bekanntes Exemplar aus dem Waldboden ragen, wagte aber nicht, es zu pflücken oder gar in den Mund zu stecken. Als Lehrer hatte er seine Schüler immer wieder vor dem Genuß giftiger Pilze und Waldbeeren warnen müssen. Jetzt, wo er selbst von seinem Schulwissen hätte profitieren können, konnte er sich beim besten Willen nur an die beiden häufigsten Arten erinnern. Er kannte zwar die Namen einiger anderer genießbarer Pilze, traute sich aber nicht zu, sie auch als Pflanzen hundertprozentig bestimmen zu können.

Doch er hatte ohnehin keinen richtigen Hunger.

Gegen zehn Uhr hörte er Stimmen vor sich. Er blieb stehen, versteckte sich hinter einem Gestrüppballen und wartete, bis er sie nicht mehr hörte. Dann pirschte er sich langsam, jedes unnötige Geräusch vermeidend, an die Stelle heran, von der die Gesprächsfetzen gekommen waren.

Der Wald endete plötzlich. Fürst stand vor einer Kante, und etwa zwei Meter unter ihm verlief ein breiter, offenbar oft benutzter Hohlweg. Es war niemand mehr da, aber im weichen Lehm, am Rande einer beinahe ausgetrockneten Regenpfütze, sah er die Abdrücke von Schuhen.

Eine Weile blieb er auf dem Bauch im dichten, hohen Gras liegen. Als er ganz sicher war, daß sich niemand zeigen würde, überquerte er den Weg so rasch und leise er konnte, erklomm die Böschung auf der anderen Seite und ging vorsichtig weiter. Nach einiger Zeit wurde das Gelände steiler, und Fürst mußte sich einen Abhang hinabtasten. Einige Male rutschte er mit seinen leichten Lauf-

schuhen aus, fing sich jedoch immer wieder am Geäst eines Baumes und konnte einen Sturz vermeiden.
Unten im Tal lichtete sich der Baumbestand merklich. Es wurde heller und grüner, und bald fand er auch den Bach, dessen Rauschen er schon längere Zeit gehört hatte. Er kniete nieder und trank.
Das Wasser war eiskalt und schmeckte ganz anders als das Wasser, das in seiner Wohnung aus der Leitung kam. Da war Erde dabei und Wald und der Geschmack von Steinen und Moos. Zuerst versuchte er, es mit den Händen zum Mund zu schöpfen, beugte sich dann aber über den Bach, hielt den Atem an und tauchte das ganze Gesicht ins Wasser. Er trank, bis er nicht mehr konnte.
Die Erde war weich und feucht, und er bemerkte erst jetzt, daß seine Hose an den Knien völlig durchnäßt war. Ein Vogel schimpfte im Geäst, und die Sonne machte die Luft angenehm warm. Die Idylle hätte ihn unter anderen Umständen in träumerisch-faule Freizeitstimmung versetzt. Er hätte sich wahrscheinlich ins Gras gelegt, dem Murmeln und Glucksen des kleinen Gewässers gelauscht, wahrscheinlich wäre eine Frau neben ihm gelegen, und dann – Marlies, wahrscheinlich wäre es Marlies gewesen.
Irgend etwas legte sich auf seine Brust und machte ihm das Atmen schwer. Schweglers zerstörtes Gesicht, Blut, der zerfetzte Schädel des Hundes. Er schluckte den Kloß im Hals hinunter, die Unruhe, die in ihm rührte, wurde aber immer stärker.
Er glaubte noch immer ungefähr zu wissen, wo er war und in welche Richtung er weitergehen mußte, um sein Ziel, den Urwald, noch an diesem Tag zu erreichen. Viel Zeit hatte er nicht.
Da er sich noch immer kräftig fühlte und auch kein starkes Hungergefühl da war, machte er sich um das Essen keine Sorgen. Wasser allein, das wußte er aus Büchern und Zeitungsartikeln, konnte einen Menschen wochen-

lang am Leben erhalten. Aber er war ja im Wald. Hier wuchs vieles, das er essen konnte, und hier gab es auch Tiere. Später, wenn er ein sicheres Versteck gefunden hätte, würde er auf die Jagd gehen. Über das Wie dachte er im Augenblick noch nicht nach. Er hatte noch einen verdammt weiten Weg vor sich. Als der Bach längst hinter ihm lag und er einen steilen Hang hochkletterte, zweifelte er erstmals an seinem Orientierungsvermögen. Immer wieder stieß er auf Fußpfade, er fand sogar ein weggeworfenes Schokoladenpapier und eine leere Bierdose. Wenn er den Urwald verfehlte, würden sie ihn mit ziemlicher Sicherheit finden. Die Gegend war offenbar vielen bekannt und relativ leicht zugänglich.

Gegen Mittag erreichte er den Kamm des Berges, der dichte Wald versperrte ihm jedoch die Sicht ins Tal. So war er bei der Wahl des Weiterweges wieder nur auf Vermutungen und sein Gefühl angewiesen.

Sonderbarerweise fühlte er keine Müdigkeit. Seine Beine arbeiteten wie Maschinen, da war kein Schmerz, kaum Schweiß, nur mechanisches Dahinstapfen. Und wenn er einmal stehenbleiben mußte, trieb er sich selbst zum Weitergehen an.

Einmal rutschte er auf einem moosüberzogenen Ast aus und verlor das Gleichgewicht. Da nichts da war, an das er sich hätte klammern können, stürzte er und kollerte den Steilhang hinunter, bis ein Baum den Fall beendete. Leicht benommen stand er auf und war froh, daß er sich nicht verletzt hatte. Ein paar blaue Flecken würden bleiben.

Der Nachmittag war zur Hälfte vorbei, und es wurde kühler. Er dachte an die Nacht, die ihn erwartete, und fluchte. Es wäre besser gewesen, wenn er jetzt bereits mit der Suche nach einem bequemeren und vor allem wärmeren Lagerplatz hätte beginnen können. Aber er mußte weiter. Wahrscheinlich hatten sie Schwegler jetzt schon gefunden. Viel-

leicht suchten sie sogar schon nach ihm, dem Mörder. Nein, das konnte nicht sein. Sie würden zunächst rätseln, was der Kadaver des Hundes in der Nähe der Leiche zu bedeuten hatte. Dann würden sie im Ort ihre Nachforschungen anstellen. Vielleicht saßen die Polizisten gerade im Wirtshaus bei einem Krug Bier und erfuhren, was am Vorabend zwischen ihm und Schwegler vorgefallen war.
Die Nacht würde wieder zum Horror werden.
Fürst war immer ein guter Kartenleser gewesen. Und da er sich schon seit einiger Zeit gedanklich mit dem Urwald und seiner geographischen Lage beschäftigt hatte, wußte er, daß er nur noch wenige Gehstunden davon entfernt sein mußte. Wenn die Richtung stimmte.
Ein Hagebuttenstrauch! Er sah ihn und die roten Früchte, die aus dem braun-grünen Farbeneinerlei des Waldes hervorstachen wie rote Glasperlen auf einer grünen Wolldecke. Er pflückte alle, die für ihn erreichbar waren, stopfte sich die Taschen voll und aß einige davon. Er brach die roten Kugeln mit den Händen auf und entfernte das haarige Innere. Das Fruchtfleisch schmeckte leicht süßlich, und er kaute es, bis es jeden Geschmack verloren hatte. Er war doch hungrig gewesen, und jetzt hatte sein Magen etwas zu tun. Eine halbe Stunde später erreichte er eine kleine Lichtung, die offenbar von Holzfällern ausgeschlagen worden war. Am unteren Ende des kahlen, von Gras und Farnen bewachsenen Flecks stand eine Holzhütte, die wahrscheinlich den Waldarbeitern während des Sommers als Unterschlupf gedient hatte. Sie hatte kein Fenster, und die grob gezimmerte Holztür war mit einem Vorhängeschloß versperrt.
Fürst wollte schon daran vorbeigehen, blieb aber dann doch stehen.
Bald würde die Nacht kommen. Und der Frost. Er dachte an die endlosen Stunden und das schmerzhafte Grübeln. Vielleicht würde er in der Hütte auch Dinge finden, die

er später dringend nötig haben würde. Streichhölzer etwa. Oder Werkzeug.
Er ging auf die Hütte zu, und plötzlich war wieder die Angst da. Das unsichtbare Netz, das sich um seine Brust zog und ihm das Atmen schwermachte. Diesmal war es die Angst vor Menschen. Und vor dem, was Menschennähe signalisierte. Im Wald hatte er sich sicher gefühlt. Die Bäume konnten ihn nicht verraten, die hohen Farne schützten ihn vor den Blicken, die Stille trug fremde Geräusche weit genug, um ihn vor näher kommenden Verfolgern zu warnen.
Er erreichte die Holzwand und blieb stehen. Er lauschte. Da war aber nichts. Eine Grille, die in der Wiese vor ihm zirpte. Nicht einmal Vogelstimmen.
Das Schloß war billig und halb verrostet. Er hatte zwar noch nie irgendwo eingebrochen, wußte aber, daß es mit einem starken Ast oder zwei größeren Steinen leicht zu knacken war. Er hielt es einige Sekunden lang in der Hand. Sie würden es sicher entdecken. Und dann würden sie wissen, daß er in der Nähe war. Die Suche im Urwald war nur noch die logische Konsequenz.
Dann dachte er an die nächste Nacht. Und das, was er in der Hütte möglicherweise finden konnte.
Er zuckte die Schultern und begann, am Boden zu suchen. Der daumendicke Ast, den er bald fand, war morsch und brach beim ersten Belastungstest.
Sie würden mit Hunden kommen, wenn sie nach ihm suchten.
Jäger haben Hunde, die Gendarmerie hat Hunde.
»Ich Arschloch«, sagte er laut und verzerrte sein Gesicht zu einer Grimasse. »Die finden den Weg hierher wie auf einer Autobahn!«
Im Bach hätte er sie wahrscheinlich abschütteln können. Das wußte er aus den Indianergeschichten, die er als Bub so gerne gelesen hatte. Karl May, James Fennimore Cooper.

Seine Realität war kein Spiel. Da waren aber Augenblicke, in denen er es vergaß. In denen es ihm gelang, den Grund für seine Flucht für Augenblicke abzuschütteln. Da war seine Konfrontation mit dem Wald plötzlich eine ungeheure Herausforderung an seine Intelligenz, seine Instinkte, seinen Körper. Aber dann kam alles wieder zurück, und er wußte, daß er der Fuchs in einer Fuchsjagd war. Und daß alles auf dem Spiel stand, was er bisher als sein Leben betrachtet hatte. Gewohnheiten, Freunde, die Freiheit, sein Sohn.

Er fand zwei faustgroße Steine und begann damit das Schloß zu bearbeiten. Das Krachen schmerzte in seinen Ohren und zerriß die Stille wie eine kleine Explosion. Er hörte auf, blieb einige Sekunden lang in völlig erstarrter Haltung stehen und lauschte. Der Hall des scharfen Knalls schien noch immer in der Luft zu hängen. Sonst war es still. Auch die Grille hatte zu zirpen aufgehört.

Das müde Metall gab nach zwei weiteren Schlägen nach. Er zog die Tür langsam nach außen, dabei schlug ihm der Geruch von kaltem Rauch, altem Fett und zersägtem Holz entgegen. Es war ein von Menschen gemachter Geruch.

In der Hütte war es düster, und es dauerte einige Sekunden, bis sich Fürsts Augen daran gewöhnt hatten. Der aus groben Brettern gezimmerte Fußboden knarrte gereizt, als er seine Füße daraufsetzte.

Im hinteren Eck der Hütte stand eine Holzpritsche. Einen halben Meter hoch, vier Beine, ein paar Bretter. Viel wichtiger war jedoch das, was darauflag. Mit vor Freude leicht zitternden Händen griff er nach dem schwarzen Bündel und entfaltete es zu einer zerschlissenen, an den Ecken ausgefransten und mehrfach durchlöcherten Wolldecke. Den Gestank, der dabei aufstieg, roch er kaum.

Er hängte sich die Decke über die Schulter, so als hätte er Angst, man würde sie ihm wieder wegnehmen. Dann durchstöberte er den Rest der Hütte. Auf einem lieblos

zusammengenagelten Tisch gleich neben der Eingangstür standen drei leere Bierflaschen. Tischtuch gab es keines, nur altes, fettbefleckte Zeitungspapier. An einem Nagel an der Wand hing eine blaue, verdreckte Arbeitshose. Er nahm sie herunter und zog sie an.
Später, als er den Boden absuchte, fand er noch ein kleines, halbvertrocknetes Stück Seife und eine Handvoll rostiger Nägel. Das Wichtigste hätte er beinahe übersehen. Seine Hand ertastete es im dunkelsten Winkel unter der Pritsche. Es war aus Metall, und als er es herauszog, sah er, daß es sich um einen Teil einer abgebrochenen Zugsäge handelte. Beinahe einen halben Meter lang, mit relativ scharfen Zähnen. Am Ende war ein etwa zehn Zentimeter langer Metallzacken, auf den man früher den Holzgriff gesteckt hatte.
Es war jetzt fast dunkel, und er breitete seine Schätze auf dem Tisch aus. Aus seinen Taschen zog er ein Taschentuch, den Schlüsselbund mit Auto- und Wohnungsschlüssel und seine Geldbörse. Das war alles.
Er lachte laut und hämisch, als er die Geldbörse auf den Tisch legte. So, als spiele er nur für sich selbst Theater. Er sprach auch wieder laut, wie schon so oft seit seinem Aufbruch in die Einsamkeit. Das Geräusch der eigenen Stimme nahm der Angst etwas von ihrer Schärfe.
»Gut, daß ich Geld mithabe«, sagte er bitter, »damit werde ich mir im nächsten Gasthaus ein Wiener Schnitzel und ein Krügel Bier kaufen!«
Er ließ die Tür offen, weil er wollte, daß ihn das Licht des Morgens weckte. Dann legte er sich auf die Pritsche und rollte sich in die Wolldecke ein. Morgen früh würden sie mit der Suche nach ihm beginnen. Vielleicht war es seine letzte Nacht in Freiheit. Die Kälte, die ihn packte, kam diesmal von innen. Er zwang sich, an den Wiener Stephansdom und das Schloß Schönbrunn zu denken. Dabei schlief er ein.

Klaus Pucher war seit sechs Jahren bei der Gendarmerie und seit kurzem Revierinspektor. Der silberne Stern am Kragen der grauen Uniform gab ihm das Gefühl, es im Leben zu etwas gebracht zu haben. Irgendwann einmal, das wußte er, würde er nach Leoben übersiedeln und dort den Dienst in der Kriminalabteilung antreten.
Er war im März siebenundzwanzig Jahre alt geworden. Er war größer als die meisten anderen Männer im Dorf, nicht allzu kräftig, aber doch recht sportlich. Bis vor kurzem hatte er im Nachbardorf Fußball gespielt. Zweite Klasse Nordost. Dann hatte sich der Verein jedoch auflösen müssen, weil sich das Sägewerk Schwegler als Sponsor zurückgezogen hatte.
Jetzt war der Name Schwegler wieder vor ihm aufgetaucht. Groß, blutig leuchtend. Soweit sich Pucher zurückerinnern konnte, hatte es in den Dörfern der Umgebung keinen Mord gegeben. In Liezen hatten zwei Jugendliche vor kurzem einen Rentner erschlagen, weil sie geglaubt hatten, er hätte sein Erspartes irgendwo in der armseligen Hütte, in der er hauste, versteckt. Da war aber nichts. Und die beiden, einer sechzehn, der andere noch jünger, waren bald gefaßt. Das was aber Liezen. Die Stadt. Dort passiert öfter etwas.
Pucher lehnte sich zurück und schloß die Augen. Es war spät, und er hätte längst zu Hause sein können. Er hatte nicht einmal Nachtdienst. Keiner hier hatte Nachtdienst. Der Posten war viel zu schwach besetzt, um sich solchen Luxus leisten zu können. Wenn jemand anrief, wurde das Telefon automatisch zum Bezirksposten in Liezen weitergeleitet. Dort war immer jemand.
Er konnte den Anblick nicht vergessen. Schweglers massiger Körper, auf der Seite liegend, die Blutlache um den Kopf. Die eine Gesichtshälfte war eine schwarze Höhle. Und da waren die Fliegen. Man verscheuchte sie, aber sie kamen immer wieder zurück und setzten sich auf die zer-

splitterten Knochen und die eingetrockneten Fleischreste.
Die Sekretärin in der Sägewerkskanzlei hatte einen Hilfsarbeiter auf das Revier geschickt, der in holpriger Sprache langsam erklärt hatte, daß der Chef nicht aus dem Wald zurückgekommen sei. Er sei allein jagen gegangen und hätte bereits um acht Uhr früh einen wichtigen Kunden empfangen sollen. Puchers Versuche, mehr aus dem Mann herauszubringen, waren erfolglos gewesen. Später erfuhr er, wohin Schwegler gegangen war, daß er zu seiner Haushälterin, einer jüngeren, gar nicht unattraktiven Frau, gesagt hatte, er würde verläßlich vor Einbruch der Dunkelheit zurücksein, und daß er noch nie eine wichtige Geschäftsbesprechung versäumt hatte.
Der Postenkommandant hatte schließlich gemeint, man müsse die Feuerwehr bitten, eine Suchmannschaft zusammenzustellen. Liezen hatte man natürlich auch verständigt, und die hatten einen Hundeführer mit einem nervös schwänzelnden Schäferhund ins Dorf geschickt.
Schweglers Leiche war am frühen Nachmittag entdeckt worden. Alle Beteiligten waren tief betroffen, einige sogar schockiert. Nicht, daß sie Schweglers Tod ergriffen hätte. Kaum jemand im Ort hatten den lauten, oft mit seinem Reichtum protzenden Riesen gemocht. Es war die Erkenntnis, daß hier, in ihrer unmittelbaren Heimat, wo sie mit ihren Frauen und Kindern lebten, arbeiteten, zur Kirche gingen, so etwas Abstraktes wie ein Mord passieren konnte. Situationen wie diese sieht man nur im Kino. Oder man liest darüber in den Zeitungen.
Dabei stand noch nicht einmal fest, ob es tatsächlich ein Mord war. Der Tote hielt die Waffe ja selbst in der Hand. Pucher hatte auch sofort den Tierkadaver entdeckt, der in der Nähe der Leiche lag. Und ihn gleich als den Dalmatiner des neuen Lehrers identifizieren können.

Den Großteil der Arbeit hatte er bereits erledigt gehabt, als die zwei Kriminalbeamten mit dem Staatsanwalt und den Herren vom Erkennungsdienst am Tatort eingetroffen waren. Nach seiner ausführlichen Meldung hatte er bemerkt, wie einer der beiden Kriminalbeamten anerkennend genickt hatte. Gar nicht schlecht, wenn man jetzt schon bei den zukünftigen Kollegen einen ordentlichen Eindruck hinterlassen konnte.
Das zertretene Gras bewies ganz klar, daß ein Kampf stattgefunden hatte. Und da waren auch andere Fingerabdrücke am Gewehr. Die des Lehrers, wie sich später, bei der Durchsuchung von dessen Wohnung, herausstellte.
Pucher war müde, und das Trennen und Ordnen der Fakten fiel ihm schwer. Da war auch der Kampf gewesen. Schwegler hatte den Lehrer beim Peterwirt verprügelt. Ich hätte den Fettsack dafür auch gehaßt, dachte Pucher. Aber umgebracht hätt' ich ihn nicht! Wahrscheinlich hatte der Lehrer Schwegler mit dem Prügel, den man in der Nähe gefunden hatte, bewußtlos geschlagen, ihm dann das Gewehr an den Kopf gepreßt und abgedrückt. So konnte es wie ein Unfall aussehen. Aber wo war der Lehrer jetzt? Wenn er kopflos davongerannt war, dann hätte man ihn sicher schon gefunden. Wahrscheinlich würde er morgen irgendwo auftauchen.
Der Mann mit dem Hund hatte versprochen, um sieben Uhr früh mit zwei anderen Leuten von der Hundebrigade wiederzukommen. Auch ein paar Feuerwehrleute würden dabeisein. Und er, Pucher. Der Postenkommandant mußte im Ort bleiben und die Stellung halten. Mehr als zwei waren sie im Augenblick nicht. Reichmann, sein Kollege, war seit drei Wochen krank. Beinbruch bei einem Sturz mit dem Dienstmoped. Und auf den Vierten, den man ihnen in Graz längst versprochen hatte, warteten sie nun schon seit fast einem Jahr. War eigentlich gar kein übler

Kerl, der Lehrer, dachte Revierinspektor Pucher, als er das Licht abdrehte und die Tür zusperrte. Morgen werde ich ihn finden. Und dann werd' ich genau wissen, was gestern oben am Krahkogel los war.

Dort, wo man die Leiche gefunden hatte, war heute nur noch geknicktes Gras. Mehr als am Tag zuvor, denn die vielen Menschen, die sich um den Mord hatten kümmern müssen, hatten alles in weitem Umkreis zertrampelt.
Die Leiche war natürlich nicht mehr da. Die hatten zwei Männer vom Bestattungsunternehmen gegen Abend in einen Zinnsarg gelegt und weggetragen. Keiner der Umstehenden hatte ihnen geholfen, und sie hatten ganz schön geschwitzt und gestöhnt dabei. Schwegler war schon zu Lebzeiten ein wuchtiger Mensch gewesen. Und jetzt wog er noch viel schwerer.
Fritz Ploder, einer der drei Feuerwehrleute, die Pucher begleiteten, stocherte mit seinem rechten Fuß in dem dunklen Fleck herum, der jetzt nicht mehr als Blut zu erkennen war. »Dem hat's den Schädel zerrissen«, sagte er, und es schauderte ihn dabei. Leo Mörtl, der zweite Feuerwehrmann, nickte. »So ein Jagdgewehr hat eine ganz schöne Wucht«, sagte er.
Der Hundeführer von gestern, der sich als Walter Brunntaler vorgestellt hatte, war zwar nicht allein, aber doch mit nur einem statt der versprochenen zwei Begleiter gekommen.
Eine traurige Truppe, dachte Pucher, der mit mindestens einem Dutzend Feuerwehrleuten und drei Hundeführern gerechnet hatte. Aber keiner schien am Morgen Zeit gehabt zu haben. »Für einen lockeren Spaziergang in den Wald«, wie Luis Schlager, der dritte aus dem Dorf, der

mitgegangen war, beim Abmarsch vom Revier gemeint hatte.
Der Tag war klar, und die Sonne arbeitete sich am hellblauen Himmel langsam höher. Die Bäume auf der Lichtung warfen lange Schatten.
Pucher ließ den Männern etwas Zeit, sich am Tatort umzusehen. Auch er selbst genoß das leichte Schaudern, das der Gedanke in ihm erzeugte, daß hier, an exakt diesem Fleck, vor kurzem ein Mensch umgebracht worden war.
»Wie schnell das doch geht«, sagte er gedankenverloren.
»Was?« fragte Leo Mörtl, ein tüchtiger Landwirt, gutmütig, aber ein langsamer Denker.
»Das mit dem Sterben«, sagte Pucher. »Da gehst eben noch ahnungslos durch den Wald, freust dich über etwas, oder ärgerst dich, bist traurig oder zufrieden, und dann ist mit einem Schlag alles aus. Puff, ein Schuß, und du liegst da. Nur noch Fleisch und Knochen. Sonst nichts.«
»Sterben müssen wir alle einmal«, sagte der Schlager Luis. »Ob du jetzt im Wald erschossen wirst oder daheim im Bett abkratzt – was macht das denn schon für einen Unterschied?«
Brunntaler, der Hundeführer, wurde ungeduldig. »Hört's mit der Rederei auf«, sagte er. »Das bringt doch nichts. Wenn ihr euren Lehrer heute noch finden wollt, dann ist's besser, wir fangen mit der Sucherei an!«
Die anderen nickten, und Pucher zog einen Socken aus der rechten unteren Tasche des Uniformrocks. Es war einer von Fürsts Socken, und Pucher hatte ihn aus der Wohnung mitgebracht. Brunntaler griff danach und hielt ihn seinem Hund unter die Nase. Dieser schnüffelte kurz daran und schaute dann unruhig umher. »Such, Harro, such«, sagte Brunntaler eindringlich und reichte den Socken an den zweiten Hundeführer weiter. Der Schäferhund hatte jetzt die Nase am Boden und zog seinen Herrn an der Leine hinter sich her. »Er hat's«, triumphierte

Brunntaler, »komm, Viktor!« Der zweite, ein kleiner, untersetzter Mann mit schütterem Haar, von dem Pucher nur wußte, daß er Strohmeier hieß, reihte sich mit seinem Tier, einem etwas helleren Schäferhund namens Rex, hinter Brunntaler ein und folgte ihm. Die Feuerwehrleute gingen hinterdrein, und Pucher bildete den Abschluß. Er wußte zunächst nicht, ob er vorsichtig gehen und unnötige Geräusche vermeiden sollte. Er hatte noch nie im Wald jemanden verfolgt. Eigentlich hatte er auch sonst nie Gelegenheit gehabt, jemanden zu verfolgen. Dann mußte er aber lachen. Nicht laut, weil es ja die anderen nichts anging. Fürst war seit eineinhalb Tagen flüchtig. Pucher rechnete nach und kam auf insgesamt vierzig Stunden Vorsprung, die der Lehrer haben mußte. Da brauchte niemand beim Gehen auf zu laute Geräusche achtzugeben. Pucher pfiff ein paar Töne eines Liedes und kickte einen dürren Ast aus dem Weg.
»Psssst«, zischte Ploder, der vor ihm ging, und schüttelte vorwurfsvoll den Kopf. »Nicht so wild, Herr Inspektor!«
Jetzt lachte Pucher laut. »Der hat mindestens vierzig Stunden Vorsprung, Fritz«, sagte er. »Da kannst trampeln und pfeifen soviel du willst, der hört dich sicher nicht!«
Ploder drehte sich wieder um und ging weiter. Nicht lauter und nicht leiser als zuvor.
Die Hunde zogen die Männer bald vom Weg weg und in den Wald hinein. Es wurde steiler, und immer wieder mußte Pucher Äste abwehren, die vom Vordermann abprallten und auf ihn zuschnellten.
Gegen Mittag fanden sie den Platz, an dem Fürst zum erstenmal übernachtet hatte. Da waren ein paar frischabgerissene Äste, und an ein paar Stellen war der Waldboden aufgerissen, und zwischen dem dicken, weichen Teppich aus abgestorbenen Nadeln wurde schwarze Erde sichtbar. Es roch nach Harz und Moder, und nur wenige Sonnenstrahlen drangen durch das dicke, dunkle Dach

über den Männern. Die Hunde schwänzelten aufgeregt herum, einer bellte hektisch, der zweite winselte bettelnd.
»Zeit für eine Mittagsrast«, sagte Brunntaler.
Während sich die anderen setzten und ihren Proviant auspackten, begann Pucher die Gegend genauer zu untersuchen. Er fand nichts. Und er begann wieder zu rechnen. Wenn er hier übernachtet hat, dann hat er nur noch etwas mehr als dreißig Stunden Vorsprung, dachte er.
»Was ist denn das für einer, euer Lehrer?« fragte Brunntaler, während er an einem langen Stück harter Wurst kaute.
Die Feuerwehrmänner blickten einander an und zuckten die Schultern. »Ich weiß nicht«, sagte der Schlager Luis. »Der war noch nicht lange im Dorf. Einer aus Graz. Stadtmensch halt.«
»Hat sich gleich die Exfrau vom Schwegler aufgerissen«, sagte Ploder und grinste zweideutig. »Eine ganz Fesche ist die!« Er zeichnete mit den Händen riesige Brüste in die Luft. »Mit solchen Dingern!« Dabei stieß er einen bewundernden Pfiff aus.
»Wenn die schon geschieden waren, dann hat's dem Alten ja egal sein können«, sagte Brunntaler, biß ein Stück von der Wurst ab und warf es dem Hund vor, der es in Sekundenschnelle verschlang und sein Herrchen sofort wieder flehend anschaute.
»Ihr Alter«, sagte der Schlager Luis, »das war ein ganz komischer Kerl. Stinkreich, aber mit nichts zufrieden. Man soll ja über Tote nichts Schlechtes sagen«, dabei warf er Pucher einen unsicher fragenden Blick zu und sprach weiter, als dieser nicht reagierte. »Aber so richtig beliebt war er nicht im Dorf, der Schwegler. Der hat halt immer alles haben wollen. Und wenn er einmal etwas nicht hat haben können, dann hat's auch kein anderer kriegen dürfen.«
»Und der Lehrer?« fragte Brunntaler wieder.

»Der Lehrer hat sie gekriegt. Und das war dem Schwegler halt gar nicht recht.«
Pucher mochte die Unterhaltung nicht. Ihm ging es nur um den Tatbestand, und der war völlig klar. Der Lehrer hatte den Tod Schweglers verschuldet, oder zumindest mitverschuldet. Seine Flucht kam einem Schuldeingeständnis gleich. Und er, Pucher, mußte ihn finden. Da waren Emotionen jeglicher Art völlig fehl am Platz. Ein guter Kriminalbeamter richtet sich nur nach Fakten. Gefühle kann er sich nicht erlauben.
Schon gar nicht solche, die den mutmaßlichen Täter betreffen. Persönlich hatte er überhaupt nichts gegen den Lehrer – aber das war unwichtig. Karl Fürst war zum Job für ihn geworden. Und den wollte er so gut wie möglich ausführen.
»Wenn die Herren fertiggegessen haben, dann könnten wir ja wieder gehen«, sagte er vorsichtig.
Die drei Feuerwehrleute packten die Proviantreste ein und erhoben sich ächzend. Brunntaler und Strohmeier warfen den Hunden noch ein paar Wurstbrocken vor, dann standen sie auf und putzten die Fichtennadeln von ihren Hosen. Pucher mochte die beiden nicht besonders. Brunntaler war ein Wichtigmacher und der andere sein williger Untergebener. Ein Mitläufer. Der Lehrer ging Pucher während des Weitermarsches nicht aus dem Sinn. Bisher hatte er ihn als Gegner nicht ganz ernst genommen. Ein verweichlichter Städter im Wald. Je weiter sie aber die Spur verfolgten, je dichter der Wald und je steiler das Gelände wurden, desto größer wurde sein Respekt vor dem Verfolgten.
Auf einem Hohlweg entdeckte Ploder Fußspuren in der lehmigen Erde. Die Hunde schnüffelten achtlos darüber hinweg und zogen ihre Führer auf der anderen Wegseite wieder die Böschung hinan und in den Wald hinein.
Pucher war verwirrt. Die Richtung, in die sie die Hunde

führten, entbehrte jeder Logik. Da war kein Dorf, nicht einmal eine Straße.
Wohin will der? dachte Pucher, der längst nicht mehr an eine kopflose Flucht Fürsts glaubte. Dafür wies die Spur schon zu lange zielstrebig in eine Richtung. Nach Nordwesten.
Nach einer Weile erreichten sie einen Bach. Die Hunde tranken rasch ein paar Schluck Wasser und legten dabei die Ohren an. So, als ob sie Angst davor hätten, ihre Herren könnten es ihnen verbieten. Pucher kniete nieder und schöpfte ein paar Handvoll Bachwasser in seinen Mund.
Er wartete, bis auch die anderen getrunken hatten. »Wer weiß«, fragte er schließlich und zeigte mit einer Hand nach vorn, »was in dieser Richtung liegt?«
Brunntaler und Strohmeier schüttelten beinahe synchron die Köpfe.
»Nichts«, sagte Ploder. »Nur Wald!«
»Und hinter dem Wald?«
Ploder lachte. »Wieder Wald!«
»Und dann?«
»Oberösterreich. Aber bis dorthin ist's noch ein verdammt langer Weg.«
Pucher runzelte die Stirn und begann, an seiner Oberlippe zu kauen. »Kann mir jemand sagen, warum der Lehrer in diese Richtung unterwegs ist?«
Der Schlager Luis blickte ihn erstaunt an. »Weißt du's wirklich nicht?«
Pucher schüttelte den Kopf.
»Weil er in den Urwald will. Das ist doch ganz klar!«
Pucher stieg die Hitze ins Gesicht. Das war's! Der Urwald. Der Lehrer wollte in den Urwald! Und er, der angehende Kriminalist, hatte keinen Augenblick daran gedacht. Obwohl die Spur so breit war wie eine Autobahn.
Er überspielte seinen Ärger und bemühte sich, Kompetenz auszustrahlen.

»Wie weit ist's noch bis dorthin?« fragte er.
Mörtl runzelte die Stirn, dachte einige Sekunden lang nach, dann sagte Ploder: »Einen Tag bei diesem Tempo, würd' ich sagen!«
»Dann müssen wir uns langsam überlegen, wo wir heute übernachten«, sagte Pucher.
Es dauerte nicht lange, bis die Hunde die Witterung am anderen Ufer des Baches wiederaufgenommen hatten. Aber auch sie zogen nur noch halbherzig an den Leinen. Der Jagdtrieb, der sie den ganzen Tag lang hatte laufen lassen, war abgenutzt. Der Erfolg fehlte, und die Menschen, die hinter ihnen herstapften, zeigten ebenfalls nur noch wenig Interesse, weiterzumachen.
Irgendwann am späteren Nachmittag verließen sie die Spur an einer Stelle, die leicht wiederzufinden sein würde, erreichten bald einen Weg, dann eine Straße und gelangten kurz vor Einbruch der Nacht in ein Dorf namens Allerheiligen. Die Feuerwehrleute und der Polizist waren gute dreißig Straßenkilometer von ihrem eigenen Dorf entfernt, die beiden Hundeführer fast doppelt so weit von der Stadt.
In stillem Einverständnis gingen die sechs Männer mit den beiden Hunden in die Gaststube des ersten Wirtshauses, das am Weg lag. Als alle saßen und ihre Getränke bestellt hatten, räusperte sich Pucher mehrmals und bedankte sich bei seinen Helfern. »Ich weiß jetzt noch nicht, wie es weitergehen wird«, sagte er. »Natürlich kann jeder von euch daheim anrufen und sich abholen lassen. Ihr habt mehr getan, als ich von euch hab' erwarten können. Ihr könnt aber auch hier übernachten. Ich bin sicher, daß wir das alles später verrechnen können.«
Den Männern war's egal. Sie blickten einander an und zuckten die Schultern.
»Im Urwald«, sagte der Schlager Luis schließlich, »da finden wir den Lehrer nie. Keiner von uns war jemals dort.«

»Der hat fast zwei Tage Vorsprung«, sagte Ploder.
»Soll eine wilde Gegend sein«, meinte Schlager und kratzte sich umständlich am Kopf. »Mit einer Schlucht und einem unheimlich hohen Wasserfall. Nicht einmal die Wilderer haben sich früher da reingetraut.«
Pucher stand auf. »Ich werd' versuchen, meinen Chef zu erreichen.« Er ging zum Telefon, einem uralten schwarzen Kasten, der auf dem Tresen hinter der Theke stand, und wählte eine Nummer. Nach längerem Läuten meldete sich Luis Steindl, Bezirksinspektor und Postenkommandant. Gelangweilt-mürrisch, wie immer. Pucher erzählte ihm knapp, was während des Tages passiert war. Die Ratlosigkeit, die ihn und seinen Suchtrupp gepackt hatte, schwang in seinen Worten mit, und Steindl versuchte auch gar nicht, ihn aufzumuntern.
»Das müssen wir anders anpacken«, hörte Pucher aus dem Hörer. »Morgen hol' ich ein paar Burschen von der Bergrettung, die sich im wilderen Gelände nicht gleich die Hosen vollscheißen, und vielleicht krieg' ich sogar den Grazer Hubschrauber für ein paar Stunden. Wär' ja gelacht, wenn wir den Saukerl nicht erwischen würden!«
Die drei Feuerwehrleute fuhren noch am selben Abend ins Dorf zurück, und am nächsten Morgen verabschiedete Pucher auch die beiden Hundeführer.
Brunntaler zuckte die Schultern in einer Geste, die eher Enttäuschung als Resignation ausdrücken sollte. »Ich hätt' gern noch weitergemacht«, sagte er. »Aber wenn die Herren meinen, auch ohne uns auskommen zu können, dann gehen wir eben wieder. Der Mohr hat seine Schuldigkeit getan!«
Pucher mochte den Hundeführer noch immer nicht. Und er war froh, als er weg war. Bald danach kamen die drei Bergrettungsmänner.
Auch Bezirksinspektor Steindl war gekommen. Höchstpersönlich. Eine mächtige Gestalt mit dickem, nach unten

zu breiter werdendem Kopf, einer schwabbeligen Hautmasse, die den Hals ersetzte, kurzen Armen und gewaltigen Fettpolstern, die sich rund um seine Körpermitte aufgebaut hatten. Obwohl maßgeschneidert, waren seine Uniformen immer zu eng, und die silbernen Knöpfe wehrten sich verzweifelt gegen den Druck, dem sie ständig ausgesetzt waren.

Die Gestalt seines Postenkommandanten hatte etwas Lächerliches an sich, und doch nötigte sie Pucher Respekt ab. Er hätte es nie gewagt, auch nur still für sich über den Koloß Mensch zu lachen, der ständig laut schnaufte, sich ständig Schweißperlen von der Stirn wischte, trotzdem aber eine ungewöhnliche Autorität ausstrahlte.

Die Bergrettungsmänner waren jung, alle unter dreißig, und sie trugen rote Anoraks mit einem Abzeichen am Ärmel. Sie stellten sich als Holper, Stuppacher und Klöch vor; einer von ihnen hatte einen Hund dabei.

Bezirksinspektor Steindl war sichtlich stolz darauf, daß er die drei mitgebracht hatte. »Das sind die besten, Pucher, die besten!« sagte er und klopfte dem, der Stuppacher hieß, mit der Hand mit den kurzen, dicken Fingern auf die Schulter. Pucher schüttelte allen die Hände und weihte sie dann in das Ergebnis ein, das der Marsch des Vortages für ihn gebracht hatte.

Auch die Bergrettungsmänner kannten den Urwald nur vom Hörensagen. Alle drei waren jedoch erfahrene Felskletterer, und sie hatten auch die nötige Ausrüstung dabei, die man braucht, um sich in unwegsamem, felsigem Gelände bewegen zu können. Bezirksinspektor Steindl hielt eine kurze Rede, die den vier an der weiteren Suche Beteiligten klarmachen sollte, daß sie seine volle Rückendeckung hätten, was auch immer sie tun würden.

»Der Flüchtige hat mit ziemlicher Sicherheit einen Menschen umgebracht«, sagte er. »Er ist schon drei Tage lang unter schwierigsten Bedingungen unterwegs, hat wahr-

scheinlich kaum etwas gegessen und dürfte zum Äußersten entschlossen sein. Der einzige, der eine Waffe trägt, ist Revierinspektor Pucher. Wenn er muß, wird er auch davon Gebrauch machen!« Dabei machte er eine erklärende Handbewegung in Richtung Pucher und nickte ihm zugleich aufmunternd zu.
Natürlich hatte Pucher während der langen Stunden, die er am Vortag im Wald verbracht hatte, immer wieder darüber nachgedacht, was er tun würde, wenn er den Lehrer gestellt hätte. Auch an die Möglichkeit eines gezielten Schusses. Im Gedanken daran schauderte ihn. Er hatte noch nie auf einen Menschen schießen müssen, und er wußte nicht, ob er die nötige Kaltblütigkeit würde aufbringen können, wenn es einmal soweit war. Andererseits war da das Machtgefühl, das ihm die Gewißheit verschaffte, einen Menschen anschießen oder gar töten zu können, ohne dafür auch nur die geringste Strafe erwarten zu müssen. Es war eine Art Reifeprüfung. Wenn er es tat, würde er seine Unschuld verloren haben. Dann gehörte er zur Reihe jener harten, kompromißlosen Kollegen, die alle Voraussetzungen mitbrachten, die man braucht, um Karriere zu machen.
Wahrscheinlich würde er schießen, wenn es wirklich soweit kommen sollte!
»Es hätte wenig Sinn, den Hubschrauber jetzt schon einzusetzen«, sagte Bezirksinspektor Steindl. »Wenn ihr exakt wißt, daß der Flüchtige sich im Urwald aufhält, und mir das über Funk mitgeteilt habt, dann genügt ein Anruf von mir. Ich habe die Kollegen in Graz von unserem Problem hier unterrichtet, und die haben uns jede Unterstützung zugesagt. Schließlich geht es ja mit ziemlicher Sicherheit um Mord!« Er wischte sich den Schweiß von der Stirn, und Pucher hatte den Eindruck, daß sich die Brust des Bezirksinspektors angesichts der Wichtigkeit seiner Aussage zu einem noch gewaltigeren Umfang blähte.

Zu seinem Erstaunen hielten die Knöpfe jedoch auch diesen Belastungstest aus.
Zwei Stunden später nahm der Hund an der Stelle, die sich Pucher am Vorabend eingeprägt hatte, die Witterung auf. Holper, Stuppacher und Klöch bewegten sich im Wald wesentlich schneller und dabei noch vorsichtiger als Puchers Suchtrupp vom Vortag. Jeder der drei trug einen schweren Rucksack, das Gewicht schien ihnen aber überhaupt nichts auszumachen.
Der Himmel war bewölkt, und Pucher glaubte, daß es bald zu regnen beginnen würde. Im Wald war es beinahe kalt, und er war froh darüber, daß das Marschtempo höher war. Er hatte bald seinen Schrittrhythmus gefunden und schwitzte ziemlich stark. Auch er trug einen Rucksack. Polizeieigentum. Neben einer Feldflasche und einigen Broten hatte er auch einen Regenschutz und das Funkgerät dabei. Er hatte keine Ahnung, ob die Reichweite genügen würde, aber Bezirksinspektor Steindl hatte versprochen, sich, soweit es mit einem Auto möglich war, immer in der Nähe des Suchtrupps aufzuhalten. Es war noch nicht Mittag, als Pucher und seine drei Partner die Hütte auf der Lichtung erreichten.
Irgend etwas signalisierte ihm, vorsichtig zu sein.
Er hatte zuvor nur bemerkt, daß sich der Wald vor ihnen lichtete, als alle vier jedoch den Baumgürtel durchbrochen hatten und plötzlich ungeschützt auf der Lichtung standen, kam sich Pucher für einen Augenblick nackt und hilflos vor. Er hob den Zeigefinger an die Lippen und gab einen Zischlaut von sich, um die Aufmerksamkeit der drei anderen auf sich zu lenken, ihnen zugleich aber auch mitzuteilen, daß sie von nun an vorsichtiger, vor allem aber noch leiser sein sollten.
Pucher duckte sich und machte ein paar schnelle Schritte, die ihn in den Schutz des Waldes zurückbrachten. Die drei anderen taten das gleiche.

»Hast du was gesehen?« fragte Stuppacher, ein blonder Hüne mit fast schulterlangem Haar und einem dichten Oberlippenbart. Die anderen nannten ihn »Wikinger«.
Pucher stand noch immer gebückt da und starrte auf die Lichtung. »Nichts Konkretes«, sagte er nach einer Weile.
Alle vier fühlten die Spannung, die plötzlich in der Luft hing. Während des langen, monotonen Marsches im Wald war die Möglichkeit einer Begegnung mit dem Gesuchten nie spürbar gewesen. Sie hatten eine Spur verfolgt, etwas Unsichtbares. Jetzt hatte sie plötzlich Gestalt bekommen. Dort vorn, in der Holzhütte, konnte der Mann sein, den sie suchten. Kein ideales Versteck, aber irgendwo mußte er ja Unterschlupf gefunden haben. Waldmensch war der Lehrer keiner. Einer, der aus der Stadt kommt, liebt's bequemer.
»Was tun wir, wenn er wirklich in der Hütte ist?« fragte der Wikinger.
Pucher mußte handeln. Schließlich war er der Anführer der Gruppe, der einzige, der wirklich Autorität besaß.
»Ihr bleibt hier«, sagte er schließlich. »Wenn ich euch ein Zeichen geb', könnt ihr nachkommen!«
Die drei Bergretter zuckten die Schultern.
»Okay«, sagte Stuppacher, setzte sich hin und lehnte sich mit dem Rücken gegen einen Baum.
Pucher spürte, wie sich sein Magen zusammenzog. Der Hals war trocken, und er mußte ein paarmal schlucken. War's Angst? Er verzog den Mund zu einem Grinsen. »Dann bis bald!« Er blieb einige Sekunden lang geduckt hinter dem letzten Baum vor der Lichtung stehen und zog dabei die Pistole. Er entsicherte sie, und sie lag schwer und kalt in seiner Hand, als er losrannte.
Was konnte ihm der Lehrer schon tun? Ein Unbewaffneter, der schon lange nichts Vernünftiges mehr gegessen hatte. Ein Verzweifelter. Ein Städter ohne Instinkt für die Natur. Hinter ihm saßen die drei Bergrettungsmänner im

Wald und beobachteten ihn. Er hatte also auch noch das Glück, bei seinem großen Auftritt Zuschauer zu haben.
Er konnte laufen. Als Fußballer war er immer einer der Laufstärksten in der Mannschaft gewesen. Lange, federnde Schritte, scheinbar ohne Anstrengung. Leicht und lokker. Als er sich gegen die Hüttenwand drückte, atmete er nicht einmal schwer. Er warf einen raschen Blick zum Waldrand, sah aber nichts. Die Bergretter wußten wirklich, worauf es ankam. Brunntaler wäre wahrscheinlich mit seinem Hund in falschem Ehrgeiz hinter ihm hergerannt. Idiot!
Er legte sein Ohr an die Bretterwand und horchte. Er hörte nichts. Die Sonne stand hoch am Himmel, und es roch nach frischgeschlagenem Holz und trockenem Gras. Als er sich langsam und so leise wie nur möglich die Wand entlang zur Vorderseite mit der Eingangstür tastete, versuchte er sich die Begegnung vorzustellen, die ihm möglicherweise im nächsten Augenblick bevorstand. Wäre er an der Stelle des Lehrers, dann würde er sich kaum widerstandslos ergeben. Eine Mordanklage war wohl das Schlimmste, das einen erwarten konnte.
An der Ecke zögerte er einen Augenblick, dann schob er langsam den Kopf vor und bekam die Tür ins Blickfeld.
Die Wahrscheinlichkeit, mit der er bisher nur spekuliert hatte, wurde plötzlich zur Gewißheit. Das Schloß hing aufgebrochen an einem Eisenhaken. Der Verfolgte war Pucher ganz nahe gerückt. Wieder mußte er schlucken, aber das trockene Gefühl im Hals und die innere Verkrampfung blieben. Dann dachte er an die Bergretter, die ihn beobachteten, und an Bezirksinspektor Steindl, dessen Entschlossenheit er immer bewundert hatte, und gab sich einen Ruck.
Er baute sich vor der Tür auf, hob das rechte Knie an und trat mit seinem Bergschuh gegen das primitiv zusammengenagelte Holzgebilde. Die Pistole hielt er mit beiden

Händen fest und streckte sie so weit wie möglich vom Körper weg. Wie er es in unzähligen Filmen gesehen hatte.
Die Tür ging nicht auf, sie kippte um. Der wuchtige Tritt hatte die Scharniere aus dem Holz gerissen. Sie klatschte mit einem schußähnlichen Knall auf den Bretterboden der Hütte und wirbelte eine Staubwolke auf. Einige Augenblicke lang sah Pucher nichts, und er mußte sich beherrschen, keinen Schuß in das stauberfüllte schwarze Loch abzufeuern, das sich vor ihm aufgetan hatte.
»Fürst«, schrie er, »kommen Sie heraus!« Da kam aber niemand. Und als sich der Staub gesenkt hatte, wußte er auch, warum. Die Hütte war leer. Sie roch zwar nach Menschen, aber die waren längst abgezogen. Fürst war auch hiergewesen. Das bestätigte die Reaktion des Suchhundes. Der beschnüffelte die Pritsche und den Boden und konzentrierte sich dann auf das Gras vor der Hütte, wo er bald die Spur fand, die von ihr weg und wieder in den Wald führte.

Es war die Stille, die Fürst am ärgsten zu schaffen machte. Manchmal hatte er das Gefühl, sich in einer riesigen Lautsprecherbox zu befinden, die jedes Geräusch verstärkte, verzerrte oder mit einem Hall versah.
Wenn seine Schritte dürre Äste zermalmten, dann erinnerte ihn das an die Kaugeräusche eines Dinosauriers. Und wenn er sich steil bergauf quälte und sein Atem stoßweise und fauchend kam, dann sah er sich im rußigen Kessel einer gigantischen Dampflokomotive hocken. Ganz klein und kaum sichtbar.
Er hatte Angst. Das Wissen um das Näherrücken der Verfolger ließ jeden Laut, den er verursachte, zur Tortur werden. Je mehr er sich jedoch bemühte, sich leiser und vorsichtiger vorwärtszubewegen, desto lauter kam er sich vor.

»Ein Elefant«, sagte er halblaut zu sich selbst. »Ich bin ein verdammter, schwerfälliger Elefant!«
Er dachte zuerst an einen Indianer, der auf dem Kriegspfad war und sich auf feindlichem Gebiet bewegte. Dann an einen Steinzeitmenschen, der von seinem Stamm ausgeschickt worden war, um Nahrung zu beschaffen. Und dann sah er sich selbst. Auf der Flucht vor Menschen, die ihn für einen Mörder halten mußten. Die alles in seinem Leben verändern würden.
Er blieb stehen.
Eine jämmerliche kleine Gestalt. Da waren die klotzigen braunen, manchmal moosüberwucherten Baumstämme mit ihren weitausgreifenden, fächrigen Ast-Armen, die nach ihm griffen. Oder ihm Schutz boten?
Fürst wußte es nicht. Er wußte überhaupt nichts mehr. Er wußte nicht einmal mehr ganz genau, warum er überhaupt hier war. Viel lieber hätte er auf der Couch in seinem Wohnzimmer gelegen und gelesen. Raymond Chandler. *Die Tote im See.* Ja, genau. Das war das letzte Buch, das er angefangen hatte. Er war nicht weit gekommen. Die Frau des reichen Mannes. Mr. ... ach scheiß drauf, ist doch egal, wie der hieß. Sie war mit einem anderen nach Mexiko abgehauen, weil sie sich dort scheiden lassen und den anderen heiraten wollte. So ähnlich war's wohl gewesen.
Oder er hätte Musik gehört. Einen langsamen Kristofferson. Oder die Dire Straits. Oder Santana. Nichts Klassisches. In seiner augenblicklichen Stimmung hätte ihn das zu sehr bedrückt. Und dann wäre Rocco gekommen. Sich steif machend und streckend. Fauler Kerl.
Jetzt wußte Fürst wieder, warum er hier war. Und Angst hatte. Er legte die Decke auf den Boden und rollte sie auseinander. Eine Bierflasche war bereits leer. In den beiden anderen war noch Wasser. Fürst war stolz auf die Pfropfen, die er aus Ästen und Teilen seines Taschentuchs gebastelt hatte. Sie steckten trotz des ständigen Rüttelns und Schüt-

telns, dem sie auf seinem Rücken ausgesetzt waren, noch immer in den Flaschenhälsen. Er zog einen davon heraus und trank ein paar Schluck. Das Wasser war kalt.
Hunger hatte er noch immer keinen. Außer einer Handvoll Hagebutten und einigen halbvertrockneten Waldbeeren, die er von einem Ast gepflückt hatte, war nichts Eßbares dagewesen. Er brauchte auch nichts. Später, wenn er den Urwald erreicht hätte, würde er sich nach mehr Eßbarem umsehen müssen. Er hatte keine Ahnung, was es da geben würde.
Wie hatten die Menschen früher gelebt? Und wie lebten viele heute noch? In Afrika, im Busch. Die australischen Aborigines. Er würde schon etwas finden.
Und dann, wenn er etwas Ruhe haben würde, wenn die Verfolger nicht mehr da sein würden, wenn er auch bei Tag schlafen könnte und Zeit haben würde, seine Gedanken zu ordnen, dann könnte er immer noch über das nachdenken, was später sein würde.
Jetzt mußte er weiter.
Am späten Nachmittag erklomm er einen steilen Grat. Immer wieder lagen riesige Felsblöcke im Weg, die er entweder umging oder überkletterte. Es war kein schwieriges Klettern. Eher wie das Ersteigen einer Leiter mit unregelmäßig angebrachten Sprossen. Da waren genügend Griffe und Stufen und dicke Grasbüschel, an die man sich klammern konnte. Aber es strengte ihn an. Er schwitzte und spürte, wie seine Sachen am Körper zu kleben begannen. Bis zur Nachtkälte war es nicht mehr lange hin, und er wußte, daß er sie mit nassen Kleidern noch viel stärker empfinden würde.
Oben am Grat angelangt, sah er einen schroffen Gebirgszug, der nicht allzu weit entfernt aufragte. Steile, bizarre Felswände mit Zinnen und Zacken. Und darunter dichter, dunkler Wald.
»Der Urwald«, sagte er laut. Und wünschte sich, es wäre

jemand dagewesen, mit dem er seine Freude hätte teilen können. Er wünschte sich überhaupt jemanden, mit dem er reden könnte.
Beim Abstieg entdeckte er durch Zufall eine kleine Höhle. Nur eine Nische im Fels, die halb hinter einem Busch verborgen war. Er hatte noch genügend Zeit, Reisig, Moos und anderes Zeug zu sammeln, von dem er annahm, es würde ihn wärmen. Außerdem hatte er ja die Wolldecke und die Arbeitshose.
Die dritte Nacht war noch immer kalt. Aber die wilden Attacken der Kälte fehlten. Sie fraß sich nicht mehr durch die Haut bis zu den Knochen durch.
In der Hütte war es die Erschöpfung gewesen, die ihn in traumlosen Tiefschlaf hatte sinken lassen. Auf dem Reisiglager in der Höhle lag er zwar auch noch lange wach und lauschte den Geräuschen, die Wind, Bäume und Wassertropfen erzeugten, dann fiel er jedoch in einen angenehmen Schlaf ohne Alpträume.
Als er erwachte, war es draußen bereits hell. Der Höhleneingang war ein schwarzer, beinahe ovaler, an den Rändern gezackter Bilderrahmen, und draußen umhüllten wolkige Wattebäusche graue, rissige Felskegel, die sich wie die Vulkaninseln der Südsee aus dem Nebelmeer reckten. Es war kitschig schön. Zum erstenmal seit seiner Flucht empfand er ein stärker werdendes Hungergefühl.
Heißer, dampfender Kaffee. Dazu flaumiger, goldgelber Eierkuchen mit fetten Rosinen. Und eine ofenwarme, knusprige Semmel mit Butter und Erdbeermarmelade. Vielleicht auch ein Glas frischgepreßter Orangensaft und ein, nein zwei weichgekochte Eier.
Aber da war nichts. Nur eine Bierflasche voll mit Bachwasser.
Er entfernte den Verschluß und trank ein paar Schluck. Der eisige Pfahl, der sich in seinen Magen bohrte, erinnerte ihn wieder daran, daß ihm eigentlich kalt war. Er wickel-

te sich aus der dünnen Decke und streckte Beine und Arme. So lange, bis er wieder etwas Wärme fühlte.
Die Sonne war noch nicht über den Horizont geklettert. Zumindest sah er sie nirgends. Die Luft war scharf und kalt und wischte den letzten Rest Schlaf aus seinem Gesicht. Er rollte die drei Bierflaschen zusammen mit dem rostigen Metallstück, das einmal eine Säge gewesen war, wieder in die Decke. Dann wollte er die Spuren seines Nachtlagers verwischen, gab den Plan aber gleich wieder auf. Mit Hunden würden sie den Ort finden, ob er das menschliche Auge täuschen konnte oder nicht. Das Tier würde ihn verraten.
Er mußte den Urwald erreichen.
Der Abstieg war steil und glatt. Er rutschte mehrmals aus, schlitterte ein paar Meter in die Tiefe, schaffte es aber immer wieder, sich an irgendeinem Ast oder Baumstrunk festzuklammern. Seine Hände waren blutig und zerschunden, die Arbeitshose, die er über seinen Jeans trug, hatte Dutzende von kleinen Löchern, und in sein Haar hatte der Harz winzige Astteile, Fichtennadeln und anderes Zeug geklebt.
Dann kamen das Tal und als letzter Außenposten der Zivilisation ein alter Hochsitz mit morschen, moosüberzogenen Sprossen an der windschiefen Leiter. Der Weidezaun, der sich dahinter durch niedriges Gestrüpp zog, schien seinerzeit aus demselben Holz gezimmert worden zu sein. Es hatte die Farbe der Sprossen und ließ sich mit geringer Kraftanstrengung brechen.
Er ging etwa eine Viertelstunde lang den Zaun entlang, ohne ihn zu überklettern. Warum er das tat, wußte er nicht. Vielleicht wartete er auf ein riesiges Tor mit einer riesigen Tafel und der Aufschrift »Willkommen im Urwald«! Hinter dem Zaun war noch mehr Gestrüpp, und dahinter waren Bäume. Ein dunkler Wall, der sich wie ein dicker Mantel um die Felsenberge im Hintergrund legte.

Er fand zwar kein Tor, dafür stieß er aber bald auf eine verwitterte Holztafel mit einem rostigen Blechschild daran. »Naturschutzgebiet – Gesperrt für wissenschaftliche Zwecke. Gutsverwaltung Hebenstein« stand darauf.
Er lächelte. Jetzt konnte er den Fürsten nicht mehr um Erlaubnis bitten, seinen kostbaren Wald betreten zu dürfen. Das wissenschaftliche Interesse hätte man einem Lehrer vielleicht noch abgenommen, einem, den man für einen Mörder halten mußte, aber sicher nicht.
Wie oft hatte er daran gedacht, einmal diesen geheimnisvollen Flecken ursprünglichster Natur inmitten einer Welt, die aus Asphaltstraßen und Kraftwerken bestand, allein durchstreifen zu dürfen. Mit Schlafsack, Schlafmatte, Biwaksack und was einem sonst das Leben in der Wildnis noch angenehmer machen konnte.
Er blickte über seine Schulter auf das graue Bündel, das dort hing, und grinste.
Zum erstenmal seit langem hatte er keine Angst. Er hatte das Gefühl, ein Ziel erreicht zu haben, und das machte ihn stolz. Da war aber auch wieder der Hunger. Ein paar rötliche Beeren, die ihm aus einem Busch entgegenleuchteten, rührte er nicht an. Er verfluchte die hundert Gelegenheiten, die er gehabt hatte, sich über die Eßbarkeit der Waldfrüchte zu informieren und die er ungenutzt hatte verstreichen lassen. Vieles war giftig, das wußte er. Und manches, das mit saftigen Farben lockte, konnte sogar tödlich sein.
Nach längerer Suche entdeckte er ein paar winzige Walderdbeeren, die der Nachtfrost bereits gehärtet hatte. Später fand er auch eine Handvoll Essigbeeren. Er wickelte seinen Fund sorgfältig in ein größeres Blatt, steckte ihn ein und überkletterte mit einem langen Blick zurück in den zivilisierten Teil des Waldes endlich den Zaun. Die Schatten der Baumriesen schluckten ihn bald, und als er sicher war, von der Lichtung aus nicht mehr gesehen werden zu

können, setzte er sich auf einen umgestürzten Stamm und packte die kulinarischen Schätze wieder aus.
Er wählte die drei größten Erdbeeren aus, zerkaute sie ganz langsam und mischte die Masse mit Speichel. Dann schluckte er sie tröpfchenweise. Es war mühsam, und die Versuchung, alles auf einmal hinunterzuschlucken, war groß.
Fürsts Magen begann bald aggressiv zu knurren, und er lächelte. »Hast ein hartes Leben gehabt«, sagte er, »aber mehr kann ich für dich im Moment nicht tun. Wir können höchstens eine neue Geschmacksrichtung kreieren. Erdbeeren mit Essigbeeren, das Ganze mit etwas frischem Bachwasser angereichert und auf einem, weiß der Teufel welchem, Blatt serviert!«
Er streckte das mehr als karge Mahl, solange er konnte, erreichte damit aber nur, daß der Hunger immer stärker wurde. Er trank den letzten Rest des Wassers und machte sich auf die Suche nach einem Bach.
Bald merkte er, daß dieser Wald anders war als der Wald, den er gerade verlassen hatte. Das Unterholz war dichter und oft hüfthoch. Da waren keine Wege, keine Lichtungen. Manchmal versperrten ihm umgestürzte Baumriesen den Weg, dann stand er wieder vor gewaltigen Wurzelstöcken, die irgendwelche Naturgewalten aus der Erde gerissen hatten und deren Wurzeln sich wie Krakenarme im Geäst der noch lebenden Bäume verloren.
Er brauchte jetzt viel länger, um eine Wegstrecke zurückzulegen. Er hinterließ geknickte Äste und zertretene Sträucher, und er begann sich wieder Gedanken zu machen, wie er seine Spuren verwischen könnte. Er kam bald zu dem Schluß, daß es ohne Wasser unmöglich sein würde. Nur in einem Bach oder einem kleinen Tümpel oder See könnte er die Schnüffelnasen der Hunde in die Irre führen. Und auch dort würde es verdammt schwierig sein, sie abzuschütteln.

Seine größte Hoffnung war aber die, daß es einem Verfolgertrupp nicht gestattet sein würde, in den privaten Wald der Hebensteins einzudringen. Zumindest nicht ohne eine ausdrückliche Genehmigung des Besitzers. Und daß es einige Zeit dauern würde, diese zu erlangen.
Im Urwald war es düsterer, aber nicht unheimlich. Er fühlte sich auf eine seltsame Art beschützt und geborgen.
Der Bach, den er schließlich erreichte, bewegte sich träge in einem viel zu großen Bett durch ein Tal, das auf einer Seite von einer wilden Felswand begrenzt war.
Er legte sich auf den Bauch, tauchte sein Gesicht ins Wasser und trank, bis er nicht mehr konnte. Das Wasser war kristallklar, eiskalt und schmeckte nach den Steinen, über die es plätscherte.
Er füllte seine Bierflaschen, zog seine Tennisschuhe aus, verknotete die Bänder und hängte sie sich über die Schulter. Dann krempelte er die Hosenbeine bis zu den Knien hoch und begann gegen die leichte Strömung bachaufwärts zu waten. Der glitschige Untergrund machte ihm anfangs ziemlich zu schaffen. Die durch die Kälte beinahe gefühllos gewordenen Füße rutschten immer wieder von den Steinen ab und brachten ihn in Sturzgefahr. Nach einer Weile wurden seine Bewegungen jedoch sicherer und die Schritte fester. Einmal übersah er eine tiefere Stelle im Bach und versank bis zur Mitte der Oberschenkel im Wasser.
Immer wieder sah er Fische. Einige davon waren so lang wie sein Unterarm und schwammen ganz nahe an ihn heran. Einer berührte sogar seine nackte Wade, und Fürst zuckte zusammen.
Nach einer halben Stunde stieg er aus dem Wasser, wartete, bis das Kribbeln abgeklungen war, das die schwindende Kälte zurückgelassen hatte, und ging dann auf dem Trockenen weiter, von Stein zu Stein balancierend. Um die Hunde zu verwirren, wechselte er während der näch-

sten Stunden mehrmals von einem zum anderen Ufer, watete zwischendurch wieder minutenlang im Bach, um gleich darauf den Weg auf dem weichen Moos, das sich rechts vom Bach hinzog, fortzusetzen. Während einer kurzen Rast entdeckte er ein niedriges Kraut mit länglichen, weichen Blättern, das in der Nähe des Wassers wuchs. Er zerrieb gedankenlos ein Blatt zwischen den Fingern und bemerkte, daß es einen starken, kaum zu beschreibenden Geruch hinterließ. Der Duft war weder angenehm noch ekelerregend, und er dachte kurz daran, eines der Blätter in den Mund zu stecken und zu zerkauen. Die Gier nach etwas Eßbarem war jedoch noch nicht stark genug. Vielleicht würde es ihm später gelingen, einen Fisch zu fangen, und vielleicht gab es weiter hinten im Tal auch Beeren. Brennesseln wuchsen ebenfalls zur Genüge in der Gegend. Er würde versuchen, sie zu einem Brei zu zerstampfen und mit etwas Wasser hinunterzuspülen.
Bevor er weiterging, rieb er sich das starkriechende Kraut auf die Fußsohlen und um die Knöchel. Er hatte keine Ahnung, wie die Hunde darauf reagieren würden, aber es war sicher besser als gar nichts.
Der näherrückende Abend kündigte sich durch einen Hauch mehr Düsterkeit und etwas mehr Kälte in der Luft an. Das Tal war enger geworden, und ein kleiner Wasserfall zwang ihn zu einer für ihn ziemlich waghalsigen Kletterpartie über eine etwa fünf Meter hohe Felswand. Oben war das Bachbett steiler und kaum zwei Meter breit. Auf der linken Seite türmte sich, grau und kaum bewachsen, der Berg in den Himmel. Wie ein Wolkenkratzer in den Straßenschluchten von New York. Rechts gab es den einzigen Fluchtweg. Einen von Moos und niedrigem Gestrüpp bewachsenen Hang. Ebenfalls steil, aber mit etwas Kraftanstrengung sicher zu schaffen.
Fürst wunderte sich, daß er sich körperlich noch so stark fühlte, obwohl er sich kaum noch daran erinnern konnte,

wie ein ordentliches Essen schmeckte. Die Leere im Magen schien ihn eher zu beflügeln als zu bremsen. Und in den Beinen hatte er selten zuvor so viel Kraft gehabt. Wahrscheinlich, weil sie nicht so viel tragen mußten wie sonst. Fünf Kilo hatte er bis jetzt sicher schon abgenommen, dachte er.
»Jetzt machst du endlich die längst schon fällige Abmagerungskur, du verfressener Sack«, sagte er laut und lachte dann ebenfalls laut über seine eigenen Worte.
Der Hang war schwieriger, als er anfangs gedacht hatte. Er kroch auf allen vieren hoch, riß immer wieder dicke Pflanzenbüschel aus der Erde, rutschte oft meterweit zurück, fluchte, änderte die Route und legte den Weiterweg schließlich in langgezogenen Serpentinen an.
Oben war wieder Wald. Riesige Bäume mit gewaltigem Durchmesser. Einige hatte der Blitz gespalten, und nun ragten sie wie gefährliche spitze Pfähle in den grauer werdenden Himmel. Eine bizarre Landschaft, die ihn an Horrorfilme erinnerte. Und als auch noch ein Kauz oder Uhu über ihm im Geäst zu klagen begann, schauderte es ihn.
Fürst sehnte sich ungemein nach einem wärmenden Feuer, einer hellerleuchteten Wohnung. Am meisten von allem sehnte er sich jedoch nach Menschen. Nach der Nähe von Menschen, nach menschlichen Spuren. Nach Gesellschaft. Die Einsamkeit drückte schwer auf seine Brust. Fürst tat Fürst leid. Er weinte. Während er durch den noch düsterer werdenden Wald schlenderte, rannen ihm dicke Tränen über die Bartstoppeln. Das tiefe Selbstmitleid hatte ihn unvermutet überfallen, und die Gemütsregung hatte von seinem ganzen Inneren Besitz ergriffen. Es war etwas Unkontrollierbares. Wahrscheinlich hätte er es auch gar nicht unterdrücken wollen.
Die Tränen taten ihm wohl. Er streckte seine Zunge aus und leckte sie von der Haut, bevor sie auf den Boden tropfen konnten.

Zwei riesige umgestürzte Bäume, die ganz eng beisammenlagen, schienen ihm ein geeigneter Nachtlagerplatz zu sein. Er füllte den V-förmigen Zwischenraum zwischen den beiden Kolossen mit Reisig und Moos aus und kletterte dann auf das solcherart entstandene Podest in etwa einem Meter Höhe. Während er die Decke auseinanderschlug, verspürte er ein immer mächtiger werdendes Hungergefühl. Wie immer goß er Wasser in sich hinein, bis er nicht mehr konnte, aber diesmal blieb die schmerzende Leere im Magen.
Er rollte sich in die Decke ein und versuchte sich zum erstenmal gedanklich mit seiner näheren Zukunft zu beschäftigen. Wohl hauptsächlich, um sich damit von Gedanken an saftige Fleischstücke oder dampfende Kartoffeln fernzuhalten.
Wenn sie keine groben Fehler gemacht hatten, dann würden die Verfolger am nächsten Tag den Urwald erreichen. Wahrscheinlich erst gegen Abend. Wie es dann weitergehen würde, wußte er nicht. Wahrscheinlich würden sie sich eine Genehmigung vom Waldbesitzer beschaffen müssen, um hier ihre Verfolgung fortsetzen zu können. Vielleicht war das aber auch nicht nötig. Bei der Verfolgung eines Mörders mochten andere Gesetze gelten.
Das Gemisch aus Angst und Selbstmitleid hatte ihn verlassen. Er war ruhig und vermochte wieder ganz klare Gedanken zu fassen.
Hier, in diesem Wald, war für ihn Endstation. Das wußte er. Ein Weiterflüchten würde ihn früher oder später wieder unter Menschen bringen und damit auch in die Gefahr, entdeckt zu werden. Sein Bild war mittlerweile wohl in allen Zeitungen gewesen. Wahrscheinlich sogar im Fernsehen.
Er mußte ein Langzeitversteck finden. Und zwar bald!

In dieser Nacht erwachte Fürst mehrmals. Meist war es die Kälte, die ihn wachrüttelte. Aber auch die eigene Phantasie quälte ihn. Einmal träumte er von riesigen Hunden, die ihn umzingelt hatten und riesige, stinkende Mäuler aufrissen. Er sah die gelben Zähne und die Zungen, die wie feuchte, rote Teppiche aus den Öffnungen hingen. Dann sah er Schwegler hinter den Hunden stehen und grinsen. Plötzlich war nur noch das Gesicht des großen Mannes da. Formatfüllend. Und da sah Fürst, daß nur der Mund grinste, die Augen aber eisig und kalt auf ihn gerichtet waren. Der Blick fixierte ihn endlose Sekunden lang, dann formten die Lippen ein Wort, das er zunächst nicht verstand. Schwegler wiederholte es, schrie es ihm entgegen. »Faß!« brüllte er. Und die Hunde heulten auf. Das war einer der Momente, die Fürst in dieser Nacht hochschrecken ließen. Trotz der Kälte schwitzte er.

Das Einschlafen wurde immer schwieriger. Er konnte seine Gedanken nicht mehr abschalten oder auf den nächsten Morgen verschieben. Lange Zeit quälte er sich mit der amateurhaften Art ab, mit der er versucht hatte, seine Spuren zu verwischen. So sehr er auch grübelte – er konnte keine bessere finden. Am nächsten Tag würde er wieder Gewässer dazu benutzen müssen. Hoffentlich gab es noch welche.

Das Versteck müßte höher liegen als der Wald. Er mußte einfach die Möglichkeit haben, einen Großteil des Gebietes, das ihn umgab, zu übersehen. Nur so würde es ihm möglich sein, Verfolger ausfindig zu machen und später abschütteln zu können. Vielleicht würde er sich auch ein zweites Versteck einrichten. Eines, das er beziehen könnte, wenn er das erste aufgeben mußte.

In wenigen Wochen würde der Winter da sein. Auch daran hatte er bisher noch nicht gedacht.

Einen Winter würde er in dieser Gegend sicher nicht überleben. Er würde erfrieren oder verhungern. Wahrscheinlich beides zugleich. Zuerst erfrieren und dann verhun-

gern. Oder umgekehrt. Es dauerte einige Zeit, bis er den Unsinn dieses Gedankenganges erkannt hatte. Er lachte. Was würde er wirklich tun, wenn der Winter kam?
Es war noch Zeit bis dahin. Und morgen würde der wohl entscheidende Tag seiner Flucht sein. Er mußte endlich etwas essen, und er mußte versuchen, ein sicheres Versteck zu finden.
Und Feuer. Er brauchte Feuer! Als Nichtraucher hatte er weder Streichhölzer noch ein Feuerzeug eingesteckt. Aber er hatte ja Indianerbücher gelesen. Und Filme gesehen. Trockenes Laub oder Moos, zwei trockene Hölzer, die man gegeneinanderrieb oder deren eines man drehte wie einen Quirl.
Als er erwachte, war es Morgen. Es regnete leicht. Die Dekke war vom Wasser geschwollen und schwer geworden. Aber es war nicht so kalt wie sonst um diese Zeit. Gut, dachte er, das macht die Sache für die Verfolger viel schwerer!
Der Regen machte das Vorwärtskommen im Wald noch schwieriger. Immer wieder rutschte er auf den nassen Ästen, die am Boden lagen, aus und riß sich beim Abfangen von Stürzen an den Baumrinden die Hände blutig. Die Kleidung war schwer und naß, die Decke war noch schwerer als zuvor, und alles drückte auf seinen Körper. Einige Stunden lang trieb er sich selbst voran. Es war nicht mehr wie am Tag zuvor. Der Regen hatte alles mieser gemacht. Er war müde und fühlte sich ausgelaugt und schwach. Manchmal, wenn er sich über ein besonders steiles Stück schleppte, gaben die Knie nach, und er sackte zusammen. Dazu kam die geistige Müdigkeit. Mehr denn je sehnte er sich nach Geborgenheit, einem trockenen Flecken, Wärme, Gesellschaft und vor allem nach einem Bissen fester Nahrung.
Seit er die Fische im Bach gesehen hatte, hatte er kein Lebewesen mehr bemerkt. Abgesehen von den gelegentlichen Schreien eines Kauzes oder dem maschinen-

gewehrartigen Hämmern eines Spechtes hoch oben im Geäst irgendeines Baumes, war nichts dagewesen. Deshalb schreckte es ihn um so mehr, als sich plötzlich ein haariges Bündel unmittelbar neben ihm aus dem Geäst des Unterholzes schälte und sich unter beachtlicher Geräuschentwicklung aus dem Staub machte.
Wahrscheinlich hatte Fürst vor Schreck sogar laut aufgeschrien. Er wußte es später nicht mehr. Er wußte auch nicht, um welches Tier es sich gehandelt hatte. Wahrscheinlich, so dachte er, war es ein Fuchs gewesen. Oder ein gewaltiger Hase. Vielleicht auch ein Dachs.
Von diesem Zeitpunkt an ging er noch vorsichtiger weiter. Das Gelände war jetzt flacher geworden und längst nicht mehr so schwierig wie vorher. Auch der Regen wurde dünner und versiegte schließlich gegen Mittag ganz. Er begann sich nun intensiv auf die Nahrungssuche zu konzentrieren.
Um für Mund und Magen die Illusion einer Mahlzeit zu schaffen, schob er ein kleines Aststück, das er zuvor von der Rinde befreit hatte, in den Mund und begann, daran zu kauen. Zu seiner Enttäuschung fand er weder Beeren- noch Hagebuttensträucher. Wahrscheinlich wuchsen sie in dieser Höhe nicht mehr.
Einige Pilze, die er nicht einordnen konnte, ließ er stehen. Statt dessen sammelte er Brennesseln und schabte mit einem scharfen Stein einige Flechten von den Bäumen. Nach längerem Suchen entdeckte er einen flachen Stein mit einer flachen Mulde in der Mitte und begann darauf die Brennesseln mit einem anderen Stein zu zermalmen. In die giftig aussehende grüne Masse mischte er die Flechten und schüttete etwas Wasser dazu.
Es roch nach frischem Gras und Kuhscheiße, und Fürst mußte sich trotz seines Hungers überwinden, den Brei mit den Fingern in den Mund zu schieben. Er schmeckte so, wie er roch, aber er zwang sich zu ein paar Kaubewe-

gungen und schaffte es nach einer Weile sogar, ihn nach mehreren vergeblichen Anläufen hinunterzuschlucken. Beim zweiten Bissen verzichtete er auf das Kauen und spülte den Brei gleich mit einem kräftigen Schluck aus der Flasche hinunter. Als er den Inhalt seines Steinmörsers im Magen hatte, fühlte er sich nicht satt, aber doch in irgendeiner Form gesättigt. Während seiner Mahlzeit hatte er sich aber fest vorgenommen, wieder den Weg ins Tal zu suchen. Dort hoffte er auf Büsche mit Beeren und andere wesentlich schmackhaftere Dinge zu stoßen.
Eine Marschstunde später ging es auch wirklich wieder bergab. Der Hang wurde aber bald so steil und felsig, daß Fürst nicht mehr weiter abwärts konnte. Er war froh, sich auf selber Höhe, an Bäumen festklammernd, weiterbewegen zu können. Einige Male war dies nur durch für seine Begriffe waghalsiges Klettern möglich.
Fürst hatte wieder Angst. Er bemühte sich nicht, die Gründe dafür ausfindig zu machen. Hätte er es getan, dann hätte er wahrscheinlich erkannt, daß es hauptsächlich die Angst war, in dem steilen Geländestück abzustürzen. Aber da war auch wieder die Angst, die von der erdrückenden Einsamkeit erzeugt wurde. Und die Angst vor den Verfolgern. Vielleicht auch die Angst vor dem Verhungern. Oder vor dem Erfrieren.
Er hätte sich auch umbringen können. Auf einen Felsen steigen und sich einfach fallenlassen. Aber er wollte leben. Selbstmord hatte er noch nie als Lösung empfunden. Er wollte weiter. Weg vom alten Leben. Zeit gewinnen. Endlich Zeit haben. Nachdenken können. Schlafen können. Essen können. Aber da war der Wald. Und der mochte ihn nicht. Obwohl er auch Teil dieser Welt war. Aber der Teil, der sich vom Rest losgesagt hat, um ihn zu beherrschen. Mußte er jetzt dafür zahlen? Mußte er für die Sünden aller Menschen zahlen? Für jeden umgesägten Baum? Für jedes gekillte Tier?

Er hätte umkehren sollen. Das gedankenlose Weitergehen, Vorwärtsdrängen in einem Gelände, das er aufgrund seiner Erfahrung und Ausrüstung nicht beherrschen konnte, hatte ihn in eine beinahe ausweglose Situation gebracht.
Als er die Höhle fand, wußte er, daß ihn hier kein Mensch finden konnte.
Man sah den Eingang erst, wenn man unmittelbar davorstand. Moosbewachsene Felsen und ein unscheinbares, schwarzes Loch. Nicht größer als eine Autotür.
Er ging in die Knie und starrte ins Dunkel. Einige Meter weit konnte er den Boden verfolgen, dann verlor er sich. Es war ein Felsboden mit einigen erdigen Stellen. Langsam, ganz langsam schob sich Fürst durch die Öffnung und war überrascht, daß er schon nach wenigen Metern aufrecht stehen konnte. Die Höhle war hier mehrere Meter hoch.
Wahrscheinlich, dachte er, bin ich der erste Mensch, der sie je betreten hat!

Bezirksinspektor Luis Steindl füllte das Gastzimmer des Peterwirts mit seiner Erscheinung beinahe zur Gänze aus. Das war zumindest der Eindruck, den Bruno Penz, Redakteur des Grazer *Tagesspiegels,* kurz *GTS,* hatte. Natürlich saßen noch andere Menschen im Raum. Journalisten, Fotografen, ein paar Einheimische. Aber die Wucht, die Steindls Auftritt begleitete, degradierte alle anderen zu Statisten. Es war nicht nur die Masse des Körpers, die beeindruckte, da waren auch die Stimme, die sich aus dem mächtigen Resonanzkasten hob wie das Dröhnen einer überdimensionalen Tuba, und die Gestik der kurzen, aber gewaltigen Arme, die die Bedeutung seiner Anwesenheit unterstrich.

Penz war gerade vierzig geworden und schon zwanzig Jahre lang im Geschäft. Das Jura-Studium hatte er nach dem vierten Semester abgebrochen, seit damals gab's nur noch den *GTS.* Blood and Crime. Penz hatte schon alles gesehen. Auch Steindl hatte er schon getroffen. Bei irgendeiner anderen Geschichte. Er wußte nur nicht mehr, bei welcher.
Penz war hager, ganz selten glatt rasiert, das dunkle Haar trug er extrem kurz. Der Haaransatz war während der letzten Jahre stark zurückgewichen, und die Schläfen schimmerten bereits silbriggrau. Brille brauchte er noch keine.
Mit zwanzig Dienstjahren im Lokalteil einer Tageszeitung kann man sich die Geschichten, die man macht, meist selbst aussuchen. Routinejobs erledigen die Jüngeren, die gierig darauf sind, sich beweisen zu können. Für die größeren Fälle gibt's zwei, drei Kollegen, die ihre Reifeprüfung längst abgelegt und nach ein paar Telefonaten den Sachverhalt erforscht haben. Wenn einer der Stars selbst ausrückt, um an Ort und Stelle zu recherchieren, dann muß es sich um eine große Story handeln. Mord ist fast immer eine große Story!
Penz hatte sich um den »Fall Fürst« gerissen. Irgendwie hatte er gespürt, daß an dieser Geschichte etwas ganz besonders war. Dorflehrer, Eifersucht, der Reichste im Dorf wird erschossen, der Lehrer flüchtet in den Wald, die Suche wird immer aufwendiger, man setzt sogar Hubschrauber ein, aber der Mann bleibt verschwunden. Hat er sich umgebracht, hatte er Komplizen, ist er ein Überlebenskünstler, wo ist er?
Bezirksinspektor Steindl vermutete nichts – er stellte fest. »Der Flüchtige«, donnerte er in den Saal, »befindet sich in einem Waldstück, das wir den ›Urwald‹ nennen. Herr Diplomingenieur Haberfellner von der Forstverwaltung Hebenstein wird Ihnen später erklären, welche Bewandt-

nis es mit diesem, äh, sonderbaren Stück unserer Heimat hat!« Diplomingenieur Haberfellner, ein kleiner Mann mit Schnurrbart und Steireranzug, stand sichtlich nervös, aber trotzdem zackig wie ein Offizier von seinem Sessel auf und verbeugte sich. Niemand applaudierte.

Mario Stangl, der Fotograf, den Penz zu dieser Story mitgenommen hatte, grinste. »Brauchst ein Foto vom Herrn Diplomingenieur Haberfellner?« fragte er. Penz zuckte die Schultern. »Wenn'st meinst, daß uns das was bringt, dann mach halt eins.«

Stangl, knapp über zwanzig mit schulterlangem, gelocktem Haar, in Jeans und Jeansjacke, stand auf, ging auf Haberfellner zu, sank kurz vor ihm in die Knie, hob die Kamera vors Gesicht und drückte mehrmals ab. Der erste Blitz prallte vom völlig verblüfften Gesicht des Forstexperten ab, dann fing sich Stangls Opfer in Sekundenschnelle, hob das Kinn, brachte das Gesicht in Pose und fabrizierte unter dem Schnurrbart sogar ein hölzernes Lächeln.

Penz grinste.

Bezirksinspektor Steindl hatte längst weitergeredet. Mittlerweile wußten alle, daß Fürst Erwin Schwegler mit einem einzigen Schuß in den Kopf getötet hatte.

»Ob er die Tat geplant hatte, oder nicht, das wissen wir noch nicht. Ich nehme eher an, daß es sich um einen Zufall gehandelt hat, daß sich die beiden Rivalen im Wald getroffen haben. Natürlich könnte es aber auch sein, daß Fürst gewußt hat, daß Schwegler gerade an diesem Tag in diesem Gebiet unterwegs war, um zu jagen.«

Mario Stangl, der inzwischen wieder neben Penz Platz genommen hatte, gähnte laut und provokant.

Bezirksinspektor Steindl sah's und lächelte verständnisvoll. »Ich weiß, daß die Herren viel lieber wissen wollen, ob wir den Flüchtigen schon gefunden haben.« Er machte eine Pause und versuchte, seinem dicken Gesicht einen geheimnisvollen Ausdruck zu geben. Nach einigen Sekun-

den schüttelte er langsam den Kopf. »Wir haben ihn noch nicht. Beachten Sie dabei aber, daß die Betonung auf ›noch‹ liegt. Der Hubschrauber fliegt seit mehreren Stunden, und inzwischen haben wir auch die Genehmigung von der Forstverwaltung, den Wald mit einem Trupp ausgesuchter Männer zu durchkämmen!« Die plumpen Finger zeigten wieder auf Haberfellner, und dieser stand wieder auf und verbeugte sich. Diesmal wirkte das Lächeln schon professioneller, und ein Einheimischer applaudierte sogar.
»Ich bin überzeugt«, setzte Steindl zum großen Finale an, »daß wir den Mann spätestens morgen mittag gefaßt haben. Sie müssen bedenken, daß er keinen Proviant dabei hat und – wie uns Leute bestätigen, die ihn genau kennen – auch keinerlei Erfahrung besitzt, wie man sich aus der Natur ernährt.« Der Bezirksinspektor lachte dröhnend. »Unser Glück und sein Pech ist es sicher, daß er nie daran gedacht hat, ein Überlebenstraining mitzumachen. So was soll's ja geben. Verrückte, die viel Geld dafür zahlen, daß ihnen einer zeigt, wie man Würmer und Engerlinge frißt!«
Mario Stangl stöhnte und rollte die Augen. »Zwei Tage in diesem Kaff! Ich weiß nicht, wie ich das aushalte. Wie wär's mit einem doppelten Schnaps?« Penz nickte.
Die Kellnerin beim Peterwirt hatte noch immer strohblondes Haar und blaßgraue Augen. Nach dem dritten Schnaps zog sie der Fotograf auf die Seite und begann, auf sie einzuflüstern. Das Mädchen wollte sich zuerst leicht schokkiert abwenden, blieb dann aber doch stehen und hörte zu. Nach einigen Sekunden lächelte es sogar, machte sich aber dann aus dem Griff des jungen Städters frei und eilte mit roten Wangen aus dem Gästezimmer.
Die ländliche Idylle faszinierte Penz immer wieder. Situationen und Dinge, die man selbst im nicht allzu großstädtischen Graz kaum für möglich gehalten hätte, passierten hier alle Tage. Das Gastzimmer mit den schweren, alten

Massivholzmöbeln war ebenso real wie die Hirschgeweihe an den Wänden, das Kruzifix im Herrgottswinkel und das Dirndlkleid der kleinen, blonden Kellnerin. Oder der Bezirksinspektor, der hier ein strenges Regiment führte und das Recht so interpretierte, wie er es für richtig hielt. Und sogar die Mordgeschichte wurde für Penz immer mehr zu einem Wildererroman. Wobei es sich beim Objekt des Wilderns in diesem Falle nicht um eine Gemse, sondern um eine attraktive Frau handelte.
War sie wirklich attraktiv?
Penz packte den Fotografen am Ärmel und zog daran, um die Aufmerksamkeit des Zwanzigjährigen von der Kellnerin abzulenken, die gerade wieder den Raum betreten hatte.
»Was hältst du davon, wenn wir der Witwe einen Besuch abstatten?«
»Welcher Witwe?«
Penz stöhnte.
»Der Frau des Ermordeten!«
»Die waren nicht mehr verheiratet.«
Penz stöhnte noch lauter.
»Dann eben der Exfrau des Ermordeten!«
Stangl grinste. Lausbübisch, frech, aber nicht provokant oder herausfordernd. Penz mochte ihn. Er stand auf und fing beim Hinausgehen die Kellnerin ab. »Wir gehen nur einen Sprung weg«, sagte er. »Schreiben Sie das, was wir bis jetzt gehabt haben, auf einen Zettel. Da kommt später noch viel dazu!«
Sie standen im Freien, bevor das Mädchen etwas darauf sagen konnte.
»Wohin?« fragte der Fotograf.
Penz zuckte die Schultern.
»Fragen wir eben!«
Sie gingen die Dorfstraße entlang, bis sie zur Gemischtwarenhandlung kamen. Penz ging hinein, und Stangl

folgte ihm. Vor dem Verkaufspult stand eine alte Frau mit einem Kopftuch und dreckigen Gummistiefeln. Die Verkäuferin, eine Mittvierzigerin mit ungepflegtem Haar und roten Händen, bediente die Wurstschneidemaschine und unterhielt sich dabei mit der Alten. Es ging nicht um den Mord. Penz wartete geduldig, bis die Kundin bezahlt und das Geschäft verlassen hatte. Dann verlangte er eine Wurstsemmel.

Die Frau begann wieder die Wurstschneidemaschine zu bedienen. Es roch nach Essiggurken und Putzmitteln. Und nach frischgeschnittener Wurst. Die Schneidemaschine machte abwechselnd ein klickendes und dann wieder ein saugendes Geräusch. Neben Penz trat der Fotograf ungeduldig von einem Bein auf das andere.

»Ganz schön was los im Ort«, begann Penz schließlich.

Die Frau blickte auf und kniff die Augenbrauen zusammen.

»Wo seid's denn her? Von der Kriminalpolizei?«

Der Fotograf kicherte.

»Nein, von der Zeitung«, sagte Penz.

»Von welcher?« fragte sie.

»Vom *GTS*!«

Die Wurst war fertig geschnitten, und sie wischte sich die Hände an der Schürze ab. Dann griff sie unter den Ladentisch, zog eine Zeitung hervor und hielt sie Penz vors Gesicht.

»Den hab' ich seit mehr als zwanzig Jahren abonniert!«

Penz lächelte.

»Und wie sind Sie mit uns zufrieden?«

»Manchmal gar nicht«, sagte sie.

Penz kannte diese Gespräche. Und er haßte sie. Langzeitabonnenten glauben immer, sie wären so eine Art Mitbesitzer und hätten aufgrund ihrer Treue das Recht, Forderungen an die Zeitungsmacher zu stellen. Daß gewisse Themen überhaupt nicht mehr, andere dafür aber häu-

figer behandelt werden sollten, daß man manchen Redakteuren ein Schreibverbot auferlegen und anderen überhaupt kündigen müsse.
Die Verkäuferin sagte nichts mehr.
Als sie ihm die eingewickelte Wurstsemmel reichte und das Geld dafür kassierte, holte Penz zur Kernfrage aus.
»Haben Sie den Lehrer gekannt?«
Jetzt grinste sie, und Penz sah einen Goldzahn in der oberen Reihe.
»Ich hab' ja gewußt, daß das kommen würd'!« Sie schüttelte den Kopf. »Aber ich muß Sie enttäuschen. Einen Menschen, der alle zwei Tage einmal für ein paar Minuten vorbeischaut und ein paar Sachen einkauft, den kann man nicht kennen. Ich weiß auch nicht, welche Art von Mensch er war. Der hat sich im Dorf nicht mit jedem abgegeben.«
»Nur mit der Frau vom Schwegler«, entschlüpfte es Penz.
Aber die Frau nahm es ihm nicht übel.
»Das weiß jeder im Dorf. Ist ja auch eine hübsche Person. Und ihr Mann ist nicht immer fein umgegangen mit ihr. Außerdem waren sie ja geschieden. Da darf man doch, oder?«
Penz nickte.
»Wissen Sie vielleicht, wo ich die Frau finden kann?«
Sie sagte es ihm.
Das Gemeindehaus stand, wenn man aus Liezen kam, gleich am Ortsanfang auf der rechten Seite der Straße. Es war ein großes, gelbes Gebäude mit zwei Stockwerken und kleinen Fenstern, die im Parterre vergittert waren. Unten waren die Büros des Gemeindeamts und der Gendarmerieposten.
Das Treppenhaus war düster, und die ausgetretenen Holzstufen knarrten. Jemand mußte vor kurzem Bodenwachs ins Holz poliert haben. Man roch es. Und man sah es auch. Die Treppen glänzten matt im schütteren Licht, das durchs Gangfenster fiel.

Früher hatten wahrscheinlich die Dorfobersten hier gewohnt. Das Haus strahlte noch immer einen Hauch von Wohlstand und verkitschter Großmannssucht aus. Die Treppengeländer waren aus massivem Holz und mit Schnitzereien versehen. Am Anfang jedes Stockwerks wartete ein Drachenkopf auf die haltsuchenden Hände. Die Decke war mit Schnörkeln und Ornamenten verziert, und die Türen der Wohnungen waren riesengroß und mit bunten Glasmosaiken geschmückt.
Marlies Schwegler wohnte im weniger vornehmen Teil des Hauses hinter einer normalen Holztür neueren Datums. Im zweiten Stock. Penz hatte das Treppensteigen sichtlich angestrengt, und er atmete schwer, als er anklopfte. Der Fotograf hielt sich, wie immer in solchen Situationen, etwas im Hintergrund. Menschen, vor allem solche, die keine Erfahrung mit Presseleuten haben, reagieren beim Anblick von Kameras meistens noch zurückhaltender. Hatte der Reporter das Vertrauen der Person gewonnen, dann war alles viel einfacher. Dann war meistens auch ein Foto drin.
Es dauerte lange, bis Marlies Schwegler zur Tür kam. Der Schlüssel drehte sich umständlich im Schloß, dann ging die Tür ganz langsam auf. Ihr Gesicht wirkte blaß, beinahe steinern. In den Augen bemerkte Penz ein Gemisch aus Vorsicht, Mißtrauen und Angst. Es war der Blick eines Menschen, der in letzter Zeit sehr gelitten haben mußte. Penz räusperte sich.
»Mein Name ist Bruno Penz«, sagte er. Sie starrte ihn immer noch an. Nicht ermutigend und nicht abweisend. »Ich komme aus Graz und beschäftige mich mit dem Tod ihres Exmannes«, sagte Penz rasch. Das Wort »Zeitung« vermied er. Der Fotograf stand noch immer im Halbdunkel des Treppenhauses. Sie hatte ihn wahrscheinlich noch gar nicht bemerkt. Penz fand, daß die Frau trotz Blässe und Leidensausdruck schön war.

»Was wollen Sie?« fragte sie. Die Stimme war dunkel und angenehm.
»Ich würde gerne mit Ihnen reden«, sagte Penz, »nicht lange, nur ein paar Minuten.«
Ihr Blick hing an seinem Gesicht und schien sich darin zu verlieren.
»Sie sind nicht von der Polizei«, sagte sie.
Penz schüttelte den Kopf.
»Nein, ich bin Journalist!«
Wenn sie ihm jetzt nicht die Tür vor der Nase zuknallte, dann hatte er gewonnen. Es war immer so.
Die Frau ließ ihn wieder warten.
»Worüber wollen Sie etwas wissen«, fragte sie dann. »Über meinen Exmann oder über Karl Fürst?«
»Über beide«, sagte Penz.
Sie trat einen Schritt zurück und zog langsam die Tür auf.
In der Wohnung war es überraschend hell. Die Möbel waren aus freundlichem Kiefernholz. Nicht steirisch-rustikal, sondern skandinavisch-frisch. An einer Wand hing das Poster eines Gauguin. Tahitianische Frauen, sitzend, mit großen roten Blumen im wallenden schwarzen Haar.
Penz setzte sich in einen Sessel. Helles Design auf hellem Leinen. Mario Stangl hatte sich ebenfalls hereingeschlichen und saß ihm gegenüber. Marlies Schwegler setzte sich auf die Sitzbank. Zu trinken bot sie den Besuchern nichts an.
»Über meinen Exmann möchte ich nichts sagen«, sagte sie, bevor Penz die erste Frage stellen konnte. Dann lehnte sie sich zurück, verschränkte die Arme hinter dem Kopf und schloß die Augen.
Sie sprach leise, und es klang wie der gesprochene Text eines Liedes.
»Karl Fürst ist ein großartiger Mensch. Intelligent, sanft, rücksichtsvoll. Er las viel und hörte gern gute Musik. Wahrscheinlich ist er das, was man heute einen 68er nennt. Ein

Relikt aus den End-Sechzigern. Hippie, Flower-Power, Love, Peace, Happiness. Das heißt aber nicht, daß er in der Vergangenheit lebt. Er hat nur viele positive Eigenschaften von damals bewahrt und in sein jetziges Leben herübergerettet.« Sie stockte und schüttelte den Kopf. »In das Leben, das er geführt hat, bevor das alles passiert ist.«
Penz, der diese Lobeshymne nicht erwartet hatte, war verblüfft.
»Sie glauben also nicht, daß er ihren Exmann umgebracht hat?«
»Nein«, sagte sie bestimmt. »Ganz sicher nicht. Wenn Sie den Karl kennen würden, dann wüßten Sie, daß er nie jemanden verletzen würde. Dazu ist er nicht fähig.«
»Da war aber die Rauferei am Vorabend. Dabei sollen die Fäuste ganz schön geflogen sein. Auch die von Karl Fürst.«
Sie blickte Penz tief in die Augen. Schmerzlich und traurig. »Das hat er doch nur für mich getan. Weil mich der Erwin wieder einmal gedemütigt hat. Wie so oft zuvor. Er hat mich verfolgt, obwohl wir gesetzlich längst getrennt sind. Der Erwin war ein Mann, der es nicht verkraftet hat, wenn ihm jemand etwas wegnahm.«
Schweigen. Ihre Augen waren wieder geschlossen. Penz hatte das Gefühl, daß sie zu weinen beginnen würde. Das wollte er nicht. Deshalb fragte er rasch weiter.
»Was ist Ihrer Meinung nach passiert, dort oben im Wald?«
Sie sagte nichts. Ihre Brust hob und senkte sich unter schwerer werdenden Atemzügen. Unter den Augenlidern sickerten Tränen hervor und bahnten sich ganz langsam den Weg über die jetzt geröteten Wangen.
Auch das waren Augenblicke, die Penz haßte, weil ihm dabei die Kontrolle über die Situation entglitt. Man mußte beschwichtigen, beruhigen, trösten und hätte doch lieber die Fragerei zu Ende gebracht.

Er wartete und sah Mario Stangl an. Der verzog das Gesicht zu einer Grimasse, die Trauer persiflieren sollte. Penz hätte am liebsten gelacht, beherrschte sich aber. Die Frau schlug die Augen auf und wischte sich mit dem Handrücken über das Gesicht.
»Entschuldigen Sie bitte«, sagte sie.
Sie setzte sich auf, strich sich mit beiden Händen das Haar zurecht und versuchte ein Lächeln.
»Was war es, das Sie wissen wollten?«
»Was ist Ihrer Meinung nach passiert, dort oben am – wie heißt der Berg doch?«
»Sie meinen den Krahkogel«, sagte sie.
»Ja, den Krahkogel«, wiederholte Penz. »Warum hat's dort oben einen Toten gegeben?«
Sie schüttelte den Kopf.
»Ich weiß es nicht. Das kann nur der Karl beantworten.«
»Und warum tut er's nicht? Warum stellt er sich nicht der Polizei, wie es jeder andere tun würde, der weiß, daß er unschuldig ist?«
Sie schüttelte den Kopf etwas heftiger.
»Ich weiß es nicht, ich weiß es wirklich nicht.«
Sein Instinkt sagte Penz, daß er mit der Fragerei aufhören mußte. Jetzt mußte er irgendwie den Übergang schaffen und die Frau dazu überreden, daß sie ihnen ein paar Fotos überließ.
Er sah den Fotografen an. Eigentlich war das Beschaffen von Bildern Stangls Angelegenheit. Penz vertraute jedoch mehr auf seine eigene Routine und Überzeugungskraft.
»Tut mir leid, gnädige Frau«, sagte er. »Ich danke Ihnen, daß Sie uns so viel Zeit geopfert haben.« Er stand auf, zögerte dann jedoch einen Augenblick und setzte sich wieder hin.
»Da ist noch etwas.« Er räusperte sich. »Wir haben nur ein Jugendbild von Karl Fürst. Von seiner Mutter in Graz.

Kein Mensch kann ihn darauf erkennen. Er wirkt auch nicht sehr vorteilhaft darauf. Nicht geeignet, um Sympathien für ihn zu wecken. Sie haben uns den wahren Karl Fürst geschildert. Dazu brauchten wir jetzt auch ein Foto, das den wahren Karl Fürst zeigt. Könnten Sie uns eines zur Verfügung stellen?«

Sie stand wortlos auf, ging zu einer Kommode, öffnete eine Lade und kramte einige Sekunden lang darin herum.

Der Fotograf grinste und zeigte Penz den nach oben gestreckten Daumen.

Als Marlies Schwegler zurückkam, hielt sie Penz ein kleines Paßbild entgegen. Der Mann, der darauf abgebildet war, hatte ein freundliches Gesicht. Aus einem gepflegten, kurzgeschnittenen Vollbart blitzten kräftige Zähne. Das Haar war halblang und wich an der Stirn ziemlich weit zurück. Die Nase war etwas klein, die Augenbrauen waren dicht und buschig, und die Augen verrieten Humor. Sympathisch, dachte Penz!

Behutsam nahm er das Bild aus ihrer Hand, betrachtete es eine Weile und reichte es an Stangl weiter. »Der Fotograf wird es reproduzieren«, sagte er, »das dauert nur eine Minute. Dann können Sie es wieder zurückhaben!«

Sie zuckte die Schultern.

Penz war stolz auf sich. Die Sache war gelaufen. Jetzt brauchte er nur noch ein Foto von ihr. Wenn das nicht ging, machte es auch nichts. Seines Wissens nach hatte bisher noch keine Zeitung ein neueres Bild von Fürst gebracht. Stangl war zum Fenster gegangen, wo er mehr Licht hatte, hatte das Foto dort aufgelegt und ein paarmal fotografiert. Jetzt kam er zurück und gab ihr das Bild.

»Danke schön«, sagte er artig wie ein Schuljunge und verbeugte sich dabei sogar leicht.

Sie nahm es und legte es in die Lade zurück. Penz ging währenddessen zur Tür, und der Fotograf folgte ihm. Als Marlies Schwegler nachkam, griff sich Penz plötzlich an

die Stirn und schüttelte dann den Kopf, scheinbar verlegen ob seiner Vergeßlichkeit.
»Das wichtigste hätte ich beinahe vergessen! Natürlich brauchen wir auch ein Foto von Ihnen! Sie sind es ja, die Karl Fürst in ein ganz anderes Licht rückt, als es die Zeitungen bisher getan haben.« Er legte seine Hand leicht auf ihren Oberarm. »Nur eine Minute noch, bitte!«
Sie schüttelte den Kopf. »Das reicht jetzt! Sie haben doch, was Sie wollen. Ein Bild von mir interessiert doch wirklich keinen. Außerdem lasse ich mich so nicht fotografieren. Ich muß doch schrecklich aussehen.« Penz zog seine Hand zurück, dachte kurz daran, noch einen Überredungsversuch zu starten, gab dann aber auf und hielt ihr die Hand hin. »Sie sind eine tapfere Frau«, sagte er. »Und ich habe das Gefühl, daß Sie ihn sehr mögen. Hoffentlich ist er gescheit genug, sich zu stellen. Vor Gericht kann er dann immer noch seine Unschuld beweisen.«
»Oder auch nicht«, sagte sie und schob Penz sanft zur Tür hinaus.
Penz und der Fotograf beeilten sich, zum Peterwirt zurückzukommen. Auf dem Weg dorthin klopften sie einander in einem kurzen Triumphgefühl auf die Schultern.
»Die anderen«, grinste Penz, »haben bei dieser Frau keine Chance mehr. Die redet nicht zweimal mit Journalisten. Und Bild rückt sie schon gar keins mehr heraus!«
Der Jüngere hüpfte von einem Bein auf das andere und stieß dabei einen jodlerähnlichen Laut aus.
Im Gasthaus bat Penz sofort darum, telefonieren zu dürfen und wurde in die Küche geführt. Der Apparat stand auf einem Tisch zwischen Plastikschüsseln, an deren Rändern noch Salatreste klebten. Es roch säuerlich.
Der Lokalchef meldete sich nicht sofort, und Penz begann ungeduldig zu fluchen. Kurt Hausmann war ein verdienter Zeitungsmann, nur war er für diesen Job viel zu langsam, umständlich und unflexibel. Als er endlich in der

Leitung war, dämpfte er die Euphorie des Anrufers in Sekundenschnelle.

»Was tut ihr beiden denn dort oben überhaupt? Aus dem Radio hab' ich vor fünf Minuten erfahren müssen, daß man den Prinz, oder wie der Mörder auch immer heißen mag, noch immer nicht gefaßt hat. Wozu hab' ich denn ein hochbezahltes Team an den Arsch der Welt geschickt?«

»Fürst«, sagte Penz.

»Was soll denn diese Bemerkung«, bellte Hausmann.

»Fürst«, wiederholte Penz. »Der Mann, den sie suchen, heißt Fürst. Nicht Prinz!«

»Ist doch scheißegal. Sag mir nur, wie ich die Zeitung füllen soll!«

Penz ließ ihn einige Sekunden lang zappeln.

»Mit einer Exklusivstory«, sagte er schließlich. »Und mit einem Foto von Fürst, das wenige Wochen vor der Tat aufgenommen worden ist.«

Am anderen Ende war es still. Penz hörte, wie Hausmann ins Chefzimmer hinüberschrie, daß der Penz und der Stangl was Großes liefern würden, dann kam die Stimme des Lokalchefs zu ihm zurück.

»Und wie komm' ich dazu?«

»Der Mario fährt in fünf Minuten von hier mit dem Film weg und ist sicher noch rechtzeitig für die zweite Ausgabe in Graz. In der ersten müßt ihr halt das alte Bild noch einmal strapazieren.« Der Salatgeruch begann sich Penz auf den Magen zu schlagen, und er rückte die Schüsseln etwas weiter von sich weg. »Die Geschichte könnte ich dem Lesky erzählen. Der müßte sie dann nur schreiben. Beim Formulieren hat er ja noch nie Schwierigkeiten gehabt. Und das Recherchieren hab' ich ihm ja abgenommen.«

»Laß das Ätzen«, sagte Hausmann. »Ich verbinde dich jetzt mit Lesky. Und melde dich beim nächsten Mal etwas schneller. Wir machen keine Wochenzeitung!«

Als Stangl fort war, ging Penz wieder in das Gastzimmer. Am großen Ecktisch unter dem Herrgottswinkel fand er ein paar Kollegen von anderen Zeitungen, die ihre Stories längst durchgegeben hatten und bei Bier und Obstler angelangt waren. Er bestellte sich etwas zu essen.
Von seiner Begegnung mit der Witwe – ist man eine Witwe, wenn man vom Toten vorher geschieden worden ist? – erzählte er keinem etwas.
Nach einer Weile fand er heraus, daß die anderen in der Schule gewesen waren und dort mit dem Direktor gesprochen hatten.
»Kein sehr angenehmer Zeitgenosse, der Lehrer«, sagte Hugo Jaklitsch, ein jüngerer Kollege vom *Tagblatt,* der noch in der journalistischen Pubertät steckte.
Penz blickte von seinem Schweinebraten auf und den anderen mißmutig an.
»Nur weil man sagt, er hätte den Dorf-Ungustl erschossen?«
»Er war auch bei den Kollegen nicht sehr beliebt! Ein typischer Einzelgänger. Und auch unkollegial. Der Direktor hat ihn zu Beginn des Schuljahres gebeten, die Schulbibliothek zu betreuen, und er hat einfach abgelehnt. Privat hat er sich nur mit der Frau vom Schwegler getroffen. Nie mit seinen Kollegen. Und die scheinen recht nette Kerle zu sein.«
»Und das hast du alles geschrieben?«
»Natürlich«, sagte der andere, und Penz merkte, daß dieser unsicher zu werden begann.
Paul Brenner von den *Nachrichten,* ein jahrelanger Intimfeind von Penz, kam dem Jüngeren zu Hilfe.
»Laß dich von dem nicht verunsichern. Der hat doch selbst noch viel weniger. Das mit dem Direktor hat er verschlafen, und sonst gibt's nichts Neues. Außer dem Scheiß, den der fette Steindl verzapft hat!«
Penz aß ruhig weiter.

Als er fertig war, wischte er sich mit der Serviette umständlich den Mund ab und schaute dann Brenner an.
»Und was ist mit den Feuerwehrleuten, die am ersten Tag nach ihm gesucht haben?« fragte er und stand auf.
Der Mann von den *Nachrichten* lachte laut auf.
»Die können dir höchstens sagen, wie's drinnen, im Wald, aussieht!«
»Vielleicht ist gerade das wichtig«, grinste Penz und ging. Obwohl er sie nicht sah, wußte er, daß die anderen jetzt nicht mehr lachten. Er hatte sie schon zu oft mit Exklusivgeschichten verblüfft. Sie waren unsicher geworden, und darüber freute er sich.
Er ging hinaus an die Theke und bestellte sich einen doppelten Schnaps. Der Wirt bediente ihn höchstpersönlich. Ein kleiner Mann mit kleinen Augen und einem wuchtigen Schnauzbart. Er erinnerte ihn an einen Foxterrier.
»Sie sind doch von der Zeitung«, sagte der Wirt.
Penz hob das Schnapsglas, schaute es genüßlich an, gab sich dann einen Ruck und kippte den Inhalt hinunter.
Aus der Musikbox neben der Theke säuselte Andi Borg.
»Schau' ich so aus?«, fragte er den Wirt.
»Ich kenn' Sie doch«, sagte der Wirt. »Sie sind der Bruno Penz vom *GTS*. Ich hab' ihr Bild in der Zeitung gesehen!«
Penz fühlte sich einen Augenblick lang geschmeichelt. Er hatte einmal eine Kolumne geschrieben. »Hintergründe« hatte die geheißen. Obwohl ihn Hausmann sonderbarerweise unterstützt hatte, wurde sie vom neuen Chef gleich nach dessen Amtsantritt gestrichen. Er habe im Sinn, selbst etwas Ähnliches zu schreiben, hatte der gemeint. Er schrieb dann auch irgend etwas. Nur ähnlich war's nicht. In Wahrheit war es ein sinnloses Gestammel. Aber das war vorbei. Penz hatte sich lange genug darüber geärgert. Trotzdem freute er sich jedesmal, wenn sich jemand an das Foto des Kolumnenkopfes erinnerte. Es war auch ein gelungenes Foto gewesen.

Er griff mit der Hand über die Theke und klopfte dem Wirt auf die Schulter.
»Richtig, Herr Chef«, sagte er. »Darauf müssen wir einen trinken. Zwei Doppelte von Ihrem Besten!«
Der Wirt nahm zwei Gläser und schenkte sie bis an den Rand voll. Aus der Musikbox kam jetzt Blasmusik.
»Die gehen auf meine Rechnung«, sagte der Wirt. Penz protestierte halbherzig. Er war es gewohnt, daß man ihn einlud. Vor allem auf dem Land. Da war man als Zeitungsmann wer. »Prost«, sagte er. Und schob dem Wirt bald das leere Glas entgegen.
»Aber die nächste Runde«, sagte er und merkte dabei, daß ihm der Alkohol langsam die Zunge zu lähmen begann, »die geht ganz bestimmt auf mich. Sonst gibt es keine nächste Runde mehr!«
Der Foxterrier grinste.
»Das ist ja beinahe eine gefährliche Drohung!«
Sie tranken noch eine Weile, und Penz versuchte immer wieder, die Unterhaltung auf Fürst und Schwegler, auf »den Fall« zu lenken. Aber der Wirt schien nicht allzuviel zu wissen. »Ein ruhiger Mensch«, sagte er. »Der hat nur einmal die Beherrschung verloren. Aber darüber hab' ich mehr in der Zeitung gelesen, als ich selber weiß. Ein kurzer Wortwechsel – warum weiß ja ohnehin die ganze Welt –, und dann hat's gekracht. Der Lehrer hat gegen den Schwegler nie eine echte Chance gehabt. Er soll sich aber recht mutig zur Wehr gesetzt haben.«
Der Wirt winkte Penz plötzlich mit dem Zeigefinger näher zu sich heran. Dann richtete er den Finger auf einen Tisch, an dem zwei Männer saßen.
»Sehen Sie die?« fragte er halb flüsternd.
»Natürlich sehe ich die«, sagte Penz. »Und was soll ich mit denen?«
»Der eine heißt Bachmaier und der andere Skrivanek. Beide sind Lehrer an der Volksschule und waren Kollegen

vom Fürst. Die zwei kommen ganz selten ins Wirtshaus. Heut' hat sie sicher die Neugier hergetrieben. Wahrscheinlich sind sie geil darauf, in die Zeitung zu kommen. Für Sie sind sie sicher eine Goldgrube. Ich würd' mich dazusetzen!«
Penz überlegte eine Weile, dann nickte er.
»Eigentlich wollte ich heute ja nicht mehr arbeiten, aber Sie haben recht. Wenn sie reden wollen, dann soll man ihnen auch die Gelegenheit dazu geben. Bringen's mir bitte ein großes Bier an den Tisch!«
Als er sich von der Theke löste, merkte Penz, daß auch sein Gleichgewichtsgefühl einen Knacks bekommen hatte. Er schwankte, fing sich aber wieder und ging dann etwas zu gerade und zackig auf die beiden Sitzenden zu. Kurz vor dem Tisch bremste er. Der eine hatte eine Halbglatze und trug eine Brille. Da er ihm am nächsten war, hielt ihm Penz die Hand hin.
»Mein Name ist Bruno Penz«, sagte er. Und es klang beinahe nüchtern. »Darf ich mich kurz zu Ihnen setzen?«
Der Hagere mit der Brille sah den anderen, einen dicklichen Blonden mit ausreichend Haaren, an. Der hob nur erstaunt die Augenbrauen.
»Warum nicht«, sagte die Halbglatze.
Penz setzte sich.
Es dauerte nur wenige Sekunden, bis der Blonde Penz fragte: »Womit können wir dienen?«
»Ich bin Journalist. Vom *GTS.*«
Der Wirt brachte das Bier. Dabei klopfte er Penz auf die Schulter und protzte mit wissendem Grinsen: »Den kennt ihr nicht? Das ist der berühmte Bruno Penz. Vom *GTS.* Der schreibt eine Kolumne und hat immer wieder sein Bild in der Zeitung!«
»Hat geschrieben«, sagte Penz.
»Natürlich kennen wir den Herrn Penz«, beeilte sich der Hagere festzustellen.

»Und ihr wißt auch, warum ich hier bin!«
Schweigen. Der Wirt blinzelte Penz kumpelhaft zu und ging. Der Blonde räusperte sich. »Wahrscheinlich wegen dem, was der Kollege Fürst, äh, getan hat.«
Penz trank einen langen Schluck und wischte sich dann mit dem Handrücken das Bier von der Oberlippe.
»Wenn er's getan hat – und daran gibt's kaum Zweifel –, dann nennt man das Mord«, sagte er. Der Hagere zuckte merklich zusammen.
»Hat er es getan?« fragte der Blonde.
Penz hatte überhaupt kein Interesse daran, sich in eine Diskussion über Schuld oder Unschuld einzulassen. Er brauchte Aussagen, Feststellungen, Zitate. Die ehemaligen Kollegen über den Mann, dem sie täglich begegnet waren und der nun als Mörder gesucht wurde. Wer war er, was war er, wie war er. Hätten sie ihm eine solche Tat zugetraut? Wenn ja, warum! Wenn nein, auch warum! Das war es, was Penz interessierte.
Er fixierte den Hageren mit seinem stechendsten Blick, ließ seinen Zeigefinger ausfahren und legte ihn seinem Gegenüber an die Brust: »Waren Sie es, der an seiner Stelle die Schulbibliothek hat übernehmen müssen?«
Der Hagere zuckte wieder zusammen.
»Der Kollege Skrivanek war's!«
»Wer ist der Kollege Skrivanek«, fragte Penz streng. Der Blonde hob die Hand und errötete dabei leicht.
»Entschuldigen Sie, daß wir uns noch nicht vorgestellt haben.« Er erhob sich halb von seinem Stuhl, verbeugte sich dabei leicht und sagte »Skrivanek«. Der Hagere tat fast zur selben Zeit das gleiche und sagte dabei »Bachmaier«.
»Wie war jetzt das mit der Schulbibliothek wirklich?« fragte Penz.
Bachmaier machte eine Handbewegung in Richtung Skrivanek, und dieser antwortete.
»Die Sache ist meiner Meinung nach etwas übertrieben

dargestellt worden. Unser Herr Direktor«, er lächelte entschuldigend, »hat vom Kollegen Fürst, wie soll ich's ausdrücken, nie allzuviel gehalten. Wahrscheinlich wegen der Sache mit der Frau Schwegler. Kollege Fürst war neu im Dorf. Er kannte die Schule noch nicht, und er hatte keine Ahnung, wie unsere Bibliothek – übrigens eine sehr gute – aufgebaut war. Deshalb hat er mich gebeten, es in diesem Jahr noch zu machen. Er hat sich aber angeboten, mir dabei behilflich zu sein und die Bibliothek im nächsten Schuljahr dann ganz allein zu führen.«
»Sie haben also einen ziemlich guten Kontakt zu Karl Fürst gehabt!«
Skrivanek nickte eifrig.
»Wir haben uns dienstlich gut verstanden. Ich habe zwar nicht viel gesehen, aber ich glaube, daß Kollege Fürst auch ein guter Lehrer war. Und er hat sich rasch bei uns eingelebt.«
»Das entschuldigt natürlich nicht, was er getan hat«, warf Bachmaier rasch ein. »Als er hier ankam, kannte er keinen Menschen. Die Kollegin Schwegler hatte gerade ihre Scheidung hinter sich. Auch Karl Fürst hat ähnliches durchgemacht. Da haben sich die beiden gefunden. Eine Fügung des Schicksals, wie ihr in der Zeitung schreiben würdet.« Er lachte. »Es war wirklich die große Liebe! Wir haben es gezwungenermaßen hautnah miterlebt!«
»Aber sie konnten zueinander nicht finden«, sinnierte Penz.
Die beiden nickten traurig.

Am nächsten Tag bat Bezirksinspektor Steindl um zehn Uhr zu einer improvisierten Pressekonferenz. Die meisten der Journalisten, die im Gastzimmer des Peterwirts hockten, waren verkatert, ein paar fehlten überhaupt. Die Anwesenden tranken starken schwarzen Kaffee und Unmengen von kalten Limonaden. Jaklitsch und Brenner hock-

ten an einem Tisch und warfen leidende Blicke in die Runde, zwei Rundfunkleute hantierten geschäftig an einem Aufnahmegerät herum. Das lokale Fernsehen war am Morgen mit einem Kamerateam und einem jungen, wichtigtuerischen Reporter ins Dorf gekommen.
Penz haßte es, wenn bei solchen Anlässen das Fernsehen auftauchte. Da gab es plötzlich immer viele, die alles taten, wußten oder konnten, um einmal im Leben ins Bild zu kommen. Auf dem Land war es besonders schlimm. Da boten sich nicht viele solcher Gelegenheiten.
Deshalb wunderte es Penz auch nicht, daß Steindl wie ein riesiger grauer Gummiball um die Fernsehleute herumhüpfte. Auf allen Tischen die besetzt waren, lagen Zeitungen. Penz bemerkte mit Genugtuung, daß der *GTS* besonders aufmerksam gelesen wurde. Als Brenner bei seiner Geschichte angelangt war, ließ ihn Penz nicht aus den Augen. Das graue, runzelige Gesicht mit den grauen Bartstoppeln und der ungepflegten, fast weißen Mähne straffte sich einen Augenblick lang vor Schmerz. Die Augenbrauen schoben sich ganz eng zusammen, die Augen wurden kleiner, und der Kopf senkte sich, um die kurzsichtigen Augen noch näher zum Papier zu bringen.
Penz grinste genüßlich.
Mario Stangl kam gegen halb elf Uhr. Da hatte Steindls Pressekonferenz noch immer nicht begonnen. Der Fotograf meinte, in Graz sei man happy. Fürsts Bild habe man auf die Titelseite genommen, was Penz aber ohnehin schon bemerkt haben müsse.
»Und was läuft heute?« fragte er, als er die Graz-News losgeworden war.
»Steindls Pressekonferenz«, sagte Penz. »Aber die beginnt erst, wenn sich der Herr Bezirksinspektor aus den Mastdarmwindungen des Fernseh-Nachwuchs-Spechts befreit hat.«
Einige Minuten später hörten alle im Gastzimmer, wie

draußen auf der Wiese neben dem Haus ein Hubschrauber landete. Gleich darauf ging die Tür auf und ein blonder junger Mann kam herein. Er trug den roten Anorak der Bergretter und wirkte drahtig und durchtrainiert.
Steindl sprang zur Verblüffung aller mit nie vermuteter Behendigkeit auf, packte den Blonden am Arm und zog ihn in die Mitte des Raumes.
»Das ist der Mann, meine Herren, auf den wir alle gewartet haben!« Er hieb dem Bergretter in einer freundschaftlich gemeinten Geste die Hand auf den Rücken. »Servus, Ronald Stuppacher! Du hast die Nacht im Urwald verbracht und bist gerade jetzt erst mit dem Hubschrauber ausgeflogen worden.«
Der Bezirksinspektor wies mit einer halbkreisförmigen Handbewegung auf die Versammelten. »Die Herren hier arbeiten allesamt für Zeitungen, den Hörfunk oder das Fernsehen. Und die interessiert es ebenso wie mich: Habt ihr den Täter gefaßt?«
Der operettenreife Auftritt des Polizisten hatte den Bergretter sichtlich geschockt. Er war kein Mann, der sich unter vielen fremden Menschen wohlfühlte. Er räusperte sich und lächelte verlegen.
»Den Täter haben wir nicht gefaßt«, sagte er schließlich.
Steindl spielte den Erstaunten.
»Es ist aber nur noch eine Frage der Zeit, bis er euch ins Netz geht?« Er lächelte in stiller Freude über die gelungene Formulierung.
Der Blonde zögerte. Der Dicke hatte ihn verunsichert. Er wußte nicht mehr, ob er den Anwesenden die Wahrheit sagen, oder ob auch er kaum berechtigten Optimismus verbreiten sollte. Er entschied sich für die Wahrheit.
»Das Gelände«, sagte er, »ist viel schwieriger als erwartet. Da gibt's extrem steile, glatte Felswände mit unzähligen Höhlen, vieles, was zuerst begehbar zu sein scheint, endet plötzlich vor einem hundert Meter tiefen Abgrund. Da sind

Schluchten und Bäche, riesige Wasserfälle, Baumriesen, wie ich sie in unserer Gegend noch nie gesehen habe ...«
»Wir wollen keinen Naturkundeunterricht«, schnarrte eine rauchige Stimme. Penz erkannte sie sofort als die von Brenner. »Sagen Sie uns, ob sie dem Flüchtigen noch auf der Spur sind. Das dürfte doch nicht so schwierig sein. Schließlich sind ja meines Wissens auch Hunde eingesetzt!«
»Die Hunde haben bald die Witterung verloren«, sagte der Bergretter und zuckte entschuldigend die Schultern. »Der Mann hat das ziemlich geschickt gemacht. Er ist immer wieder im Bach gewatet. Die Hunde haben zwar ein paarmal die Spur wiederaufnehmen können, dann war's aber plötzlich aus. Sie haben sich geweigert, weiterzugehen. Da war irgendein Geruch, der sie irritiert hat. Ein Kraut oder eine Wurzel.«
»Ich habe geglaubt«, sagte Penz, »daß der Städter Fürst keinerlei Erfahrung im Umgang mit der Natur hätte. So hat man es doch immer wieder behauptet. Jetzt sieht es aber so aus, daß er es sogar schafft, ausgebildete Suchhunde, routinierte Bergretter und die besten Leute der Gendarmerie zum Narren zu halten.«
»Er wird es nicht lange im Wald aushalten«, stellte Steindl eilig fest. Er war auf den blonden jungen Mann im roten Anorak wütend, durfte das jedoch die anderen nicht merken lassen, deshalb klopfte er ihm abermals auf den Rükken.
»Ihr werdet aber auf alle Fälle noch weitermachen, nicht wahr, Ronald?«
Der Bergretter preßte die Lippen zusammen und nickte ohne Begeisterung. »Wir machen weiter. Bis man uns abberuft!«
Der Hubschrauber draußen gehörte dem Innenministerium. Man erwartete aber noch einen zweiten. Eine Alouette von der Hubschrauberstaffel des Bundesheeres

in Aigen. Wenn dieser die Suchflüge aufgenommen habe, sagte Steindl mit leisem Triumph in der Stimme, werde der erste zunächst dem Fernsehen und dann der Presse zur Verfügung stehen.
»Sie werden sich dann selbst ein Bild von dem Gebiet machen können. Und vielleicht besser verstehen, warum unsere Arbeit so verdammt schwer ist!«
Stangl freute sich.
»Wenigstens etwas, das diesen stinklangweiligen Job hier etwas auflockert!«
Penz ärgerte sich, daß die vom Fernsehen wieder einmal bevorzugt behandelt wurden, wußte aber zugleich auch, daß er es nur ihnen zu verdanken hatte, wenn er überhaupt fliegen durfte. Den Schreiberlingen und ihren Fotografen hätte man nie und nimmer ein teures Fluggerät zur Verfügung gestellt. Weil man es nun aber fürs Fernsehen tat, mußte man es wohl oder übel auch für die anderen tun. Es sollte ja kein Unmut aufkommen. Eine negative Presse wäre der Exekutive gerade in diesem Fall zweifellos höchst unangenehm. Hatte man doch bislang so gut wie keinen Erfolg vorzuweisen.
Während die Fernsehleute umständlich ihre Ausrüstung verstauten, rief Penz die Redaktion an und kündigte sensationelle Luftaufnahmen vom Urwald an.
»Lieber wär's mir, wenn ihr mir Bilder vom verhafteten Täter bringen würdet«, sagte Hausmann. »Ich kann euch ja nicht ewig dort oben bleiben lassen. Urlaub im Luftkurort!«
Penz spürte, wie die Wut in ihm hochkroch.
»Dann machen wir eben einen Stellungswechsel«, zischte er in den Hörer. »Du kommst hier rauf und hältst die Stellung, und ich setz' mich hinter deinen Schreibtisch, langweile mich einen halben Tag lang und geh' um vier Uhr nachmittags nach Hause!«
Hausmann sagte nichts und legte auf.

Penz und Stangl waren gemeinsam mit Jaklitsch vom *Tagblatt* und dessen Fotografen kurz nach dem Mittagessen an der Reihe. Außer Penz war noch keiner in einem Hubschrauber geflogen. Während die anderen das mulmige Gefühl mit lockeren Sprüchen wegzuwitzeln versuchten, dachte Penz an Karl Fürst.
Er befand sich noch im Wald. Das nahm er als gegeben an. Ein Mann, der bisher fast nur in der Stadt gelebt hatte. Da waren die Kälte, die Nässe und die Einsamkeit. Und da war vor allem der Hunger. Angst. Natürlich würde er auch Angst haben. Wie lebt man im Wald? Allein. Natürlich schleppt man in der sogenannten Zivilisation unheimlich viel unnützes Zeug durchs Leben. Waschmaschine, Schreibmaschine, Gefrierschrank, Fernseher, Radio, Plattenspieler, Autos. Aber auf wieviel davon kann man wirklich verzichten? Was würde ihm, Penz, als erstes abgehen? Die Porzellanteller, das Besteck, die Musik, Filme, Menschen? Wahrscheinlich zuerst die Menschen. Wirklich die Menschen? Wie viele von denen, die ihn täglich umgaben, würde er wirklich auf die einsame Insel mitnehmen wollen? Eine Frau? Vermißte Fürst eine Frau? Der Hubschrauber hob ab und schraubte sich schnell höher. Stangl hatte die Kamera vor dem Gesicht und drehte am Objektiv.
Der Lärm war ohrenbetäubend.
Sie überflogen die letzten Häuser des Dorfes, dann gab's unter ihnen nur noch dichtes Dunkelgrün. Manchmal unterbrach eine Lichtung den Hochwald, ab und an durchschnitt ihn ein Weg oder eine Forststraße.
Weit vor ihnen hoben sich zwei Berggipfel aus dem Grün. Grauer Fels mit braunen Vegetationsflecken. Es waren sanfte Berge, die links und rechts langsam anstiegen und an einem Punkt am Himmel zusammentrafen. Zwei Drittel der Berge waren mit Wald bewachsen. Die Waldgrenze war keine klare Linie, sie war ausgefranst wie das Fell eines alten Bisons.

Der Pilot flog genau auf die Berge zu.
Penz und die anderen trugen Kopfhörer mit einem kleinen Mikrophon, das an einem halbrunden Bügel befestigt war und genau vor dem Mund hing. Damit konnten sie sich trotz des Lärms unterhalten.
»Wir sind bald im Zielgebiet«, sagte der Pilot. »Der Wald, den wir überfliegen werden, beginnt kurz vor den beiden Bergen und erstreckt sich hufeisenförmig um sie herum. Ich werde dann tiefer gehen, damit Sie Ihre Aufnahmen machen können!«
Penz spürte plötzlich eine innere Spannung. Dort unten war Fürst. Irgendwo. Er mußte nagenden Hunger haben, und die Kälte würde ihn nachts wahrscheinlich halb wahnsinnig machen. Das war der Preis, den er für die Freiheit zu zahlen bereit war. Viele, die man als viel härter eingeschätzt hätte, wären wahrscheinlich schon längst wieder reumütig in die Zivilisation zurückgekehrt. Der Lehrer war ein harter Mann. In Penz wuchs ein Gemisch aus Bewunderung und Abscheu. Extrem harte Männer mochte er nicht. Und Mörder mochte er auch nicht. Und doch fühlte er sich auf eine merkwürdige Art hingezogen zu dem Mann, den sie suchten.
Sie waren jetzt über dem Waldgebiet. Die Bäume waren merklich höher, dazwischen gab es aber immer wieder Stellen, an denen irgendein Sturm sie zerfetzt hatte. Gewaltige Baumriesen, in der Mitte gespalten oder abgerissen. Darunter ein Gewirr aus Ästen und Büschen und Gräsern und Farnen. Kein Tier war zu sehen.
Penz sah einen Bach in einem breiten Bett, das er nicht einmal zu einem Viertel ausfüllen konnte. Weiter oben überflogen sie einen Wasserfall ...
Mario Stangl schoß Bild um Bild, es war aber mehr die Begeisterung, die der Flug in ihm weckte, als der Instinkt des Bildjournalisten. Penz wußte, daß ein Bild, das eine Mordgeschichte illustrieren sollte, nur dann gut war, wenn auch

Menschen darauf zu sehen waren. Ein paar Bäume und ein paar Felsen lockten keinen Hund hinter dem Ofen hervor. Er brauchte ein besonders wildes Waldstück ziemlich groß, damit er Fürsts Porträt einmontieren konnte. Damit ließe sich wenigstens ein Hauch von Atmosphäre schaffen. Und dazu die Geschichte, die gerade durch seinen Kopf gegangen war. Das Leben in der Wildnis als Preis für die Freiheit. Penz spürte, daß er damit eine tote Story wieder zum Leben erwecken konnte. Er kannte einen jungen Mann, der in Skandinavien ein Überlebens-Trainingslager mitgemacht hatte. Survival nannte man das heute. Ihn würde er anrufen und nach Fürsts Chancen befragen.
Er klopfte dem Fotografen auf die Schulter und erklärte ihm, daß er mit dem Tele in den Wald hineinschießen müsse. Der junge Mann nickte und verstand sofort. Penz arbeitete gern mit ihm. Weil er gute Bilder lieferte, viele eigene Ideen hatte, immer aber auch bereit war, die Wünsche eines anderen zu respektieren. Die gekränkte Eitelkeit des Künstlers, dem man sagt, was er tun soll, hatte Penz bei ihm noch nicht entdeckt.
Sie waren jetzt halb um die beiden Berge herumgeflogen. Das Bild hatte sich kaum verändert. Der Wald war noch immer da, nur klammerte er sich jetzt an eine immer steiler werdende Felswand, die in eine Schlucht abstürzte, deren Sohle Penz nicht mehr sehen konnte. Vom Hubschrauber aus war sie ein schwarzer Schlitz im Dunkelgrün. Der Himmel war grau, und es sah nach Regen aus.
Ein paar Minuten später wurde die Landschaft wieder freundlicher und weiter. Der Bach löste sich aus der Schlucht. Da waren sogar einige Wiesen und ein kleiner See mit tiefblauem Wasser. Der hatte sich in einem Plateau eingebettet, dessen Ränder steil abfielen. Der Privat-Swimmingpool eines Waldgeistes.
Dann schloß sich wieder dichter Wald um den Berg.
Sie flogen noch eine Weile, bis der Wald sanfter wurde

und schließlich ganz aufhörte. Penz sah ein paar Hütten und Häuser, einige so abgelegen, daß er sich fragte, wie man ein Leben in dieser Gegend aushalten könne.
»Das ist schon Niederösterreich«, sagte der Pilot.
Sie flogen zurück. Und irgendwie war Penz enttäuscht, daß er Fürst nicht entdeckt hatte. Eine umherirrende Gestalt, verzweifelt winkend und auf Hilfe hoffend.
Aber vielleicht lebte er gar nicht mehr. Vielleicht lag sein Körper unten in der schwarzen Schlucht. Bis zur Unkenntlichkeit zerschmettert.
Kurz nach vierzehn Uhr landeten sie vor dem Gasthaus.

Das Hubschrauberknattern hatte Fürst nur anfangs nervös gemacht. Da war er zum Höhleneingang gestürzt und hatte den Himmel abgesucht. Die Bäume wuchsen hier am Steilhang aber so dicht, daß er nur vereinzelte Flecken davon sehen konnte. Der Himmel war grau, aber es regnete nicht mehr. Seine Kleidung war noch immer feucht, doch die Luft war viel wärmer geworden. Im Innern der Höhle roch sie nach Moder.
»Sie suchen mich«, sagte Fürst halblaut.
Als die Ferne das Geräusch in der Luft geschluckt hatte, kroch er ins Freie. Sein Körper schmerzte ihn an vielen Stellen, aber er kümmerte sich nicht darum. Die Sorge um Wasser bewegte ihn im Augenblick viel mehr. Eine seiner Bierflaschen war noch zur Hälfte voll, das reichte nicht einmal bis zum Abend.
Er mußte trinken. Soviel wie nur möglich. Seit der Brennesselbrühe ekelte ihn vor fester Nahrung. Er hatte einige Käfer entdeckt, die unter der morschen Rinde eines umgestürzten Baumes verschwunden waren, und kurz daran gedacht, sie zu fangen und irgendwie zu essen. Viel-

leicht hätte er auch anderes Kleingetier wie Würmer oder Waldameisen und deren Eier gefunden, wenn er danach gesucht hätte. Aber er wollte nicht. Der Magen schien sich in irgendeinen Winkel seines Bauchtraktes zurückgezogen zu haben. Wohl aus Angst, wieder mit einem ähnlichen Gründreck gefüttert zu werden. Also mußte er trinken.
Der Hang, der unter ihm steil abfiel, machte ihm Angst. Der Waldboden war an manchen Stellen nur dünn, und darunter lag blankes Gestein. Einmal hatte er mit einem zu kräftigen Schritt die Erdschicht weggewischt und war ausgeglitten. Zum Glück hatte er sich im letzten Augenblick noch an einem tiefhängenden Ast festklammern können.
Der Hubschrauber kam zurück, und Fürst verkroch sich wieder in der Höhle. Er lauschte dem Geräusch aus der anderen Welt und überlegte sich dabei, ob er Heimweh bekommen sollte. Dort oben waren Menschen in einem von Menschen erzeugten Fluggerät. Sie waren warm gekleidet und satt und saßen in einer warmen Kabine. Sie hatten wahrscheinlich Feuerzeuge eingesteckt, vielleicht sogar Proviant. Und wahrscheinlich waren irgendwo dort draußen im Wald andere Menschen, die ebenfalls warm gekleidet waren. Und nach ihm suchten wie die dort oben in der Luft.
Er beschloß, kein Heimweh zu kriegen. Und er beschloß, an diesem Tag die Höhle nicht mehr zu verlassen. Eine verdächtige Bewegung, und sie könnten ihn entdecken.
Nach intensiver Beobachtung der Umgebung wagte er sich dann allerdings doch noch zweimal ins Freie. Er hatte ganz in der Nähe einen Laubbaum entdeckt und tastete sich vorsichtig bis zu dieser Stelle vor. Dort stopfte er soviel Laub, wie er nur konnte, in seine Hose und unter den Pullover und raffte dazu mit den Händen zusammen, was er tragen konnte. Den Gang wiederholte er, dann häufte er die toten Blätter auf seiner Lagerstatt aus Ästen

und Zweigen auf und legte die Decke darüber. Es war fast wie ein richtiges Bett.
Fürst hatte sich mit der feuchten Kleidung und dem ständigen Frösteln abgefunden. Er hoffte nur, nicht krank zu werden. Einmal hatte er es mit Kniebeugen versucht, war aber bereits nach einem halben Dutzend davon völlig geschafft gewesen. Etwa fünf Meter hinter seinem Lager machte die Höhle einen Knick nach rechts. Weiter als bis zu dieser Stelle war er noch nicht vorgedrungen. Die Neugier wäre dagewesen, aber da war etwas anderes, das ihn daran hinderte. Das schwarze Loch vor ihm schien ihn immer wieder einzuladen. Es waren nicht direkt Stimmen, die ihm diesen Eindruck vermittelten, auch andere Geräusche hörte er nicht. Es war das Dunkel, das ihn anzog. Stumm und eindringlich. Und dagegen hatte er sich bis jetzt gewehrt.
Der nächste Hubschrauber. Ganz nahe. Direkt über den Baumwipfeln vor der Höhle.
Ein dumpfer Knall reihte sich an den anderen, rasend schnell, und gemeinsam ergaben sie ein böses Geräusch. Er dachte an Vietnam und den Dschungel. An Dörfer mit Frauen und Kindern und daran, daß dieses Geräusch das letzte war, das viele von ihnen damals gehört hatten. Dann waren sie verbrannt oder am Gift erstickt.
Und nun waren sie da, um ihn zu holen. In ein Gefängnis zu sperren, seinen Sohn ...
Er würgte den Gedanken ab. Er hatte es bisher immer vermieden, an den Jungen zu denken. Aber der Schmerz war bereits da. Scharf, wie ein Hackenhieb in die Brust.
Vietnam, Patrick, Scheiße. Er trat von einem Bein auf das andere, drehte sich dann plötzlich um und ging auf das schwarze Loch im Höhlenhintergrund zu.
Er staunte, wie leicht ihm das auf einmal fiel.
Die Höhlendecke wurde hinter der Biegung etwas niedriger, er konnte aber noch immer aufrecht gehen. Das

karge Licht, das der Eingang einließ, versickerte bald im Schwarz.
Seine Beine stießen fast bei jedem Schritt gegen irgendein Hindernis. Meist waren es Steine, die er einfach mit den Füßen wegschob, manchmal war es auch stabiler Fels. Die Wand, an der er sich mit den Händen vorwärtstastete, war feucht. Nach etwa zwanzig Metern wurde die Höhle noch niedriger. Er mußte nun auf den Knien weiterkriechen. Mit den Händen spürte er, daß auch der Boden feucht war und aus Lehm oder Tonerde bestand.
Gerade, als er beschlossen hatte umzukehren und zu seinem Lagerplatz zurückzukriechen, sah er einen winzigen Lichtschein vor sich. Er kroch weiter.
Nach wenigen Metern berührte seine Hand Wasser. Nur eine Pfütze, aber es war Wasser. Sein Herz schlug schneller und so laut, daß er es zu hören glaubte.
Er ließ beide Hände durch das Naß gleiten. Es wurde tiefer und bedeckte bald den ganzen Handrücken. Die Kälte, die sich durch die Haut fraß, empfand er in diesem Augenblick gar nicht als unangenehm.
Der Lichtschein, den er sah, kam aus einem kleinen Loch im Fels. Er war weit weg, denn das Loch war tief. Aus ihm floß ein dünner, aber stetiger Strom eiskalten Wassers in die Höhle. Es mußte sich in Millionen Jahren den Weg durch das Gestein gefressen haben.
»Wahnsinn«, sagte er laut, »da hab' ich ja ein Apartment mit Fließwasser gefunden!«
An ihrem Ende war die Höhle gerade so breit, daß er sich bequem umdrehen konnte. Er kroch zurück und holte die Wasserflaschen.
Die Hubschraubergeräusche kamen während der nächsten Stunde noch einige Male. Einmal etwas näher, dann wieder so weit weg, daß er sie kaum hören konnte.
Dann kamen sie nicht mehr.
Er kroch vor die Höhle und blieb dort eine Weile re-

gungslos liegen. Einmal glaubte er Stimmen zu hören, es war aber wahrscheinlich nur der Wind, der die Blätter des Laubbaumes bewegte. Es war später Nachmittag. Ein harzig-erdiger Geruch hing in der Luft. Der Himmel war noch immer grau, aber es regnete nicht. Seine Kleider waren fast trocken.
Ganz in der Nähe begann ein Specht sein Geklopfe. Es war so laut, daß Fürst im ersten Augenblick an eine Maschinengewehrsalve oder etwas ähnlich Schlimmes dachte und zusammenzuckte. Er versuchte den Urheber des Lärms ausfindig zu machen und sah ihn schließlich auch als bunten Fleck auf halber Höhe eines gewaltigen Nadelbaumes.
Er kroch in die Höhle zurück, holte die Decke und legte sie vor dem Eingang auf den Boden. Sie war noch immer feucht, aber er hoffte, sie würde hier draußen rascher trocknen. Der Wald war jetzt friedlich. Ein paar Vogelstimmen kamen von weither. Der Specht hatte mit dem Geklopfe aufgehört. Er betrachtete seine Hände und bemerkte erst jetzt, daß sie lehmverkrustet waren. Die Fingernägel hatten schwarze Ränder. Er fuhr sich mit den Händen seitlich über das Gesicht und spürte dabei, daß der Dreck auch den Bart verklebte. Er lachte. Da er keinen Spiegel hatte, schloß er die Augen und versuchte sich vorzustellen, wie er aussähe. Etwas Rübezahl, etwas Robinson. Er trank einen tiefen Schluck aus der Flasche und schmeckte den Lehm des Höhlenbodens.
»Garantiert keimfrei«, sagte er. »Hier hat's ja noch nie Menschen gegeben. Und es sind nur die Menschen, die alles versauen, verdrecken, krank machen.«
Und doch hätte er in diesem Augenblick gern einen Menschen neben sich gehabt. Nicht Marlies, auch nicht Rosie. An Patrick versuchte er nicht zu denken. Wilfried vielleicht, seinen Jugendfreund. Er erinnerte sich, wie sie als Sechzehnjährige mit dem Fahrrad nach Kärnten gefahren

waren. Mit Zelt und Schlafsäcken und Campingkocher und Kochtöpfen. Sie hatten so viele Konserven und Suppenpulverpackungen mitgehabt, daß es für eine mehrmonatige Expedition in die Sahara gereicht hätte. Oder in den Himalaja.

Er schmunzelte.

Die Räder waren so schwer bepackt gewesen, daß sie bei jeder mittelmäßigen Steigung hatten absteigen und schieben müssen. Wilfried hatte unentwegt von den Mädchen geredet, die er in Kärnten treffen würde. Schließlich waren sie auf einem Campingplatz am Südufer des Klopeinersees gelandet, und die einzigen, die sich Mädchen aufgerissen hatten, waren zwei Italiener gewesen, die zwei Jahre älter und in einem Fiat 500 unterwegs gewesen waren.

Die Mädchen hießen Ulla und Jutta und waren irgendwo in Norddeutschland zu Hause gewesen. Eine blond, eine rothaarig. Beide siebzehn und mit ihren Eltern unterwegs. Damals hätte er geschworen, daß sie von den Italienern verführt worden waren. Jetzt war er sich nicht mehr so sicher. Siebzehn war zu jener Zeit verdammt jung gewesen. Heute war's wahrscheinlich anders. Er erinnerte sich an einen Zeitungsartikel, den er vor wenigen Tagen gelesen hatte. Sechzig Prozent aller Sechzehnjährigen wären keine Jungfrauen mehr. Er wußte nur nicht, ob sich diese Zahl auf Deutschland oder auf die Vereinigten Staaten bezogen hatte. Österreich war's nicht gewesen.

Fürst sah den winzigen Campingkocher mit der blauen Gaskartusche vor sich und den Aluminiumtopf mit dem Dosengulasch. Er roch das Essen und hätte es auch gern gehabt. Das Verlangen danach war aber nicht stark genug, um ihm wirklich weh zu tun. Sein Magen schien sich mit dem Istzustand abgefunden zu haben.

Etwas Warmes wäre trotzdem wichtig. Das wußte er. Sein Körper konnte den Entzug jeglicher fester und warmer

Nahrung nicht mehr allzulange aushalten. Wenn morgen keine Hubschrauber fliegen würden, mußte er versuchen, Feuer zu machen. Drinnen in der Höhle. Mit trockenem Holz, das nicht allzustark rauchen würde.
Er ließ seine Gedanken wieder zurück nach Kärnten wandern. Und er blätterte den Tag auf, an dem Wilfried nach vier Flaschen Bier von einer Alkoholvergiftung faselte, sich ständig übergab und nach einem Arzt rief. Damals hatte Fürst einen kühlen Kopf bewahrt, obwohl auch er zwei Flaschen getrunken hatte. Er hatte sogar am nächsten Tag, als der Freund wie bewußtlos im Schlafsack lag, das Zelt gereinigt.
Wilfried Lang war heute Chirurg am Grazer Landeskrankenhaus. Und er hätte sicher keine Zeit gehabt, ihn auf einem verrückten Wald-Trip zu begleiten.

Der nächste Tag hatte nichts mehr gemeinsam mit der beinahe unbeschwerten Leichtigkeit des Vortages. Als Fürst aufwachte, merkte er schon, daß alles viel härter werden würde. Sein Kopf schmerzte ihn, und er mußte mehrmals husten. Es war kalt.
Er gab sich noch eine Weile der Illusion hin, daß ihn die zerschlissene Decke tatsächlich wärmen würde, und wickelte sie enger um sich. Dabei erinnerte er sich daran, daß er sich für heute vorgenommen hatte, einen Versuch, Feuer zu machen, zu starten.
Er hustete wieder. Diesmal spürte er, daß ihm auch der Hals und der Brustkorb weh taten.
Er schloß die Augen und versuchte, noch einmal einzuschlafen. Da er sich an keinen Traum erinnern konnte, an den er anknüpfen konnte, versuchte er, seine Gedanken auf einen neuen zu konzentrieren. Er versetzte sich auf ein Südsee-Eiland mit Palmen, bunten Korallenfischen und sanft weinenden Gitarren. Irgendwann landete er dabei bei einem Korb voller saftiger tropischer

Früchte und spürte, daß ihn der Durst zu plagen begann.
Er seufzte und stand auf. Die Beine schmerzten ihn, und auch die Arme taten weh.
Er nahm die Flaschen und kroch in den hintersten Teil der Höhle. Es dauerte eine Weile, bis sie voll waren.
Er wartete auf das Hubschraubergeräusch, aber es kam nicht. Er blickte auf die Uhr. Es war kurz vor acht. Wenn sie kämen, dann würde es bald sein.
Um sich die Zeit zu vertreiben, zerrieb er einen morschen Ast zu feinem Staub. Als er ein Häufchen davon vor sich liegen hatte, befeuchtete er einen Zeigefinger und steckte ihn in den Staub. Der schmeckte gar nicht schlecht. Er trank einen Schluck Wasser und nahm diesmal Daumen, Zeigefinger und Mittelfinger zu Hilfe, um etwas mehr von dem hellbraunen Pulver in den Mund zu schieben. Er kaute es eine Weile und schwemmte es dann mit Wasser hinunter.
Um zehn Uhr war der Hubschrauber noch immer nicht zu hören. »Heute kommen sie nicht«, sagte er. »Vielleicht kommen sie überhaupt nicht mehr. Ja, ganz sicher – sie kommen überhaupt nicht mehr. Jetzt lassen sie mich in Ruhe.« Er zögerte. »Wahrscheinlich glauben sie, ich sei tot. Und wahrscheinlich bin ich auch tot. Wenn die mich nie mehr sehen und ich sie nie mehr sehe, dann bin ich für sie tot.«
Er pickte die letzten Holzbrösel auf und überlegte, wie lange es dauern mochte, bis man ihn offiziell für tot erklären würde. Er hatte keine Ahnung. Und er wußte auch nicht, wie lange es dauert, bis ein Verbrechen als verjährt gilt.
Als er begann, mehr Holz zu Staub zu zerreiben, erinnerte er sich wieder daran, daß er eigentlich versuchen wollte, Feuer zu machen.

Fürst hatte noch immer Angst vor dem Wald. Je länger er sich in ihm aufhielt, desto winziger kam er sich vor. Alles, was er im Leben gelernt hatte, half ihm hier herzlich wenig. Und das, was ihm hätte helfen können, hatte er nicht gelernt. Feuermachen zum Beispiel.
Der Specht hatte wieder zu hämmern begonnen. Sonst war es ruhig. Die Stille ließ seine Schritte noch lauter erscheinen. Es raschelte und knackste und rauschte. Selbst sein Atem schien fauchender zu kommen als sonst.
Er merkte, daß er müde war. Daß der Mangel an Nahrung die Muskeln lähmte und viel von der Energie, die er gerade jetzt so nötig gebraucht hätte, aus dem Körper verschwunden war. Als er ein Büschel trockener Flechten von einem umgestürzten Baumstamm zupfte, kroch ein schwarzer Käfer über das Holz. Langsam, fast provokant. Er war etwa daumennagelgroß. In unmittelbarer Nähe von Fürsts Hand blieb er stehen, hob ein Beinchen und fuhr sich damit über den Kopf.
Seine Hand griff fast automatisch nach dem Tier. Er hob es mit Daumen und Zeigefinger hoch, schloß die Augen, riß den Mund auf und warf es mit einer raschen Bewegung hinein. Bevor er zubeißen konnte, hatten sich die Beine des Käfers in seiner Zunge verkrallt. Es tat nicht weh, eher kitzelte es. Die Sekunde des Zögerns machte die Instinkthandlung plötzlich zu einer bewußten. Er wußte, daß er zubeißen mußte, wenn er den Käfer essen wollte. Er war zu groß, um ihn als Ganzes schlucken zu können. Die Überwindung, die es ihn kosten würde, wuchs von Sekunde zu Sekunde. Das Tierchen suchte nun nach einem Ausgang aus der dunklen Höhle und begann, sich verzweifelt zu bewegen. Allerdings in die falsche Richtung. Statt nach vorn krabbelte es in Richtung Schlund. Fürst fühlte, daß er sich im nächsten Augenblick übergeben würde, riß den Mund wieder auf und hustete den Käfer in weitem Bogen heraus.

Er rannte, so rasch er konnte, die paar Schritte zur Höhle zurück und leerte fast eine ganze Wasserflasche.
Es dauerte eine Weile, bis er sich beruhigt hatte. Er atmete schwer und wischte sich die Tränen aus den Augenwinkeln.
»Scheißkäfer«, sagte er mehrmals und räusperte sich zwischendurch immer wieder, um den üblen Geschmack, den der Käfer in seinem Mund zurückgelassen hatte, loszuwerden.
Später kroch er wieder hinaus und tastete sich im steilen Gelände weit nach rechts. Er kam mit einigen Steinen, einem Hosensack voller Flechten und einigen trockenen Zweigen und Holzstücken in die Höhle zurück.
Wieder mußte er sich eine Weile ausruhen, bis er in der Lage war, etwas Neues zu tun.
Er nahm zwei faustgroße Steine in die Hände und begann, sie aneinanderzuschlagen. Das erzeugte einen trockenen Knall, sonst gar nichts. Er schlug immer fester zu, bis von einem Stein ein Stück abbrach. Die Funken, die er zu sehen hoffte, sah er nicht.
»Vielleicht ist es hier am Höhleneingang zu hell«, sagte er laut und stand auf. Kurz vor der Biegung der Höhle wiederholte er das Spiel. Jetzt glaubte er, vereinzelt Funken sehen zu können. Er häufte die Flechten und das Holz vor sich auf, legte sich davor auf den Bauch, stützte sich auf einen Ellbogen und hieb die Steine gegeneinander, so fest er konnte. Als der erste Funke wegsprang, blies er verzweifelt in den Haufen.
Als er völlig erschöpft aufgab, war er den Tränen nahe. »So geht's nicht«, sagte er und schüttelte den Kopf. »So geht's ganz bestimmt nicht! Aber wie sonst?«
Er trank die letzte Wasserflasche leer und kroch dann ins Höhleninnere, um sie aufzufüllen. Dabei erinnerte er sich, daß er in irgendeinem Film eine andere Methode des Feuermachens gesehen hatte. Ein Mann hatte einen

Holzstab zwischen den flachen Händen gehalten und ihn wie einen Quirl immer wieder gedreht. Das untere Ende des Stabes hatte er gegen ein Stück trockenes Holz gepreßt. Im Film hatte es gar nicht so lange gedauert, bis unten leichter Qualm aufzusteigen begann. Dann hatte der Mann etwas Zunder daraufgelegt und das Feuer sanft zum Leben geblasen.

Der passende Zündstab und das trockene Holz, das seiner Meinung nach für diese Methode in Frage kam, lagen bereits in der Höhle. Er kratzte mit den Fingernägeln eine kleine Mulde in das Holz, legte es vor sich auf den Boden und hielt es mit den Fußsohlen fest. Dann steckte er das untere Ende des Stabes in die Mulde und begann ihn zu drehen, indem er die Handflächen aneinanderrieb.

Er schwitzte und spürte, daß sich an den Innenseiten der Hände bald Blasen bilden würden. Er gab auf. Das Resultat seiner Anstrengungen war gleich Null gewesen. Er wußte, daß er den Stab viel fester auf das Holzstück pressen und ihn mit viel mehr Kraft viel schneller hätte drehen müssen, um vielleicht die gewünschte Wirkung zu erzielen.

Die Erkenntnis, daß er es wahrscheinlich nie schaffen würde, ohne Hilfe von außen ein Feuer zu machen, deprimierte ihn zutiefst. Sie reduzierte seine Hoffnungen, es längere Zeit im Wald auszuhalten, auf ein Minimum. Der Tag war düster, und alles um ihn herum schien ihn zu bedrohen. Er hatte wieder Angst. Und er begann ernsthaft zu überlegen, welche Chancen er hätte, wenn er den Wald verließe. Wie weit würde er kommen, wohin würde er gehen, was würde geschehen, wenn sie ihn faßten?

Hier, im Wald, war nichts, woran er sich aufrichten konnte. Nichts, worauf er sich freuen konnte. Nicht einmal eine Tasse Kaffee oder Tee. Oder eine warme Mahlzeit und ein weiches Bett. Kein Fernsehfilm, kein Theaterstück, kein Dienstschluß, kein Einkaufsbummel, keine Be-

gegnung, kein Buch, keine Musik. Nur zu überleben war ebenso zuwenig, wie nur auf den Tod zu warten.
Jetzt, wo er mit ziemlicher Wahrscheinlichkeit vor Verfolgern sicher war, genügte es nicht mehr, die Gedanken einfach dahinsumpfen zu lassen. Die Tage irgendwie zu durchleben und die Nächte mit ihrer frostigen Umklammerung zu fürchten. Er brauchte Ziele! Und wenn er welche hatte, dann mußte er sie bis zur letzten Konsequenz verfolgen. Aufgeben war ein Luxus, den er sich auf keinen Fall leisten durfte.
Ausreden gab es keine. Er hatte nichts – nur Zeit. Etwas, das er noch nie in seinem Leben in dieser Fülle gehabt hatte. Niemand wartete auf ihn, nichts außer dem gesetzten Ziel mußte erreicht werden.
Er dachte daran, daß er diesen Zustand oft herbeigesehnt hatte. Während der zermürbenden Wochen der Scheidung, während der ersten Tage in der neuen Schule, während der langen Stunden im Auto.
Unbegrenzt Zeit zu haben war eine beinahe paradiesische Vorstellung. Grenzenlos egoistisch und in der Normalwelt nicht realisierbar. Eine Überdosis Freiheit.
Das Ziel, das er sich gesetzt hatte, war das Feuermachen gewesen. Er hatte es versucht – und aufgegeben. Wie er es immer in seinem Leben gemacht hätte. In seinem normalen Leben. Jetzt war alles anders.
In einer Situation wie der, in der er steckte, wirft man Ziele nicht so einfach weg. Man verfolgt sie bis zur absoluten Unmöglichkeit. Und die hatte er bei weitem noch nicht erreicht.
Er stärkte sich mit etwas Holzstaub und einer Flasche Wasser und verscheuchte aufkeimende Hungergefühle, indem er kurz an den Käfer dachte.
Dann begann er das Feuermachspiel von neuem. Als Verbesserung legte er ein kleines Holzstück, in das er ebenfalls eine kleine Mulde gekratzt hatte, auf das obere Ende

des Zündstabes und drückte es mit dem Kinn nach unten. Damit erhöhte er zwar den Druck des Stabes auf die Unterlage, er gab ihm auch etwas mehr Stabilität, aber das Drehen wurde dadurch ungleich schwerer.
Der Geruch von verbranntem Holz blieb aus. Und außer Holzstaub erzeugte er gar nichts.
Seine Hände waren schwarz vor Dreck und mit Harz verklebt. Die Blasen schmerzten.
In der Atempause, die er einlegte, zerkleinerte er den Zunder, bis er nur noch aus einem flaumigen Haufen weicher Fäden bestand.
»Wie Watte«, sagte er und warf das Knäuel in die Luft. Es war fast schwerelos, wie eine Feder, und er blies es wieder hoch, als es vor seinem Gesicht zu Boden schweben wollte.
Er bearbeitete das Holz, bis es in der Höhle so dunkel war, daß er kaum noch etwas sehen konnte. Die Hände schmerzten ihn und waren so steif, daß er sie nur unter großen Anstrengungen zur Faust ballen konnte.
Manchmal hatte er geglaubt, es rieche nach glosendem Holz. Da hatte er noch verbissener zu drehen begonnen. Als er dann aber den Zunder neben den Stab gelegt und zu blasen begonnen hatte, war nichts passiert.
Der Schlaf kam, bevor ihn die Hoffnungslosigkeit erreichte. Er war so erschöpft, daß er erstmals fast bis in den Morgen durchschlief.
Es war wie immer die Kälte, die ihn aufweckte. Er hustete und fühlte sich hundeelend. Als erstes spürte er den Schmerz in den Handflächen, dann in den Oberarmen. Er stöhnte und schloß wieder die Augen. Der Schlaf kam nicht mehr. Der Vorsatz des Vortages kam ihm wieder in den Sinn, und er beschloß, die unmittelbare Zukunft zu planen. Zunächst, das hatte er sich schon am Abend vorgenommen, würde er weiter versuchen, ein Feuer zustande zu bringen. Andere hatten es auch geschafft. Warum sollte gerade er scheitern. Vielleicht gab es noch eine an-

dere Methode. Vielleicht hatte er die Sache mit den Steinen zu früh aufgegeben. Zu blöd, daß er in der Hütte, aus der er die Decke und die Arbeitshose hatte, keine Streichhölzer gefunden hatte. Auf die verrostete Säge hätte er verzichten können. Und die Nägel waren bisher auch nur unnötiger Ballast gewesen.

Insgeheim hatte er das Feuermachen schon als nutzlose Beschäftigungstherapie abgehakt. Sie würde ihn über einen weiteren Tag retten. Denn einen Tag mußte er noch hier oben verbringen. Er war zwar davon überzeugt, daß die Suchtrupps den Wald längst verlassen hatten, wollte aber trotzdem die Zeit für sich arbeiten lassen. Davon hatte er ja genug. Er dachte an den Bach und die Fische, die er beim Heraufgehen gesehen hatte. Mit etwas Geduld würde er es sicher schaffen, einige zu fangen. Was nützten ihm aber die Fische, wenn er kein Feuer hatte?

Es wurde bald hell, und er setzte sich auf. Er hängte sich die Decke um die Schultern und begann, den Feuermachapparat vom Vortag wieder aufzubauen. Er klemmte das größere Holzstück zwischen die Fußsohlen, legte den Zunder daneben, steckte den Stab in das Loch, das jetzt viel tiefer war, preßte ihn mit dem Kinn und dem kleineren Holzstück nieder und begann wieder mit den Händen zu arbeiten. Am Anfang war der Schmerz in den Handflächen beinahe unerträglich. Tränen schossen ihm aus den Augen, und er fluchte laut.

Er hielt es einige Minuten lang durch, dann ging es nicht mehr. Er sank erschöpft zurück, atmete schwer und spürte, wie ihm der Schweiß über das Gesicht rann.

Er wußte, daß er nur dann eine Chance hatte, wenn er es schaffen würde, den Stab mit noch mehr Druck, noch schneller und vor allem über einen viel größeren Zeitraum zu drehen. Das gelang ihm nicht. Vielleicht war es auf diese Weise überhaupt nicht machbar, vielleicht scheiterte es aber auch einfach daran, daß er zu schwach geworden war.

Zum Frühstück pickte er den Holzstaub, den er durch das Drehen erzeugt hatte, mit dem befeuchteten Zeigefinger auf, und weil es sehr wenig war, rieb er zwei morsche, trockene Holzstücke aneinander und erzeugte mehr von dem Pulver. Er bemühte sich, nachzudenken, wie viele Tage er nun schon auf der Flucht war, und er erschrak, als er erkannte, daß er die Kontrolle über den Zeitbegriff völlig verloren hatte. Seine Armbanduhr und die Datumsanzeige sagten ihm schließlich, daß es sein siebter Tag als Waldmensch war. Er hatte keine Ahnung, wie lange er es noch würde durchstehen können. Er war aber wieder fest entschlossen, seine physischen und psychischen Kraftreserven bis zum absoluten Nullpunkt auszuschöpfen. Im Augenblick fiel es ihm noch einigermaßen leicht. Er hatte das Glück gehabt, sich keine schwereren Verletzungen zuzuziehen, Krankheiten waren ebenfalls ausgeblieben.
Immer seltener wanderten seine Gedanken in die Außenwelt ab. Wenn er etwas tat, konzentrierte er sich so intensiv darauf, daß kein Platz für andere Gedanken war. Und wenn er nichts tat, schlief er, oder er versuchte sich die nächsten Schritte auszumalen, die er unternehmen würde. An Schwegler, Marlies und die anderen hatte er schon lange nicht mehr gedacht. Wenn er spürte, daß ein Gedankenweg in diese Richtung zu führen drohte, brach er ihn sofort ab. Das Feuer. Früher oder später würde er ohne Feuer keine Chance mehr haben. Das Feuer war gegenwärtig das Wichtigste in seinem Leben.
Plötzlich wußte er, wie er das Drehmoment des Stabes erhöhen konnte. Und wieder war's die Erinnerung an einen Indianerfilm – oder waren es Eskimos gewesen, oder Buschmänner, die den Funken gezündet hatten? Er sah das Bild eines Bogens vor sich, dessen Sehne um den Zündstab gewickelt war. Sonst blieb alles gleich, bis auf die Methode, den Stab auf die Unterlage zu pressen. Statt mit dem Kinn, konnte er es mit der linken Hand tun.

Er war begeistert. Und er wußte auch sofort, wo er den Faden herkriegen würde. Die alte Decke würde ihm damit einen weiteren Dienst erweisen. Für den Bogen brach er einige frische Äste von den Bäumen, die er dann in der Höhle in mühsamer Arbeit mit dem Sägeblattfragment auf die richtige Länge zurechtschnitt.

Die Euphorie wurde bald schwächer und verging schließlich ganz. Es war unmöglich, längere Fäden aus der Decke zu ziehen, ohne daß sie zerrissen. Das Gewebe war so alt und spröde, daß es beinahe alles verloren hatte, was irgendwann einmal fest oder elastisch gewesen war.

Er zwang sich zur Geduld und versuchte lange Zeit, die kurzen Fäden zu einem längeren, dickeren Faden zu drehen. Nach einer Weile hielt er ein Stück in den Händen, das etwa einen halben Meter lang war. Er wagte es nicht, es einem Zerreißtest zu unterziehen, indem er jedes Ende in eine Hand nahm und dann kräftig daran zog. Die Illusion zerplatzte auch ohne den Test bald. Er band ein Ende des Fadens an ein Ende eines dünnen, frisch abgeschälten Astes, preßte es gegen seinen Bauch und zog das andere Ende zu sich her. Dann verknotete er das andere Fadenende am freien Astende.

Die Sehne des solcherart hergestellten Bogens hielt der Belastung exakt drei Sekunden lang stand. Er beobachtete, wie sich die Wolle aufzulösen begann, dann schnappte der Bogen auf wie das Maul eines Krokodils und lag wieder als gerader Ast vor ihm. Mit einem zerfransten Wollfaden an jedem Ende. Zum erstenmal seit langem brachte er genug Energie auf, um zornig zu sein. Seine eigene Ohnmacht machte ihn ebenso wütend wie die Unzulänglichkeit des Materials, mit dem er zu arbeiten gezwungen war. Er packte das nun wertlose Stück, das einmal ein Bogen hätte werden sollen, und knickte es in der Mitte ab. Dabei schrie er seinen Ärger hinaus.

Geduld war nie eine seiner Stärken gewesen. Deshalb war

er damals wohl auch Lehrer geworden. Wie fünfzig Prozent seiner Klasse auch. Abiturientenkurs hatten sie die einjährige Schnellschulung genannt, nach der man sie bereits auf die Volksschüler losgelassen hatte. Ein Studium, das ihn zum Gymnasiallehrer gemacht hätte, hätte mindestens vier Jahre gedauert. Der Preis, den er für seine damalige Ungeduld bezahlt hatte, hatte darin bestanden, daß er mehr als zwei Jahrzehnte lang dazu verurteilt gewesen war, einen Beruf auszuüben, den er gar nicht mochte. Ein Trost war, daß er auch als Gymnasiallehrer nicht glücklicher gewesen wäre. Er hatte sich während all dieser Jahre nie aufraffen können, etwas anderes zu machen. Wahrscheinlich auch deshalb nicht, weil ihm niemand ein verlockendes Angebot gemacht hatte. Die Versuche, als Journalist oder Schriftsteller irgendwo Fuß zu fassen, zählte er nicht. Er hatte nie ernsthaft daran gedacht, damit Erfolg zu haben. Mit Patrick war die Verantwortung des Familienvaters in sein Leben gekommen. Damit konnte er sich erst recht auf keine beruflichen Raumfahrten mehr einlassen.
Etwas Positives hatte die Sache mit Schwegler aber doch: egal, wie auch immer sie ausginge. Er würde wohl nie mehr in einem Klassenzimmer stehen und unterrichten müssen! In hundert oder zweihundert Jahren, vielleicht auch viel später, würden sie hier, in dieser Höhle, ein Skelett finden und rätseln, wie es hierhergekommen war, zu welchem Menschen es gehört hatte. Sie würden Schlüssel finden, eine Armbanduhr, kaum Kleidung. Dafür ein halbes, verrostetes Sägeblatt. Er nahm es in die Hand. Die Zähne waren noch scharf. Sie hatten es auch bewiesen, als er die Äste damit bearbeitet hatte. Eine Säge ist ein nützliches Instrument. Die Steinzeitmenschen hatten noch keine gehabt. Und einige Stämme in Papua oder in Borneo oder im Amazonasgebiet kannten wohl noch heute keine. Das Metall schien von bester Qualität zu sein,

und er fragte sich, wie es die Holzfäller angestellt hatten, die Säge abzubrechen.
Ohne sich viel dabei zu denken, hob er einen Stein auf und schlug damit gegen die obere Kante der Bruchstelle. Zwei Funken sprangen wie winzige Kometen weg und lösten sich nach einem Zehnzentimeterflug in Luft auf.
Er wiederholte es, und es funkte erneut.
Er tat's wieder. Und immer wieder. Und fast immer spritzten Funken weg.
In seinem Innern baute sich eine Spannung auf, die ihm beinahe den Atem nahm. Er legte die Säge und den Stein vorsichtig weg wie kostbaren Schmuck oder zerbrechliches Porzellan und griff mit zittrigen Händen nach dem Zunderknäuel, das irgendein Lufthauch in eine Felsnische neben dem Höhleneingang geblasen hatte.
»Viel Glück, Karl!« sagte er. »Jetzt könnte es klappen. Jetzt könntest du endlich zu einem Feuer kommen. Zu Wärme, zu einer warmen Mahlzeit, zu einem heißen Getränk!«
Er schloß die Augen und sagte »Halleluja«. Warum er gerade dieses Wort sagte, wußte er nicht. Er war kein gläubiger Mensch. Von der Kirche hielt er so gut wie nichts. Trotzdem hatte er in diesem Augenblick das Gefühl gehabt, irgend etwas Heiliges sagen zu müssen. Etwas Großes, Bittendes. Eine verbale Opfergabe.
Er hieb noch einige Male mit dem Stein auf das Sägeblatt und beobachtete dabei genau, wohin die Funken flogen. Dorthin legte er dann das weiche Knäuel, das sie auffangen und in ein Feuer verwandeln sollte.
Die ersten beiden Schläge brachten nichts. Keinen Funken und schon gar kein Feuer. Er betrachtete den Stein, wischte ihn mit der Hand ab und versuchte es nochmals. Ein Funke, und der flog neben den Zunderball. Nochmals und nochmals und nochmals. Er schwitzte, es funkte, und irgendwann einmal verfing sich ein rotes Pünktchen im weichen Ball und blieb dort. Er legte seine Hände schützend

an die Seiten und hauchte den roten Punkt an. Ganz zart. So, als wolle er ihn mit seinem warmen Atem streicheln. Der Funke breitete sich ganz langsam aus, ein winziges Rauchwölkchen stieg hoch, er blies etwas stärker. Das kaum geborene Feuerchen schien keck aufflackern zu wollen, sank dann aber in sich zusammen und erstarb.
Aber es war dagewesen. Das Feuer war wirklich dagewesen! Er lachte laut, um der Spannung etwas von ihrer Intensität zu nehmen. Ein Gesichtsmuskel begann zu zucken, und seine Hände zitterten noch stärker als zuvor.
Es war das Gefühl, das man hat, wenn man im Begriff ist, etwas Großes zu leisten. Der Olympiaschütze, dem nur noch ein erfolgreicher Schuß zur Goldmedaille fehlt.
Er wußte nun, daß er es schaffen würde. Und er hatte Zeit. Langsam und sorgfältig zupfte er aus dem morschen Stück Holz feine Fäden und fügte sie dem Knäuel hinzu. Dann brach er etwas größere Stücke los und legte sie zusammen mit einigen dünnen Zweigen und trockenem Laub neben sich auf den Höhlenboden.
Er überlegte, was er mit dem Feuer würde anfangen können. Zuerst einmal würde es ihn wärmen. Die Zehen. Er spürte plötzlich die Kälte in den Zehen stärker als zuvor. Sie waren so kalt, daß es schmerzte. Der Kälteschmerz war längst zum Dauerzustand geworden und ihm bisher nur selten zu Bewußtsein gekommen. Und die Hände. Und alles. Dann das Essen. Aber was? Er konnte nicht einmal Wasser erhitzen, weil er keinen Behälter dafür hatte.
Zunächst einmal das Feuer. Und die Wärme.
Er begann wieder mit dem Sägeblatt und dem Stein zu arbeiten. Diesmal dauerte es noch länger, bis die ersten Funken flogen. Aber dann gloste es ganz zart, winzige Rauchwölkchen kräuselten sich in der Luft. Und dann erlosch alles wieder.
Es war eine mühsame Arbeit, und unter anderen Umständen hätte er längst aufgegeben. Hier, in der Höhle, mit-

ten im Urwald des Grafen Hebenstein, machte er weiter. Weil er gar keine andere Wahl hatte. Außer aufzugeben. Hinunter ins Tal gehen, ins nächste Dorf, dort eine Haustür aufmachen, die Hände heben und sagen: »Ich bin der Fürst. Ihr könnt mich haben. Ich kann nicht mehr!«
Fürst machte weiter. Und die ungezählten Rückschläge ließen ihn nur noch verbissener arbeiten. Er hieb und hauchte und blies und fluchte, und manchmal weinte er vor Wut. Aber er machte weiter. Bis die erste Flamme hochzüngelte. Blau und rot und orange. Und sich in das dürre Zeug fraß, in dem sie gelandet war. Sie suchte herum, schwankte von einer Seite zur anderen, leckte zögernd nach ein paar dürren Holzfäden, nahm sie dann und machte sie innerhalb weniger Augenblicke zu rotglühenden Strichen in einem größer werdenden Glutnest. Seine Faszination ließ ihn fast den Nachschub vergessen, den er für seine kleine Flamme vorbereitet hatte. Er legte ein paar Blätter in das Feuer, ein paar kleine Holzstücke und sah zu, wie sein Feuer wuchs.
Er hielt die Hände darüber und genoß erstmals nach einer Woche das Gefühl der Wärme. In seiner Gier danach sanken die Hände so tief, daß die Flammen sie beleckten. Der Schmerz weckte ihn aus seinem Traum, und plötzlich wußte er, daß sein Feuer nicht lange leben würde, wenn er sich nicht beeilte und draußen im Wald genügend Holz sammelte.
Er kroch hinaus, und die Euphorie beschleunigte sein Handeln. Allzuviel trockenes Holz gab es hier auf dem Steilhang ohnehin nicht. Viele verlockende Stücke lagen an Stellen, die nur durch eine waghalsige Kletterpartie zu erreichen waren. In diesem Augenblick war für ihn nichts zu schwierig, und er scheute kein Risiko und keine Anstrengung, um zu Heizmaterial zu kommen. Er riskierte sein Leben für etwas, um das er sich früher nicht einmal gebückt hätte. Für einen etwa zwei Meter langen, armdicken Ast

rutschte er auf dem Bauch den Hang hinunter. Dabei klammerte er sich mit den Händen an allen erreichbaren Wurzeln und tiefhängenden Ästen fest und ließ sich von den Beinen nach unten ziehen. Nach etwa fünf Metern konnte er den Ast mit einem Bein berühren. Er versuchte, den Fuß um das Holz zu haken und dann das Knie anzuziehen, so, daß er den Ast mit den Händen zu fassen kriegen würde. Beim zweiten Versuch riß die dünne Wurzel, an der er sich mit der Linken festgeklammert hatte, aus. Sein gesamtes Körpergewicht hing in diesem Augenblick an einer zweiten Wurzel, die nicht viel dicker war als die erste. Die Rechte griff in einem verzweifelten Versuch, wieder Halt zu finden, um sich, und seine Finger krallten sich in eine Moosplatte. Diese löste sich aus der Erde, und er mußte sie loslassen. Um nicht abzustürzen, war er auf die Unterstützung seiner Beine angewiesen. Er mußte den Ast freigeben, und dieser rutschte den Hang hinab und blieb in unerreichbarer Entfernung liegen. Als er wieder Halt gefunden und sich zu einem sicheren Standplatz hochgearbeitet hatte, verschwendete er keinen Gedanken daran, daß die Kletterpartie auch hätte schiefgehen können. Er ärgerte sich nur darüber, daß er seine Beute verloren hatte.

Der Holzhaufen war nicht allzugroß, und er bezweifelte, daß er für die Nacht reichen würde. Rasch fütterte er das Feuer mit einigen größeren Ästen, nahm die Säge und ging wieder hinaus. Von dem umgestürzten Baum in der Nähe des Höhleneingangs standen ein paar längere Äste weg, die er ohne die Säge nicht entfernen konnte. Es ging besser als befürchtet, und nach einer halben Stunde konnte er einen Ast in die Höhle schleifen. Er sah aus wie das Geweih eines riesigen Urzeithirsches.

Er setzte sich an das Feuer, zog die Schuhe aus und wärmte erstmals seine Füße. Er war stolz. So stolz, daß er dieses Gefühl mit Worten gar nicht hätte ausdrücken können. Er genoß es und spürte, wie ihm dabei die Tränen über

die Wangen rannen. Wahrscheinlich, dachte er, war das Feuermachen die bedeutendste Tat gewesen, die er je in seinem Leben vollbracht hatte.
Aus Angst, das Feuer könnte ausgehen, schlief er kaum in dieser Nacht. Manchmal döste er ein, doch meist saß er am Feuer und starrte in die Flammen.
Er sah ein Bild der ständigen Veränderung. Die Flammen blieben nur für Sekundenbruchteile stehen, dann zuckten sie wieder zur Seite oder reckten sich etwas höher, nur um gleich darauf wieder zusammenzusinken.
Er hatte keine Angst, daß man ihn durch das Feuer ausfindig machen könnte. Da das Holz trocken war, hielt sich die Rauchentwicklung in Grenzen, und den Lichtschein, der durch den Höhleneingang drang, konnte man wohl nur vom gegenüberliegenden Berghang aus sehen. Und der gehörte ebenso zum Urwald wie dieser.
Es war eine sonderbar friedliche Stimmung, die ihn ergriffen hatte. Ein Hauch von Heim und Gemütlichkeit war mit dem Feuer in die Höhle eingezogen. Er dachte an die Höhlenmenschen der Vorzeit oder Urzeit oder Steinzeit. Waren es zehntausend Jahre oder mehr? Er wußte es nicht. Es gehörte nicht zum Stoff eines Volksschullehrers, und die Zeit, in der er es selbst gelernt hatte, lag schon unendlich lang zurück.
Er fühlte eine Art Seelenverwandtschaft mit den haarigen, bärtigen Burschen aus der grauen Vergangenheit. Wohl kaum ein Mensch, der im Augenblick auf dieser Erde lebte, wußte den Wert, den das Feuer für die Urzeitbrüder hatte, besser zu schätzen als er. Außer seinem Wissen und den paar Dingen, die er aus der realen Welt mitgebracht hatte, unterschied ihn selbst kaum etwas von den Steinzeitmenschen.
»Ich stecke mitten in einer Zeitreise«, sagte er. »Zurück zu den Wurzeln der Menschheit!«
Im Feuer knisterte und knackste es, draußen blies der

Wind eine seltsame Melodie dazu. Die Atmosphäre schürte die Phantasie und ließ die Gedanken wandern. Er wäre überhaupt nicht erstaunt gewesen, wenn sich aus dem Dunkel des Höhleneinganges eine Gestalt im Bärenfell gelöst, die Keule an die Wand gelehnt und sich zu ihm ans Feuer gesetzt hätte. Sie kam nicht. Deshalb schuf er sich eine imaginäre Figur, die ihm half, die Nacht zu durchwachen. Lange überlegte er, wie er seinen Höhlenmenschen nennen könnte. Eine Sprache im herkömmlichen Sinn hatte es damals sicher nicht gegeben. Man dürfte sich mit Lauten, ähnlich denen der Tiere, verständigt haben. Er stieß ein paar dieser Laute aus und bemühte sich dabei, keine ihm bekannte Tierstimme zu imitieren. Er betrachtete das Feuer und versuchte, das Gefühl, das ihn dabei ergriff, akustisch umzusetzen. Der Laut, der dabei herauskam, klang wie »Hohrr«. Dasselbe machte er mit einem Holzstück und kam dabei auf »Ahck«.
»Ich bin dabei, meine eigene Sprache zu erfinden«, sagte er laut. Und seine Stimme kam ihm dabei fremd und nicht zu seiner Stimmung passend vor. Er beschloß, weiter an seiner Urzeitsprache zu arbeiten.
Zunächst mußte er einmal einen Namen für seinen imaginären Höhlenfreund finden. Er stellte sich ein bärtiges Gesicht vor, mit riesigen Backenknochen, einer großen, breiten Nase und großen, freundlichen Augen. Die Empfindung, die das Gesicht ausstrahlte, war »Urack«.
Fürst streckte ihm die Hand entgegen. Der Begriff für Hand war klar. Der war auch sofort da. »Ill«. Aber wie könnte er »nimm« sagen. Fürst entschied sich für »Tana«!
»Tana Ill«, sagte er laut. Und es kam ihm richtig vor. Er streckte wieder die Hand aus und sagte es noch einmal.
»Tana Ill!«
Urack blickte ihn erstaunt an, dann öffnete sich ein Loch im Haargestrüpp und legte eine lückenlose Reihe starker Zähne frei.

»Tana Ill«, sagte Urack. Und es klang tief und guttural. Dann lachte er, und Fürst lachte auch. Er nahm ein Stück Holz, hielt es hoch und sagte lachend »Ahck«! Dann warf er es ins Feuer und sagte »Hohrr«!
»Ahck Hohrr. Ich werfe das Holz ins Feuer.«
So einfach war das.
Er spielte das Spiel eine Weile und unterhielt sich dabei blendend. Er erfand neue Worte, lachte, redete und schlief schließlich ein.
Als er aufwachte, war Urack weg, und das Feuer bestand nur noch aus einem Rest roter Glut. Er nahm ein Stück Holz, blickte es an, sagte »Ahck« und kam sich dabei albern vor. Er blies das Feuer zum Leben, wärmte sich eine Weile daran und überlegte, wieviel Holz er hineinlegen müßte, um bis zum Morgen durchschlafen zu können. Er hatte noch keinen richtigen Begriff für das Maß, aber das würde bald kommen. Das Feuer war das Wichtigste in seinem jetzigen Leben. Das durfte er nicht verlieren. Andererseits wußte er nun ja, wie man Feuer macht, und er würde es darin im Laufe der Zeit wohl auch zu einiger Fertigkeit bringen.
Der Morgen kam, und die Glut war noch immer da. Gern hätte er etwas Wasser erwärmt und mit Tannennadeln oder Kräutern eine Art Tee zubereitet. Dazu brauchte er aber ein Gefäß. Unten, am Bach, gab es Lehm. Vielleicht konnte er daraus ein Gefäß formen und im Feuer härten. Vielleicht würde er auch einen Stein finden, der eine Mulde hatte, die tief genug war, um genügend Wasser aufzunehmen.
Er beschloß, zum Fluß hinunterzuwandern. Um das Feuer tat es ihm leid, aber er wußte, daß er es nicht mitnehmen konnte. Er würde ein neues machen müssen.
Er packte seine Sachen zusammen und tarnte den Höhleneingang mit Steinen und Ästen, so gut er konnte. Vielleicht würde er die Höhle wieder einmal brauchen. Als Notversteck.

Der Tag war grau und regenverhangen wie die anderen Tage zuvor. Die Luft war dick und feucht und trotzdem kalt. Der Specht hatte wieder zu arbeiten begonnen.
Vorsichtig tastete sich Fürst den Steilhang entlang. Der Morgentau hatte den Boden naß und glitschig gemacht. Er rutschte und stolperte und fing sich wieder.
Schon nach wenigen Minuten hatte er das Gefühl, sich in völligem Neuland zu bewegen. Nichts erinnerte ihn daran, daß er hier schon einmal gegangen war. Zwar in die andere Richtung, aber das konnte doch nicht so viel ausmachen. Die Bäume schienen noch dicker und höher zu sein, das Dickicht am Boden noch lästiger, der Hang ungleich steiler.
Er legte unzählige Rastpausen ein. Manchmal blieb er schon nach fünf oder sechs Schritten stehen und atmete schwer. Er führte diesen ungewöhnlichen Erschöpfungszustand auf den Nahrungsmangel zurück. Und auf die Kälte.
Gegen Mittag kam er zu einer Stelle, an der der Hang eine Biegung machte. Ein großer Felsblock ragte wie ein Knie aus dem grünen Wall heraus, dahinter zog sich die Wand in einem fast rechten Winkel weiter. Auch an diese markante Stelle konnte er sich nicht mehr erinnern. Er wußte nur, daß er einige Felsstücke bewältigt hatte, bevor er zu seiner Höhle gelangt war. Und er wußte, daß er auch diesmal würde klettern müssen.
Das Gefühl, das er dabei hatte, war das völliger Hilflosigkeit. Es gab nur diese eine Möglichkeit, um weiterzukommen, und er mußte sich der Herausforderung stellen. Der Fels war gefährlich. Das wußte er. Er wußte auch, daß er ihn mit Kraft und Konzentration bezwingen konnte. Er wußte nur nicht, ob er beides in genügendem Maß würde aufbringen können.
Bei jeder Kletterei kommt einmal der Punkt ohne Umkehr. Die Stelle, an der das Vorwärts weniger riskant ist als das Zurück. Er erreichte diesen Punkt nach einer unend-

lich langen Zeit des Klammerns und Tastens, des Schlitterns und Hochziehens und des konzentrierten Fluchens. Sein linker Fuß stand auf einem verhältnismäßig sicheren Felsvorsprung. Groß genug, um seinem Fußballen Platz zu bieten. Die Finger der linken Hand steckten in einer Felsritze, die Rechte schmiegte sich um eine kleine Felsnase in Gesichtshöhe. Der rechte Fuß hing in der Luft, suchte eine Weile den erreichbaren Umkreis ab und fand schließlich weiter unten einen kleineren, aber ebenso sicheren Standplatz.
Fürst nutzte die Atempause und blickte hinunter in die Schlucht. Erst jetzt bemerkte er, daß es aufgeklart hatte und die Nebelschwaden hochgezogen waren. Einige hingen noch an der gegenüberliegenden Wand, wie wirre Wattebäusche, die sich im Geäst der Bäume verfangen hatten.
Er sah das Tal unter sich zum erstenmal. Es war breiter, als er vermutet hatte, und öffnete sich weiter vorn zu einer Art Hochebene. Diese breitete sich einige hundert Meter weit nach Norden aus und verengte sich dann wieder zu einer Schlucht, die sich im Schwarz verlor. Das Verblüffendste war für ihn jedoch der tiefblaue kleine See am Rande der Ebene. Der Bach mußte sich dort in irgendeinem Felsloch aufgestaut haben.
Er starrte lange ins Tal und spürte dabei, daß das der Ort war, den er eigentlich suchte. Der Bach, der See, und beides inmitten einer freundlichen Landschaft. Er wußte, daß er dafür aber zurückmußte, und er wußte, daß er sich nochmals über den verfluchten Felsen würde quälen müssen.
Er war schon so lange in der jetzigen Position verharrt, daß ihm die Hände von den Fingerspitzen bis zu den Schulterblättern weh taten. Die Beine waren etwas stärker, trotzdem begann das linke Knie schon leicht zu zittern. Er versuchte sich zu erinnern, welche Standorte und Griffe er

aufgegeben hatte, um in diese Stellung zu gelangen. Er wußte es nicht mehr. Das Teuflische an seiner Lage war, daß ihn die Kletterpausen mindestens ebensoviel Kraft kosteten wie das Klettern selbst. Dazu kam, daß er den Weg bereits kannte und sich nicht mit der Hoffnung trösten konnte, das vor ihm liegende Stück würde leichter sein.
Wie er es geschafft hatte, wußte er später nicht mehr. Irgend etwas hatte ihm eine zusätzliche Kraftspritze verpaßt. Vielleicht war es die Todesangst gewesen oder der unbändige Wunsch, das Tal mit dem See zu erreichen. Seine Finger waren blutig, das Gesicht war zerschunden. Er lag auf dem feuchten Waldboden, rang nach Atem und freute sich darüber, daß er noch am Leben war. Und die Decke mit den darin eingewickelten Schätzen, die er sich auf den Rücken gebunden hatte, war auch noch da.
Er erreichte seine Höhle noch bei Tageslicht, füllte sofort die Wasserflaschen und trank eine davon leer, ohne auch nur einmal abzusetzen.
Die Erschöpfung, die seinen Körper nur noch auf Sparflamme funktionieren ließ, hinderte ihn nicht daran, etwas Holz zu sammeln und die Prozedur des Feuermachens wiederaufzunehmen. Da er jetzt genau wußte, wie es funktionierte, brauchte er nur noch die nötige Geduld aufzubringen. Es war schon längst dunkel, als die ersten Flammen zu züngeln begannen. Er legte sich auf sein Lager und dachte an die Hochebene mit dem kleinen See. Er hatte sich den Anblick so genau eingeprägt, daß er ihn nur abzurufen brauchte.
Er schlief ein und träumte, daß tausend böse Kobolde an seinen Gliedern zerrten und seine Haut anzuzünden versuchten. Am nächsten Morgen fühlte er sich wie gerädert, und selbst das Aufstehen kostete ihn enorm viel Kraft. Er mußte trotzdem weiter. Jeder Tag hier oben machte ihn nur noch schwächer.

Penz hatte erwartet, auf Ablehnung zu stoßen. Aber bereits am Telefon hatte er erkannt, daß aus der Frau einiges herauszuholen war. Da gab es offensichtlich Unmengen aufgestauter Aggressionen, die sie loswerden wollte.
»Sie sind pünktlich«, sagte sie und lächelte dabei einladend. Er war zu alt und zu abgebrüht, um auf die Freundlichkeit einer Frau mit erotischem Verlangen zu reagieren. Das überließ er den Jüngeren in der Branche.
Dabei war Rosemarie Fürst eine durchaus attraktive Frau. Kurzgeschnittenes, schwarzes Haar, ein schmales Gesicht mit einer schmalen Nase und großen Augen. Als sie lächelte, bemerkte er die beiden langen, schmalen Schneidezähne und mußte an ein Nagetier denken. Keines aus der Schädlingsriege, sondern an ein possierliches. Die etwas zu groß geratenen Ohren unterstrichen diesen Eindruck.
»Der Junge«, sagte sie, »ist bei einem Freund. Weil er für eine Englischschularbeit lernen muß.« Sie räusperte sich. »Außerdem wäre es mir nicht recht gewesen, wenn er auch in die Sache hineingezogen würde.« Sie räusperte sich wieder. »Die ist ohnehin schon unangenehm genug!«
Er zog seinen Rock aus, hängte ihn auf einen Kleiderhaken in der Garderobe und zog dann aus der Innentasche des schlaffen Kleidungsstückes einen Notizblock und einen Kugelschreiber. Sie stand neben ihm und schaute ihm zu.
An der Wand war ein Spiegel, und daneben hing eine Holzmaske. Handgeschnitzt und wahrscheinlich aus Afrika. Die dazugehörigen Speere waren in der Mitte des Ganges, der zum Wohnzimmer führte, an die Wand genagelt – überkreuzt, wie es sich gehört, mit einem primitiv bemalten Schild in der Mitte.
Sie bemerkte seinen Blick und sagte: »Das ist alles noch von ihm. Souvenirs von irgendwoher.«
Er setzte sich, und sie brachte Kaffee.
»Ihre Geschichte war gut«, sagte sie. »Nicht so reißerisch

wie die anderen.« Dann beugte sie sich vor und zog die Augenbrauen hoch. Dadurch wurden die Augen noch größer und sollten wohl unschuldige Naivität ausdrücken. »Sie haben sie ja getroffen«, sagte sie und ihre Stimme wurde dabei immer leiser. »Ist sie wirklich so hübsch, wie alle schreiben?«

Er schmunzelte. Das gab ihm Zeit, die Antwort einen Augenblick lang zu überlegen.

»Nein«, sagte er schließlich, »attraktiv, aber sicher keine Schönheit. Höchstens für ländliche Begriffe.«

Sie griff sich an die Stirn und schüttelte den Kopf. Dann drehte sie sich weg, und er vermutete, daß sie damit vor ihm verbergen wollte, daß sie weinte. Er sagte nichts.

Als ihr Gesicht zu ihm zurückkam, lächelte es wieder. Nicht froh und auch nicht traurig. Es war das Lächeln, das ausdrücken soll: »So, jetzt hab' ich mich wieder in der Gewalt!«

»Ich hätte mir nie gedacht«, sagte sie, »daß er einmal für eine andere Frau töten würde!«

Der Satz hatte Gewicht und hing schwer im Raum.

»Ich glaube«, sagte er schließlich, »daß die Sachlage doch etwas komplizierter ist.« Dann schüttelte er den Kopf. »Aber das kann ohnehin nur die Polizei klären. Und zwar nur dann, wenn sie ihn hat!«

Jetzt beugte er sich zu ihr vor.

»Sie kennen ihn ja wahrscheinlich besser als irgendein anderer Mensch. Zwölf Jahre Ehe – da erfährt man über einen Menschen doch einiges. Was, glauben Sie, tut er in diesem Augenblick?«

Sie runzelte die Stirn und blickte ihn erstaunt an.

»Ich weiß es nicht. Ich weiß es wirklich nicht! Vielleicht ist er noch in diesem Wald, von dem alle geschrieben haben, vielleicht ist er aber auch schon über alle Berge. Von der Karibik hat er immer geträumt. Oder von der Südsee. Irgendwann wollte er uns einmal dorthin mitneh-

men. Patrick und mich. Damals, als noch alles in Ordnung war.«
Er wartete.
»Und warum war dann auf einmal alles nicht mehr in Ordnung«, fragte er schließlich.
Plötzliches Mißtrauen. Sie kniff die Augen zusammen.
»Das geht niemanden etwas an«, sagte sie.
»Ich würde es auch nicht für die Zeitung verwenden«, sagte er rasch. »Jetzt bin ich mit dem Fall aber schon so lange befaßt, daß mich auch die Hintergründe interessieren. Sie werfen ein Licht auf die Persönlichkeit ihres Exmannes, das vielleicht so manches erklären könnte. Für mich persönlich, selbstverständlich.«
Sie setzte sich auf und wischte sich mit beiden Händen über das Gesicht. Hinter ihr hing das Original eines unbekannten Malers, der es offenbar farbenfroh liebte. Da war auch noch ein großer Gummibaum, und im Wohnzimmerschrank war ein kleines Aquarium untergebracht, in dem einige winzige orangefarbene Fische herumschwammen. Die Umwälzpumpe surrte leise. Vom Lärm unten in der Elisabethstraße hörte man wenig.
»Der Karl«, sagte sie langsam, »hat immer das Gefühl gehabt, das Wichtigste im Leben zu versäumen. Er war mit dieser Wohnung hier unzufrieden, er hat seinen Beruf gehaßt, immer nach Neuem gesucht, aber nie etwas Greifbares gefunden. Und«, sie lächelte gequält, »er war auch mit mir nicht zufrieden.«
Er schüttelte verständnislos den Kopf.
»Doch«, sagte sie, »so muß es wohl gewesen sein. Ich habe ihm einmal zuviel geredet, dann wieder zuwenig. Wenn er verreisen wollte, konnte oder wollte ich nicht. Und wenn ich einmal ausbrechen wollte, hatte er kein Interesse. Manchmal war er mit seinen Freunden nächtelang weg, dann hat er sich wieder daheim in seinen Büchern vergraben. Es war wohl der Versuch einer Art von Selbst-

findung. Alles war ihm zu eng, er wollte weg. Ausbrechen.«
»Das hat er jetzt ja getan«, sagte Penz.
Sie ignorierte seine Bemerkung.
»Das einzige, das ihn hier hätte halten können, wäre Patrick gewesen. Karl hat den Jungen vergöttert. Und zugleich das Gefühl gehabt, er wäre ihm ein schlechter Vater. Die Verantwortung der Erziehung ist ihm über den Kopf gewachsen. Er hat oft mit mir darüber gesprochen. Wie kann einer, der mit seinem eigenen Leben nicht zurechtkommt, einem anderen sagen, wie er seines leben soll, hat er gesagt. Die einzige wirkliche Verantwortung, die er übernommen hat, war die dem Hund gegenüber. Den hat er gepflegt, um den hat er sich gekümmert. Mehr als um die Menschen, die um ihn waren.«
Sie ließ den Kopf in die Hand sinken.
»Wir waren beide froh, als es aus war. Er hat die Chance gehabt, ein völlig neues Leben zu beginnen, und ich war ein Problemkind los, das sehr viel von meiner Zeit und Energie in Anspruch genommen hat. Jetzt arbeite ich wieder in meinem alten Beruf und hab' das Gefühl, etwas Vernünftiges zu leisten.«
Sie hatte lange geredet, und Penz war bereits leicht ungeduldig geworden. Er hatte es zwar geschafft, sie aus der Reserve zu locken, für seine Story war ihre Beichte jedoch kaum brauchbar.
»Hat Ihr Mann, Pardon, Ihr Exmann, Erfahrung im Umgang mit der Natur? Geben Sie ihm eine Chance, dort draußen ohne irgendein Hilfsmittel – er besitzt ja nicht einmal Streichhölzer – zu überleben? Wie steht es mit seiner Willensstärke? Halten Sie ihn für verweichlicht, wehleidig?«
Sie schien aus einer Art Trancezustand aufzuwachen. Mit einem tiefen Atemzug wischte sie die Gedanken an die gemeinsame Zeit mit Fürst weg.

»Verweichlicht oder wehleidig ist er wohl nicht«, sagte sie kühl. »Wie die meisten Einzelgänger hat er gelernt, hart zu sich selbst zu sein. Ebenso hart, wie er auch zu anderen war. Was wollten Sie noch wissen?«
»Ob er Erfahrung im Umgang mit der Natur hat!«
Sie überlegte kurz.
»Keine direkte. Er ist zwar öfter mit dem Hund in den Wald gegangen, das hat aber nur mit Spazieren, nicht mit Überleben zu tun gehabt. Was er allerdings dort oben, in seinem Kaff, gemacht hat, das weiß ich nicht!«
Penz beschloß, das große Finale einzuleiten. Er blickte die Frau hart an und sagte für sie unvermutet: »Trauen Sie ihm einen Mord zu?«
Rosemarie Fürst war weder geschockt noch beleidigt. Sie blieb sachlich.
»Wenn man ihn in die Enge treibt, ihm keine Chance auf einen Ausweg gibt, dann wird er unberechenbar. Das habe ich erkannt. Und deshalb habe ich ihn auch gehen lassen!«

Fürst hätte den Sturz vermeiden können, aber er war einfach zu müde dazu. Er hatte gespürt, wie der rechte Fuß auf der Felsplatte ausgeglitten war, und hatte anfangs auch richtig gehandelt, indem er das Körpergewicht auf den linken verlagerte. Dann hätte er sich allerdings aufrichten müssen, statt sich zurückfallen zu lassen. Er spürte den stechenden Schmerz, als sein Hinterteil auf dem Fels aufschlug, dann stoppte irgendein Hindernis das Abwärtsgleiten. Er wurde herumgeworfen, überschlug sich und rollte an zwei, drei Bäumen vorbei, bis er auf den nächsten aufprallte.
Er blieb eine Weile verkrümmt und regungslos liegen.

Einerseits lähmte ihn die Angst, daß er sich irgendeinen Knochen gebrochen haben könnte, andererseits war es die Schwäche. Er atmete schwer und versuchte, wieder zu Kräften zu kommen. Das Bündel mit den Flaschen lag neben ihm. Es war noch verknotet.
Seine erste Bewegung galt der Decke. Er löste den Knoten und schlug sie auseinander. Dabei mußte er seine Position kaum verändern. Eine der drei Flaschen war zerbrochen. Das schmerzte ihn beinahe mehr als seine Hüfte, in der es zu pochen begonnen hatte. Der Schmerz im Gesicht rührte wohl von einem Kratzer her. Er tastete die Stelle mit den Fingern ab, die wurden jedoch nicht blutig.
Langsam setzte er sich auf. Die Qualen, die er erwartet hatte, blieben großteils aus. Seine Beine waren in Ordnung, und die Arme waren es auch. Die Hüfte tat zwar scheußlich weh, aber das würde bald vergehen.
Er blickte den Berg hoch und sah außer dichtem Gestrüpp nur dicke Bäume und dann und wann ein winziges Stück Himmel. Den größten Teil des Steilhangs hatte er geschafft. Zunächst war er in langgezogenen Serpentinen abwärtsgegangen, dann hatte er die Geduld verloren und sich in die Direttissima gestürzt. Dafür hatte er bezahlt. Also wieder Serpentinen! Das Gehen tat weh, aber die Aussicht auf ein baldiges Ende machte es erträglicher. Er ging langsam und versuchte, jeden Schritt sicher zu setzen. Die Glassplitter der zerbrochenen Flasche, die er sorgfältig eingesammelt hatte, klirrten in der Hosentasche. Er würde sie irgendwann brauchen können. Zum Schneiden zum Beispiel. Oder als Pfeilspitzen. Er wußte nicht, wieviel Zeit vergangen war. Er sah auch nicht auf die Uhr. Er hatte schon lange nicht mehr auf die Uhr geschaut. Sie war ihm egal. Es gab nur Tage und Nächte für ihn. Und Regenwetter und kein Regenwetter. Was machten da Stunden oder gar Minuten aus.
Der Hang wurde flacher, der Baumbestand lichtete sich,

und plötzlich stand Fürst im Freien. Eine Wiese ohne Bäume. Das Sonnenlicht blendete ihn, und er kniff die Augen zu schmalen Schlitzen zusammen.
Das Tal! Er war da!
Von oben hatte es ganz anders ausgesehen. Viel nüchterner und einfacher. Etwas Wiese, etwas Fels, etwas Wasser. Hier unten bot sich Fürst ein Anblick, der ihm vor Ehrfurcht beinahe die Kehle zuschnürte.
Er hatte viele schöne Flecken Erde gesehen. Wüstenstücke, die ihn mit ihrer gigantischen Weite beinahe erschlagen hätten und ihm bewußt gemacht hatten, wie winzig und unbedeutend er als Mensch im Kreislauf der Natur war. Meere und Strände, die ihm die Wärme befriedigten Fernwehs vermittelt hatten, und Berge und Täler und Wälder und Almen und Almhütten und Weingärten und Gletscher. Das war das, was man hierzulande als landschaftlich schön empfand. Was man auf Postkarten druckte, womit man Fremdenverkehrsprospekte schmückte. Das Tal war völlig anders.
Es war nicht groß. Vielleicht hundert Meter im Durchmesser. Es war das Kernstück einer gewaltigen Arena, die von den Steilwänden der beiden Berge umkränzt wurde. Die Schluchten an beiden Seiten waren eng und sicher nicht begehbar. Rechts von Fürst sprudelte der Bach in etwa zehn Metern Höhe aus dem Felsen und ergoß sich in zwei parallel verlaufenden Wasserfällen in das obere Ende des Sees. Das Wasser hatte eine schimmernde blaugrüne Färbung, die ihn an einen Opal in einem Ring erinnerte, den er Rosie vor Jahren einmal zum Hochzeitstag geschenkt hatte. Beinahe die Hälfte des Sees verbarg sich unter einem gewaltigen überhängenden Felsen, der zum Teil mit Moos bewachsen war und die Form einer riesigen Muschel hatte. Das Ufer, an dem er stand, war flach und ebenfalls felsig.
Der Grasflecken, den er von oben gesehen hatte, beglei-

tete den Bach nach seinem Austritt aus dem See bis zum Beginn der Schlucht. Das Wasser sprudelte hier zwischen den Steinen durch, hüpfte weißschäumend über kleinere Felsvorsprünge, so, als sei es vergnügt und zum Spielen aufgelegt.

Er ging ganz dicht ans Ufer des Sees heran und hätte vor Freude am liebsten laut aufgeschrien. Unmittelbar unter seinen Füßen stand ein großer Fisch. Er war völlig ruhig, nur die Flossen wehten durch das Wasser wie kurze Schleier. Fürst kniete sich nieder, streckte die Hände vorsichtig übers Wasser und versuchte, den Fisch mit einer schnellen Bewegung zu fassen. Dieser schwamm langsam, fast behäbig, einen Meter zur Seite und blieb dort erneut stehen. Beim zweiten Versuch geschah exakt dasselbe.

»Ich krieg' dich noch«, sagte er und lachte laut. Es war sein Tal und sein Fisch. Die Luft war viel milder als oben am Berg, und es wehte kein Wind. Der Begriff Paradies kam ihm in den Sinn, und er sprach ihn auch laut aus.

»Ich bin im Paradies gelandet«, sagte er. Und dann dachte er, wie ergreifend schön die Natur doch sein konnte, wenn sie den Menschen ausschloß.

Der Fisch war noch immer da. Und als Fürst sein Gesicht unter das Wasser tauchte, um zu trinken, stand er einen knappen Meter von ihm entfernt beinahe regungslos in der grünblauen Umgebung. Lebewesen, die von außen auf ihn zukamen, hatte er bisher noch nie fürchten müssen. Und im Wasser selbst hatte er wohl auch keine Feinde. Er war der König des Sees, und er wäre es bis zu seinem natürlichen Ende auch geblieben. Jetzt hatte die Natur ihm und seinen Artgenossen jedoch erstmals einen Gegner gebracht.

Fürst wischte sich das Wasser aus dem Bart. Nach dem Lehmgeschmack des Höhlenwassers schmeckte es rein und frisch.

Die Oberfläche des Sees begann sich wieder zu glätten,

und als sich die vielen winzigen Wellen verlaufen hatten, sah er den Berghang, ein Stück Himmel und die Sonne auf dem Wasser schwimmen. Er beugte sich weiter vor und rückte damit selbst ins Bild. Zu seiner Überraschung war das Spiegelbild nicht viel anders als jenes, das er von sich in Erinnerung hatte. Das Haar stand wirr vom Kopf, der Bart war etwas länger geworden, die große Veränderung, die sein bisheriges Leben ausgelöscht und ihn zu einem ganz anderen gemacht hatte, war im Spiegelbild nicht sichtbar. Das war Karl Fürst. Dreckiger, verwahrloster, wahrscheinlich auch schlanker. Aber es war immer noch Karl Fürst.

Er versuchte sich vorzustellen, was den Karl Fürst von früher von der Person, die er vor sich im See sah, unterschied. Aus einem Dulder war ein Kämpfer geworden. Aus einem Träumer ein Realist. Er suchte zwar noch immer, aber in einer ganz anderen Richtung. Das Gewohnheitstier war tot. Wenn er die Schmerzen vergaß und den Hunger und nicht daran dachte, daß er ein Gejagter war, dem man die Freiheit nehmen wollte, dann gefiel ihm der Fürst, der er jetzt war, viel besser. Er fühlte sich wohl. Und er fragte sich, warum. Die Antwort kam bald: Er hatte keine Angst mehr! Nicht vor den Jägern, nicht vor dem Hunger, nicht vor der Einsamkeit. Er hatte ein Ziel erreicht. Vielleicht sogar ein neues Leben gefunden.

Er würde sich eine Behausung bauen, auf die Jagd gehen und dann viel Zeit haben, seine Wunden zu lecken. Die äußeren und die inneren. Und vielleicht würde er auch schreiben. Eindrücke, Gedanken, Erkenntnisse. Die Philosophie eines Steinzeitmenschen. Es dauerte eine Weile, bis er den Denkfehler korrigierte. Natürlich würde er nicht schreiben. Er hatte nichts zum Schreiben. Kein Papier, keinen Schreibstift. Bevor Negatives wie Traurigkeit oder Ärger aufkommen konnte, schaltete er den Gedanken ab. Das konnte er. Ein Mechanismus zum Selbst-

schutz, den er sich beigebracht hatte. Denn wer hier draußen überleben wollte, der brauchte seine ganze Kraft.
Er war müde, aber er schleppte sich durch sein Tal. Von einem Ende bis zum anderen. Dann hatte er den Platz gefunden, auf dem er sein Haus bauen würde.
Ein gutes Dutzend Schritte von den Zwillingswasserfällen entfernt wölbte sich der Fels in etwa zwei Meter Höhe nach innen. Von etwas größerer Entfernung und einem schrägen Winkel aus betrachtet, sah es aus wie der Mittelteil eines Gesichts. Nase, Oberlippe und dann der Boden. Gras, Steine und niedrige Büsche.
Wenn er sich auf die Zehenspitzen stellte und die Hände in die Höhe streckte, konnte er den unteren Teil der Nase berühren. Der Fels war kalt und naß und fast zur Gänze von einer dünnen, graugrünen Moosschicht überwachsen. Die Nase war etwa fünf Meter breit. Wenn er den Freiraum zwischen der Nasenspitze und dem Boden mit irgendeiner Wand schlösse, dann hätte er damit einen von Wind und Regen geschützten Raum in der Größe von etwa zehn Quadratmetern geschaffen.
Er riß die niedrigen Büsche aus, die sich bis ins Innere seiner zukünftigen Wohnung vorgewuchert hatten. Das trockene, harte Holz legte er in eine Ecke. Das würde der Platz sein, an dem er sein Feuerholz aufbewahrte. Die feuchten, biegsamen Äste und die Blätter häufte er dort auf, wo er seine Schlafstätte einrichten wollte.
Das Bücken wurde ihm nach einer Weile zu mühsam. Deshalb blieb er gleich auf allen vieren und bewältigte die geringen Entfernungen kriechend. Als er die Hälfte des Platzes gesäubert hatte, war er so erschöpft, daß er sich kaum noch zu seiner Lagerstätte und dem daneben abgelegten Deckenbündel schleppen konnte.
Draußen war es noch hell, und er konnte den See sehen. Die Sonne warf glitzernde Sterne auf seine Oberfläche. Sie veränderten ihre Positionen immer wieder und waren so

hell, daß seine Augen bald zu schmerzen begannen. Er hörte den Wasserfall, dessen Rauschen bei längerem Hinhören einen gewissen Rhythmus bekam, und schlief irgendwann ein. Als er erwachte, war es Nacht. Es war nicht die satte Zufriedenheit eines ausgeruhten Körpers, die ihn geweckt hatte, sondern die Kälte, die sich bis ins Knochenmark durchgefressen hatte und ihn nun erbarmungslos schüttelte. Seine Zähne klapperten, und seine Arme und Beine schienen gefühllos zu sein. Irgendwie schaffte er es nach mehreren Versuchen, auf die Beine zu kommen. Er tastete mit den Händen um sich und fand die Decke.

»Ich muß Feuer machen«, sagte er, brachte die Worte aber durch das Klappern der Zähne kaum heraus.

»Ich muß Feuer machen!« schrie er und hieb sich dabei mit den Fäusten gegen die Brust.

Er wußte ganz genau, daß der Zunder, den er während der Höhlentage so mühsam zusammengezupft hatte, noch dort war, wo er ihn liegengelassen hatte. Oben am Berg, neben der Feuerstelle. Trotzdem durchwühlte er seine Taschen in der Hoffnung, seine Erinnerung könnte ihm doch einen Streich gespielt haben. Er fand nur die Nägel und seine Schlüssel. Und das Taschentuch. Sonst nichts.

»Verdammt«, brüllte er, »verdammte, verschissene Scheiße!« Die Wut über seine eigene Dummheit und die Verzweiflung über die Hilflosigkeit, der er ausgeliefert war, artikulierten sich in einem langgezogenen, wilden, schmerzlichen Schrei, der wie das Geheul eines Wolfs klang. Er brüllte noch einmal und begann, von einem Bein auf das andere zu hüpfen. Mit Wärme hatte das Ergebnis nichts zu tun. Auch nicht mit Zuversicht oder Hoffnung. Es war der nackte Überlebenswille, der ihn vorwärtstrieb. Der Instinkt, weiterzukämpfen, der stärker war als der Wunsch nach einem Frieden, dessen Bedingung das Ende aller Gedanken und Gefühle war.

Er starrte in die Nacht hinaus und versuchte sich vorzu-

stellen, wie die Gegend bei Tageslicht ausgesehen hatte. Wo es trockenes Holz gegeben hatte, wo Bäume mit Flechten wuchsen, wo dürres Laub lag.
Am Himmel war kein einziger Stern, und der Mond hatte Fürsts kleines Tal vergessen. Vielleicht gab es ihn auch gar nicht mehr. Der Wasserfall rauschte in der Nacht doppelt laut und war die einzige echte Orientierungshilfe, auf die er sich verlassen konnte.
Er tastete sich die Felswand entlang, bis sie vom feuchten Waldboden des Steilhanges, über den er gekommen war, abgelöst wurde. Es war die Schlüsselstelle, und die mußte er unbedingt wiederfinden, um zu seinem Lager zurückzugelangen. Um ganz sicher zu sein, daß er sie auch wiederfinden würde, begann er von hier an seine Schritte zu zählen. Er arbeitete sich schräg den Hang hinan, bis er zum ersten großen Baum kam. Seine Finger streichelten die Rinde, lösten einige trockene Teile davon los und erreichten schließlich einen Flecken mit Flechten. Er stolperte zum nächsten Baum und tat dort dasselbe. Langsam begannen sich seine Taschen zu füllen. Was er wirklich brauchte, hatte er jedoch noch nicht. Trockenes Laub und ganz dünne, ganz dürre Zweige. Als er zur Felswand abstieg, stolperte er über irgendein Hindernis am Boden, landete auf dem Bauch und schlitterte über kantige Steine und spitze Äste über den Hang. Er spürte, wie ihm scharfe Messer das Gesicht zerschnitten, versuchte die Arme schützend vorzuhalten, schlug sich dabei irgendwo den Ellbogen an und schrie vor Schmerz auf. Es dauerte unendlich lang, bis sein Körper zur Ruhe kam. Er lag da und hatte keine Ahnung, ob er jemals wieder würde aufstehen können. Es war viel schlimmer als der Sturz am Morgen. Er spürte die Kälte nicht mehr, nur noch die Schmerzen. Das Gesicht brannte wie Feuer, der rechte Arm war abgesehen vom Schmerz in der Ellbogengegend völlig gefühllos, und die Beine schienen ganz woanders

zu liegen als der Rest des Körpers. Und trotzdem waren sie das erste, was sich am Körper bewegte. Langsam, ganz langsam kam das rechte Knie nach vorn, dann folgte der linke Arm.
Es dauerte unendlich lange, schmerzhafte Minuten, bis er es geschafft hatte, sich aufzusetzen. Es waren nicht nur die Schmerzen, die ihm bremsten. Da war auch ein Gefühl der Resignation. Es begann zu wachsen, und zunächst erkannte Fürst die Gefahr nicht. Alles war so mühsam. So schwierig. So schmerzhaft. Einfach daliegen und alles mit sich geschehen lassen. Wie einfach wäre das. Erst als der Frost wieder in seine Glieder kroch, begannen ganz leise ein paar innere Alarmglocken zu klingeln. Er brauchte Bewegung, er brauchte Wärme. Und dafür mußte er arbeiten.
Seine Linke begann die Rechte zu massieren. Zuerst den Oberarm, bis das Blut sich regte und das Gefühl zurückkam. Den Ellbogen berührte er nicht. Wenn wirklich etwas gebrochen war, dann konnte er jetzt nichts tun. Er versuchte, den Arm anzuwinkeln, und es gelang ihm. Der Schmerz trieb ihm dabei die Tränen in die Augen. Er bewegte die Finger, einen nach dem anderen. Auch das ging. Zwar unter Schmerzen, aber es ging. Er spannte die Muskeln an den Beinen und zog sie an. Dann streckte er sie wieder.
Er war wieder bereit, zu kämpfen.
Als er wieder auf den Beinen stand, wußte er nicht, wieviel Zeit seit seinem Sturz vergangen war. Die trockenen Flechten und Rindenstücke, die er gesammelt hatte, waren noch in seinen Taschen. Wenn er das Laub, das er ebenfalls brauchte, finden wollte, mußte er sich von seinem Lager weg bewegen. Der Baum, den er suchte, mußte zwanzig, dreißig Schritte von seinem Standplatz entfernt am anderen Ende des Sees liegen.
Er starrte ins Schwarz und begann plötzlich Umrisse zu erkennen. Seine Augen hatten sich an die Dunkelheit ge-

wöhnt und reagierten viel sensibler auf die Umgebung. Schwarz war nicht mehr nur Schwarz. Er sah den Berghang und den Himmel dahinter.

Er ließ die Füße über den Boden schleifen. Zentimeter um Zentimeter. Nur wenn er dabei auf ein Hindernis stieß, hob er die Beine an und stieg darüber.

Das Laub war genau dort, wo er es vermutet hatte. Es war trocken und raschelte laut, als er es anfaßte. Er stopfte es in die Taschen, und als diese voll waren, auch unter das Hemd. Auf dem Rückweg zum Steilhang stießen seine Füße einige Male auf Äste. Die trockenen nahm er mit.

Als er den Felsen erreichte, blieb er stehen. Seine Knie gaben plötzlich nach, und er mußte sich gegen die Wand fallen lassen, um nicht hinzustürzen. Sein Atem ging schwer, und der Brustkorb schien zu klein zu sein, um die Menge an Atemluft aufzunehmen, die sein Körper verlangte. Trotz der Kälte schwitzte er.

Es war nicht mehr weit bis zu seinem Lagerplatz. Als seine Füße den Haufen von Ästen ertasteten, bückte er sich und fand die Decke.

Er setzte sich auf den Reisighaufen und begann sofort, die Blätter zwischen den Handflächen zu zerreiben, so daß nur noch die dünnen Fäden übrigblieben, die sich wie Adern durch sie gezogen hatten. Die Arbeit war mühsam, und es dauerte sehr lange, bis er ein kleines Knäuel in den Händen hielt, das sich wie grobe Watte anfühlte. Er wußte, daß es nur einer unvorsichtigen Bewegung oder eines heftigen Niesens bedurfte, damit sein Zunder im schwarzen Nichts verschwände. Seine Finger waren dick und unsensibel, wie die Greifer eines eisernen Krans. Die Fingerspitzen spürten kaum, was sie berührten.

Er klemmte das Knäuel unters Kinn, als er sich auf die Suche nach der Säge und einem Stein machte. Dann häufte er dünne, dürre Zweige auf, vermischte sie mit den trockenen Flechten und legte seinen Zunder obendrauf.

Was dann folgte, war eine langwierige, frustrierende Geduldsprobe. Immer wieder sprangen Funken in die Dunkelheit. Meist in eine Richtung, die ihm absolut nichts nützte. Bei jedem Schlag mit dem Stein schickte der Ellbogen Schmerzwellen aus, die durch den ganzen Körper zuckten. Auch der Rücken tat ihm weh.
Er dachte an das Feuer und die Fische, die er morgen fangen würde. An Wärme und einen vollen Magen und ein Heim, das er sich bauen würde.
Draußen klagte ein Kauz.
Als die Funken das erste Mal zündeten, war er so müde, daß er das Blasen vergaß. Der orangerot-goldene Lichtfleck irrte eine Sekunde lang zwischen den Zunderfäden herum, leckte kurz an einigen davon und verabschiedete sich dann wieder ins Nichts.
Fürst ärgerte sich nicht einmal über die verpaßte Chance. Er arbeitete mit dem letzten Rest an Konzentration verbissen weiter und wußte, daß er es beim nächstenmal schaffen mußte.
Als die ersten schüchternen Flammen aus dem Knäuel züngelten, handelte er ruhig und richtig. Er blies das Feuer zum Leben, legte Holz nach, ließ es wachsen und pflegte es, bis es so groß war, daß es nicht mehr ausgehen konnte. Beim Schein eines großen, brennenden Holzstücks, das ihm als Fackel diente, sammelte er den Brennstoff, der ihm bis zum Morgen Wärme garantierte.
Er legte sich nahe ans Feuer und versank Sekunden später in tiefem Schlaf. Einige Male während der Nacht schrillte eine innere Alarmglocke und ließ ihn hochschrecken. Und jedesmal war das Feuer so weit geschrumpft, daß es unbedingt neue Nahrung brauchte. Er legte Holz nach, wärmte den kaltgewordenen Rücken oder die Brust – je nachdem, wie er gelegen hatte – und schlief weiter.
Nur einmal träumte er. Da war plötzlich sein Vater. Das große, kantige Gesicht mit der Uniformmütze.

»Jetzt, wo die Mutter tot ist, kann aus dir wenigstens kein Muttersöhnchen mehr werden«, brüllte er, und die Adern an den Schläfen waren dick und rot wie der Rest des Gesichts. Karl machte sich ganz klein, und alles in ihm drängte danach, sich irgendwo zu verkriechen, aber da war nichts. Die Wohnung war spartanisch eingerichtet. Nur ein Holztisch und hölzerne Sessel, alles kantig und weiß lackiert, die alte Kredenz mit den Milchglasscheiben, der Schemel, auf dem der Wasserkübel stand, der Kachelofen und der eiserne Herd.

Er hatte Angst. Der Vater würde in die Kaserne gehen und dort vor den Offizieren, lauter jungen Spunden, kuschen müssen, nur weil er nie das Abitur gemacht und die Militärakademie besucht hatte. Dafür war er in Finnland gewesen und später in Rußland. Dafür hatten sie ihn in den Arsch geschossen und ihm später irgendeinen Orden an die Brust geknallt. Aber das zählte nicht. Er war Vizeleutnant, und mehr konnte er nicht werden. Verdammt noch mal. Als Vizeleutnant bist du der letzte Arsch, und das läßt dich jeder milchgesichtige Kadett spüren. Nur weil er mehr Gold am Aufschlag tragen darf.

Weil alles so traurig und ungerecht war, trank der Vater einen nach dem Dienst oder im Dienst oder vor dem Dienst. Oder zwei oder drei. Oder eine ganze Flasche. Schnaps. Und Bier. Er roch auch immer danach.

Da war wieder das große Gesicht mit den vielen Adern. Den dicken an den Schläfen und den vielen kleinen dünnen, die die Nase mit einem Netz von feinen roten Fäden überzogen. »Ich werd' aus dir schon einen Mann machen«, brüllte der Alkoholhauch, der den Jungen umnebelte. Er wollte sich noch immer verkriechen, aber er konnte noch immer nicht. Er wollte zur Mutter, sich an ihren großen, weichen Busen pressen und weinen, so richtig weinen. Aber die Mutter war tot. Hatte ihn im Stich gelassen, als er noch nicht einmal zur Schule gegangen

war. Hatte ihn mit diesem riesigen schreienden, riechenden Mann alleingelassen. Manchmal mochte er sie deshalb nicht. Manchmal fühlte er sich von allen Frauen im Stich gelassen.
Die Uniform. Grau und grün und die Sterne und Streifen, die im Licht der Küchenlampe glitzerten. »Der Krieg, der kommt schon noch«, brüllte der große Mund mit den schlechten Zähnen. »Dann brauchen sie Leute wie mich. Und dich!« Jetzt kam er ganz nahe, und die rote Hand legte sich auf Karls Kopf. Die Finger bohrten sich in einem Anflug von ungelenker Zärtlichkeit in seine Kopfhaut. Es tat weh, aber er sagte nichts. »Du wirst schon bald ein Mann sein«, flüsterte der Kopf jetzt. »Und du wirst mir keine Schande machen. Du mußt es denen zeigen, den großkopferten Arschlöchern auf der Mil-Ak. Du wirst einmal Oberst oder Brigadier oder gar General.« Und es roch nach Schnaps und Bier und Angst und Blut und roten Adern.
Karl wollte nicht. Seine kleinen Finger ballten sich zur Faust, er riß sich aus der Umklammerung der großen Finger los und begann auf die riesige Wand aus Fleisch und Blut und Uniform einzuhämmern. »Ich will nicht«, schrie er. Immer wieder. »Ich will nicht! Ich hasse Soldaten und Uniformen und Schnaps und Generäle und Rußland und den Krieg! Ich hasse die Mutter, und ich hasse dich, und mich selbst hasse ich am allermeisten. Ich will weg! Ich will sterben!«
Die große Hand traf ihn, er stürzte ins Nichts. Schwarz, Blau, noch mehr Blau, Eis, eisige Kälte.
Er wachte auf.
Das Feuer war weg, da war nur noch Glut. Er blies hinein und sah das Zartblau der Flammen, dann legte er Holz nach. An seinen Vater hatte er schon lange nicht mehr gedacht. Sonderbar, daß er ihm jetzt so intensiv im Traum erschienen war. Als er vierzehn gewesen war, hatte man

dem Vater das Sorgerecht für den Sohn entzogen. Den Mann hatte man in eine Entziehungsanstalt gesteckt, den Jungen zur Großmutter. Er hatte seinen Vater nur noch einmal gesehen. Da war er mit der Großmutter in der Eisenbahn irgendwohin gefahren, wo ein großes, weißes Haus mitten in einem Park stand. Der Vater hatte ganz anders ausgesehen. Viel kleiner und nicht so kantig. Statt der Uniform hatte er ein weißes Nachthemd getragen, im Gesicht waren weiße Bartstoppeln gewesen. Er hatte den Sohn nicht erkannt und an die Wand gestarrt und irgendwelche unzusammenhängenden Worte gemurmelt.
Er war froh gewesen, daß der Vater keine Uniform mehr trug. Uniformen ließen in ihm ein Gefühl der Unruhe keimen. Auch heute noch.
Er schüttelte den Kopf und lächelte. Das lag doch alles schon so lange zurück. Das mit der Mutter und der Tod des Vaters. Die Großmutter war gestorben, als er schon längst mit Rosie verheiratet gewesen war. Sie hatte sogar Patrick noch erlebt.
Das Feuer fraß wieder gierig am Holz, und er spürte, wie die Wärme wieder zum Schlaf einlud. Draußen war es still. Die Kälte hockte stumm vor dem Eingang und wartete, bis sich das Feuer totgeflackert hätte. Als der Schlaf kam, gab es keine Träume und auch keinen Vater mehr.

Der Tag. Der wievielte? Wahrscheinlich der zehnte. Oder der elfte? Er ließ die Gedanken eine Weile dahindämmern, bevor er die Augen öffnete.
Zum erstenmal seit Tagen blauer Himmel. Die Luft war klar und kalt, und sein Atem dampfte. Er würde die Sonne sehen. Wahrscheinlich erst gegen Mittag, aber wenn das Wetter so blieb, dann mußte sie irgendwann hinter dem Berg auftauchen.
Das Aufstehen bereitete ihm Schmerzen. In den Knien, in der Hüfte, in den Armen, im Kopf. Und auch sonst

überall. Das Feuer bestand nur noch aus Asche, aber darunter war noch etwas Glut, und bald fraßen sich wieder Flammen durch das dürre Holz.
Er trank aus einer der Flaschen und ging dann zum See. Der Ellbogen war leicht geschwollen und tat ihm bei jeder Bewegung weh. Gebrochen war sicher nichts. Sonst hätte er ihn nicht abbiegen können. Ein Knochenbruch konnte für ihn das Ende bedeuten. Er war unendlich fern von jeglicher menschlichen Medizin, und in der Naturheilkunde kannte er sich nicht aus. Wenn er eines seiner Kleidungsstücke zerriß, dann konnte er den gebrochenen Knochen wahrscheinlich schienen. Eine Entzündung oder eine Embolie, oder wie das Wort auch immer heißen mochte, konnte er nicht verhindern. Er erkannte mit entwaffnender Klarheit, wie sehr er sich bisher in bezug auf seine Gesundheit auf die menschliche Gesellschaft und ihre Errungenschaften auf diesem Gebiet verlassen hatte. Wer sich von ihr lossagte wie er, mußte auf das Schutzschild der Medizin verzichten. Scheinbar harmlose Krankheiten und Verletzungen konnten da zum Todesurteil werden. Für ein Buch, in dem die Heilwirkung heimischer Kräuter beschrieben wurde, hätte er alles gegeben. Alles? Er hatte ja nichts. Nur sein Leben. Und auf das mußte er höllisch aufpassen. Das wußte er nun deutlicher denn je.
Er wusch sich das Gesicht im eiskalten Seewasser und suchte dann nach seinem Fisch. An der Stelle von gestern war er nicht. Fürst überquerte den Bach an seiner schmalsten Stelle. Es waren nur zwei Schritte. Vom Ufer zu einem größeren, flachen Stein, den er selbst an diese Stelle gelegt hatte, und von dort zum anderen Ufer. Der Boden war hier weich und naß. Eine Aulandschaft im Kleinformat. Da waren ein paar hohe Weiden und andere Sträucher. Auf einigen sah er Früchte, die er nicht kannte. Er roch daran und zerquetschte einige zwischen den Fingern. In der Nähe der Felswand entdeckte er schließlich

eine Reihe niedriger, stacheliger Büsche mit länglichen roten Beeren. Berberitzen. Oder Essigbeeren. Er hatte während seiner Waldspaziergänge schon des öfteren einige gepflückt und zerkaut. Sie schmeckten säuerlich und gar nicht unangenehm. Er sammelte eine Handvoll und stach sich dabei mehrmals an den langen Dornen.

Dann fand er den Fisch. Und einige andere Artgenossen dazu. Sie standen im stillen, klaren Wasser am Rande des riesigen Schattenflecks, den der überhängende Felsen auf die Oberfläche warf. Zwei größere und zwei kleinere.

Wie eine Familie auf einem Sonntagsausflug, dachte er. Der See war an dieser Stelle höchstens einen halben Meter tief. Er sah jeden Stein auf dem Grund und jedes Detail an den Fischen. Die beiden kleineren bewegten sich manchmal ruckartig und fast synchron eine Handbreit nach rechts oder nach links. Dann blieben wie wieder stehen, so, als warteten sie auf irgend etwas.

Während er die Fische beobachtete, erinnerte er sich daran, daß er Fisch nie gemocht hatte. Ganz im Gegensatz zu Rosie, die es einfach nicht glauben konnte, daß es Menschen gab, die Fisch verschmähten. Sie hatte es immer wieder versucht und die verschiedensten Zubereitungsarten ausprobiert, es hatte nichts genutzt. Einmal war ihm vom Geruch, der in der Küche hing, übel geworden, und er war vom Tisch aufgestanden und hatte sich auf dem Klo übergeben. Rosie hatte es für eine Demonstration gegen ihre Kochkünste gehalten, und er hatte sich einige Tage lang aus dem Kühlschrank ernähren müssen.

Er lachte. Es schien so unbedeutend und lächerlich. Er schwor sich, daß er alles essen würde, was man ihm vorsetzte, sollte er jemals wieder in eine ähnliche Situation kommen. Sein Geschmackssinn würde ihn nie wieder daran hindern, sich den Bauch vollzuschlagen. Was zählte, war doch letzten Endes immer nur die Nahrungsaufnah-

me. Das Volltanken des Körpers. Treibstoff für den inneren Motor liefern.
Der Begriff Eßkultur kam ihm in den Sinn, und das Lachen wurde verächtlich. Silberne Löffel, feinstes Porzellan, Stoffservietten. Der französische Koch mit der lächerlichen weißen Mütze, die vielen Tricks, die es gab, um Speisen so zu verpacken, daß sie teuren Kunstwerken glichen, die man dann mit Messer und Gabel vernichten mußte.
Er brauchte nur einen dieser vier Fische, die in seiner unmittelbaren Nähe so still und scheinbar abholbereit im Wasser standen. Wenn er kein Feuer gehabt hätte, dann hätte er ihn sogar roh gegessen.
Fürst wußte, daß er mit bloßen Händen kaum Erfolg haben würde. Er brauchte ein effizienteres Gerät. Einen Speer zum Beispiel. Er ging zu den Weidensträuchern und riß einen daumendicken, etwa zwei Meter langen und kerzengeraden Ast ab. Er entfernte die kleinen Zweige und schälte die Rinde ab. Das ging mit bloßen Händen. Nicht perfekt, aber für seinen Zweck reichte es. Dann ging er in seinen Unterschlupf zurück und versuchte, mit Hilfe der Säge zu einer Spitze an seinem Speer zu kommen. Es war ein jämmerlicher Versuch. Die Anstrengung hatte ihn so geschwächt, daß er sich auf sein Lager legen mußte. Das Brennholz lag in Griffweite, und er begann, das Feuer damit zu füttern.
Er nahm einige Essigbeeren aus seiner Hosentasche und begann, sie zu zerkauen. Eine Beere nach der anderen. Den Saft und das Fruchtfleisch vermengte er mit Speichel, den er dann mit der Zunge an den Gaumen preßte und ganz langsam nach hinten sog. Es war höchstens die Illusion einer Mahlzeit, aber zumindest vertrieb er sich damit die Zeit.
Als er ein halbverbranntes Holzstück aufhob, um es tiefer ins Feuer zu schieben, bemerkte er, daß das schwarze Ende die Form einer Spitze hatte. Er steckte das von der

Säge zerfranste Ende seines Speers in die Glut, ließ es eine Weile schmoren und drehte es dabei immer wieder. Das nasse Holz war so zäh, daß das Feuer lange brauchte, um es zu verändern. Er legte das rauchende Ende auf einen Stein und rieb mit einem anderen Stein die Asche ab. Eine halbe Stunde später strich er mit den Fingern stolz über eine brauchbare Spitze.

Es war ein Speer, aber keine Harpune.

Damit konnte er den Fisch zwar verletzen oder töten, würde es aber nie schaffen, ihn aus dem Wasser zu ziehen. Dazu brauchte er Widerhaken.

Er dachte sofort an die Nägel, die so lange nutzlos in seiner Tasche geklimpert hatten.

Mit einem Stein schlug er einen davon unmittelbar hinter der Speerspitze ins Holz, so, daß das spitze Ende schräg nach hinten stand. Mit einem zweiten machte er dasselbe, aber so, daß die Spitze auf der anderen Seite aus dem Ast ragte.

In seinem Innern begann plötzlich eine eigenartige Spannung zu wühlen, und er war aufgeregt wie ein Kind vor der Weihnachtsbescherung, als er wieder über den Bach stieg und zum überhängenden Felsen ging.

Die Fische waren nicht mehr an ihrem alten Platz!

Unter dem Felsen war es zu dunkel, um etwas sehen zu können. Wahrscheinlich waren sie jetzt dort. Er hätte heulen mögen. Er tat es nicht und machte statt dessen seinem Ärger mit einem langen, lauten, gequälten Schrei Luft. Das Echo trug ihn zurück, warf ihn erneut an die Felswand und ließ ihn dann leiser werdend verebben.

Er suchte weiter nach seinen Fischen und fand den großen schließlich dort, wo er ihn schon am Vortag gesehen hatte. Das Wasser war an dieser Stelle etwas tiefer als drüben am anderen Ufer. Er wußte nicht, ob ein Fehlwurf den Fisch für immer vertreiben würde, deshalb suchte er sich einen festen Standplatz aus und zielte lan-

ge und sorgfältig, bevor er den spitzen Ast ins Wasser schleuderte.
Das aufgeregte Herzklopfen, das er noch während des Wurfes gespürt hatte, verwandelte sich innerhalb eines Augenblicks in ein Gefühl deprimierender Enttäuschung. Das Wasser hatte den Flug der Harpune so gebremst, daß die Spitze die Stelle, an der der Fisch stand, erst erreichte, als dieser längst eine neue Position in einem Meter Entfernung bezogen hatte.
Er versuchte es während der nächsten Stunden noch viele Male. Das Ergebnis blieb immer das gleiche. Der Fisch, den das Spiel um sein Leben zu amüsieren schien, wanderte dabei von einem Ende des Sees zum andern. Irgendwann, gegen Mittag, machte er ein paar schnelle Schläge mit der Schwanzflosse und verschwand.
Fürst setzte sich auf einen Stein in der Nähe des Ufers und schrumpfte unter dem Gefühl, versagt zu haben. Nicht einmal einen lausigen Fisch konnte er fangen. Noch dazu einen, der sicher noch keine Erfahrung mit Menschen hatte. Der vertrauensvoll darauf gewartet hatte, erlegt zu werden. »Du bist zu blöd für dieses Leben«, sagte er zu sich selbst. »Und weil du zu blöd bist, mußt du verrecken! Als Strafe für deine grenzenlose Ungeschicklichkeit und Dummheit verurteile ich dich zum Hungertod!«
Er beugte sich über den See und trank, bis er nicht mehr konnte. Das Wasser und die wenigen Früchte, die er kannte und die er deshalb auch essen konnte, erhielten ihn am Leben. Aber er wußte, daß er von Tag zu Tag schwächer wurde. Die Hose, vor Beginn seiner Flucht eher eng um die Mitte, hing an seinen Hüften, und er konnte sie ausziehen, ohne auch nur einen Knopf öffnen zu müssen. Die Reserven, die der Körper besessen hatte, schienen beinahe aufgebraucht. Nur der Wille stützte ihn noch. Doch auch der war zerbrechlich geworden. Jeder Rück-

schlag, den Fürst in seinem neuen Lebenskampf erlitt, ließ ein Stück der inneren Resistenz abbröckeln.
Das kalte Wasser lag wie ein Eisklumpen in seinem Magen. Da war nichts, womit es sich vermischen konnte, nichts, das es wärmen konnte. Fürst sehnte sich mehr denn je nach etwas Warmem. Er schlich das Ufer entlang und untersuchte jeden Stein mittlerer Größe, der als Behelfskochtopf Verwendung finden könnte. Zu seiner Überraschung fand er bald einige, die in Frage kamen. Er trug alle in seinen Unterschlupf und wählte schließlich einen aus. Der Stein hatte dreißig bis vierzig Zentimeter Durchmesser, war oval und etwa zehn Zentimeter dick. In der Mitte hatte er eine Vertiefung, die ein Viertel des Inhalts einer Bierflasche, also ein Achtelliter Wasser, halten konnte.
Fürst begann mit einem spitzen Stein auf die Vertiefung einzuhämmern und schaffte es, daß mehrere Steinfragmente aus der Mulde sprangen. Nach langem, mühsamem Klopfen war die Einbuchtung nicht viel tiefer, dafür aber größer geworden. Jetzt hielt sie mindestens einen Viertelliter. Er war stolz auf seine neue Errungenschaft. Er blies in die Vertiefung, um die letzten Steinsplitter zu entfernen, und wischte sie dann mit seinem Taschentuch aus.
Das positive Ereignis schürte wieder seinen Lebensmut. Er ging zum Bach und sammelte kopfgroße Steine, die er als Schutzwall um das Feuer legte. Dann baute er innerhalb des Walls drei knapp zwanzig Zentimeter hohe Steintürme auf, auf die er seine Kochplatte legte. Es war noch etwas wackelig, und er stützte seine Säulen mit einigen dicken Holzstücken ab. Während sich das Wasser auf dem Stein erwärmte, mußte Fürst wieder auf Brennholzsuche gehen. Er hätte sich gern hingelegt und zugesehen, wie das Wasser zu kochen begänne, aber damit hätte er das Leben des Feuers aufs Spiel gesetzt. Die Plage eines erneuten Feuermachens schreckte ihn mehr als der mühsame Weg durchs Gehölz. Er mußte auch ein Stück

den Steilhang hoch und fand dabei die Stelle, auf der er in der Nacht abgestürzt war. Da waren abgerissene Äste und eine Schleifspur, die sich als dunkle, krumme Linie über den Waldboden zog.
Die Stürme, die durch das Gehölz gefegt waren, hatten ihm viel Arbeit abgenommen. Der Boden war mit Ästen aller Art übersät. Er brauchte sie nur vom Unterholz und den Gräsern und Farnen, die manche bereits zu überwuchern begonnen hatten, loszureißen und den Hang hinabzuschleudern. Später sammelte er sie unten ein.
Nach mehreren Holzsuch-Expeditionen türmte sich neben der Feuerstelle ein beachtlicher Berg Brennholz. Bis zum nächsten Morgen brauchte sich Fürst keine Sorgen mehr zu machen. Es dauerte lange, bis das Wasser in der Steinmulde warm war. Um ihm mehr Geschmack zu geben, legte er einen Zweig mit frischen Fichtennadeln in seinen Kochtopf.
Während sich die Suppe weiter erwärmte, bearbeitete er ein etwa zwanzig Zentimeter langes, knapp zwei Finger breites Stück Rinde mit dem größten Glasstück, das ihm von der zerbrochenen Bierflasche übriggeblieben war. Er schabte alle scharfen Kanten weg und schnitt mit der Spitze seines Behelfsmessers an der Vorderseite eine Vertiefung aus. Als es fertig war, hielt er ein längliches Rindenstück in der Hand, das eher an eine unbeholfene Kinderschnitzerei erinnerte als an einen Löffel.
Mittlerweile war das Wasser so heiß, daß es dampfte. Er nahm den Fichtenzweig heraus und steckte das äußerste Ende davon in den Mund. Es war heiß, und er sog die Flüssigkeit gierig auf. Sie schmeckte angenehm nach Nadeln und Harz. Auch der Rest des Wassers, das er mit seinem Rindenlöffel auslöffelte, schmeckte so. Fürst genoß jeden Löffelvoll. Er spürte, wie sich die Nadelsuppe angenehm warm durch die Kehle und den Brustkorb in den Magen bewegte und wie dieser zum ersten Mal seit

vielen Tagen wieder Wohlbefinden in seinen Körper strahlte. Er füllte die Kochmulde erneut mit Wasser, legte einen frischen Zweig hinein und konnte es kaum erwarten, die nächste Portion schlürfen zu dürfen.
Keine Mahlzeit, die er je zuvor in seinem Leben genossen hatte, konnte besser geschmeckt haben als das heiße, dampfende Gebräu. Wärme. Äußerlich und innerlich. Er schmunzelte zufrieden und fühlte sich in diesem Augenblick sogar satt.

Revierinspektor Klaus Pucher haßte den Herbst. Das feuchte Grau, die beißenden Windböen, der ewigdüstere Himmel. Hier, im Dorf, war's noch schlimmer. Da gab es nichts, das einem die Tristesse hätte nehmen können. Nur das Wirtshaus und den Alkohol. Die Bauern hatten wieder Zeit und nach dem Verkauf der Ernte auch Geld. Das trugen sie brav, wie vorher vereinbart, zum Wirt.
Pucher war kein Wirtshaushocker. Manchmal mußte er allerdings. Wenn es Bezirksinspektor Steindl so wollte. Der war im Gegensatz zu seinem jüngeren Untergebenen ein geselliger Mensch. Einer, der Publikum brauchte, um seine Persönlichkeit voll zur Geltung kommen zu lassen. Der Herbst war Steindl-Zeit. Man redete, spielte Karten und trank.
Über Schwegler und Fürst redete man auch noch. Der Fall war nicht mehr absoluter Mittelpunkt jeder Konversation, nach einigem Reden stieß man aber doch immer wieder darauf. Pucher trank meistens Cola oder gespritzten Apfelsaft. Manchmal auch ein Soda Zitron und ganz selten ein Bier. Man kannte ihn im Dorf als Sportler und akzeptierte es, daß er kaum Alkohol trank.
Unter den Männern im Dorf gab es gute zwanzig Prozent,

die Alkoholiker waren, schätzte Pucher. Und weitere zwanzig Prozent, die es bald sein würden.
Bezirksinspektor Luis Steindl gehörte zu den ersten zwanzig Prozent.
Auf Fürst kam man meistens, wenn bereits genügend Alkohol geflossen war. »Ich frag' mich«, sagte da immer einer, »was der Lehrer jetzt wohl tut.« Und ein anderer: »Den gibt's nicht mehr! Verstehst du! Der liegt gebündelt unten in der Schlucht. Im Frühjahr werden's ihn finden. Mumifiziert. Wenn ihn nicht vorher die Geier zerhackt haben.«
In den darauffolgenden Diskussionen spaltete sich die Wirtshausrunde immer in zwei Gruppen. Diejenigen, die fest davon überzeugt waren, Fürst sei die Flucht gelungen. Vermutlich mit irgendeinem dubiosen Helfer. Einem aus der Stadt, der ihn längst ins Ausland geschleust hatte. Und diejenigen, die ständig neue Argumente für einen toten Fürst zu finden schienen.
Pucher wunderte sich immer wieder, daß außer ihm niemand an die dritte Möglichkeit zu glauben schien. Daß Fürst lebte und noch immer im Wald war!
Seit der großen Suchaktion war mehr als eine Woche vergangen. Steindl sprach nicht mehr gern davon, seit ihm das Landesgendarmeriekommando aus Graz eine Kostenaufstellung übermittelt hatte. Allein die Hubschrauberflüge hatten mehr verschlungen, als Pucher in einem Vierteljahr verdiente. Ein zweites derartiges Unternehmen würde es mit Bestimmtheit nicht geben.
Reichmann war noch immer nicht einsatzfähig, und so war Pucher meist an das Revier gefesselt. Da es dort kaum etwas zu tun gab, hatte er viel Zeit. Er nutzte sie unter anderem auch, um Nachforschungen im Fall Fürst anzustellen. Von Penz bekam er die Telefonnummer eines Expeditionsbergsteigers namens Egon Schnedl, der in Laßnitzhöhe bei Graz zu Hause war und mit dem Nanga Parbat und dem Gasherbrum II bereits zwei Achttausender

bestiegen hatte. Pucher erinnerte sich jedoch auch daran, daß er vor einiger Zeit im *GTS* eine Serie gelesen hatte, in der es um Survival gegangen war. Der Autor hatte Egon Schnedl geheißen, und Pucher war von dem Fachwissen des Mannes tief beeindruckt gewesen.
Nach mehreren vergeblichen Versuchen, ihn ans Telefon zu bekommen, hatte Pucher schließlich Glück. Natürlich kannte der Bergsteiger den Fall Fürst. Aus der Zeitung hauptsächlich. Und er hatte sogar einen Bekannten, der Fürst persönlich gekannt hatte.
Da er vor einigen Jahren mit zwei Freunden zur selben Jahreszeit eine Woche im Wald verbracht und dabei außer Kochgeschirr, Regenschutz, Messer und Streichhölzern nichts mitgehabt hatte, konnte er sich ziemlich gut in Fürsts Lage versetzen. »Keiner meiner beiden Begleiter war auf Survival trainiert«, sagte er, »und beide haben es geschafft. Zwar mit einigem Fluchen, aber ohne gesundheitliche Schäden davonzutragen. Jeder von uns hat in dieser Woche an die fünf Kilo abgenommen. Wir haben ja fast nichts gegessen. Aber echte Grenzsituationen hat's keine gegeben. Wenn es Fürst geschafft hat, Feuer zu machen und er sich einen Unterschlupf geschaffen hat, der ihn vor dem Regen und dem Wind schützt, dann lebt er sicher noch. Auch wenn er keine feste Nahrung zu sich nehmen hat können. Heißes Wasser, mit ein paar Kräutern oder Nadeln aromatisiert, genügt fürs erste vollkommen!«
Egon Schnedl war zweifellos ein Fachmann. Und Pucher freute sich, daß sich dessen Meinung mit der seinen deckte. Was ihn jedoch am meisten interessierte, waren die Zukunftschancen des Lehrers.
»Wenn es dort, wo er ist, jagbares Wild gibt und vielleicht auch Fische, wenn er irgendwo Grünzeug und Vitamine beschaffen kann, wenn seine Behausung winterfest ist und er Feuer hat, wenn er von Krankheiten und Verletzungen verschont bleibt und vor allem: Wenn er die Einsamkeit

ertragen kann und sie ihn nicht wahnsinnig macht, dann könnte er auch den Winter schaffen. Es gibt Menschen, die's getan haben. Die reiht man allerdings in die Gruppe der Extrem-Abenteurer ein. Das sind diejenigen, die später Bücher schreiben und Vorträge halten. Und das sind diejenigen, die sich ein Sicherheitsnetz gespannt haben, bevor's losgegangen ist. Ein Funkgerät etwa, oder gewisse Signale zu gewissen Zeiten. Das hat Fürst nicht. Er hat überhaupt nichts. Aber wer weiß, vielleicht schafft er es. Unmöglich ist nichts!«

Sie redeten noch eine Weile über das Survivaltraining im allgemeinen, Schnedl lud den Gendarmen auch ein, im nächsten Sommer in ein Überlebenscamp zu kommen, das er im Dachsteingebiet leiten würde, dann beendete man das Gespräch. Pucher war nun mehr denn je überzeugt, daß der Lehrer noch am Leben wäre.

Der Fall Fürst war sein Fall! Er war es von Anfang an gewesen, und er würde es bis zu seiner Klärung auch bleiben. Mit ihm konnte er aus der lähmenden Anonymität des Dorfpolizistendaseins schlüpfen. Leoben. Oder vielleicht gar Graz. Wenn sie ihn wirklich für gut hielten, dann war alles drin.

Er würde Fürst finden und später, beim Prozeß, vor der Journalistenmeute, in allen Details schildern, warum er nie an seinen Tod oder eine geglückte Flucht ins Ausland geglaubt hatte. Und er würde erzählen, wie er es geschafft hatte, ihn zu stellen und der Justiz zu übergeben.

Pucher hatte endlich wieder Tagträume.

Er begann seine Expedition im Kopf vorzubereiten. Rucksack und Schlafsack hatte er, auch eine Schaumstoffmatte als Unterlage und einen Biwaksack. Kochgeschirr, Feuerzeug, Messer, Besteck, Regenschutz, zwei Garnituren Kleidung, warme Unterwäsche, ein kleiner Campingkocher mit Gaskartuschen und Verpflegung für mindestens eine Woche. Dazu ein Kompaß. Wahrscheinlich würde er nur seine Pistole mitnehmen und das Gewehr aus Gewichtsgründen zu Hause lassen. Fürst war ganz bestimmt unbewaffnet.

Wann immer er tagsüber Zeit hatte, studierte er alles verfügbare Kartenmaterial, das er von der Gegend auftreiben konnte, und nachts, vor dem Einschlafen, rief er sich die Bilder ins Gedächtnis zurück, die er während der Hubschrauberflüge über dem Urwaldgebiet gesehen hatte.

Damals, während der Suchaktion, hatten sie die Spur des Flüchtigen bald verloren. Als die Hunde plötzlich nicht mehr weiter wußten, waren auch die Menschen ratlos geworden. Weil sie sich zu sehr auf die Unfehlbarkeit der vierbeinigen Schnüffelnasen verlassen hatten. Da waren plötzlich viele Wege, viele Möglichkeiten, viele Schluchten, Steilhänge und Abgründe gewesen. Niemand hatte versucht, sich in Fürsts Psyche zu versetzen, man hatte nicht einmal versucht, Spuren zu finden, die er möglicherweise hinterlassen hatte. Geknickte Zweige, ausgerissene Grasbüschel.

Als er das Unternehmen im Detail im Kopf hatte, unterbreitete er es seinem Vorgesetzten. Dieser musterte ihn zuerst mißtrauisch und begann dann, dröhnend zu lachen.

»Pucher«, schnaubte Bezirksinspektor Steindl, »wenn Sie im Wald spazierengehen wollen, dann müssen Sie das in Ihrem Urlaub tun!«

Pucher hatte den Urlaub für das laufende Jahr bereits verbraucht. Den nächsten Anspruch hatte er erst ab 1. Januar. Und bis dahin waren es noch mehr als zwei Monate.

Zum Glück gab es in Fürsts Tal und auf den Hängen ringsum genügend Feuerholz. Die größeren Äste verheizte er allerdings nicht mehr, sondern schleppte sie zu seinem Unterschlupf und lehnte sie dort an den Felsvorsprung, den er Nasenspitze nannte. Bald bildeten sie einen dünnen Wall, der seine Behausung von der Außenwelt abschirmte. Der Vorrat an langen Ästen reichte jedoch bei weitem nicht aus, um die gesamte Felsnische zu bedecken. In Fürsts Tagesablauf kam allmählich ein bestimmter Rhythmus.

Die Nächte waren trotz des Feuers kalt und die einzelnen Schlafphasen kaum länger als zwei Stunden. Er wachte immer wieder auf, wie von einer inneren Uhr geweckt, und fütterte das Feuer. Bei Tagesanbruch war der Schlaf dann endgültig zu Ende. Dann legte er kräftig Holz nach und wärmte sich lange an den Flammen. Wenn diese niedergebrannt waren, baute er seinen Herd auf und holte Wasser vom See. Das war die Zeit, in der auch der Wald erwachte. Fürst hörte die ersten Vögel und dann und wann einen Specht, der früh zu klopfen begann. Die Fische waren auch da, und einmal sah er sogar einen Hasen, der zögernd ins Unterholz zurückhoppelte, als der Mensch zu lärmen begann.

Fürst nahm sich vor, sich viel leiser zu bewegen, die Schritte vorsichtiger zu setzen und unnötige Geräusche zu vermeiden. Als Jäger – und ein solcher mußte er bald werden – hatte er wohl nur eine Chance, wenn er seine Beute überraschte.

Seine Suppen wurden immer kräftiger. Er kochte Brennesselblätter, bis sie nur noch eine dampfende grüne Masse waren, zermalmte sie dann mit einem runden Stein und kochte sie mit mehr Wasser zu einem Brei. Dazu gab er eine Handvoll Berberitzen, die den Geschmack des Gebräus zwar nur unwesentlich verfeinerten, Fürst aber die Illusion eines Gewürzes vermittelten. Sein erster Rindenlöffel war längst gebrochen, er hatte auf einer der Holzsuch-Expeditionen aber mehrere flache Hölzer gefunden, die sich mit Hilfe der Glassplitter in wesentlich bessere Eßwerkzeuge verwandeln ließen, als es das erste gewesen war.

Seit Fürst kochte, fühlte er sich auch etwas kräftiger. Die Schmerzen waren zwar noch immer da, vor allem im Ellbogen, aber er war überzeugt, die Kälte nicht mehr so scharf und beißend zu spüren, wie während der ersten Tage in seinem Tal. Er konnte sich auch am Steilhang bewegen, ohne nach einer kurzen Zeit das Gefühl zu haben, seine Beine wären aus Gummi und die Knie würden jeden Augenblick zusammenklappen. Nach dem Frühstück ging er zum See zurück und wusch sich dort Gesicht und Hände. Das Stückchen Seife, das er aus der Holzfällerhütte mitgenommen hatte, setzte er nur dann ein, wenn der Dreck so fest an seinen Händen klebte, daß er sich mit Wasser allein nicht entfernen ließ. Das Wasser des Sees war eiskalt, er hatte sich aber trotzdem vorgenommen, das morgendliche Waschen zu einer Einrichtung zu machen. Die hygienischen Gründe interessierten ihn dabei kaum. Es war ein Ritual, das ihn an das erinnerte, was der Mensch Zivilisation nennt. Etwas aus der Welt von früher. Wenn er sich gewaschen hatte, rieb er sich mit dem Zeigefinger der rechten Hand über die Zähne. Es war mehr ein Massieren als ein Putzen, da er aber kaum feste Nahrung zu sich nahm, gehörte Karies in seinem gegenwärtigen Leben wohl zu den geringsten Sorgen. Auch der Umstand, daß er seit seiner Flucht noch nie den Darm entleert hatte, beunruhigte ihn nicht. Der Körper hatte alles verbrannt, was ihm zugeführt worden war, und dann eben auf absolute Sparflamme geschaltet.
Nach dem Waschen brauchte er wieder eine Weile, bis er sich am Feuer so weit erwärmt hatte, daß er auf Holzsuch-Expedition gehen konnte.
Ein Loch ungefähr in der Mitte der Decke ermöglichte es Fürst, sie über den Kopf zu stülpen wie einen Poncho. Handschuhe hatte er keine, aber seine Hände waren der erste Teil seines Körpers gewesen, der sich einigermaßen an die harten Bedingungen gewöhnt hatte. Er spürte zwar,

wie die Kälte durch die Finger kroch und sie teilweise in ihrer Bewegungsfähigkeit auch einschränkte, sie funktionierten jedoch, und wenn es ganz arg wurde, steckte er sie für eine Weile in die Hosentaschen, dann ging es wieder. Fürst hatte gelernt, sich langsam zu bewegen und unnötige Anstrengungen zu vermeiden. Am Steilhang kroch er meistens auf Händen und Füßen.

Er hatte die Absicht, mehrere Brennholzdepots im Tal einzurichten. Eines in der Nähe seiner Behausung. Der Nachschub dafür würde aus der Schlucht kommen müssen, die sich flußaufwärts erstreckte. Das zweite mußte am Fuße des Steilhangs sein, über den Fürst in das Tal gekommen war. Für ein drittes käme ein Platz am Rande der zweiten Schlucht, der, die flußabwärts lag, in Frage, ein viertes konnte er links vom überhängenden Seefelsen und das letzte rechts davon einrichten. Fürst nahm sich vor, täglich an einem Depot zu arbeiten. Bis zum Wintereinbruch mußte er genügend Brennholz gelagert haben, um die harte Zeit zu überdauern.

Gegen Mittag kochte er sich die nächste Mahlzeit. Wieder Brennesseln und Essigbeeren, dazu Fichtensamen und als Nachspeise einige Hagebutten von einem Strauch, den er am anderen Seeufer entdeckt hatte.

Nach dem Essen blieb er wieder lange am Feuer sitzen. Gezieltes Denken war ziemlich mühsam, deshalb ließ er die Gedanken einfach wegfliegen. Wenn sie irgendwo landeten, wo Ängste aufkamen, brach er sie ab und machte sich wieder an die Arbeit. Seine Behausung mußte fertig werden, und dazu mußte er mit seiner mickrigen Säge dicken Ästen zu Leibe rücken. Es war eine mühsame Arbeit.

Die unteren Äste der großen Fichten, die sein Tal umsäumten, waren alle lang genug und mit einem dichten Nadelteppich versehen. Fürst setzte die Säge dicht am Stamm an, drückte sie mit der Linken nieder und zog sie mit der Rechten zu sich. Zurückschieben konnte er das Werkzeug nicht mehr. Deshalb mußte er es aus der entstandenen Kerbe heben und neu ansetzen. Mindestens fünfzigmal pro Ast. Obwohl er das schmale, spitze Metallstück, das früher in einem Holzgriff gesessen hatte, mit seinem Taschentuch umwickelt hatte, bildeten sich bald Blasen an seinen Fingern. Trotzdem schuftete er verbissen weiter. Als er während der Arbeit einmal aufblickte, sah er keine fünf Meter von sich entfernt einen Hasen im Unterholz hocken. Steif und bewegungslos, wie eine Statue. Das Tier starrte den Menschen an, und dieser war einen Augenblick lang ebenfalls wie versteinert. Fürst wußte nicht, ob es derselbe Hase war, den er bereits unten bei der Wasserstelle im Tal gesehen hatte. Das plötzliche Auftauchen eines anderen Lebewesens erschreckte ihn jedoch. Er spürte, wie sich seine Muskeln zusammenkrampften und das Herz schneller zu schlagen begann. Er fühlte sich ertappt. Die lange Einsamkeit mit ihren Selbstgesprächen und der bewegten Gedankenwelt hatte ihre Spuren hinterlassen.

Er ließ die Säge los, riß beide Arme in die Höhe und stieß einen lauten, schrillen Schrei aus. Der Hase ließ seine Nase einige Male zucken, legte die Ohren zurück und tat dann langsam, mit demselben gelangweilten Blick in den großen Hasenaugen, einige Sprünge weg von ihm, ehe er wieder stehenblieb und weiterstarrte.

Fürst zuckte die Schultern und lachte.

»Na gut, alter Kumpel«, sagte er laut, »wenn du unbedingt eine Show brauchst, dann sollst du sie haben!« Er setzte die Säge wieder an und arbeitete weiter. Später drehte er sich wieder nach dem Hasen um, doch da war der nicht mehr da.

Pro Ast brauchte er ungefähr eine Stunde. Wenn die Kerbe tief genug war, umklammerte er den Ast mit beiden Händen und hängte sich mit seinem ganzen Körpergewicht daran. Nach einigen Versuchen ließ sich dann der Ast meist ziemlich leicht vom Stamm lösen. Fürsts Hände

waren bald mit Harz verkrustet, und er merkte, daß er dadurch seine Blasen kaum noch spürte. Es war zwar unangenehm klebrig, doch das nahm er gern in Kauf.
Wenn der Ast auf dem Boden lag, hatte der Baum an der Stelle, von der er sich gelöst hatte, eine helle Wunde. Meistens ging auch noch ein großes, dreieckiges Stück Rinde mit. Das Fleisch des Baumes, das darunter zum Vorschein kam, war hellgelb und feucht. Zuerst beachtete er es kaum, doch beim dritten oder vierten Ast bemerkte er, daß sich der oberste Teil der gelben Schicht wie eine Haut ablösen ließ. Sie war weich und biegsam, und er erinnerte sich daran, daß er oben in der Höhle Holz gegessen hatte. Er schob ein Stück Baumhaut in den Mund, aber es schmeckte bitter, und er spuckte es bald wieder aus. Aber er konnte jetzt ja kochen, und vielleicht würde das heiße Wasser das Bittere herauslösen. Er entfernte etwas mehr Haut und steckte sie in seine Hosentasche.
Drei Äste waren das Plansoll für einen Nachmittag. Als er sie abgesägt hatte, schleppte er sie mühsam durch das Tal bis zu seiner Behausung und lehnte sie dort gegen die Felswand. Das dichte Nadelkleid der neuen Äste hielt den Wind ab. Zumindest von dem Eck, in dem das Feuer brannte und in dem er seine Schlafstelle errichtet hatte. Langsam wurde der Unterschlupf zu mehr als nur einer Nische im Fels. Sie hatte bereits drei Wände, und er begann in seinen Selbstgesprächen bereits von seinem Haus zu reden. Die Wand, die er errichtet hatte, schirmte nachts auch den Schein des Feuers ab. Man mußte schon ziemlich nahe an die Behausung herangehen, um ihn zu bemerken. Obwohl er nicht glaubte, daß sich jetzt noch ein Verfolger hierherverirren könnte, beruhigte ihn der Gedanke an den Schutzschild.
Bevor er die Baumhaut ins heiße Wasser warf, riß er sie in feine Streifen, die ihn an die Nudeln erinnerten, die man in manchen Chinarestaurants serviert bekommt.

Es war kurz vor Einbruch der Dunkelheit, und er mußte wieder hinaus, um den Brennholzvorrat für die Nacht in sein Haus zu schleppen.
Der Mond hing blaß über der Steilwand, und alles rings um ihn schien den Atem anzuhalten. Selbst der Wasserfall gurgelte verhalten. Aber seine Schritte waren so laut, daß er stehenblieb. Er blickte sich um und sah sein Tal. Er wußte, daß es nicht ihm gehörte, dennoch empfand er so etwas wie Besitzerstolz. Konnte ein Mensch überhaupt ein Stück Natur besitzen? Wie einen Mantel, oder ein Paar Schuhe? Wer gab ihm das Recht, zu sagen: »Dieser Fleck Erde gehört mir und sonst niemandem. Nur ich kann bestimmen, was damit zu geschehen hat. Nur ich kann bestimmen, wer sich darauf bewegen darf!« Niemand! Es war das Recht, das sich der Mensch in seiner grenzenlosen Selbstüberschätzung und Eitelkeit selbst gegeben hatte. Genausogut wie er konnte auch der Hase oder der Bär oder die Ameise als Besitzer in Frage kommen. Oder der Baum. Und weil die anderen Kreaturen der Natur den Menschen nicht daran hindern konnten, begann dieser alles, was er als sein Eigentum vereinnahmt hatte, systematisch zu zerstören. Und anders zu leben als alle anderen Geschöpfe auf dieser Erde.
Er ging ein paar Schritte zu einem umgestürzten Baum und setzte sich. Plötzlich wußte er alles. Er wußte, warum ihn die Natur anfangs so feindlich empfangen hatte, und er wußte, daß er nur überleben würde, wenn er lernte, ihre Gesetze zu erkennen und zu befolgen.
Als er in sein Haus zurückkam, dampfte das Wasser auf der Steinplatte. Die helle Rinde hatte sich zu kleinen Locken zusammengerollt und war unter dem Dampf kaum sichtbar. Fürst nahm seinen Holzlöffel und stocherte eine Rindenlocke aus der Mulde. Er packte das äußerste Ende mit Daumen und Zeigefinger, hielt die gekochte Rinde vor das Gesicht und blies kräftig daran. Sie roch seltsam.

Nicht angenehm und nicht unangenehm. Fürst kannte diesen Geruch nicht. Als er glaubte, die Holzlocke wäre genügend abgekühlt, schob er sie in den Mund.
Sie war zäh, ließ sich aber mit etwas Mühe gut kauen. Der Geschmack bewegte sich zwischen bitter, sauer und langweilig, und die Locke rutschte nach einigem Kauen recht angenehm hinunter.
Er kostete auch das gekochte Wasser, aber es war ungenießbar. Zumindest für seinen Geschmack. Er goß etwas frisches Wasser in die Mulde, tat den Rest des grünen Breis, der ihm vom Mittag übriggeblieben war, hinein und mischte die Rindennudeln darunter. Es dauerte ziemlich lange, bis sein Natur-Eintopf warm war, und er vertrieb sich die Zeit damit, seinen Fischspeer zu verfeinern. Durch Erhitzen im Feuer und Reiben an den Steinen machte er die Spitze noch etwas spitzer, dann bog er die Nägel so zurecht, daß sie die Widerhakenfunktion perfekt würden erfüllen können. Um seine Harpune schneller sinken lassen zu können, befestigte er zwei längliche Steine etwa dreißig Zentimeter hinter der Spitze am Schaft. Da er keine Schnur hatte, riß er dünne Rindenstreifen von einem Weidenzweig und wickelte sie um Speer und Steine. Zu seinem Erstaunen hielt die Konstruktion.
Die Nacht war weit fortgeschritten, als er endlich seinen Natur-Eintopf essen konnte. Er tat es nicht, weil er Hunger hatte, sondern weil er wußte, daß es sein Körper unbedingt brauchte, um wieder zu Kräften kommen zu können. Das Teuflische an seiner Situation war, daß der Magen nur selten ein echtes Hungergefühl ausstrahlte. Er schien zur Bedeutungslosigkeit geschrumpft und in einen hinteren Winkel der Bauchgrube gekrochen zu sein. Nur wenn er ihm etwas zu arbeiten gab, machte er sich bemerkbar. Da begann er zu glucksen und zu knurren und schickte Signale nach oben, die wohl besagen sollten, er wünsche sich öfter eine solche Behandlung. Wenn dann

aber stundenlang nur Wasser kam, beruhigte er sich wieder und gab sich mit einer bescheidenen Nebenrolle im Spiel der Organe zufrieden. Das Angenehme daran war, daß er sich nicht ständig gezwungen sah, Nahrung zu beschaffen; das Unangenehme war die weitere Schwächung des ohnehin schon jämmerlich schwachen Körpers.
Er kaute lange, bevor er schluckte, und als das nicht gleich gelang, spülte er den Mundinhalt mit einem Schluck aus der Flasche hinunter.
Sein Lager war hart, und die Äste, die er als Unterlage benutzte, stachen ihn in die Seite und den Rücken. Kurz bevor er einschlief, beschloß er, einige der Moosplatten von den Felsen zu entfernen, die sich über ihm türmten. Er würde wohl Unmengen brauchen, und es würde eine Weile dauern, bis er sie gesammelt hatte, aber es würde seine Schlafqualität entscheidend verbessern.
Nach dem Holzsammeln ging er am nächsten Morgen sofort zum See, um die modifizierte Harpune auszuprobieren. Der große Fisch war an seinem alten Platz. Die Flossen wehten im Wasser, und dann und wann tat er einen blitzschnellen Zucker mit dem Schwanz, um die Position in der leichten Strömung halten zu können. Als Fürst ihn sah, hatte er das Gefühl, einen alten Bekannten wiederzutreffen. Außer dem Hasen schienen die Fische die einzigen Lebewesen zu sein, die das Tal bevölkerten. Vielleicht gab es auch Größeres, wie Rehe oder Hirsche, die hatten sich ihm aber bisher noch nicht gezeigt.
Er stand lange am Ufer und beobachtete den länglichen Körper und hatte dabei das Gefühl, daß die Augen des Fisches auch auf ihn gerichtet waren. Dabei vergaß er ganz, daß er die Harpune in der Hand hielt und sie mitgebracht hatte, weil er den Fisch töten wollte. Skrupel konnte er sich nicht leisten. Das wußte er genau. Hier ging es um Nahrung und Überleben und nicht um Sentimentalität und Brüderlichkeit. Tiere töteten einander,

um in der Natur bestehen zu können. Bevor es Katzenfutter in Dosen gab, hatten sich auch die schnurrenden Schmeichler ihre Mäuse selbst fangen müssen.
Nur der Starke überlebt.
Selbst der Gedanke klang grausam. Er war immer gegen das sinnlose Töten von Tieren gewesen. Robbenbabys, Tierversuche in der Kosmetikindustrie, der Walfang. Der Mensch war stark, weil er seinen überlegenen Geist für Erfindungen einsetzte, die das Massenabschlachten erleichterten.
Fürst starrte den Fisch an. Aber es waren ja nicht nur die Tiere, die man tötete. Die teuflischsten Vernichtungsmaschinen setzte der Mensch gegen seinesgleichen ein. Das war immer schon so gewesen. Er erinnerte sich an einen Besuch im Grazer Zeughaus. Damals noch mit seiner alten Schulklasse. – Hellebarden, Schwerter, Säbel, Bihänder, Gewehre, Pistolen – und das zehntausendfach. Kulturgut. Harmlose, fast liebenswerte Waffen im Vergleich zur Atombombe. Und was würde nach der Atombombe kommen?
Der Fisch wartete geduldig, bis Fürst den Speer schleuderte. Dann tat er das, was er schon zuvor getan hatte. Er bewegte sich einen Meter zur Seite und blieb wieder stehen. Trotz der Steine sank die Harpune viel zu langsam. Fürst zog sie aus dem Wasser und warf sie erneut. Und dann nochmals. Und nochmals. Bis der Fisch endgültig verschwunden war.
Während der nächsten Tage baute er verbissen an seinem Unterschlupf weiter. Die Wand aus Ästen und dünnen Stämmen wuchs, bis nur noch ein kleiner Spalt offen war. Das Innere seines Hauses war dadurch in düsteres Halbdunkel gehüllt. Wenn Fürst Licht brauchte, mußte er einige Stämme vom Mittelteil der Wand wegheben und zur Seite stellen. Damit schuf er ein Fenster, durch das genügend Helligkeit ins Innere seiner Behausung dringen konnte.

Auf der Suche nach passenden Ästen hatte er fast jeden Winkel seines Tals durchstreift und dabei einige ermutigende Entdeckungen gemacht.
Im unteren Bereich, dort, wo der überhängende Felsen endete, bestand das Seeufer aus einer schmalen, gelblichen Erdschicht, die sich bei näherer Betrachtung als Lehm entpuppte. Er grub mit den Händen in der weichen, feuchten Masse herum, formte eine Kugel in der Größe eines Fußballs und nahm sie für erste Tests mit in sein Haus.
Auch sein Speisezettel hatte sich erweitert. Am Beginn der Schlucht, unweit seines geplanten Lehm-Bergwerks, dort wo die erste Morgensonne hinschien, hatte er mehrere Haselnußsträucher entdeckt, die noch reichlich Früchte trugen. Auch am Boden lagen Unmengen von Nüssen. Er konnte die Schale mühelos mit den Zähnen knacken. Die Kerne waren kleiner als die der Nüsse, die Fürst aus den Geschäftsregalen kannte, und schmeckten viel intensiver als alles, was er bisher im Wald gefunden hatte.
Das Experimentieren mit dem Lehm machte ihm Spaß. Es erinnerte ihn an den Werkunterricht in der Schule. Da hatte er seinen Schülern beibringen müssen, wie man Vasen und andere Gefäße aus Ton formen konnte. Früher hatten sie die ungeschickt hergestellten Produkte aus Kinderhänden einfach an der Luft trocknen lassen. An der Dorfschule hatte er jedoch einen Brennofen entdeckt, in dem die Schüsseln und Becher ein beinahe professionelles Finish erfahren hatten. Die ersten Gefäße, die er formte, waren plump und hatten dicke Wände. Er stellte sie ans Feuer, um sie härten zu lassen, mußte jedoch zusehen, wie sich bald Risse bildeten und Teile abzubröckeln begannen. Es dauerte mindestens zwei Dutzend Becher und mehrere Tage lang, bis er herausgefunden hatte, welche Distanz zum Feuer vonnöten war, um den Lehm richtig zu härten. Dabei erkannte er, daß er die Gefäße in kurzen

Abständen jeweils ein paar Zentimeter um die eigene Achse drehen mußte, um jeden Bereich gleichmäßig der Hitze auszusetzen.

Jetzt hatte er endlich ein geeignetes Trinkgefäß, aus dem er seinen morgendlichen Fichtennadeltee schlürfen konnte. Beinahe ein Haushalt!

Die Entdeckung des Lehms eröffnete auch eine ganze Reihe anderer, bisher ungeahnter Möglichkeiten, sein Leben etwas angenehmer zu gestalten.

Am zwanzigsten Tag seiner Flucht begann er, Steine zu sammeln, die er zum Bau eines Herdes verwenden wollte. Da er in der unmittelbaren Nähe seiner Behausung nichts Geeignetes fand, suchte er am Ufer des Sees danach.

Es war ein sonderbarer Tag. Der Nebel hatte das Tal lange nicht verlassen und alles in einen feuchten, nicht greifbaren Wattebausch gehüllt. Die Luft war schwer und schmeckte nach Waschküche.

Alles schien etwas langsamer abzulaufen, und vielleicht war das der Grund, daß er an diesem Tag seinen ersten Fisch erlegte.

Er hatte Stein um Stein in sein Haus geschleppt, doch der Materialberg, aus dem er später seinen Herd zusammenmauern wollte, schien nur unwesentlich zu wachsen.

»Alles Mist«, sagte er. »Kleinkram!« Und meinte damit die faustgroßen oder noch kleineren Steine, die er so mühsam zusammengetragen hatte.

Was er brauchte, waren Brocken, die mindestens die Größe eines Bauziegels hatten.

Er fand sie im Bach, der zwischen den Wasserfällen und dem See durch das Tal sprudelte. Das Wasser war hier kaum zwanzig Zentimeter tief, und die größeren Steine lagen knapp unter der Oberfläche. Er stand mit einem Bein am Ufer und setzte das andere auf einen kleinen Felsbrocken, der wie eine winzige Insel aus dem dahinmurmelnden kristallklaren Naß ragte.

Der Nebel begann sich langsam zu heben und wurde dabei von einem im Tal nicht spürbaren Luftzug zerfetzt. Die Wolken mit ihren zerfransten Umrissen segelten davon, als wären sie weiße Zuckerwatte in einem Raum der Schwerelosigkeit. Der Himmel dahinter war tiefblau und gehörte der Sonne, die plötzlich, wie von unsichtbarer Hand eingeschaltet, gewaltige goldene Strahlenbündel ins Tal schleuderte.

Fürst, der gerade einen mindestens zehn Kilo schweren Stein in der Hand hielt, blickte auf und war einige Augenblicke lang von dem überwältigenden Schauspiel gefesselt. Er hatte Gemälde gesehen, auf denen der Jüngste Tag in dieser Form dargestellt war. Der gütige weiße Herr, der sein Kinn über den Wolkenoberrand streckt und dabei sanft tadelnd mit dem Zeigefinger nach oben zeigt, tauchte jedoch nicht auf.

Er fühlte trotzdem, daß es ein besonderer Tag war.

Der Stein in seinen Händen wurde immer schwerer, und er wollte ihn gerade ans Ufer hieven, als er den Fisch sah, der genau zwischen seinen Beinen stand.

Es war weder Logik noch vernünftige Überlegung, die ihn zum nächsten Schritt bewegte. Alles geschah automatisch, wie von irgendeiner nicht kontrollierbaren Kraft gelenkt. Er hob den Stein hoch über seinen Kopf und schleuderte ihn dann mit aller Kraft, deren er fähig war, auf die Stelle zwischen seinen Beinen, an der der Fisch stand. Das Wasser spritzte hoch und ihm ins Gesicht. Er spürte, wie sich die kalten Tropfen in seinem Bart verfingen. Der Schaum auf der Wasseroberfläche wurde dünner, und in der Mitte der Kreise, die sich beeilten, vom am Grund gelandeten Stein wegzukommen, tauchte ein weißer Fischleib auf. Seine erste Jagdbeute schwamm mit dem Bauch nach oben ganz langsam flußabwärts auf den See zu. Er stand zwei lange Sekunden lang wie erstarrt da, dann schloß er die Augen und stieß einen Triumphschrei aus, der so kräftig war, daß ihn der Hals schmerzte. Er verlagerte sein Körpergewicht auf das Uferbein und zog das Bachbein nach. Dann rannte er ein paar Schritte, bis er auf gleicher Höhe mit dem treibenden Fischkörper war. Der Sprung auf einen Stein in der Mitte des Baches mißlang, und er landete mit dem rechten Bein im Wasser. Es war kalt und biß in seine Waden. Er spürte es aber kaum, als er sich nach dem Fisch bückte und ihn mit einer Hand umklammerte. Der glitschige Leib entschlüpfte ihm und trieb weiter. Um ihn nicht zu verlieren, stellte er auch das zweite Bein in den Bach und griff mit beiden Händen nach seiner Beute. Auch dieser Versuch mißlang, aber irgendwann schaffte er es doch, das silbrigglänzende Stück, aus dem sich blaßrote Blutfäden zogen, ans Ufer zu werfen.

Der Fisch war tot. Der Stein hatte ihn genau am Kopf getroffen und einen Teil davon eingedrückt.

Fürst rannte zu seiner Höhle zurück, so rasch er konnte. Das Wasser in seinen Schuhen fühlte sich unangenehm an, war aber nicht mehr kalt. Im Haus warf er den Fisch neben der Feuerstelle auf den Boden, legte frisches Holz nach und zog Schuhe und Hose aus. Dann wärmte er sich einige Minuten lang und konnte dabei den Blick nicht von dem Fisch abwenden.

Er war kleiner, als er im Wasser gewirkt hatte. Vielleicht fünfundzwanzig Zentimeter lang. Das eine Auge war nicht mehr vorhanden, das andere starrte groß und rund ins Leere. Er wußte nicht, um welche Art von Fisch es sind handelte.

Zum erstenmal in seinem Leben hatte er das Triumphgefühl des erfolgreichen Jägers verspürt. Unten am Bach und auch jetzt, wo die Beute vor ihm am Boden lag. Da war kein Mitleid für die Kreatur. Sie lebte nicht mehr und war nur noch Nahrung. Etwas, das er dringend brauchte. Er wickelte sich die Decke um den Bauch, nahm einen der größeren Glasscherben und den Fisch mit und ging zum See. Dort schlitzte er seinem Mittagessen den Bauch auf und entfernte mit Zeige- und Mittelfinger alles, was er greifen konnte. Gedärme waren da, die Leber, wahrscheinlich auch der Magen. Dann wusch er den Fisch. Später, im Haus, steckte er ihn auf einen dünnen Stab und hielt ihn über das Feuer. Mit der Hitze ging er dabei sehr sorgfältig um. Er konnte es sich nicht leisten, daß seine allererste Jagdbeute zu einem ungenießbaren, schwarzen Klumpen verkohlte.

Das Wetter blieb, abgesehen vom Morgennebel, auch während der nächsten Tage klar und sonnig. An den Nachmittagen war es manchmal so warm, daß er seine Kleider ausziehen und sich am See von Kopf bis Fuß waschen konnte. Das Stück Seife schonte er dabei, so gut er konnte. Er roch manchmal daran und rieb mit den Handflächen darüber. Das reichte, um in ihm das Gefühl zu wecken, er hätte soeben etwas ungemein Luxuriöses gestreift. Das Verbindungsglied zu einer Welt aus emaillierten Wannen, glänzenden Fliesen, glitzernden Wasserhähnen, duftendem Schaum und weicher Frauenhaut.
Frauen. Er hatte schon sehr lange nicht mehr an eine Frau gedacht. Marlies oder Rosie oder eine andere, die er gekannt hatte. Jetzt, wo er es wieder tat, kam ihm zu seiner Überraschung nur Rosie in den Sinn. Da war nichts Erotisches, nur die Sehnsucht nach etwas Zärtlichkeit. Und nach einem Gespräch. Sie würden wohl über Patrick reden.
Ob der Junge stolz auf ihn wäre, wenn er ihn jetzt sehen könnte? Er lebte in einer Welt, die harte Männer oder gar Helden formte. Sie hätte genausogut auf einem fremden Planeten liegen können. Karl Fürst der Astronaut. Eine Figur aus Patricks Lieblingsfernsehsendung von damals. Raumschiff Enterprise. Oder Karl Fürst der Trapper. Karl May, Lederstrumpf. Der unerschrockene Vorstoß in die Wildnis.

Was der Junge wohl in diesem Augenblick tat? Wahrscheinlich würde er über seinen Hausaufgaben brüten. Oder draußen, im Hof, mit den anderen Fußball spielen. Fürst warf mit den flachen Händen eiskaltes Wasser in sein Gesicht. Er atmete schwer und versuchte den Druck, der auf seiner Brust lastete, wegzupressen. Es gelang ihm nicht. Etwas schnürte ihm den Hals zu und lockerte sich erst, als er haltlos zu weinen begann. Es war nicht Trauer oder Selbstmitleid. Auch keine Rührung. Es war die Erkenntnis des Endgültigen. Er wußte, daß er seinen Sohn nie wiedersehen würde.
Auch Rosie und Marlies nicht und all die anderen. Wahrscheinlich würde er nie mehr einem Menschen begegnen. Er mußte seinen Geist darauf vorbereiten. Er lebte, und er wollte leben. Darüber war er sich klargeworden. Nüchtern betrachtet, brauchte er keinen anderen Menschen, um zu überleben. Menschliche Gesellschaft war Zeitvertreib. Wenn er sich einen anderen Zeitvertreib suchte, dann konnte er auf die menschliche Gesellschaft verzichten. Ähnlich war es mit dem Sex. Für einen Orgasmus brauchte man keine Frau. Allein war's zwar nur ein Orgasmus zweiter Klasse, aber es war einer!
Wenn er seine Gedanken spann, dann tat er dies meist laut. Er war es gewohnt, seine Stimme zu hören. Manchmal führte er auch Zwiegespräche mit einer anderen Person aus seiner Vergangenheit und veränderte, wenn der andere an der Reihe war, den Ton der Stimme. Besonders oft ließ er Wilfried Lang auftauchen. Den Jugendfreund, der nun Chirurg am Landeskrankenhaus war. Er wußte selbst nicht, warum. Wahrscheinlich, weil er das intelligente Gespräch suchte und Wilfried Lang der intelligenteste unter seinen Freunden war. Urack, der Steinzeitmensch, kam meistens nachts, wenn er am Feuer saß. Fürst brachte ihm Worte in seiner Sprache bei und lernte im Gegenzug Ausdrücke aus Uracks Sprache. Oore war

das Haus, ahra hieß essen. Manchmal vergaß Fürst ein Wort aus Uracks Sprache, das er bereits gelernt hatte, da ließ er sich dann eben ein anderes für denselben Begriff einfallen. Vokabellernen auf Phantasiebasis. Er dachte an die Zeiten, als er noch Latein gebüffelt und dabei Blut geschwitzt hatte, und lachte laut.

Um sich von quälenden Gedanken abzulenken, mußte er sich ein Unterhaltungsprogramm für den Kopf zusammenstellen. Die Diskussionen mit Wilfried gehörten dazu, die Sprachkurse mit Urack ebenso. Manchmal sang er Lieder. Alles, was er kannte. Von den Marschliedern, die er als Grundwehrdiener beim Bundesheer gelernt und zu seinem damaligen Ärger nie mehr vergessen hatte, über Dylan, Donovan, Cohen, Woody Guthrie und Pete Seeger bis zu den Beatles. Um dem Ganzen den richtigen Rahmen zu geben, verpackte er seine Gesänge in ein Radio-Wunschkonzert, ließ Leute beim Sender anrufen und einen Discjockey die Wunschlieder ansagen.

Fürst schlief viel. Die langen Märsche, die er zurücklegte, wenn er seine Holzsuch-Expeditionen unternahm, machten ihn müde. Er aß dreimal am Tag. Nicht viel, aber es reichte. Sein Körper verlangte nicht mehr. Er war mager geworden und konnte seine Rippen unter der Haut sehen. Manchmal betrachtete er sein Gesicht im Wasser. Es war schmäler, und das Haar war gewachsen und der Bart ebenso. Der bedeutendste Fund, den er in seinem Tal gemacht hatte, war zweifellos der Lehm gewesen. Um ihn besser und in größeren Mengen zu seinem Haus transportieren zu können, bastelte Fürst eine Art Schlitten aus zwei großen Ästen und einem Geflecht aus Haselnuß- und Weidenzweigen. Als Schnüre verwendete er die abgezogene Rinde der Sträucher.

Auf der Suche nach geeigneten Ästen stieß er auf eine Stelle am Fuße des Sonnenhanges, die er bisher übersehen hatte. Hier wuchsen auf mehreren Quadratmetern

Preiselbeeren. Auch einen letzten Rest Holunder und Hagebutten fand er. Die meisten dieser Schätze lagerte er ein. Beim Kochen ging er äußerst sparsam damit um. Sie verfeinerten den Geschmack der Brennessel- und Graseintöpfe zwar beträchtlich, der Winter würde aber bald kommen, und dann gab es keinen Nachschub mehr.
Der Herd, den er aus Steinen und Lehm aufgemauert hatte, funktionierte anfangs überhaupt nicht. Die Höhle füllte sich mit dichtem, beißendem Rauch, und er mußte sich wieder auf das Kochen am offenen Feuer verlegen. Nach einigen fruchtlosen Verbesserungsversuchen riß er das gesamte Gebilde ab und baute ein neues.
Der zweite Versuch führte zu einem wesentlich besseren Ergebnis. Sein Herd stand nun nicht mehr eng an die Felswand gelehnt, sondern vor dem Holzwall auf der anderen Seite. Der Rauch brauchte sich dadurch nicht mehr durch die gesamte Behausung zu wälzen, bis er irgendwo einen Auslaß fand. Er stieg gerade hoch und drängte sich dann durch eine Öffnung, die Fürst am oberen Rand der Wand geschaffen hatte. Der Herd selbst bestand aus einem etwa dreißig Zentimeter hohen Podest, auf dem das Brennholz lag, und drei Mauern ringsherum, auf denen die Steinplatte mit der Vertiefung ruhte. Später entfernte er einen Teil der Rückwand, um dem Rauch eine weitere Fluchtmöglichkeit zu bieten.
Er hatte nun zwei Feuerstellen zu versorgen, das Heizfeuer in der Nähe seiner Liegestätte und das Kochfeuer. Die Routine, die sich Fürst anfangs geschaffen hatte, änderte sich an den Vormittagen nur geringfügig. Nach dem Holzsammeln, das ihn jetzt zu immer weiteren Wegen zwang, ging er meist zum Bach, um sein Glück als Fischer zu versuchen. Mit dem Stein hatte er es bald zu einiger Geschicklichkeit gebracht, und auch mit der Harpune hatte er im seichten Wasser des Baches viel mehr Erfolg

als zu Anfang im See. Der Vorrat an Fischen schien unerschöpflich zu sein. Wenn er an einem Tag einen Fisch erlegt hatte, stand am nächsten Tag an derselben Stelle, oder nur unwesentlich davon entfernt, ein anderer. Nachmittags schleppte er Lehm in rauhen Mengen in seine Behausung. Das Arbeiten mit dem weichen, kalten Material machte im Spaß. Nachdem der Herd fertig geworden war, stellte Fürst mehrere Vorratskisten mit Seitenwänden aus Stein und Lehm an die Felswand, in denen er die gesammelten Beeren, Nüsse, Flechten und was er sonst noch an Eßbarem gefunden hatte, verstaute.
Um die Fische haltbar zu machen, bastelte er ein Gerüst, das er über das Schlaffeuer stellte. Mit Rindenstreifen, die er um das Schwanzende gebunden hatte, befestigte er die Fische daran und ließ sie etwa einen halben Meter über den Flammen hängen. Nach einer Weile wurden sie hart und bekamen eine andere Farbe. Wenn er sie dann noch mehrere Tage an einem anderen Gerüst hängen ließ, das er im Höhlenhintergrund aufgestellt hatte, schmeckten sie ganz passabel. Da er aber ohnehin genügend Nachschub an frischem Fisch hatte, ließ er seine Räucherfische weiter hängen, bis sie noch härter und damit sicher als Langzeitnahrung zu verwenden waren. Der Winter war die große Unbekannte. Es war bereits Mitte November, und es hatte noch immer nicht geschneit. Am Morgen lag zwar manchmal Rauhreif über dem Tal, und Fürsts Atem dampfte wie der eines Kettenrauchers, aber gegen Mittag war der weißglitzernde Zauber immer weg.
Er mußte zum Jäger werden. Das wußte er. Nur so konnte er den Winter überleben.

Graz ganz in Grau. Mit Regenwolken, die so tief hängen, daß sie fast den Schloßberg berühren. Die Luft hat sich mit Nässe vollgesogen, und auf jedem der winzigen, schwebenden Wassertröpfchen hängen Millionen von Schmutzpartikelchen. Man riecht den Rauch der Kohleheizungen, das Gas, die Auspuffdämpfe, den Schweiß, und nichts ist sauber, und nichts ist friedlich, und stimmen tut überhaupt nichts. So viele Besoffene wie im November und Dezember sieht man in Graz das ganze Jahr über nicht. Zum Glück gibt es genug Kneipen, in die man vor dem Grau flüchten kann. Und genug Gleichgesinnte, die sich freuen, jemanden gefunden zu haben, mit dem man die Depression der letzten Monate des Jahres wegtrinken kann.
Penz hatte den November immer schon für den dekadentesten Monat gehalten. Den Un-Monat. Manchmal haßte er ihn so, wie er sich selbst zur selben Zeit haßte. Dann ging er gar nicht heim. Das Schöne an Graz ist, daß man rund um die Uhr in der Kneipe sitzen kann. Nicht in derselben, aber es gibt immer eine, die offen hat. An solchen Tagen machte er auch die Nacht durch und ging direkt vom Früh-Café in die Redaktion. Die Chefsekretärin verwaltete die Redaktionsapotheke, und die bestand zu neunzig Prozent aus Aspirin, Thomapyrin, Alka Selzer, Coffo Selt und anderen Mitteln, die sich als Katervertreiber bewährt haben.
An diesem Novembertag brauchte Penz eine doppelte Dosis und drei Plastikbecher mit schwarzem Kaffee aus dem Automaten, und dann fühlte er sich immer noch so, als wäre eine Straßenwalze über ihn hinweggefahren, aber nicht, bevor ihr Fahrer ihm einen Kübel voll Jauche in den Mund geschüttet hatte.
Penz hatte noch eine Reportage fertigzuschreiben. Über einen Jet-Piloten des Bundesheeres, der aus Protest über die seiner Meinung nach miese Wartung der Flugzeuge

seinen Dienst quittiert hatte und nun bei der staatlichen AUA doppelt soviel verdiente. Es hätte ein ruhiger Tag werden können. Wenn Hausmann und Lesky kurz nach zehn Uhr nicht vor seinem Computer aufgetaucht wären.
»Wie geht's, Bruno«, fragte der Lokalchef. »Wenn's nicht Aids ist, dann kann es nur ein grausamer Kater sein, der dich plagt.«
»Leck mich am Arsch«, sagte Penz und schrieb weiter.
»Der Peter«, sagte Hausmann und zeigte auf Lesky, der seine Schadenfreude hinter einem stupiden Grinsen versteckte, »macht heute ohnehin achtzig Prozent des Lokalteils allein. Alles schafft er nicht.«
Penz hörte auf zu schreiben.
»Was ist? Soll ich ihm das Händchen halten, damit er sich bei der Wahnsinnsarbeit nicht so einsam vorkommt?«
»Das kannst du tun, wenn du von St. Jakob zurückkommst!«
»St. Jakob im Walde?«
»Nein, St. Jakob im Gebirge. Ganz oben im Norden. Dort, wo sich die Füchse Gute Nacht sagen!«
»Scheiße«, sagte Penz. Und stand auf.
Lesky war längst zu ihm hingewieselt und hielt ihm nun seine Aufzeichnungen unter die Nase.
»Ein Zweiundsiebzigjähriger hat nach einem Streit mit seiner Frau das Haus angezündet. Wahrscheinlich eine besoffene Geschichte. Aber sie ist tot.«
»Da wär's ganz gut, wenn wir etwas mehr Hintergrund hätten«, sagte Hausmann. »Du weißt ja: Die Nachbarn haben's kommen sehen. Jeder hat gewußt, daß es so kommen würde. Nur reagiert hat keiner. Die Polizei schon gar nicht. Vielleicht hätte man's verhindern können.«
»Ist nicht viel los heute«, sagte Penz.
»Warum?« fragte Hausmann.
»Weil du mich sonst wegen so einem Scheiß sicher nicht durch die halbe Steiermark gehetzt hättest!«

Hausmann trat einen Schritt näher und klopfte ihm auf die Schulter.
»Gute Luft, dort oben! Kein Smog, kein Gestank! Wird dir sicher enorm guttun!«
»Du hast recht«, sagte Penz, schob sein Gesicht ganz nah an das des Lokalchefs und rümpfte die Nase: »Hier stinkt es wirklich!«
Eine Viertelstunde später saß er neben Egon Reininger, dem Senior-Fotografen des *GTS*, im Auto. Egon und er waren Kampfgefährten über viele Jahre. Dicke Freunde waren sie nie geworden, aber jeder respektierte den anderen. Dem Fotografen machte es auch nichts aus, daß Penz schlief, während er fuhr. Sogar das Schnarchen störte ihn nicht. Er drehte nur das Autoradio etwas lauter.
Kurz vor Mittag weckte Reininger Penz auf. Das Auto stand vor dem Gendarmerieposten von St. Jakob im Gebirge. Einem häßlichen Neubau mit Flachdach und viel Glas, der hier, im Dorf, ebenso deplaziert war wie eine Almhütte in Manhattan. Penz brauchte einige Sekunden, um den Übergang vom Schlaf zum Wachwerden zu schaffen. Irgend jemand mußte seinen Kopf in eine viereckige Metallschachtel gesteckt und mit einer Schraubzwinge die Seitenwände zusammengedrückt haben. Und die Jauche vom Straßenwalzenfahrer war noch immer im Mund.
»Die Pflicht ruft«, sagte er schließlich. Und Reininger nickte.
»Saufen ist ein Hund«, sagte der Fotograf. Was es auch immer heißen mochte, Penz gab ihm recht.
»Saufen ist ein Hund«, sagte auch er und stieg aus.
Es war kalt. Aber es war eine trockene Kälte. Und sie roch nicht nach Abgasen und Schweiß, sondern nach Eiswürfeln in einem Glas kristallklaren Quellwassers. Penz sog die Luft ein, schloß die Augen und genoß das leichte Schwindelgefühl, das vom Gehirn ausging und seine Bei-

ne unsicher machte. Dann stieg er die Stufen zum Gendarmerieposten hoch.
Die Wachstube war kahl und nüchtern und strahlte so viel Charme oder Gefühl aus wie ein Pflasterstein. Nicht einmal die sonst in Büros übliche kreative Unordnung entdeckte Penz. Alles war an seinem Platz, sogar die Schreibtischlampen standen stramm und aufrecht, so als hätten sie Angst, wegen schlampiger Haltung zurechtgewiesen zu werden. Das einzig Sympathische am Raum war der Geruch. Es roch nach frischgebrühtem Kaffee.
Zwei Polizeibeamte saßen an zwei gegenüberliegenden Schreibtischen und unterhielten sich. Penz grüßte halblaut, aber die beiden reagierten nicht darauf. Erst nach einer guten halben Minute blickte der Ältere auf.
Sein »Ja« peitschte durch den Raum und hätte so manchen anderen zusammenzucken lassen. Penz, der in solchen Augenblicken meist auf präpotent schaltete, hatte diesmal nicht die Kraft dazu. Er seufzte nur und zuckte die Schultern.
»Penz, *Grazer Tagesspiegel*. Entschuldigen Sie bitte die Störung. Ich bin hier, weil ich Sie um ein paar Details in der Brandsache bitten möchte, bei der diese Frau ums Leben gekommen ist.«
Gleich nachdem er sich vorgestellt hatte, hatte der zweite Beamte aufgeblickt, und Penz hatte ihn sofort erkannt. Es war der junge Revierinspektor, den er im Fall Fürst kennengelernt hatte. Der Ehrgeizige mit dem fetten Chef. Einmal vor gar nicht allzulanger Zeit hatte er sogar mit ihm telefoniert. Das heißt er, der Gendarm, hatte ihn angerufen, weil er die Adresse irgendeines Abenteurers gebraucht hatte.
Bevor der Ältere auf Fürsts Bitte eingehen konnte, stand der andere auf und ging zu Penz.
»Wir kennen uns ja«, sagte er. Und schmunzelte.
Penz hielt ihm die Hand hin.

»Von der Sache Fürst«, sagte er. Der andere nickte.
»War ein guter Tip von Ihnen, der Egon Schnedl. Ich hab' ihn am selben Tag telefonisch erreicht. Hat mir sehr geholfen. Danke nochmals.«
Penz sah Reininger an, und Reininger sah Penz an, und beide wußten, daß die Brandgeschichte gelaufen war. Ein wohlwollender Gendarm, der mit dem Fall befaßt ist, war das Beste, was einem passieren konnte. Und einer, der einem Reporter einen Gefallen schuldig ist, war ein beinahe unverschämter Glücksfall.
Jetzt fiel Penz auch wieder der Name ein, nach dem er während der letzten Minuten fieberhaft gesucht hatte.
»Das war doch nur eine Kleinigkeit, Herr Pucher«, sagte er triumphierend. »Würd' mich freuen, wenn Sie einmal mehr von mir brauchten!«
Pucher lachte.
»Wie wär's mit einer Tasse Kaffee? Ich hab' grad' frischen gemacht!«
Reininger schüttelte den Kopf, aber Penz hatte schon längst dankend angenommen.
Der Kaffee war heiß und stark und nahm Penz den Jauchegeschmack aus dem Mund.
Während sie tranken, kam der Gendarm zur Sache. »Ich kann Ihnen alle Fakten über den Brandfall geben, also alles, was in unserem Protokoll steht. Mehr weiß ich aber nicht. Ich bin erst seit einer Woche hier. Als Vertretung für den zweiten Mann.« Er seufzte. »Der hat noch zwei Wochen Urlaub. Kanarische Inseln!«
Penz schrieb alles auf, was er erfahren konnte, dann erklärte sich Pucher nach Rücksprache mit seinem Kollegen bereit, die beiden zum Tatort zu bringen.
Reininger fotografierte die Brandruine. Hochformat und Querformat. Und eine Nachbarin, die alle Fragen von Penz nur mit »Ja« oder »Nein« beantwortete und zu der Frage, ob sie so etwas Ähnliches habe kommen sehen,

ebenfalls »Ja« sagte. Sie fanden auch den Mann, der die Feuerwehr verständigt, und den Feuerwehrhauptmann, der gemeinsam mit zwei Kollegen die verkohlte Leiche gefunden hatte.
Weil alles so rasch und reibungslos abgelaufen war, hatten sie noch Zeit, auf eine Gulaschsuppe in die Dorfkneipe zu gehen. Pucher nahm die Einladung an.
Der Boden war aus Holz und knarrte, die Wände waren ebenfalls aus Holz und mit Hirschgeweihen und anderen Jagdtrophäen geschmückt, und die Tische, Sessel und Sitzbänke waren aus demselben Holz. Drinnen war es warm, und Penz bestellte ein Bier zur Gulaschsuppe.
Es dauerte nicht lange, bis das Gespräch auf den Fall Fürst zusteuerte. Reininger, der in dieser Sache selbst nur Zeitungsleser gewesen war, interessierte das Thema kaum. Er vertiefte sich in eine alte Illustrierte und überließ das Feld den beiden anderen.
Penz erkannte bald, daß Pucher mehr als nur nacktes dienstliches Interesse am Schicksal des Lehrers hatte. Da wurde etwas spürbar, das er nur als Besessenheit interpretieren konnte. Der Gendarm kannte jedes Detail des Falles, hatte alle Protokolle studiert und sich eingehend über die Person Fürst informiert.
Auch Penz hatte die Geschichte länger beschäftigt als die meisten anderen, mit denen er im Laufe seiner langen Reporterkarriere befaßt gewesen war. Erst vor kurzem hatte er die Exfrau Fürsts wieder angerufen und sie geradeheraus gefragt, ob sie von ihrem Mann irgend etwas gehört habe. Ob er sich aus dem Ausland gemeldet habe.
Das Interesse an Fürst vereinte den Gendarmen und den Reporter. Beide spürten eine Art Seelenverwandtschaft. Daß Fürst allerdings im Wald leben solle, wie Pucher vermutete, das konnte ihm Penz anfangs beim besten Willen nicht abnehmen.
Nach einer Weile hatte Pucher die Geschichte von Anfang

an aufgerollt. Wie einen langen Teppich, dessen Muster Zentimeter um Zentimeter klarer und verständlicher wurde. Bis es als Gesamtes vor einem lag.
Da war das Verhältnis mit der Frau des späteren Opfers, das am Anfang des Geschehens stand.
»Die Frau«, sagte Pucher, »steht nach wie vor zu ihm. Ich habe oft mit ihr über den Fall geredet. Offiziell, inoffiziell, zwischen Tür und Angel, in ihrem Wohnzimmer.«
»Und im Schlafzimmer«, unterbrach ihn Penz und grinste das dreckig-sarkastische Grinsen, das dann bei ihm zutage trat, wenn er das Gefühl hatte, zu nahe an etwas herangerückt zu sein, und wieder auf Distanz gehen wollte.
Pucher stockte einen Augenblick lang, kniff die Augen zusammen, gab sich dann aber einen sichtbaren Ruck und blieb sachlich.
»Nein«, sagte er langsam, »im Schlafzimmer nicht!«
Penz fühlte sich ertappt, wischte die aufkommende Verlegenheit aber mit einem Schulterzucken weg.
»War nicht bös gemeint! Entschuldigung. Und was ist dabei herausgekommen?«
»Daß Fürst im Grunde seines Herzens ein Einzelgänger ist. Ein Eigenbrötler, der sehr gut mit sich alleine zurechtkommt. Nach außen sensibel und feinfühlend, innen aber hart wie Granit. Einer, der andere immer auf Distanz gehalten und ihnen den Fürst präsentiert hat, den sie erwarteten. Einen verständnisvollen, intelligenten Kollegen oder Freund, einen einfühlsamen Liebhaber, mit dem man danach auch reden konnte, einen Lehrer, der mehr Kumpelhaftigkeit als Autorität ausstrahlte.«
»Mein Gott«, sagte Penz ehrlich überrascht. »Sie haben sich mit dem Mann wirklich ausgiebig beschäftigt.«
»Da kommt noch mehr«, sagte Pucher.
Penz schluckte die nächste bissige Bemerkung hinunter und nickte statt dessen erwartungsvoll.
»Mit der Marlies Schwegler hat er oft über das Aussteigen

geredet. Nicht das Wechseln vom Stadtleben zum Landleben. Oder vom Volksschullehrer zum Guru. Fürst hat immer das totale Aussteigen gemeint. Eine Insel in der Südsee, wo einmal im Jahr ein Postschiff vorbeikommt. Oder die kanadische Wildnis. Eine Hütte, ein Gewehr, ein paar absolute Notwendigkeiten und sonst nichts. Und sie hat das Gefühl gehabt, daß es viel mehr war als bloße Rederei. Oder simples Tagträumen. Eines Tages hätte er es gemacht. So oder so. Dann hätte er eben den Beruf aufgegeben und wäre mit etwas Erspartem ans andere Ende der Welt geflogen. Die Gelegenheit ist rascher gekommen, als er geahnt hat. Jetzt ist er auch ausgestiegen. Total, wie er es sich immer vorgestellt hat. Nur nicht in Kanada oder auf den Tuttifrutti-Inseln, sondern dreißig oder vierzig Kilometer von hier entfernt!«
Penz schaute den Gendarmen lange an.
»Sie wissen doch wohl, daß das alles überhaupt nichts beweist! Kein Mensch würde auf diese Recherchen hin eine zweite Suchaktion auf die Beine stellen.«
»Natürlich weiß ich das«, sagte Pucher, und es klang nicht mehr so sachlich, sondern bereits leicht verärgert. Dann richtete er sich auf und klopfte sich mit der rechten, zur Faust geballten Hand auf die Brust.
»Ich werde ihn suchen! Verstehen Sie? Ich ganz allein!«
Penz preßte seine Lippen zusammen und begann, sich am Kopf zu kratzen. »Und was werden Sie tun, wenn Sie wirklich das unwahrscheinliche Glück – oder Pech – haben, daß Sie ihn finden? Erschießen und ausstopfen? An einen Baum binden und von den Geiern fressen lassen? Sie bilden sich doch wohl nicht im Ernst ein, daß Sie es schaffen könnten, ihn allein durch die Schluchten und über die Steilhänge herauszubringen. Ich habe die Gegend aus der Luft gesehen. Dort würde ich meinen Todfeind nicht hinjagen.«
»Allein«, sagte Pucher und begann, sich ebenfalls am

Kopf zu kratzen, »wäre es sicher verdammt schwierig. Da haben Sie recht. Mit einem Partner wär's schon viel einfacher. Unter meinen Kollegen ist allerdings keiner, der's machen würde. Ich könnte einige von den junge Bergrettungsleuten fragen, aber die will ich nicht in Gefahr bringen. Es könnte ja sein, daß sich Fürst zur Wehr setzt. Er würde sich sogar ziemlich sicher zur Wehr setzen. Wenn er lebt, hat er sich dort draußen eine eigene Welt aufgebaut. Wenn er mit der fertig wird, dann wird er sie mit allen Mitteln verteidigen. Wenn nicht, dann hat er schon längst Selbstmord begangen. Zurückkommen und sich freiwillig stellen gilt für einen Menschen wie Fürst nicht.«

Pucher schaute auf und sah Penz forschend an.

»Mein Begleiter müßte ein Mensch sein, der selbst großes Interesse am Fall Fürst hat. Einer, der daraus eine sensationelle Zeitungsstory machen könnte, zum Beispiel. Wie wär's, Herr Penz, kommen Sie mit?«

Penz hatte die Frage kommen sehen. Als sie kam, duckte er sich trotzdem.

»Für beinharte Sachen wie diese bin ich nicht geschaffen«, grinste er. Dann wurden ihm aber plötzlich die Dimensionen der Geschichte bewußt. Mordverdächtiger lebt monatelang als Waldmensch. Ein Tier unter Tieren. Pucher würde mit ihm kämpfen, und Penz würde es fotografieren. Sie würden ihn fesseln und durch den Wald schleppen. Dann die Gerichtsverhandlung. Wochenlang könnte es da herrliche Geschichten geben. Die würden ihm auch die deutschen Illustrierten abkaufen.

»Wann geht's los?« fragte er schließlich.

Jetzt grinste Pucher. »Leider erst im Januar. Da habe ich eine Woche Urlaub!«

Der erste Schnee fiel am 6. Dezember.
Das Tal war völlig verändert, als Fürst am Morgen aus seinem Haus kam. Die Berge waren weiter weggerückt oder niedriger geworden. Er wußte es nicht genau. Statt Grün und Braun war da nur das Weiß. Die Bäume waren keine Bäume mehr, sondern Stellagen, auf denen weiße Bündel gelagert waren. Der Boden war ein Teppich mit Beulen und Höckern, und er war nicht mehr braun-grün-schwarz, sondern nur noch weiß.
Das Weiß war zuviel, und es tat ihm in den Augen weh. Nur der See war nicht weiß, aber er hatte das Tiefblaue, ins Grünliche Gehende verloren und gab sich düster und schwarz. Der Morgen hatte nicht die beißende Kälte der vorangegangenen Tage. Er war etwas wärmer, aber er war ein Wintermorgen und erforderte eine ganz andere innere Einstellung. Zum Glück hatte er so viel Holz eingelagert, daß es für Wochen reichen würde. Deshalb konnte er es sich leisten, den routinemäßig ersten Programmpunkt jedes Tages diesmal auszulassen. Seine Tennisschuhe waren arg zerschlissen und an beiden Außenseiten aufgeplatzt. Die Löcher waren nicht groß, aber sie würden den Schnee herein und die Zehen naß und kalt werden lassen.
Er saß am Feuer, in die Decke gewickelt, wie ein alter Indianer in seinem Wigwam. Er dachte auch an die Indianer und die Büffeljagd und daß sie, wie er, nur von der Natur hatten leben müssen. Da war keine Chemie gewesen, keine Technik, kein Fernseher, kein Auto, nicht einmal ein Rad. Nur Menschen und Tiere und Pflanzen. Wie hier. Erst der Weiße Mann hatte einen Keil zwischen die Indianer und ihre Beziehung zur Natur getrieben. Er hatte sie zuerst mit Waffen bekämpft und dann mit den Verlockungen der sogenannten Zivilisation. Die Waffen hatten viele von ihnen überlebt. Das Feuerwasser und den Lebensstil der Weißen nicht.
Fürst fühlte sich in diesem Augenblick als Indianer. Viel-

leicht war er einer gewesen. Irgendwann, in einem früheren Leben. Wenn es das gab. Aber wenn es so etwas Phantastisches wie den christlichen Gott geben konnte, dann konnte es wohl auch die Wiedergeburt der Buddhisten geben. Religionen waren Phantasien. Etwas für den Kopf. Variabel und austauschbar. Gott war immer schon das Unerklärbare gewesen. In der Steinzeit wäre wohl auch ein Flugzeug Gott gewesen. Oder ein Auto.

Er blickte hinaus und sah, daß es nicht mehr schneite. Die Sonne war da und leckte am weißen Teppich. Bald würde er weg sein.

Aber er würde wiederkommen. Morgen oder übermorgen. Oder erst in einer Woche. Das Leben im Tal war nicht mehr dasselbe. Der Winter. Er mußte jagen. Er brauchte das Fleisch, und er brauchte das Fell. Er brauchte etwas, aus dem man neue Schuhe machen konnte, und einen Schlafsack. Er brauchte etwas für den Kopf und für die Hände.

Wie die Indianer. Oder die anderen, die Zehntausende von Jahren so gelebt hatten. Das, was draußen war, außerhalb des Tales, war jung und hatte alle überrollt, wie eine Lawine. Alles war so rasch gekommen, und nur ganz wenige hatten das Rüstzeug, mit ihm umgehen zu können. Es war bezeichnend, daß man einen großen Teil der Energie und des Erfindergeistes, den sich die Menschheit mit viel Ehrgeiz und Fleiß zu eigen gemacht hatte, in die Produktion von Vernichtungswaffen steckte. All das hatte die Urinstinkte ausgelöscht und so elementare Dinge wie die Nahrungssuche zu etwas Belächeltem und Primitivem gemacht.

»Um wirklich Mensch sein zu können, muß man zu den Wurzeln des Menschseins zurückkehren«, sagte er laut. Der Satz gefiel ihm, und er sagte ihn noch einmal. Und noch einmal. Da er nichts zu schreiben hatte und ihm damit die Möglichkeit der Aufzeichnung von Gesprochenem oder Gedachtem genommen war, nahm er sich vor, jeden Tag einen Satz, der Bedeutung in seinem jetzigen Leben hatte, zu formulieren und ihn sich auch zu merken. Auf diese Weise würde er sein Gehirn trainieren. Und eine Art emotioneller Chronik führen, die seine Wiedergeburt als Ur-Mensch dokumentieren und vielleicht sogar erklären konnte.

Am frühen Nachmittag hatte die Sonne beinahe den ganzen Schnee geschmolzen, draußen war es aber so naß, daß Fürst beschloß, auch den Rest des Tages in der Höhle zu verbringen.

Er hatte vor einigen Tagen begonnen, Werkzeug aus Holz und Stein herzustellen. Zu diesem Zweck hatte er Steine aus dem Bach geholt, die bereits die Form hatten, die für ihren zukünftigen Verwendungszweck notwendig war. Einige dreieckige, flache Steine hatte er mitgebracht, um sie zu Äxten umzufunktionieren.

In langwierigen Experimenten hatte er herausgefunden, welche Steine härter und welche weicher waren. Die härteren wurden zu Werkzeugen, mit denen die weicheren bearbeitet werden konnten.

Die dreieckigen Axtstücke mußten mit großer Sorgfalt behandelt werden. Fürst schlug mit einem härteren Stein immer wieder auf die Stelle, die er zur Schneide machen wollte. Zuerst etwas leichter, dann immer fester. Viele der Axtsteine zersprangen trotzdem, und er konnte die Trümmer höchstens noch als Speer- oder Pfeilspitzen einsetzen.

Am Tag des ersten Schnees schaffte er es, die erste brauchbare Steinaxt herzustellen. Sie hatte einen dicken Holzstiel, der am oberen Ende gespalten war. Im Riß steckte der dreieckige, an einer Seite mit einem unregelmäßig verlaufenden scharfen Rand versehene Stein und war mit getrockneten und mehrmals ineinander verflochtenen, dünnen Rindenstreifen festgebunden. Fürst probierte seine Axt an einigen Holzstücken aus und war mit dem Ergebnis zufrieden. Er konnte das Holz damit zerkleinern. Und das war mehr, als er bisher gekonnt hatte! Neben der Harpune und der Axt hatte er bald ein kleines Arsenal an Jagdwaffen und Werkzeugen beisammen. Da waren Speere mit schweren Steinspitzen, einige weitere Äxte, schwerere und leichte, ein paar Keulen und schließlich das, worauf er besonders stolz war: ein beinahe mannshoher Bogen und die dazugehörigen Pfeile.

Das größte Problem war die Sehne gewesen. In unendlich mühsamer Kleinarbeit hatte er feine, getrocknete Weidenrindenstreifen mit Fäden aus seiner Decke zu einem dünnen, aber zähen Seil verflochten. Er hatte es mehreren Belastungsproben unterzogen, und es hatte alle bestanden. Jetzt hielt es die beiden Enden eines mehr als daumendicken Astes von einem der Haselnußsträucher so zusammen, daß das Holz die Form eines langgezogenen Halbmondes hatte.

Das Holz für die Pfeile war schwer zu finden gewesen. Er hatte das Tal oft durchstreift, bis er fünf gleichmäßig gerade, etwa einen Meter lange Äste von der Dicke seines kleinen Fingers gefunden hatte. Nachdem er ein solches Pfeilholz mit seinen Stein- und Glaswerkzeugen von der Rinde befreit hatte, spaltete er ein Ende und steckte ein langes, spitzes Steinstück in den entstandenen Riß. Dann umwickelte er das Holz mit den vorher abgezogenen Rindenstreifen. In das andere Ende grub er mit einem Glassplitter eine Kerbe. Fürst der Jäger.

Draußen war es jetzt meistens so kalt, daß er es trotz seines Ponchos nicht allzulange im Freien aushielt. Wenn er von seinen Holzexpeditionen zurückkam, dauerte es jedesmal sehr lange, bis das Feuer die Wärme in seinen Körper zurückgebracht hatte. Seine Verletzungen waren größtenteils ausgeheilt, nur der Ellbogen tat ihm noch weh, wenn er ihn mit schwereren Holzbündeln belastete. Zum Glück war ihm während der letzten Tage nichts mehr passiert.

Obwohl der Boden glatt und hart war, bewegte er sich immer sicherer darauf. Die Zeiten, während deren er bei jedem zweiten Schritt im steilen Gelände weggerutscht war und sich irgendwo hatte festhalten müssen, um nicht ins Bodenlose zu stürzen, waren vorbei.
An einer bestimmten Stelle am Ufer des Sees hatte er schon mehrmals Tierspuren gesehen. Zwischen dem Gras hatte sich hier etwas schwarze Erde abgelagert. Der Fleck war höchstens einen Quadratmeter groß.
Es waren die Spuren von mindestens drei verschiedenen Tieren. Er fand kleine, ovale Abdrücke, die nicht größer waren als eine Walnuß. An einem Ende konnte man bei genauer Betrachtung vier winzige Einbuchtungen feststellen, die wohl von den Zehen stammten. Dann waren da krallenartige, die aussahen wie Seesterne mit dreieinhalb Zacken. Sie waren so groß wie seine halbe Hand und konnten seiner Schätzung nach nur von einem großen Vogel stammen. Schließlich gab es auch noch Spuren, die sich aus zwei Hälften zusammensetzten, die jeweils aus einem runden unteren und einem spitzen oberen Ende bestanden und mit etwas Phantasie die Form von leicht verbogenen Wassertropfen hatten. Er vermutete, daß es sich um die Abdrücke von Hufen handelte, und sein Herz schlug beim Gedanken daran etwas schneller. Wenn es Hufabdrücke waren, dann mußten sie von einem großen Tier stammen. Einem Reh, einer Gemse, einem Hirsch.
Obwohl er wußte, daß es vermessen war, beschäftigte er sich immer wieder mit dem Gedanken, ein solches Tier zu erlegen. Er überlegte, welche seiner Waffen er einsetzen könnte, und entschied sich für Pfeil und Bogen. Es war das einzige seiner Tötungsinstrumente, das rasch eine größere Entfernung überwinden konnte. Der Speer erforderte eine größere Nähe des Jägers zu seiner Beute, und er glaubte nicht, daß er sich unbemerkt sehr nahe an ein Reh oder einen Hirsch würde heranpirschen können.

Und er überlegte, was er mit seiner Beute anfangen würde. Da war einmal das Fell, aus dem er Überschuhe, eine Kopfbedeckung, Fäustlinge und andere dringend benötigte Kleidungsstücke schneidern konnte. Als Nadel würde er einen der dünnen Knochen verwenden, und die Sehnen müßte er trocknen, um sie zu einem Nähgarn umzufunktionieren.

Was Fürst an seinen Jagdplänen beunruhigte war, daß er bisher außer einem Hasen noch keinen anderen Waldbewohner zu Gesicht bekommen hatte.

Die Tiere waren zum Wasser gekommen, während Fürst mit irgend etwas anderem beschäftigt war. Entweder am frühen Morgen, wenn er noch schlief, oder bei Einbruch der Dunkelheit, wenn er in seinem Haus das Abendessen bereitete. Er beschloß, beide Zeitspannen zu testen.

Seine Armbanduhr hatte einen eingebauten Wecker, und das metallische Gezirpe ließ ihn hochschrecken. Draußen war es stockdunkel, und er wußte zunächst nicht, warum das verdammte Ding losgegangen war. Die Feuerstelle sorgte für mattes, warmes Licht in seiner Behausung. Er hatte erst vor einer Stunde Holz nachgelegt, und die Flammen leckten noch an den drei großen Ästen, die in der Mitte der Feuerstelle zusammentrafen. Er schob alle drei etwas weiter in die Mitte und wußte, daß er damit wieder Wärme für mindestens zwei Stunden gesichert hatte.

Er schlüpfte in seinen Poncho und band ihn in der Mitte mit einem selbstgedrehten Stück Rindenschnur fest. Dann griff er nach Bogen und Pfeilen.

Trotz des Feuers war es kalt in der Höhle, und draußen war es noch kälter. Ein eisiges Tuch legte sich über Fürsts Gesicht, und die Luft, die er beim Atmen durch die Nase einsog, war so kalt, daß er das Gefühl hatte, die feinen Haare in seinen Nasenlöchern würden zu winzigen Eiszapfen erstarren. Es dauerte einige Minuten, bis sich seine Augen an die Dunkelheit gewöhnt hatten. Dann konnte er die Linie zwischen den Bergrücken und dem Himmel erkennen und auch die Umrisse der hohen Bäume sehen. Es war seltsam ruhig im Tal. Der Wasserfall gurgelte ganz leise, und nicht einmal der Wind sorgte für ein Geräusch. Sonderbar, dachte Fürst, als er vorsichtig zu gehen begann und seine Schritte trotzdem wie das Getrampel einer ganzen Elefantenherde klangen, sonderbar, daß im Dunkeln jedes Geräusch doppelt laut ist!

Er arbeitete sich ganz langsam bis zum Seeufer vor. Obwohl er die Entfernung richtig eingeschätzt hatte, hätte er beinahe einen Fuß ins Wasser gesetzt. Seine Nachtaugen konnten den großen Felsen erkennen, und mit diesem als Orientierungshilfe war es nicht schwer, den Flecken mit der schwarzen Erde und den Tierspuren zu finden.

Er ging etwas weiter und setzte sich hinter einen niedrigen Strauch auf einen der vielen umgestürzten Baumstämme, die im Tal herumlagen. Dann wartete er.

Es war kalt. Die Hände waren bald gefühllos, und er mußte sie ständig aneinander reiben, um die Blutzirkulation in Gang zu halten. Zwischendurch massierte er sein Gesicht. Es dauerte lange, bis das Schwarz des Himmels an Intensität verlor und immer blasser wurde. Als er endlich sein Tal in den meisten Einzelheiten erkennen konnte, war Fürst so durchgefroren, daß sein Geist nur noch einen Befehl aussenden konnte: »Geh zurück zum Feuer, bevor du zu einem riesengroßen Eisklumpen erstarrst!«

Ob es Starrsinn war oder Entschlossenheit, Mut oder einfach die Unfähigkeit, sich zu einem Entschluß aufzuraffen, wußte er später nicht mehr. Er wußte nur, daß er ausgeharrt hatte. Wenn ein Tier an diesem Morgen zur Tränke gekommen wäre, dann hätte er es gesehen. So aber mußte er auf eisig-schmerzliche Art erfahren, daß die Waldbewohner offenbar erst später durstig wurden.

Der Kuckuck wurde wach und auch ein Specht. Eine Brise ließ die Blätter rascheln, und der Wasserfall zischte und brodelte plötzlich, als hätte man ihn als Alleinunterhalter engagiert. Fürst schleppte sich zu seinem Haus zurück und hörte von alledem nichts. Er warf das trockenste Holz, das er hatte, ins Feuer, und trotzdem spürte er die Wärme kaum. Erst eine halbe Stunde später hatte er das Gefühl, daß das Blut wieder warm durch die Adern gepumpt wurde. Ohren, Hände und Zehen waren die letzten Körperteile, die dem eisigen Griff entkamen. Als die Wärme kam, begann es in ihnen zu kribbeln und zu jukken. Es schmerzte ihn, und er stand auf und tanzte einige Male laut schreiend um das Feuer.

Er hatte Fisch und Nüsse und getrocknete Beeren und bereitete sich daraus ein Frühstück zu, das sonst für drei Mahlzeiten gereicht hätte. Er aß alles und begann sich langsam wieder wohl zu fühlen. Daß er seine Pfeile und den Bogen draußen vergessen hatte, machte ihm nichts aus.

Gegen Mittag wurde es wärmer. Ein Wind zerfetzte die dicke Wolkenbank, die über dem Tal gehangen hatte und trieb das, was von ihr übrigblieb, über den Berg. Die weißen Schwaden beeilten sich, davonzukommen, bevor sie sich gänzlich in die Unsichtbarkeit auflösten. Die Sonne hockte sich in das Blau und begann, den Rest des Schnees zu schmelzen.

Das Wasser rann über den Felsen und verfing sich in Fürsts Holzwand. Dort bahnte es sich einen Weg durch das Äste- und Nadelgestrüpp und tropfte auf den Höhlenboden. Zuerst nur zögernd, doch dann wurde das Geräusch der aufschlagenden Tropfen immer hektischer und lauter, bis es zu einem steten Plätschern wurde. Am Boden begannen sich Pfützen zu bilden, die sich ausbreiteten und sogar nach seiner Schlafstätte zu lecken begannen. Das war der Zeitpunkt, an dem er beschloß, eine Mauer zu bauen.

Neben dem Holzsuchen, dem Fischen, dem Beeren- und Kräutersammeln, dem Werkzeugmachen und dem Kochen gehörten nun auch das Steinesammeln im Bach, der

Lehmtransport und das Aufstellen der Mauer zu seinen täglichen Beschäftigungen. Für Langeweile oder trübsinnige Gedanken blieb da keine Zeit. Er ließ den Holzwall stehen. Als Außenhaut für seine Mauer, die zwar nur langsam wuchs, aber ein imposantes Bauwerk zu werden versprach. Seine Mauer war etwa vierzig Zentimeter dick und außen und innen mit Lehm verschmiert. Pro Tag schaffte er einen Quadratmeter Mauerfläche, manchmal sogar etwas mehr. Es würde mindestens einen Monat dauern, bis sie fertig sein würde.

Und da war noch die Jagd.

Zwei Tage nach dem verunglückten Frostmorgen bei der Wasserstelle legte er sich abermals auf die Lauer. Diesmal in der Abenddämmerung.

Etwa zwanzig Meter vom See entfernt war ein Flecken mit ein paar niedrigen Büschen. Für einen halbwegs sicheren Schuß mit Pfeil und Bogen war die Entfernung viel zu groß. Fürst schätzte, daß er höchstens drei Meter weit weg sein durfte, um ein großes Tier mit dem Pfeil entscheidend verletzen zu können. Da es aber sonst kein geeignetes Versteck mehr gab, verkroch er sich am späteren Nachmittag mit Pfeil, Bogen und einem Speer, den er sicherheitshalber mitgenommen hatte, im dünnen Dickicht.

Es war die Zeit, während der er sonst immer das Abendessen zubereitete. Nur manchmal, wenn das Wasser knapp geworden war, war er zum See gegangen, um die Flaschen aufzufüllen. Wie das Tal schlafen ging, hatte er dabei aber nie bewußt erlebt.

Als die Sonne hinter den Bergrücken geschlüpft war, breitete sich die Dämmerung bald wie ein grauer Schleier über das Tal. Es wurde merklich kühler, und die Vogelstimmen wurden nach einem aufgeregten, letzten Gekreische immer weniger und leiser. Der Wind beruhigte sich zu einer kaum merklichen Brise, und der Wasserfall plätscherte wieder etwas sanfter. Es roch nach Gras und Erde

und Wasser, und der Boden war so feucht, daß sich Fürst nicht niedersetzen konnte. Er hockte mit weitgespreizten Beinen da und spürte, wie sich die Muskeln in seinen Oberschenkeln zu verkrampfen begannen.
Als erste kamen ein paar größere Vögel. Er konnte sie nicht genau definieren. Sie schwebten mit majestätischer Ruhe bis zum Seeufer, dann begannen sie plötzlich hektisch mit den Flügeln zu schlagen, streckten die Köpfe nach vorn und die Füße nach unten und landeten gerade noch am Ufer. Dort stolzierten sie einige Male auf und ab, wie vornehme ältere Damen, die sich vor der Vitrine einer Konditorei nicht entscheiden können, welches Stück Kuchen sie zum Kaffee verspeisen wollen. Dabei wackelten ihre Köpfe so, als nickten sie einander zu. Zwischendurch pickten sie blitzschnell ein paar Tropfen Wasser aus dem See, trippelten noch eine Runde und tranken wieder. Einige Vögel flogen weg, einige kamen neu dazu. Fürst fand die wichtigtuerischen gefiederten Burschen höchst amüsant und konzentrierte seine ganze Aufmerksamkeit auf sie. Dabei vergaß er ganz die Schmerzen in seinen Oberschenkeln.
Das Reh bemerkte er erst, als einige Vögel verärgert aufflogen und dem rostigbraunen Koloß Platz machen mußten. Er spürte, wie sein Körper erstarrte und sein Inneres den Befehl an alle Körperfunktionen ausgab, so ruhig wie nur möglich weiterzumachen. Sein Herz schlug trotzdem wie wild.
Das Reh ging langsam zum Wasser. Dabei setzte es die dünnen Beine so vorsichtig auf den Boden, als ginge es auf Glas. Er hatte schon viele Bilder von Rehen gesehen, er hatte auch schon viele lebende Tiere in Wildparks und Zoos gesehen, und in der Schule hatten sie sogar ein ausgestopftes Reh gehabt, das man allerdings seit Jahren nicht mehr aus der Abstellkammer geholt hatte, weil es einfach zu schwer war. Er bemerkte aber erst jetzt, wie dünn die Beine waren, die einen so mächtigen Rumpf

tragen mußten. Das Fell glänzte goldbraun im letzten Tageslicht.
Es war groß. Viel größer, als er es erwartet hatte. Eigentlich hatte er es gar nicht erwartet. Er wäre schon mit dem Hasen zufrieden gewesen, den er schon mehrmals gesehen hatte.
Aber jetzt war es da.
Es senkte den Kopf ganz langsam zum Wasser, und Fürst schaute ihm dabei zu. Er fühlte sich als Beobachter eines seltenen Schauspiels. Daß er hier war, um zu jagen, hatte er vergessen.
Das Reh trank lange, dann hob es den Kopf und drehte ihn in seine Richtung. Die Ohren standen steif vom Kopf ab, wie kleine Radarschirme, und er hätte schwören können, daß die großen, dunklen Augen unmittelbar auf ihn gerichtet waren.
Der Blick war traurig und fragend und auf eine gewisse Art sogar hochmütig und befehlend. »Bleib weg von mir«, sagte er. Fürst starrte das Reh an. Es war das erste Lebewesen, dem er seit vielen, vielen Tagen in die Augen blickte. Aber der Blick vermochte keine Gefühle zu transportieren. Er wußte, daß er dem Reh nicht klarmachen konnte, daß er sich manchmal wahnsinnig einsam fühlte und irgend etwas Lebendiges brauchte, um diese Einsamkeit zu vertreiben.
Es war die Welt der Tiere, und es war die Welt des Menschen. Die Barriere, die dazwischenlag, war plötzlich schmerzlich spürbar.
Das Reh drehte langsam den Kopf weg, aber er starrte es weiter an. Er war der Eindringling, das war ihm klar. Und es war die Welt des Rehs und der anderen Tiere, die er nicht sah, die aber da waren, im Wald, in den er eingedrungen war. Keines der Lebewesen, die hier lebten, würde ihn als Freund aufnehmen und schon gar nicht als seinesgleichen. Er war der einsame Wolf. Noch einsamer:

Er war der einsame Mensch. Der totale Außenseiter in einer Welt, deren Gesetze er noch nicht kannte.
Er würde sie lernen müssen. Und zwar bald.
Und eines davon war wohl das vom Fressen oder Gefressenwerden.
Das Reh stand jetzt da und blickte auf den Waldrand. Er folgte dem Blick und hörte zunächst das Knacken von trockenen Zweigen, dann sah er ein zweites Reh, das langsam aus dem Schatten der Bäume ins beinahe erloschene Tageslicht trat. Es war etwas kleiner als das erste, und es blieb stehen und hob den Kopf und blickte ebenfalls in Fürsts Richtung. Er machte sich hinter seinem Busch so klein er konnte und hielt den Atem an.
Nach einigen Sekunden ging das Reh weiter, traf das größere, und beide senkten die Köpfe, um zu trinken.
Ein großer Vogel flog auf.
Es war fast dunkel geworden, und ein kalter Wind blies durch das Tal und traf auch Fürst. Er zuckte zusammen und schüttelte sich. Die Kälte des Windes riß ihn in die Realität zurück. Er war der Jäger, und er mußte jagen.
Der Wind kam vom unteren Ausgang des Tales her und würde ihn nicht verraten. In dieser Richtung standen auch die Rehe. Fürst legte einen Pfeil auf den Bogen, legte die Kerbe im Pfeilende in die Sehne und spannte sie leicht. Den Speer klemmte er unter den Arm.
Er blieb ganz dicht am Boden, als er sich aus dem Gebüsch löste. Wieder flog ein Vogel auf, und Fürst zuckte abermals zusammen. Die Rehe hoben in einer edlen, gleichmäßig runden Bewegung die Köpfe und blickten wieder in seine Richtung.
Er erstarrte und blieb bewegungslos liegen. Doch nichts geschah. Die Rehe blieben, wo sie waren. Zwei rostigbraune Statuen in einem grünen Park. Seine Anwesenheit schien in ihnen mehr Neugier als Angst zu wecken. Sie hatten offensichtlich kaum Feinde im Wald und waren noch nie ei-

nem Menschen begegnet. Selbst wenn sie ihn rochen, war ihnen sein Geruch fremd. Er würde sie nicht erschrecken. Er schob einen Arm nach vorn. Nichts geschah. Er zog das Bein nach. Nichts geschah. Er schob den zweiten Arm vor und zog das zweite Bein nach. Natürlich machte er dabei Geräusche, aber die Rehe blieben, wo sie waren. Jetzt waren sie wieder am Wasser und tranken.

Er mußte innerlich die Zügel anziehen, um in der ungeduldigen Euphorie, die ihn ergriffen hatte, nicht wie wild nach vorn zu stürzen und den Pfeil abzuschießen.

Er kroch vorsichtig weiter. Im Zentimetertempo. Die Entfernung zwischen ihm und den Tieren schrumpfte viel zu langsam. Während er kroch und die beiden Rehe dabei nicht aus den Augen ließ, arbeitete das Hirn. Wenn ich wirklich genug Zeit haben sollte, einen Schuß abzugeben, wohin muß ich zielen? Er wußte zwar nicht, was ein geübter Jäger in einer solchen Situation mit dem Gewehr gemacht hätte, entschied sich aber schließlich für einen Punkt schräg über den Vorderbeinen. Dort vermutete er das Herz, und wenn er das traf, dann hatte er mit ziemlicher Sicherheit gewonnen. Er hatte keine Ahnung, wie lange sich Rehe an einer Wasserstelle aufhalten. Aber er behielt sein Tempo bei. Ein Arm, ein Bein, der andere Arm, das andere Bein, dann eine kurze Pause, dann wieder ein Arm, ein Bein. Und so weiter. Als er die Hälfte der Distanz zurückgelegt hatte, legte er eine kurze Pause ein. Er war jetzt so nahe an die Rehe herangekommen, daß er glaubte, sie riechen zu können.

Die Versuchung, einfach aufzustehen, die letzten Schritte aufrecht zu gehen, dabei Bogen und Pfeil in Anschlag zu bringen und auf den Überraschungseffekt zu hoffen, während man versuchte, den Pfeil abzuschießen, war da. Fürst dachte an die Entfernung, die er bereits mühsam kriechend zurückgelegt hatte, und entschied sich für den geduldigen Weg. Er kroch weiter. Noch etwas langsamer

und noch etwas vorsichtiger. Das Gras war nicht hoch genug, und die Rehe würden ihn sehen, wenn sie wieder in seine Richtung blickten. Das taten sie auch. Wieder das bedächtige Aufschauen und der lange, hochnäsig-traurige Blick. Wieder das Erstarren und Atem-Anhalten bei Fürst. Wenn sie jetzt weglaufen, springe ich auf und schieße trotzdem, dachte er. Sie liefen nicht weg. Als er nur noch fünf Meter von seinem Ziel entfernt war, begann er, ein leichtes Triumphgefühl zu spüren. Selbst wenn er keines der Rehe erlegte, hatte er enorm viel Geschick, Instinkt und Einfühlungsvermögen freimachen müssen, um sich so nah an seine Beute heranpirschen zu können.
Es war jetzt so düster, daß er die beiden Rehe gerade noch erkennen konnte. Es mußte schnell gehen.
Die Finger seiner linken Hand schlossen sich fester um das Holz des Bogens, die Rechte hielt den Pfeil in der halb gespannten Sehne. Sie zitterte leicht, und Fürst wartete noch einen Augenblick, bis sie sich beruhigt hatte. Dann zog er langsam das rechte Bein an und richtete den Oberkörper auf, bis er kniete.
Die beiden Rehe zuckten zusammen und machten einen Satz in seine Richtung. Eine Sekunde lang hatte er den rostbraunen Rumpf des größeren Tieres ganz nahe vor sich. Im selben Atemzug, in dem er das nasse Fell roch, spannte er den Bogen, so weit er konnte. Er war eine Maschine, die zum Handeln programmiert war, und er dachte an nichts mehr. Das Ziel war die haarige Fläche, und er konnte es nicht verfehlen, weil es so nahe und so groß vor ihm war.
Der Pfeil verließ seine Hand und steckte im nächsten Augenblick in der Mitte eines Körpers, der sich mit einem gewaltigen Satz von Fürst wegkatapultierte.
Er packte den Speer, der neben ihm im Gras lag, und sprang auf. Das kleinere Reh hatte bereits den Waldrand erreicht. Das wundgeschossene war nach dem Sprung wie-

der stehengeblieben. Es hatte den Kopf hoch erhoben, und Fürst sah, wie die Beine zitterten und leicht einknickten. Dann ging plötzlich ein Ruck durch das Tier, und es begann sich wieder zu bewegen.
Fürst spürte, wie sein Inneres zu glühen begann. Da waren keine klaren Gedanken mehr. Er hatte etwas begonnen, und er würde es auch zu Ende bringen.
Er hob den Speer über seinen Kopf und begann zu laufen. Der Schrei, den er hörte, kam von ihm selbst.
Mit wenigen Schritten hatte er das sterbende Tier erreicht und rammte ihm die Lanze in die Seite. Die Wucht des Stoßes war so groß, daß Mensch und Tier stürzten. Er kam auf dem zuckenden Körper zu liegen und spürte, wie ihn ein Hufschlag in die Hüfte traf. Er rollte zur Seite, sprang auf und griff nach der Lanze, die den Körper des Rehs beinahe durchstoßen hatte. Sie steckte so fest, daß er sie nicht mehr herausziehen und zu einem zweiten Stoß ansetzen konnte.
Am Fell war Blut. Der Kopf des Rehs schnellte immer wieder hoch, aber es hatte die Kontrolle über seine Beine verloren. Sie traten nach etwas Unsichtbarem in der Luft und legten sich dann zuckend ins Gras. Die Augen waren dunkle Knöpfe, die weder Schrecken noch Angst ausdrückten. Selbst als sich die Beine nicht mehr bewegten und der Kopf im Gras liegenblieb, starrten sie den Jäger noch mit demselben Hochmut an wie Minuten zuvor an der Wasserstelle.
Fürst empfand weder Triumph noch Freude. Aber auch Reue oder Mitleid fehlten. Das Tier war tot, und er hatte es getötet. Jetzt hatte er Fleisch und ein Fell, das ihn wärmen würde. Er hatte sich das Töten viel schwerer vorgestellt.
Wahrscheinlich hatte er Glück gehabt, daß das Reh so nahe an ihn herangekommen war. Ganz sicher war ihm die Neugierde entgegengekommen, die das Tier dem ihm unbekannten Wesen gegenüber empfunden hatte. Das Abschießen des Pfeils war jedoch eine fast automatische

Handlung gewesen. Da hatte es kein Überlegen, kein Zögern, nicht einmal ein bewußtes Zielen auf eine bestimmte Stelle gegeben. Der Pfeil war geflogen und hatte getroffen. Der Speerstoß war nur die Vollendung des begonnenen Werkes gewesen.

Fürst hängte sich den Bogen so um, daß der hölzerne Teil vorn war, ging in die Knie, packte die Vorderläufe des toten Tieres und zog sie sich von hinten über die Schultern. Dann richtete er sich auf und zog das Reh mit sich hoch. Es war viel schwerer, als er vermutet hatte, und es kostete ihn Mühe, sich auf den Beinen zu halten. Jetzt merkte er wieder, wie sehr ihn die Zeit im Wald und die minimale, einseitige Ernährung geschwächt hatten. Das Fleisch, so hoffte er, würde ihm neue Kräfte geben.

Er mußte mehrmals rasten, bis er endlich sein Haus erreichte. Es war jetzt so dunkel, daß er zuletzt nur noch auf den matten Lichtschein zugesteuert war, den das Feuer durch den Eingang nach draußen warf.

Er war müde. Obwohl er seit dem Mittag nichts mehr gegessen und sich doch beträchtlich angestrengt hatte, verspürte er keinen Hunger. Die Anspannung der Jagd und der Anblick des toten Tieres mußten ihn vertrieben haben. Er fühlte sich verbraucht und ausgelaugt.

Während er sich am Feuer wärmte, überlegte er, ob er das Reh mit in seine Behausung nehmen, oder ob er es draußen liegenlassen sollte. Draußen würde es wahrscheinlich gefrieren, und die Arbeit des Enthäutens und Zerlegens würde morgen dadurch um so schwieriger werden. Vielleicht würde auch ein Fuchs oder ein anderes Raubtier kommen und es in Stücke reißen. Andererseits fühlte er sich bei dem Gedanken unwohl, neben dem Tierkadaver schlafen zu müssen. Schließlich beschloß er, es in sein Haus zu ziehen und es so weit wie möglich von seiner Liegestatt entfernt abzulegen.

Fürst schlief in dieser Nacht lange nicht ein. Seit er das

Reh getötet hatte, wußte er ganz sicher, daß er es über den Winter schaffen würde. Er konnte sich nun einen Fisch- und Fleischvorrat anlegen, getrocknetes Grünzeug, getrocknete Beeren und Nüsse hatte er bereits, Flechten, Tannennadeln und anderes Zeug konnte er sich frisch besorgen. Natürlich würde er nicht immer so viel Jagdglück haben wie heute, aber er wußte nun, daß er töten konnte. Skrupel oder Gewissensbisse, vor denen er sich insgeheim gefürchtet hatte, waren völlig ausgeblieben. Was dort drüben in der Ecke lag, war nur noch Fell und Fleisch.
Jagen ist die Verwandlung eines Essers in etwas Eßbares. Der nächste Merksatz. Fürst fühlte, daß er den Wurzeln des Menschseins wieder ein Stück nähergerückt war.
Der Instinkt, der ihn während der letzten Wochen immer dann geweckt hatte, wenn das Feuer auszugehen drohte, versagte diesmal. Als Fürst hochschreckte, galt sein erster Blick der Feuerstelle, und diese war grau und schien erkaltet zu sein.
Draußen war es bereits hell, und er wußte, daß er mindestens zwei Stunden länger geschlafen hatte als sonst. Das konnte bedeuten, daß er wieder dazu gezwungen sein würde, Feuer zu machen. Seit dem ersten erfolgreichen Versuch, gleich nach der Ankunft im Tal, war das Feuer nie ausgegangen. Das Heizen war für ihn zu einer beinahe automatischen Handlung geworden. Wie das Atmen.
Er fluchte laut, als er aufstand und zur Feuerstelle ging. Er legte die Hand in die Asche, doch die war kalt. Er nahm einen daumendicken Stock und begann, im grauen Haufen zu bohren. Als er die federleichte obere Schichte weggeschoben hatte, bückte er sich und begann zuerst zart, dann aber immer heftiger in den Haufen halb- und ganz verkohlten Holzes zu blasen. Irgendwo mußte sich doch ein kleiner Funke verkrochen haben, denn nach einer Weile kräuselte sich ein zunächst kaum sichtbarer Rauchfaden nach oben. Fürst holte aus seiner Vorratskiste

rasch ein paar getrocknete Flechten und legte sie neben die Stelle, aus der der Rauch kam. Eine halbe Stunde später hatte er wieder ein vernünftiges Feuer, und in dem dickwandigen Lehmgefäß, das ihm als Kessel diente, wurde das Wasser mit den Tannennadeln langsam warm. Das Reh lag noch dort, wo er es am Abend abgelegt hatte. Nachdem er seinen Tee getrunken und etwas geräucherten Fisch gegessen hatte, zog er es an den Vorderbeinen ins Freie. Dann holte er alles, was er im Laufe der letzten Wochen an Werkzeugen gebastelt hatte, aus der Behausung. Steinmesser, eine Axt, einen Speer. Und die Glassplitter. Der Pfeil, den er auf das Reh abgeschossen hatte, war während des Transportes abgebrochen, und als Fürst versuchte, den Speer, der noch immer im Bauch des toten Tieres steckte, herauszuziehen, verlor er die Spitze und hielt nur noch den Schaft in den Händen.
Dort, wo der Speer eingedrungen war, gab es bereits ein Loch im Fell, und hier setzte er auch den scharfen Stein an, den er bisher immer als Messer benutzt hatte.
Das Fell war steif und kalt und roch so ähnlich, wie Rocco gerochen hatte, wenn er im Regen herumgelaufen war und sich im Dreck gewälzt hatte. Der Geruch brachte ihm unvermittelt den Hund in die Erinnerung zurück. Fürst sah ihn neben sich stehen. Das Maul leicht geöffnet, die Zunge heraushängend, der Blick stolz, aber zugleich auch unschuldig-treu. »Rocco, was hast du denn jetzt wieder angestellt«, hätte er in einer solchen Situation gefragt. Und der Hund hätte mit dem Schweif zu wedeln begonnen und wäre ganz nahe an ihn herangetreten. Fürst hätte gelacht und ihn am Kopf zu kraulen begonnen.
Das Steinmesser arbeitete sich nur mühsam durch das Fell, aber der Schnitt von der Bauchmitte zum hinteren Ende gelang. Fürst atmete schwer, und sein Haar war vom Schweiß völlig durchnäßt. Da war noch jede Menge Blut, und das Fleisch, das er freigelegt hatte, fühlte sich an wie

weicher, feuchter Gummi. Nach einer Atempause verlängerte er den Schnitt auf der anderen Seite. Er hatte keine Ahnung, wie man ein Tier zerlegt, aber er wußte, daß er das Fell nicht zerstören durfte. Als er mit seinem Steinmesser endlich beim Hals angelangt war, schmerzten ihn die Arme und der Rücken so sehr, daß er in sein Haus ging und sich auf dem Lager ausstreckte. Der Blick auf das Rindenseil, das er vor einiger Zeit geflochten hatte, brachte ihn auf die Idee, die ihm die Arbeit später viel leichter machte.
Fürst stand auf, nahm das Seil und ging zum toten Reh zurück. Aus der Öffnung, die er freigelegt hatte, sickerte noch immer Blut, und am Boden hatte sich das Gras damit getränkt.
Dort, wo früher die beiden Wasserfälle über den Felsen geschossen waren, hatten sich nun zwei dicke Eisbahnen gebildet. Sie zogen eine weiß-blaue Spur über das Gestein, die sich am Ende in eine Landschaft aus bizarren, riesigen Eiszapfen auflöste. Mitten in dieser beeindruckenden Umgebung stand eine kleine Föhre, deren Samen irgendwann auf die Felswand zwischen den Wasserfällen geblasen worden war und sich dort festgeklammert hatte. Mit bemerkenswerter Starrköpfigkeit war aus einem winzigen Pflänzchen ein Bäumchen geworden, das sich mit seinen Wurzeln am Gestein festkrallte und allen Witterungseinflüssen trotzte.
Fürst zog den Rehkadaver bis an den Fuß der gefrorenen Wasserfälle. Der Standort der kleinen Föhre war etwa zwei Meter vom Boden entfernt. Fürst band das eine Ende des Rindenseils um die Hinterbeine des Rehs und verknüpfte das andere um den Stamm des Baumes. Jetzt hing das Tier an der Eiswand, und Fürst brauchte sich während der Arbeit nicht mehr zu bücken.
Das Eis war bald rot vom Blut. Ganz langsam, Zentimeter um Zentimeter, gelang es Fürst, das Fell vom Rest des Kör-

pers zu trennen. Die Sehnen und Hautstücke durchtrennte er in mühsamer Kleinarbeit mit den Glassplittern, dann packte er die Fellenden und zog mit seiner ganzen Kraft daran. Gegen Mittag hielt er ein Stück Fell in der Hand, das etwa einen Quadratmeter groß war. Am Abend packte er die Leber und andere Innereien zusammen mit vielen größeren und kleineren Fleischstücken in das Fell und schleppte das Ergebnis einer beinharten Tagesarbeit in seine Behausung. Beim Anblick des rohen Fleisches ekelte es ihn schon längst nicht mehr. Er hatte Hunger und konnte es kaum erwarten, in ein saftiges Stück davon zu beißen.

Die Stadt hatte sich herausgeputzt wie eine Nobelhure. Viel Glanz und Glitter, um den Gast in Stimmung zu bringen. Und wenn er's dann war, saß auch die Brieftasche locker. Penz mochte Weihnachten nicht. Er mochte die Hektik nicht, die alle packte, er mochte die sinnlose Verschwendungssucht nicht, das Beschenken nur um des Beschenkens willen, die gekünstelte Brüderlichkeit, die plötzliche Nächstenliebe, die Spendenfreudigkeit, und er hatte es satt, sich denen gegenüber rechtfertigen zu müssen, die Weihnachten für das schönste Fest des Jahres hielten. Für ihn war's die Lüge des Jahres, und er bemühte sich, Weihnachten und dessen Stimmung so fern wie nur möglich von sich zu halten.
Penz hatte nie geheiratet. Da waren Freundinnen gewesen und dann und wann eine längerdauernde Bindung. Einmal hatte er fast ein Jahr lang mit einer um fünf Jahre älteren Frau zusammengelebt. In ihrer Wohnung. Seine hatte er zum Glück nicht aufgegeben, und als es den großen Krach gab, war er wieder zu sich nach Hause gezogen, und es war so gewesen, als ob er nie ausgezogen wäre.

Zwei Tage vor Weihnachten erreichte ihn in der Redaktion ein Anruf von Revierinspektor Klaus Pucher. Penz hatte das Gespräch, das er mit dem Polizisten in St. Jakob im Gebirge geführt hatte, nicht vergessen. Die Akribie, mit der Pucher seine Ermittlungen anstellte und die Besessenheit, mit der er den Fall verfolgte, beeindruckten Penz noch immer. Er hatte oft an das Gespräch gedacht. Und an den Vorschlag, den der Jüngere gemacht hatte. Vor dem Marsch durch die weiße Wildnis graute ihm zwar, der Gedanke an das Gewicht der Geschichte, die er mitbringen würde, ließ ihn jedoch noch immer den Atem anhalten. Die Jagd nach dem Waldmenschen. Und dann die Geschichte von Fürst. Der Lehrer, den man als Mörder gejagt und der die freiwillige Verbannung gewählt hatte. Der Stadtmensch, der die Natur überlistete, um überleben zu können. Nur: Wie hat er die Natur überlistet? Wie hat er den Winter überstanden? Wie lebt sich's, ohne auch nur einen Hauch von dem zu haben, das wir so stolz »unsere Zivilisation« nennen? Es würde eine Wahnsinnsstory werden! Im wahrsten Sinn des Wortes!
Pucher sagte, er sei in Graz, weil er seine Schwester besucht habe, die hier in einem Restaurant arbeite. Ihm blieben noch ein paar Stunden, bevor er nach Hause führe. Ob Penz nicht Lust habe, sich mit ihm zu treffen. Es schneite leicht, doch die Straßen und die Dächer der Altstadthäuser waren nicht weiß, sondern nur naß, weil es nicht kalt genug war und die Flocken sofort nach ihrer Landung schmolzen. Penz hatte Pucher den Weg zu einer kleinen Kneipe in der Nähe des Lendplatzes beschrieben, und als er dort ankam, saß der Gendarm bereits an der Theke. Penz hatte ihn bisher nur in Uniform gesehen. In Zivil kam er ihm wesentlich kleiner und schmaler vor. Sie begrüßten einander ohne merkbare Herzlichkeit und setzten sich dann an einen Tisch im Hintergrund des Lokals. Die Kellnerin war jung und häßlich und kannte Penz. Die meisten an-

deren Kellnerinnen, die in den Kneipen der Innenstadt arbeiteten, kannten ihn auch.
Penz verzichtete auf den üblichen Smalltalk und kam gleich zum Thema.
»Wann geht's los?« fragte er.
Pucher runzelte erstaunt und amüsiert die Stirn und produzierte ein kleines Lächeln.
»Sie kommen also mit?«
»Ich hab' noch nicht sehr intensiv darüber nachgedacht, ich hab' auch noch mit keinem darüber geredet, und Entschluß hab' ich auch noch keinen gefaßt. Aber wie ich mich kenne, wird's wohl was werden mit uns beiden!«
Das Lächeln war noch immer in Puchers Gesicht.
»Sie werden's nicht bereuen!«
Die Kellnerin kam mit dem Bier und zwei doppelten Obstlern, die Penz bestellt hatte, »weil sie uns sicher aufwärmen«. Er hob seinen Schnaps hoch und hielt ihn dem anderen entgegen. »Wenn wir schon so irr sind und gemeinsam im Winter in den wildesten Urwald der gesamten Alpen gehen, dann können wir auch den Scheiß mit dem ›Sie‹ vergessen. Ich heiße Bruno, Prost!«
Pucher stieß mit Penz an.
»Und ich bin der Klaus! Freut mich!«
Sie tranken und redeten eine Weile. Dann tranken sie noch etwas mehr.
»Ich hab' nicht mal einen Schlafsack«, sagte Penz und lachte. »Da siehst du, welchen Outdoor-Typen du dir da geangelt hast.«
»Den brauchst du«, sagte Pucher ernst. »Ich nehme zwar ein kleines Zweimannzelt mit, aber es wäre ganz gut, wenn jeder von uns auch noch einen eigenen Biwaksack hätte. Falls wir uns trennen oder getrennt werden sollten, hat jeder seine eigene Behausung mit. Das kann lebenswichtig sein. Dann würd' ich Daunenzeug mitnehmen. Zumindest eine Jacke.«

»Ich habe einen Skianzug«, sagte Penz.
»Geht zur Not. Aber Daunensachen sind besser. Du mußt selbst wissen, wieviel Geld du für das Unternehmen ausgeben willst.«
Penz rief die Kellnerin, lieh sich von ihr Papier und Schreibzeug und schrieb alles auf, was Pucher ihm an Ausrüstungsgegenständen nannte.
»Wie eine Expedition in den Himalaja«, grinste er.
»So ist es«, antwortete Pucher. »Und du wirst sehen – es wird, abgesehen von extremer Kletterei und dünner Höhenluft, nicht viel einfacher. Natur pur!«
»Die Jagd nach dem Yeti«, sagte Penz. Und lachte nicht einmal darüber.
Draußen war es bereits dunkel, obwohl es erst später Nachmittag war. Wenn die Tür aufging und jemand eintrat, hörte man Autos vorbeifahren. Etwas Motorenlärm und das Geräusch, das Gummireifen machen, wenn sie sich durch weichen Schneematsch schmatzen.
Pucher winkte die Kellnerin herbei.
»Ich trink' gern noch eine Runde mit«, sagte Penz. »Aber nur dann, wenn du mir versprichst, heute nicht mehr heimzufahren. Wenn du willst, kannst du bei mir übernachten. Platz hab' ich genug.«
Pucher stimmte sofort zu. So, als hätte er nur auf das Angebot gewartet. Die nächste Runde kam.
»Was wohl Fürst in diesem Augenblick macht«, sinnierte Penz nach einer Weile. Es war mehr ein Gedanke als eine Frage, und er erwartete keine Antwort darauf.
»Er wird am Feuer sitzen«, sagte Pucher. »Denn Feuer muß er haben. Irgendwie muß er es geschafft haben, Feuer zu machen. Sonst würde er nicht mehr leben!«
»Lebt er?« Diesmal war's eine Frage.
Der Gendarm nickte und nahm einen langen Schluck aus dem Bierglas. Dann wischte er sich mit dem Handrücken über den Mund und nickte abermals.

»Ich weiß es!«
Wahrscheinlich war es der Alkohol, der den Widerspruchsgeist in Penz weckte. Oder die Logik des Abgeklärten. Des Realisten.
»Und was macht dich so verdammt sicher? Dein sechster Sinn? Der Glaube an ein Wunder? Wenn es das ist, dann fahren wir doch gleich nach Lourdes und verzichten auf den Trip in den Scheiß-Urwald!«
Pucher blickte ihn traurig an. Wie einer, dem man ein Kartenhaus zerstört, das er langsam und mühsam aufgebaut hat. Er schüttelte den Kopf.
»Ich hab's dir schon einmal gesagt: Ich habe den Mann studiert, und ich traue ihm mehr zu als den meisten anderen, die in einer ähnlichen Lage wären. Fürsts Stärke liegt im Kopf. Im Prinzip macht er das, was er immer schon tun wollte. Wenn du nicht an ihn und an diese Stärke glaubst, dann hat es absolut keinen Sinn, wenn du mitkommst. Dann geh' ich allein!«
Penz griff über den Tisch und klopfte Pucher auf die Schulter.
»Ich weiß, daß du an ihn glaubst. Aber du mußt zugeben, daß es keinen einzigen wirklichen Beweis dafür gibt, daß Fürst als Waldmensch überlebt.«
Er lachte, ballte die Hand zur Faust und boxte Pucher leicht auf die Brust.
»So leicht, mein Freund, wirst du mich nicht los! Vergiß nicht, daß auch ich einiges über Fürst weiß. Ich hab' zum Beispiel mit seiner Exfrau gesprochen. Und mit seiner Freundin im Dorf. Und mit dir. Über ihn. Ich halte es für möglich, daß er noch lebt. Du bist überzeugt davon. Das ist der Unterschied zwischen uns beiden.«
Er hob das Glas.
»Die Urwaldexpedition ist bei mir fest eingeplant. Darauf kannst du Gift nehmen, alter Kumpel!«
Das Ernste in Puchers Gesicht war noch immer da. Er

lächelte zwar und trank, aber die Gedanken waren woanders.

»Was würdest du sagen«, sagte er nach einer Weile, »wenn wir morgen bei Frau Fürst und ihrem Sohn vorbeischauten?«

Penz zuckte die Schultern.

»Wenn du glaubst, daß es was bringt, dann kann ich sie morgen früh ja anrufen. Ich hab' sowieso vorgehabt, mir vor Weihnachten noch einen freien Tag zu nehmen. Da könnt' ich dich begleiten.«

Er blinzelte dem anderen zu.

»Keine Schönheit, aber eine interessante Frau!«

Pucher schien aus einem Traum erwacht zu sein. Er schüttelte sich wie ein nasser Hund und lachte laut. Etwas zu laut. Die Verlegenheit, die er weglachen wollte, blieb.

»Daran hab' ich überhaupt nicht gedacht«, sagte er eilig.

Penz grinste.

»Ist ja nichts Schlimmes. Vielleicht würdest du ihr sogar gefallen!«

»Du bist eine Ratte, Penz«, sagte Pucher. »Und du hast eine dreckige Phantasie!« Jetzt grinste er.

»Aber ich mag' dich trotzdem!«

»Na siehst du«, sagte Penz. »Durchs Streiten kommen d'Leut' z'samm!«

Es war lange nach Mitternacht, als sie in Penz' Wohnung kamen. Dort tranken sie noch eine halbe Flasche Cognac und unterhielten sich über vieles, an das sie sich am nächsten Morgen nicht mehr erinnern konnten.

Der Kaffee war dunkelschwarz und so bitter, daß Milch und Zucker den Geschmack nur unwesentlich verbessern konnten, aber er weckte Pucher auf. Etwas Alka Selzer und viel kaltes Mineralwasser machten ihn später sogar zu einem halbwegs brauchbaren Menschen.

In Penz schien die Nacht überhaupt keine Spuren hinterlassen zu haben.

»Ich hab' schon mit Frau Fürst telefoniert«, sagte er beim Frühstück und konnte dabei die Schadenfreude über Puchers bedauernswerten Zustand kaum unterdrücken. »Sie ist am Vormittag zu Hause. Ihr Sohn übrigens auch. Und sie hat nichts dagegen, wenn wir sie besuchen. Auf dich freut sie sich ganz besonders. Ich hab' ihr gesagt, daß du seine letzte Freundin sehr gut kennst!«
Pucher hatte nicht die Kraft zu wirksamer verbaler Gegenwehr. Er nickte nur und seufzte.
Penz hatte während des ganzen Weges in die Elisabethstraße versucht, sich daran zu erinnern, wie es in der Wohnung Rosie Fürsts ausgesehen hatte. Und er hatte versucht, sich das Gesicht der Frau wieder in Erinnerung zu rufen.
Es schneite wieder leicht, als sie vor dem hohen, grauen Haus mit der verschnörkelten Fassade ausstiegen.
Beide schwiegen, während sie nebeneinander die Stufen hochstapften, und als sie vor der Wohnungstür standen, wußte Penz plötzlich wieder alles. Er sah die Frau vor sich, die Afrika-Souvenirs an den Wänden, das Aquarium und das bunte Bild an der Wohnzimmerwand. Er roch sogar den Geruch der Wohnung und den Duft der Frau.
Pucher blickte ihn an und deutete auf den Klingelknopf. Penz nickte und drückte ihn.
Er hatte die Frau erwartet und war überrascht, plötzlich einem blonden Jungen gegenüberzustehen. Penz hatte keine Erfahrung mit Zehnjährigen und wußte nicht, ob er groß oder klein für sein Alter war. Aber er war kräftig und hatte rote Backen. Das Haar war so lang, daß es auf die Schulter fiel. Als er die Männer erblickte, warf er das Haar mit einem geübten Ruck aus der Stirn, legte den Kopf leicht schief und sagte »Guten Tag«.
Der Blick aus den blauen Augen war fest, und Penz erwiderte ihn.
»Du mußt Patrick sein«, sagte er und hielt dem Jungen die Hand entgegen. »Ich heiße Bruno Penz, und das ist

mein Freund Klaus Pucher. Ich glaube, deine Mutter erwartet uns.«
Der Junge hielt noch immer die Türklinke fest und zog nun die Tür ganz auf. Penz zog die ausgestreckte Hand wieder zurück.
Rosie Fürst kam aus der Küche. Offenbar hatte sie sich gerade die Hände gewaschen, denn ihre Rechte war noch nicht ganz trocken, als Penz sie schüttelte. Sie schien etwas verändert zu sein. Wahrscheinlich war es das Haar, das sie jetzt länger trug.
Pucher sah sich Speere und Schild, die im Gang an die Wand genagelt waren, ganz genau an. Dabei nickte er wissend, so, als hätte er endlich das langgesuchte Corpus delicti in einem komplizierten Mordfall entdeckt.
Der Junge folgte ihnen ins Wohnzimmer und setzte sich auf einen Stuhl gegenüber der Sitzbank, auf die sich die beiden Männer setzten.
Es roch nach gebratenem Fleisch und Zwiebeln, und Penz lächelte und sog die Luft hörbar durch die Nasenflügel ein.
»Rostbraten«, sagte er.
Sie machte eine hilflose Handbewegung, zog die Schultern hoch.
»So was Ähnliches«, sagte sie. »Ich war nie das, was man eine gute Köchin nennen könnte. Aber für Patrick und mich reicht's gerade.«
Die Anwesenheit des Jungen verunsicherte Penz. Und er spürte, daß auch Pucher Hemmungen hatte, das Gespräch, das er eigentlich führen wollte, zu beginnen.
Patrick hatte die Handflächen unter seine Oberschenkel geschoben und blickte die Männer herausfordernd an.
»Frohe Weihnachten«, sagte Penz schließlich und kam sich dabei so hölzern vor wie der Mast eines alten Seglers.
Er verfluchte seine Gedankenlosigkeit, die verhindert hatte, daß er wenigstens dem Jungen ein Geschenk mitbrach-

te. Er wußte, daß er blöd grinste, und begann sich laut zu räuspern. Die Stimmung im Raum war steif und förmlich, und er überlegte gerade, wie er das ändern könnte, als Pucher zu sprechen begann.

Er wandte sich nicht an die Frau, sondern an den Jungen. »Ich werde deinen Vater suchen«, sagte er und blickte ihn dabei fest an. Die blauen Augen starrten zurück und begannen sich langsam mit Tränen zu füllen. Der Junge schämte sich nicht und versuchte sie auch nicht zu verbergen. Sie rannen ihm über die Wangen, und er sagte noch immer nichts.

»Meinen Sie das im Ernst«, sagte die Frau schließlich. »Sie wissen ja nicht, wo er ist!«

Dann erzählte ihr Pucher alles, was Penz schon wußte. Vieles wußten auch die Frau und der Junge, sie hatten es aber noch nie in diesem Zusammenhang gehört. Pucher sprach langsam, und da war kein falsch gewähltes Wort. Es war die nüchterne Analyse von Forschungsergebnissen, gemischt mit einigen nicht beweisbaren Annahmen, und alles zusammen klang seriös und überzeugend.

Als er zu reden aufhörte, weinte der Junge nicht mehr. Sein Vater war ihm durch die Worte des Mannes auf eine wundersame Art nahegerückt. Er spürte nicht nur, daß er noch lebte, er meinte sogar seine Anwesenheit zu spüren. So, als befände er sich irgendwo in der Wohnung und hielte sich versteckt.

»Wenn Sie ihn finden«, sagte er schließlich und lächelte zum erstenmal, »dann sagen Sie ihm bitte, daß ich nie geglaubt habe, daß er den Mann getötet hat. Sagen Sie ihm bitte auch, daß er mir sehr fehlt und daß ich den Bernhard Gölles verprügelt habe, weil er gesagt hat, daß mein Vater ein Mörder ist. Er ist keiner. Und deshalb braucht er auch keine Angst zu haben, zurückzukommen. Er braucht nur zu sagen, wie es wirklich war. Daß es ein Unfall war oder so. Der Richter wird ihm glauben. Weil

die Richter immer an die Wahrheit glauben. Sonst bräuchte es sie ja gar nicht zu geben!«
Pucher hatte ihm ernst zugehört und nickte jetzt.
»Ich werde ihn finden, Patrick. Und ich werde ihm sagen, was du jetzt gesagt hast. Wenn es irgend etwas gibt, das ihn zur Rückkehr bewegen kann, dann ist es wohl das.«
Als die Männer gingen, schneite es immer noch. Sie sahen das Gesicht des Jungen am Fenster, als sie ins Auto stiegen.

Am 24. Dezember war der Himmel über dem Tal klar und blau. Es war klirrkalt, und der Weg zum See war so glatt, daß Fürst nur winzige Vorwärtsbewegungen machen konnte und dabei die Füße den Boden entlangschleifen lassen mußte. Die beiden Wasserflaschen, die er mit einer Rindenschnur verbunden hatte, hingen über der rechten Schulter, und in den Händen trug er seinen größten Lehmtopf.
Durch die Datumsanzeige auf seiner Uhr wußte er, daß Weihnachten war. Irgendwann einmal, zwei Wochen vorher, oder drei, hatte er bemerkt, daß es bis zum Heiligen Abend nicht mehr allzuweit war, und er hatte von da an mehr Augenmerk auf das Datum gelegt. Obwohl er sich schon längst nicht mehr zum Christentum hingezogen fühlte und sich im Lauf der Jahre seine eigene Lebens- und Glaubensphilosophie zurechtgebastelt hatte, hatte ihn Weihnachten immer seltsam berührt. Wie ein kleines Kind hatte er sich immer auf die Geschenke von Rosie und Patrick gefreut, und noch mehr Freude hatte es ihm gemacht, für die beiden selbst Geschenke zu kaufen. Da war er, ganz im Widerspruch zu seiner sonstigen Lebenseinstellung, für einige Tage völlig dem Konsumwahn verfallen. Da hatte er Erspartes für scheinbar Sinnloses aus-

gegeben und gekauft, was ihm gefiel. Es war die Vorfreude gewesen, die ihn tagelang angetrieben hatte, die eine Art Aufregung in ihm geschürt hatte, die er während des gesamten restlichen Jahres nie mehr verspürte. Wenn dann alles vorbei war, wenn alle Geschenke aufgemacht waren und man beim Essen saß, dann hockte man plötzlich in einem Vakuum. Meistens hatte man das, was man sich wirklich gewünscht hatte, ohnehin nicht bekommen, und meistens war man enttäuscht, daß bei den anderen die Freude über das Geschenkte bei weitem nicht so überschäumend war, wie man es sich in den Vorfreude-Vorstellungen ausgemalt hatte.
Zwar lächelte er jetzt über seinen kindlichen Weihnachts-Kaufwahn, doch der Gedanke an das Fest versetzte ihn in einen manchmal schmerzlichen Gemütszustand, der zwischen Melancholie und Trauer schwebte und bisweilen sogar ganz knapp an die Grenze zum Selbstmitleid heranrückte. Er konnte den 24. Dezember nicht mit materiellen Dingen feiern. Die hatte er nicht. Es hatte keinen Sinn, einen Baum in seinem Haus aufzustellen, weil es nichts gab, mit dem er ihn hätte schmücken können. So hatte er beschlossen, den Tag zu erleben wie jeden anderen Tag auch. Er würde seinen Arbeitsrhythmus beibehalten, er würde versuchen, nicht an Vergangenes zu denken. Trotzdem wurden seine Gedanken während des ganzen Tages immer wieder, wie von einer unsichtbaren Macht, zu Rosie und vor allem zu Patrick gelenkt. Beim Wasserholen war plötzlich das Gesicht des Buben da. Die blonde Mähne, die blauen Augen, das verschmitzte Grinsen. Er hörte ihn als Baby schreien, und er roch das Babyöl und die vollen Windeln.
Weihnachten war für ihn Patrick. Das wußte er, und er wußte auch, daß es immer so sein würde. Weihnachten war immer schon die Zeit gewesen, während der Vater und Sohn ganz eng zusammengerückt waren. Er hatte Ferien

gehabt, und die hatten zur Gänze dem Jungen gehört. Da war die unvermeidliche elektrische Eisenbahn gewesen, da waren die Schlittenpartien und die Tage auf der Skipiste. Rosie war immer nur eine Nebenfigur gewesen.

Am Abend des 24. Dezembers verdrängte er die Gedanken an das frühere Leben nicht mehr, weil er sie ohnehin nicht verhindern konnte. Er taute etwas von dem gefrorenen Rehfleisch auf und bereitete sich eine Suppe mit Fleischstücken und allem an Kräutern und Gewürzen Vorhandenem zu. Dann aß er etwas von dem geräucherten Fisch und trank Tee.

Wenn er Schnaps gehabt hätte, dan hätte er sich an diesem Tag wohl bis zur Besinnungslosigkeit besoffen.

Fürst weinte mehrmals an diesem Abend. Er dachte aber auch an das, was er an seinem früheren Leben nicht vermißte. Und er war erstaunt, daß die Liste extrem lang war und vieles von dem einschloß, das die Menschen draußen stolz den technischen Fortschritt nannten. Er brauchte keines der Verkehrsmittel, er brauchte keine Maschinen, kein Fernsehen, kein Kino. Musik fehlte ihm, das gab er zu. Auch simple Werkzeuge hätte er gut gebrauchen können. Und Kleidungsstücke aller Art. Das Essen spielte eine wesentlich geringere Rolle in seinem neuen Leben, als er anfangs angenommen hatte. Es war Treibstoff für den Körper. Und natürlich auch für den Geist. Aber der Begriff Kultur, der in der anderen Welt so oft mit dem des Essens vermischt wird, war für Fürst etwas Unnatürliches und Konstruiertes. Er aß wenig und kaute jeden Bissen so lange, bis er sich fast gänzlich verflüssigt hatte. Er trank viel.

An diesem 24. Dezember rechnete Fürst mit seinem Leben ab und zog Bilanz. Er war ein Entdecker, ein Forscher im eigenen Ich. Er hatte die größte Herausforderung angenommen, die es für einen Menschen gibt und war den Weg zurückgegangen. In eine Zeit, während der Mensch und Natur noch eins gewesen waren. Selbst wenn da nicht

die Sache mit Schwegler gewesen wäre, an die er übrigens kaum noch dachte, hätte er sein jetziges nicht mit seinem früheren Leben tauschen mögen.
Im Prinzip war er ein glücklicher Mensch.
Was unter dem Strich herauskam, war die Festigung des Entschlusses, den Wald nicht mehr zu verlassen. Er war ein Neuling hier, und er hatte noch so viel zu lernen. Er freute sich schon auf das Frühjahr und den Sommer, auf die Pilze und Kräuter, die dann wachsen würden, und auf den Versuch, mit Fallgruben mehr Jagdglück zu haben. Dann dachte er wieder an Weihnachten und an Patrick und weinte, während er den heißen Nadeltee schlürfte.
Der nächste Tag war leer, und das Tageslicht hatte die Sentimentalität der Nacht verjagt. Es fiel Fürst nicht schwer, die Tränen und die damit verbundenen trüben Gedanken zu vergessen. Er stürzte sich in die Arbeit, die er sich für die nächsten Wochen vorgenommen hatte.
Das Fell des Rehs war zwar trocken, aber es war hart und steif wie ein Brett. Fürst bog und rollte und knetete es, bis es etwas weicher war. Es war eine mühsame Arbeit, und sie brachte bei weitem nicht den Erfolg, den er sich wünschte. Das Leder unter dem Pelz wurde erst etwas weicher, als er es mit dem wenigen kostbaren Fett bearbeitete, das ihm von seiner ersten Jagdbeute geblieben war.
Unbedingt brauchte er eine Kopfbedeckung, und er brauchte kräftige Überschuhe, denn seine Tennisschuhe boten kaum Schutz gegen Nässe und Kälte und zeigten außerdem schon arge Verschleißerscheinungen.
Fehlkonstruktionen konnte er sich nicht leisten. Dazu war das Rohmaterial zu kostbar.
Zuerst ritzte er die Entwürfe für seine Kreationen in den Erdboden seiner Behausung. Immer und immer wieder. Bis er überzeugt war, die simpelste, materialsparendste Art gefunden zu haben. Das Nähen würde unendlich mühsam sein, und das Zuschneiden des Fells sah er als

Herausforderung, von der er nicht wußte, ob sie überhaupt zu bewältigen wäre. Er mußte unnötige Schnittstellen und unnötige Nähte vermeiden und die natürliche Form des Fells so gut wie möglich ausnutzen. Bevor er seine Schnittmuster vom Erdboden auf das Fell übertrug und sie dort mit einem Glassplitter einritzte, drehte und wendete er die kostbare Tierhaut viele Male.

Er begann mit der Mütze, weil dies die einfachere Aufgabe war.

Wenn sie fertig wäre, würde sie für einen phantasievollen Menschen eine entfernte Ähnlichkeit mit den Hauben der Flugpioniere der Zwischenkriegszeit haben. Charles Lindbergh kam ihm in den Sinn. Der traurige Held, dessen Kind man entführt hatte. Dem man Sympathien zu den Nazis nachgesagt hatte. Die Lindbergh-Mütze. Wenn sie fertig wäre, würde er sie die Lindbergh-Mütze nennen.

Als Entwurf hatte sie allerdings eher eine Ähnlichkeit mit zwei großen Pilzen mit hohen Kappen, die im oberen Bereich zusammengewachsen waren.

Das Schneiden war so, wie er es sich vorgestellt hatte. Seine Unterarmmuskeln schmerzten bald vom ständigen Druck, den sie auf die Unterlage erzeugen mußten. Sie bewegten gemeinsam mit den Händen – er spürte kaum noch die Finger – einen spitzen Stein und manchmal einen der Glassplitter hunderte Male auf und ab, bis sich endlich ein Resultat zeigte.

Für das Ausschneiden der Mütze brauchte er drei Tage. Dann begann das Nähen.

Aus einem zerschlagenen Oberschenkelknochen des Rehs hatte er sich eine Nähnadel gebastelt. Das Stück war etwa fünfzehn Zentimeter lang und am einen Ende einen Zentimeter breit. Mit einem spitzen Stein und viel Geduld hatte er ein Loch hineingebohrt, das groß genug war, die Fäden zu halten, mit denen er seine Mütze zusammennähen wollte.

Fäden war eine kaum zulässige Verniedlichung für die verschieden langen und verschieden dicken Muskel- und Sehnenstränge, die er aus dem Tierkadaver entfernt und getrocknet hatte. Auch ausgequetschte und getrocknete Gedärme wollte er zum Nähen verwenden.
Die dicke, zähe Haut widerstand jedoch allen Versuchen, sie mit dem spitzen Knochenstück zu durchbohren. Als seine Finger und Handflächen schmerzten, begann er, seine Nadel mit einem Stein ins Fell zu hämmern. Dabei brach sie in der Mitte entzwei.
Er brüllte sich von seinem Ärger frei und ging dann zum See, um seinen Wasservorrat aufzufüllen.
Das Gewässer war von einer dicken Eis- und Schneeschicht überzogen, die aussah wie eine weißgestrichene Stahlplatte mit plumpen, unregelmäßigen Schweißnähten. Am Ufer wurde sie dünner und konnte mit einem mittelgroßen, aus zwei Meter Höhe geschleuderten Stein mühelos durchschlagen werden.
Der Himmel war klar, und Fürsts Atem kam in weißen Wolken aus seinem Mund. Auf den Bäumen lagen rundliche Schneepolster. Es war kalt, und er saß später lange am Feuer, um sich zu wärmen. Neben seinem Bett lagen noch die zugeschnittenen Fellstücke am Boden.
»Ich brauche euch«, sagte er laut. »Verdammt noch mal, ich brauche euch wirklich! Ihr könnt zu etwas Nützlichem werden und meine Ohren warmhalten. Ohne mich seid ihr gar nichts. Nutzlose, tote Dinger, die irgendwann einmal in der Erde verrotten und weich und schleimig werden. Die Würmer und Käfer werden euch auffressen, und ihr werdet zu stinken beginnen!«
Er sprach oft laut mit sich. Aber diesmal kam ihm der Klang seiner Stimme fremd vor. Da war etwas Eindringliches, Beschwörendes, Wütendes. Da war mehr Emotion als Information. Plötzlich wußte er genau, was es war. Er hatte den Pelz zu einem Wesen gemacht. Etwas Lebloses zum Le-

ben erweckt. Einem Ding Gefühle unterstellt und diese auch noch angesprochen. Er lächelte und hob die beiden Fellstücke auf. Es waren nach wie vor nur Fellstücke. Aber er wußte nun die Antwort. Sie war so simpel, daß er sich wunderte, nicht von Anfang an draufgekommen zu sein.
Er nahm eines seiner Steinmesser, setzte die Spitze dort an, wo er das erste Loch haben wollte, und hieb sie mit ein paar wuchtigen Schlägen seines Steinhammers durch den Pelz. Dann drehte er sie einige Male und erzielte so ein Loch, durch das er seine Fäden auch ohne Nadel mühelos stecken konnte. »Ich hab' zu kompliziert gedacht«, sagte er laut. »Die Errungenschaft der Nadel hatte mich so blind gemacht, daß ich die simplere Methode völlig vergessen habe. Das Einfachere ist oft das Wirksamere! Merksatz! Das war auch damals so, als ich mich mit der Harpune im See abgemüht habe. Erfolg hab' ich erst mit dem Stein im Bach gehabt. Hilfsmittel sollen wirklich auch Hilfsmittel sein. Wenn sie zu Hindernissen werden, sind sie wertlos!«
Am Abend hielt er das erste selbstgeschneiderte Kleidungsstück in Händen. Er setzte es auf, und es paßte genau. Er lachte und freute sich. Es war beinahe wie vor langer, langer Zeit, als er es oben, in der Höhle am Berg, zum ersten Mal geschafft hatte, Feuer zu machen. Er hatte wieder einen Meilenstein in seinem neuen Leben gesetzt.
Die Arbeit an den Überschuhen war ungleich mühsamer. Eine Woche später waren aber auch sie fertig. Vom Fell war nun kaum noch etwas übrig; aus vier etwa gleich großen Reststücken konnte er sich aber noch zwei kleine Taschen nähen, die er, wie Fäustlinge ohne Daumen, über die Hände stülpen konnte. Jetzt war er so weit gegen die Winterkälte gewappnet, daß er sich längere Zeit im Freien aufhalten konnte. Bald würde er wieder auf die Jagd gehen. Und aus den nächsten Fellen einen Rock und Hosen und einen Schlafsack schneidern.

Auch in der Küche setzte Fürst wenige Tage später einen Meilenstein.
Aus Mangel an frischem Grün hatte er ein Büschel Flechten mit einigen Fleischstücken gekocht und gehofft, eine halbwegs schmackhafte Suppe zu bekommen. Die Flechten waren jedoch zäh und kaum genießbar gewesen, und er hatte sie herausgenommen und auf die Steinplatte neben der Feuerstelle gelegt. Er hatte sie erst wieder bemerkt, als sie dürr und trocken waren, und dabei erkannt, daß sie sich mühelos zwischen den Handflächen zu einer Art Mehl zerreiben ließen. Mit etwas Wasser vermischt, erhielt er einen zähen Teig, der, auf der heißen Steinplatte gebacken, einen Brotfladen ergab. Fürst sammelte alle Flechten, die er in seinem Tal finden konnte, und machte sie zu Mehl. Der Vorrat war aber so gering, daß er nicht allzulange reichen würde.
Die Glückssträhne hielt an.
In der zweiten Januarwoche tötete er das zweite Reh. Wieder waren es zwei Tiere gewesen, die zum See gekommen waren und am Rande der Eisdecke nach einer Wasserstelle gesucht hatten. Es hatte die ganze Nacht lang geschneit, und er hatte sich im knietiefen Schnee ganz nahe an die Tiere heranwühlen können. Dieses zweite Reh war etwas kleiner als das erste, das er erlegt hatte. Er zerlegte es an den Wasserfällen und hängte das Fell in der Höhle zum Trocknen auf. Das war die Zeit, während der er den Plan faßte, eine Expedition ins andere Tal zu unternehmen.
Fürst versuchte sich daran zu erinnern, wie es drüben, auf der anderen Seite des Berges, ausgesehen hatte. Die Tage der Flucht hatten sich im Nebel der Erinnerung aufgelöst. Da waren nur Hügel und Bäume und der Fluß. Er wußte, daß es geregnet hatte, und er wußte, daß er Angst gehabt hatte. Wenn er sich konzentrierte, konnte er diese Angst wieder in sein Gedächtnis zurückrufen. Es war nicht die Angst gewesen, von seinen Verfolgern eingeholt zu wer-

den. Er hatte gewußt, daß er einen gewissen Zeitvorsprung hatte, der ihm Sicherheit gab. Es war eine andere Angst gewesen. Die, zu versagen. Sein Ziel nicht zu erreichen. Er dachte zurück und versuchte herauszufinden, welches Ziel es gewesen war, das er sich damals gesetzt hatte. Aber er kam nur auf den Begriff Flucht. Irgendwohin.
Als er damals in den Wald gerannt war, hatte er bereits den Schlußstrich gezogen. Er hatte das Dorf aufgegeben, ebenso, wie er Monate zuvor die Stadt aufgegeben hatte. Er hatte Marlies aufgegeben, ebenso, wie er zuvor Rosie aufgegeben hatte. Rocco war tot, und mit ihm wollte er auch das Sentimentale sterben lassen, das ihn mit Patrick verband. Aber Vater sein war doch mehr. Das hatte er inzwischen erkannt.
Die Entfernung von seinem Tal zur anderen Seite des Berges war seine Sicherheit. Das wußte er. Er konnte sich noch genau an das bedrohliche, scharfe Hacken der Hubschrauberrotoren erinnern. Damals, als sie ihn gesucht hatten. Es war wie ein Kampf gewesen. Das näherrückende Geräusch und sein Rückzug in die Höhle. Die modernsten technischen Hilfsmittel und der Berg, der ihn versteckte. Die Höhle. Ganz oben am Berg. Die Steilwand, an der er sich beinahe das Genick gebrochen hatte.
Und plötzlich war Schwegler wieder da. Er sah die Szene im Wald so deutlich vor sich wie noch nie zuvor. Den starken Mann, der von ihm etwas zurückholen wollte, das er längst verloren hatte. Marlies war zärtlich gewesen und hatte versucht, ihn zu verstehen. Es waren schöne Wochen gewesen. Aber sie hatten nur an Fürsts Oberfläche gekratzt. Marlies war ihm nie so nahegekommen, daß sie sein Leben hätte teilen können. Hatte er jemals eine Frau wirklich geliebt? Schwegler hatte seinen Hund getötet. Wahrscheinlich hatte er Rocco mehr geliebt als die meisten Menschen, mit denen er zu tun hatte. Hätte Schwegler auch ihn getötet? Fest stand, daß der starke Mann tot war.

Fürst ging gedanklich in eine Zeit zurück, die er bisher immer weggeschoben hatte. Er versuchte, sich an Details zu erinnern. An den Griff, mit dem er das Gewehr gepackt hatte. Wer hatte abgedrückt? War es Schweglers Finger gewesen, oder sein eigener? Hatte er Schweglers Finger auf den Abzugsbügel gedrückt, oder war es einfach geschehen? Ein Reflex, ein unglückliches Zusammenspiel irregeleiteter Muskeln.
Und dann der Schuß. Hätte er ihn nicht logisch erklären können? Hund tot, Streit, Kampf, Schuß. Hätte man ihm geglaubt? Nur er allein wußte, was damals wirklich geschehen war. Und nur er allein hätte es erklären können. Da wären Menschen gekommen, die sich angemaßt hätten, Recht über ihn zu sprechen. Zeugen wären befragt worden, die Vorgeschichten erzählt hätten, beim eigentlichen Geschehen aber überhaupt nicht dabei gewesen waren. Menschen mit Universitätsweisheiten hätten sich angemaßt, über seine Psyche zu urteilen. Er kannte sie. Und er wußte, daß sie so fehlbar waren wie jeder andere. Daß sie Geschichten erzählten, um Honorare zu rechtfertigen. Daß sie Weisheit vortäuschten, wo oft nur Ignoranz war. Er war vor allem vor den Menschen geflohen.
Und vor dem, das sie geschaffen hatten.
Seine Schuld bestand wohl darin, daß er insgeheim nie bereit gewesen war, sich unterzuordnen in einer Welt, die ihnen immer wieder einzuhämmern versuchte, die Gesetze, die von Menschen gemacht worden waren, seien unfehlbare Richtlinien auf dem Weg zur irdischen Seligkeit. Für Fürst gab es nur einen einzigen Menschen, dem er wirklich vertraute: Fürst!
Die andere Seite des Berges und die Höhle, die ihn vor den Verfolgern verborgen hatte, kehrten immer wieder in seine Gedanken zurück. Es waren Gebiete, die an die Mauern grenzten, die er zwischen seinem jetzigen und seinem früheren Leben aufgebaut hatte.

Und außerdem brauchte er jede Menge von Flechten, um seinen Mehlvorrat aufzustocken.
Sorgsam bereitete er seine Expedition vor. Er wußte nicht, wie lange sie dauern würde, rechnete aber mit mindestens vier Tagen. Er würde auch sein Jagdzeug mitnehmen müssen. Die Pfeile, den Bogen, einen Speer.
Einen Großteil seiner Jagdbeute hatte er draußen, beim Wasserfall, in einer Eisgrube vergraben und tiefgefroren. Die dünneren Fleischstücke, die er mit seinen Steinwerkzeugen zurechtgeschnitten hatte, hatte er über dem Feuer langsam räuchern lassen. Roh waren sie zäh und schmeckten nach Ruß und Blut, wenn man sie aber kochte, oder über einer Flamme briet, waren sie seltene Delikatessen in Fürsts Küche. Er packte ein paar der besseren Stücke in einen Beutel, den er sich aus dem Fell des zweiten Rehs genäht hatte. Dazu die beiden Wasserflaschen, einige Fladenbrote und den Rest des geräucherten Fisches.
Das größte Problem war das Feuer. Er hatte keine Lust, die Funken in mühsamer, stundenlanger Arbeit aus dem Sägeblatt und den Steinen in den Zunder zu klopfen.
Er hieb vom Flußufer etwas vom gefrorenen Lehm los, taute ihn am Feuer auf und formte ihn zu einem Feuerbehälter. Das Gefäß, das die Glut tragen sollte, mußte groß genug sein, um eine Menge zu fassen, die mehrere Stunden überleben würde. Außerdem mußte es Luft einlassen, aber nur so viel, daß das Feuer genügend Sauerstoff erhielt. Zuviel Luft würde ein zu rasches Verbrennen bewirken.
Nach mehreren Versuchen entschloß er sich zu einem Modell, das zwar etwas schwieriger zu transportieren war, weil es größer und breiter war als die anderen, das aber die Glut wesentlich länger am Leben erhielt. Der Topf hatte am Boden etwa fünfzehn Zentimeter Durchmesser und verjüngte sich nach oben zu nur leicht. Unter dem oberen Rand hatte er mehrere Luftschlitze angebracht. Den Deckel konnte er mit zwei kurzen Schnurstücken so

befestigen, daß er auch bei größerer Erschütterung halten würde.

Dann wartete er noch einige Tage, bis das Wetter günstig war.

Am 21. Jänner war die Luft gerade so kalt, daß sie den gefrorenen Untergrund nicht auftaute. Es gab keinen Wind, und der Himmel hatte das weißliche Blau, das einen die Unendlichkeit erahnen läßt.

Fürst hatte nicht die geringste Ahnung, wie lange es dauern mochte, bis er die Höhle oben am Berg erreicht haben würde. Er wußte nur, daß er vor Einbruch der Dunkelheit dort angelangt sein mußte. Der Versuch, die Entfernung zu schätzen, scheiterte kläglich. In seiner Erinnerung waren Details nicht mehr vorhanden. Er hatte Hunger gehabt, und er war müde gewesen. Er war einmal oder mehrere Male gestürzt und hatte sich verletzt. Damals hatte er sich am Ellbogen verletzt. Das war das einzige, das er genau wußte. Der Ellbogen hatte ihn noch Wochen später geschmerzt.

Er stand früh auf, aß wenig und trank viel. Dann nahm er den Fellbeutel, der schon lange gepackt an der Höhlenwand gelehnt hatte. Als er ins Freie trat, öffnete sich in seiner Brust etwas und gab ihm ein Gefühl befreiender Weite. Er fühlte sich wohl und zufrieden. Und frei!

Den unteren Teil des Steilhangs kannte er von seinen Holzsuch-Expeditionen her relativ gut. Da war etwas Schnee, aber er war nicht zu tief. Schlimm waren nur die Eisplatten, die sich an einigen Stellen zwischen den Bäumen gebildet hatten. Bei Warmwetter war der Schnee oben auf den Ästen geschmolzen und als Wasser zu Boden getropft. Der Frost hatte die Pfützen später erstarrt.

Die Fell-Überschuhe waren zwar angenehm warm, an der Unterseite aber schon ziemlich abgetreten und glatt. Wenn es steil wurde, mußte er deshalb oft die Hände einsetzen. Meist kroch er auf allen vieren dahin und bewegte sich ähnlich wie ein Freikletterer. Selbstverständlich war das Gelände für einen geübten Bergsteiger fast lächerlich leicht, aber der wußte im Gegensatz zu ihm genau, was er tat. Fürsts Bewegungen waren mehr von Instinkten, als von Logik gelenkt. Und er wurde dabei von der Ausrüstung, die er mitführte, behindert. Den Fellbeutel hatte er sich auf den Rücken gebunden, der Bogen hing über der Schulter, von der Seite baumelte der Glutbehälter, und in einer Hand trug er seinen Speer. Die Pfeile hatte er in den Beutel gesteckt; sie ragten oben so weit hervor, daß sie ihn ins Genick stachen, wenn er den Kopf zu weit zurücklegte.

Er bewegte sich extrem vorsichtig und dementsprechend langsam. Gegen Mittag hatte er eine Stelle erreicht, von der er annahm, daß sie etwa auf gleicher Höhe mit der Höhle läge. Er rastete kurz, trank ein paar Schluck aus einer der Flaschen und begann dann, den Hang zu queren.

Hier oben waren mehr Eisplatten als unten, und er mußte immer wieder größere Umwege in Kauf nehmen. Das kostete ihn so viel Kraft, daß die Rastpausen immer länger wurden.

Noch konnte er umkehren und sein Tal vor Einbruch der Dunkelheit erreichen. Dann aber dachte er an die harte Arbeit, die hinter ihm lag. Und er wußte auch, daß er nie mehr hierher zurückkehren würde, wenn er jetzt aufgab. Warum sollte er es ein anderes Mal schaffen, wenn es ihm heute nicht gelang. Er mußte weiter.

Fürst wußte, daß er sich rascher bewegen mußte. Das erhöhte die Gefahr eines Absturzes, und es dauerte eine Weile, bis er sich dazu durchringen konnte. Er verzichtete nun darauf, die Festigkeit jedes Trittes ausgiebig zu testen, bevor er seinen Fuß daraufsetzte. Ein Versuch mußte genügen. Dafür belastete er die Hände stärker und bewegte mehr Gewicht mit ihnen als zuvor.

Er schwitzte unter der dicken Decke, die er wie einen

Poncho über die Schultern gelegt hatte, und er hätte sie gern ausgezogen, wenn er eine bessere Möglichkeit gewußt hätte, sie zu transportieren.
Der Feuerbehälter behinderte ihn am meisten. Das plumpe Ding baumelte von seinem Gürtel und mußte bei jedem Schritt mit den Händen so geschützt werden, daß es nirgends hart aufschlug. Fürst überzeugte sich immer wieder, ob die Glut noch lebte, und legte manchmal dünne, trockene Holzstücke nach, die er zu diesem Zweck mitgenommen hatte.
Im Unterbewußtsein hatte er immer gewußt, daß die Schrecksekunde, die er so fürchtete, nicht ausbleiben würde. Als sie dann aber kam, ließ sie eiskalte Angst durch seinen verschwitzten Körper schießen. Irgend etwas war in seine Kehle gerutscht und behinderte ihn beim Atmen.
Die Eisplatte war von herabgefallenen Nadeln und Zweigen dick bedeckt gewesen, und er hatte sie nicht bemerkt. Er hatte seinen Fuß suchend darübergleiten lassen und auf einem kleinen Vorsprung Halt gefunden. Daß der Vorsprung aus Eis war, wußte er erst, als er abrutschte.
Sein linker Fuß glitt einen Augenblick lang ins Leere. Das war der Augenblick, in dem er die plötzliche Lähmung bemerkte, die ihn handlungsunfähig zu machen schien. Es waren nur Sekundenbruchteile, aber er hörte seinen Schrei und sah sich fallen und fühlte neben der Angst auch Bedauern über das Ende, das unweigerlich kommen mußte.
Dann schlug sein linkes Knie aufs Eis, und mit dem stechenden Schmerz kamen die Reflexe wieder zurück. Er ließ sich nach vorn fallen und riß die Hände hoch. Aber die Fellüberzüge über den Fingern ließen keinen wirksamen Griff zu, und die Linke hielt nach wie vor den Schaft des Speers umklammert. Er spürte den Glutbehälter an der Seite, konnte aber nichts tun, um ihn zu schützen.
Er zog die Beine an und spreizte sie weit zur Seite. Irgend

etwas schlug ihn auf den rechten Knöchel, das Bein wurde hochgerissen, und der Körper drehte sich quer. Dann war plötzlich der Kopf vorn, und die Hände waren frei. Er schlitterte in ein Gebüsch, spürte, wie die Äste sein Gesicht zerkratzten, sah den Baumstamm vor sich und umarmte ihn wie ein Ertrinkender einen rettenden Schwimmkörper. Eine unsichtbare Kraft riß seine Beine nach unten und zog schwer an seinen Armen. Er biß die Zähne zusammen und schloß die Augen. Er spürte die rauhe Rinde nicht, und er spürte die Kälte nicht, die sie ausstrahlte. Da waren nur noch seine Muskeln und sein Wille und das Vernichtende, das Böse, das ihn nach unten zog.

Irgendwann war der Spuk vorbei.

Er machte die Augen auf und sah nur den Baumstamm. Das Grünlich-Braune der Rinde, die Risse, die sie durchzogen und ihr das Aussehen von prähistorischen Fischschuppen gaben. Er zog ein Knie an und tastete mit dem Fuß nach einem Halt. Es dauerte einige Minuten, bis er alle Körperteile vor dem Baumstamm versammelt hatte und sich mit dem Rücken so dagegenlehnen konnte, daß er nicht mehr rutschte.

Aus dem Glutbehälter war seitlich ein großes Stück herausgebrochen, aber der Deckel saß noch oben, und von der Glut war kaum etwas verlorengegangen. Der Lehm war warm, und Fürst umklammerte ihn lange mit den Händen. Er legte auch seine Wange an die Seite des Topfes und spürte, wie die Wärme durch seine Haut drang und das Blut erwärmte.

Es war nichts geschehen. Die beiden Wasserflaschen im Fellbeutel waren intakt, nur einer von den drei Pfeilen war gebrochen. Wenn er während des Sturzes nicht auf dem Bauch gelandet wäre, sondern auf dem Rücken, dann hätten die Pfeile wahrscheinlich sein Genick durchbohrt. Auch dem Bogen war nichts geschehen.

Das Gesicht begann nach einer Weile höllisch zu brennen,

und als sich die Gefühllosigkeit im linken Knie gelöst hatte, pochte der Schmerz immer heftiger. Er konnte das Bein jedoch belasten und wußte, daß nichts gebrochen war. Er arbeitete sich ganz langsam den Hang hoch, bis er zu seinen Handschuhen und dem Speer kam und setzte dann seinen Weg fort. Wenn er es nicht bis zur Höhle schaffen würde, dann müßte er sich eben einen halbwegs ebenen Fleck suchen und dort ein Feuer machen. Die Nacht würde er schon irgendwie überstehen. Vorsicht war jetzt jedenfalls das oberste Gebot. Die Warnung vor allzugroßer Eile war so heftig und massiv gewesen, daß ihm der Gedanke daran jetzt noch den Atem nahm. Es war still im Wald. Alle Geräusche, die er hörte, kamen von ihm selbst. Er hatte bis jetzt kein Tier gesehen und konnte sich auch nicht daran erinnern, eines gehört zu haben.

Das plötzliche Klopfen des Spechtes ließ ihn zusammenzucken. Obwohl es ein Geräusch war, das er unten, in seinem Tal, beinahe täglich hörte, kam es ihm hier oben viel lauter und beinahe drohend vor. Es zerhackte die Stille und riß ein Loch in das Schweigen, das ihn bis jetzt umgeben hatte. Er dachte an die Höhle, die irgendwo vor ihm sein mußte, und wußte plötzlich, daß es derselbe Specht war, den er gehört hatte, als er während der Flucht hier Unterschlupf gefunden hatte.

Er hielt den Atem an und versuchte festzustellen, aus welcher Richtung das Klopfen kam. Es war beinahe unmöglich, weil da immer ein Echo war, das ihn narrte, aber dann wußte er plötzlich ganz genau, wo er war.

Er war etwas zu hoch heraufgestiegen und mußte leicht schräg nach unten.

Fürst hatte keinen Zweifel mehr. Irreführende Logik, die ihm hätte sagen können, daß es in einem Wald wie diesem viele Spechte gab, ließ er nicht aufkommen. Ein Instinkt sagte ihm, daß es sein Vogel war und daß die Richtung stimmte. Es wunderte ihn auch nicht, daß er bereits eine

Viertelstunde später vor dem dürren Strauch stand, den er damals zur Tarnung vor den Höhleneingang gelegt hatte. Der Specht klopfte noch immer.
Der Himmel hatte seine Farbe verloren und lag nun wie ein dunkelgraues Laken über dem Wald. Ein leichter Wind strich durch die Äste, und als Fürst in der Höhle saß, hatte er das Gefühl, heimgekehrt zu sein. Alles war noch so, wie er es verlassen hatte. Das Reisigbett war ausgetrocknet und verdorrt, und er würde es als Feuerholz verwenden. In der Feuerstelle lagen dunkle, verkohlte Holzstücke und hellgraue, weiche Asche. Er öffnete den Glutbehälter und blies sanft hinein. Das Feuer lebte, und er schüttete es sorgfältig in die kalte Asche. Dann legte er ein paar trockene Zweige von seinem ehemaligen Bett darüber, und bald begannen kleine Flammen gierig daran zu lecken.
Als er vor die Höhle trat, war es beinahe dunkel. Er riß rasch einige kleinere Zweige von den umstehenden Bäumen und machte sich daraus eine neue Liegestätte.

Zuerst hatte er es im Bauch gespürt, dann in den Lungen. Jetzt war es eine Muskelpartie in der Wadengegend, die ihm das Leben schwermachte. Der Wald war nicht sein Revier, das wußte Penz schon seit Stunden.
Seit dem Morgengrauen war er hinter Pucher hergestapft und hatte dabei mit seinem Körper gekämpft. Anfangs hatte er still geflucht, dann laut. Jetzt fluchte er gar nicht mehr. Er zählte statt dessen die Schritte und blieb nach jedem tausendsten stehen. Als Belohnung für die Mühe.
Pucher hatte sich anfangs darüber aufgeregt und gemeint, es unterbreche den Gehrhythmus und werde sie rascher ermüden. Penz hatte aber nur den Kopf geschüttelt und gekeucht. Nach den nächsten tausend Schritten war er

wieder stehengeblieben. Tausend Schritte. Das waren knapp zwanzig Gehminuten. Wann war er zuletzt so lange zu Fuß gegangen? In Graz sicher nicht. Und Geschichten, die eine physische Leistung verlangten, überließ er schon längst den Jüngeren in der Redaktion. Jetzt stapfte er zwanzig Minuten lang. Und dann wieder zwanzig Minuten lang. Und dann wieder zwanzig Minuten lang. Seit vielen Stunden stapfte er immer wieder zwanzig Minuten lang. Und da wollte ihm Pucher sogar die kurzen Rastpausen verwehren und aus den zwanzig langen wer weiß wie viele elendlange Minuten oder gar Stunden machen.
Pucher und der Wald paßten zusammen. Der lange, dürre Mann bewegte sich mit zäher Gleichmäßigkeit und schien mit traumwandlerischer Sicherheit immer den günstigsten Weg durch das Gewirr aus Bäumen und Ästen zu finden. Die meisten Äste waren schwer mit Schnee beladen, und Penz stieß immer wieder mit einer Schulter oder dem Kopf dagegen. Dann rieselte ein Teil der kalten Last in sein Genick oder verfing sich in seinem Haar. Etwas, das Pucher nur ganz selten passierte. Und wenn es dann doch geschah und Penz gerade seinen Blick nach vorn gerichtet hatte und es sah, dann freute er sich jedesmal diebisch.
Sie waren kein ideales Paar. Eigentlich waren sie überhaupt kein Paar. Ein Waldmensch und ein Stadtmensch. Außer der Sprache hatten sie hier draußen wohl kaum etwas Gemeinsames. Nur das Ziel. Das Ziel war Fürst.
Da war Kälte und Schnee und Nässe, wenn er schmolz. Der Boden war weiß und hart. Wenn die Schuhe die Oberfläche zerbrachen, klang es, als würde man Glassplitter mit einem Mörser zermahlen. Die Schritte selbst knirschten und knarrten wie die ungeölte Tür einer alten Scheune. Manchmal verbargen sich unter der weißen Haut größere Steine oder dicke Äste. Man bemerkte sie erst, wenn man darauftrat. Da kam man dann in die Gefahr des Stol-

perns und eines Sturzes in den Schnee. Penz hatte bereits zwei davon hinter sich und dadurch auch Schnee in den Schuhen und unter den Ärmeln seines Anoraks. Er verstand absolut nicht, was Fürst hier außer der Angst vor dem Gefängnis halten konnte. Er selbst wäre lieber ins Gefängnis gegangen.

Bis zum Mittag sprachen sie kaum ein Wort miteinander. Penz hatte genug damit zu tun, nicht außer Atem zu kommen und die Schritte zu zählen, und Pucher war offensichtlich nicht in der Stimmung für eine Unterhaltung. Penz hatte das Gefühl, daß sich Pucher überhaupt verändert hatte, seit sie zu dieser Expedition aufgebrochen waren. Und er glaubte nicht, daß es etwas mit der Diskussion zu tun hatte, die sie am Vorabend im Gasthaus gehabt hatten.

Beim Zusammenstellen der Ausrüstung hatte er bemerkt, daß der Gendarm die Absicht hatte, auch ein Gewehr mitzunehmen. Eine präzise Jagdwaffe mit Zielfernrohr. Da sie nicht im Sinn hatten, zu jagen, konnte es nur bedeuten, daß Pucher den Fall nicht ausschloß, Fürst mit der Waffe zur Rückkehr zu zwingen. Wahrscheinlich würde er sie auch benutzen, wenn sich der Lehrer weigerte. Penz gruselte bei dem Gedanken daran, daß ihr Ausflug in den Wald zu einer blutigen Menschenjagd werden könnte. Und er sagte es Pucher auch. Die Reaktion des Gendarmen war vielleicht um eine Spur zu heftig gewesen. Er habe das Gewehr nur zum Schutz für sie beide mit, und Penz müsse dankbar dafür sein, daß er so umsichtig sei. Außerdem habe Penz als blutiger Laie überhaupt keine Ahnung, welche Gefahren im Wald auf einen zukommen könnten, und überhaupt sei er der Verantwortliche für das Unternehmen. Hier draußen im Wald hatte Pucher etwas Lauerndes bekommen. Er schien Geräusche aufnehmen zu können, die Penz nicht hörte. Er hielt auch des öfteren an und legte zum Zeichen, daß Penz jedes Geräusch vermeiden solle, den Zeigefinger an den Mund. Penz blieb dann immer wie angewurzelt stehen und lauschte ebenfalls. Aber da war nichts. Nur der Wind, der manchmal die Äste bewegte und Schneepolster loslöste, die dann mit heiserem Zischen über die Äste rollten und mit dumpfem Knall auf dem Boden aufschlugen.

Zu Mittag fand Pucher zwei gewaltige Bäume, die umgestürzt waren und sich ineinander verkeilt hatten. An einem Ende türmte sich ein riesiges Gewirr von toten Ästen auf. Pucher brach einige der untersten ab und schuf so eine Öffnung. Da die obersten Äste den Schnee aufgefangen hatten und ihn auch hielten, war es hier unten etwas trockener. Sie stellten die Rucksäcke auf die Erde.

»Soll ich einen Tee kochen?« fragte Pucher, und Penz nickte begeistert. Er war hundemüde und naß und sehnte sich nach etwas Warmem. Der Gendarm hatte bald den Gaskocher aufgestellt und einen Aluminiumbehälter mit Schnee gefüllt. Die weiße Masse schmolz nur langsam.

»Morgen geht's besser«, sagte Pucher und klopfte Penz auf die Schulter. Er lächelte nicht, aber er nickte und verzog dabei die Mundwinkel zu einem Ausdruck, der wohl etwas Ermutigendes signalisieren sollte. »Der erste Tag ist immer der schlimmste!«

Der Tee war mit nichts zu vergleichen, das Penz jemals zuvor getrunken hatte. Wohl deshalb, weil er nie in seinem bisherigen Leben in einer ähnlichen Situation gewesen war. Wenn er Tee getrunken hatte, dann war es in einer heimelig riechenden Küche gewesen. Oder in irgendeiner Wohnung, in der es nach Räucherstäbchen duftete und in der Menschen saßen, die angenehme Ruhe ausstrahlten. Oder in einem Kaffeehaus, das gerade erst geöffnet hatte. Mit einem verschlafenen Wirt und einer Kaffeemaschine, die noch kalt war und erst in einer halben Stunde funktionieren würde.

Puchers Tee war kräftig und heiß, und er stieg dampfend in die Nase, nachdem er die Finger gewärmt hatte. In die

Mundhöhle ließ man ihn nur in winzigen Mengen, und trotzdem explodierte er dort und verursachte ein Wohlgefühl, das sich aus abklingendem Schmerz und aufkeimendem Geschmack zusammensetzte.
Hier draußen in der Wildnis vermittelte der Tee einen Hauch von Zivilisation. Penz verstand plötzlich die Briten, die einen Großteil ihrer Trink-, Eß- und auch sonstigen Kultur an das Teetrinken geknüpft hatten. Er sah einen weißbehelmten Rotrock irgendwo im nordindischen Hochland, der ein Scharmützel mit einem der freiheitsuchenden Bergstämme unterbrach, weil gerade Teepause war. Und er sah, wie sich der Schnurrbart des Mannes nach oben kräuselte, während er mit weggespreiztem kleinem Finger eine weiße Tasse zum Mund führte und die dampfende, goldene Flüssigkeit langsam zwischen die gespitzten Lippen träufelte. God save the Queen! Nach der Teepause konnte das muntere Schlachten ruhig weitergehen.
Pucher war so kompetent, daß es Penz zusätzlich fröstelte. Der Wald war für ihn so etwas wie ein Exerzierplatz. Eine Übungswiese, auf der man sich keinen Fehler erlauben durfte, weil der Ernstfall hinter dem nächsten Baum lauerte. Wenn Pucher etwas tat, dann tat er es konzentriert, und da war nichts, was Leichtigkeit oder Heiterkeit ausgestrahlt hätte. Er befand sich auf einer Mission, und es war Krieg. Da war ein Feind, und der konnte überall sein.
Penz hingegen hatte die Grenze seiner physischen Leistungsfähigkeit ganz deutlich vor Augen. Er marschierte noch. Aber er wußte ganz genau, daß sich sein Körper während der nächsten Stunden entschieden gegen die ungewohnte Belastung auflehnen würde. Seine Knie würden nachgeben, und die Schmerzen in den Waden würden unerträglich werden. Er würde noch öfter rasten müssen, und Pucher würde irgendwann die Nerven verlieren.
Penz trank viel mehr als seinen Anteil vom Tee, doch Pucher sagte nichts. Als der Aluminiumtopf und die Pla-

stikbecher leer waren, packte er alles wortlos ein. Sie hatten nicht viel gesprochen, während dieser Mittagspause. Und sie hatten überhaupt nichts gegessen. Erst als er den Rucksack schulterte, der gut dreißig Kilo wog, erinnerte sich Penz daran, daß er noch nichts gegessen hatte. Da war aber nie ein Fütterungsbefehl vom Magen gekommen, und er hatte keinen Zweifel daran, daß er es ohne leiden zu müssen bis zum Abend werde aushalten können. Er stapfte wieder und zählte.

Es war ein breites Tal mit einem Flußbett und zwei Steinwällen, die sich links und rechts davon auftürmten. An geschützten Stellen waren die Felsbrocken vom Schnee überzogen, und das Weiß ließ sie weich und rund erscheinen. Der Schuh mußte die trügerische Hülle erst durchdringen, bevor der Geher bemerkte, wie glatt und kantig der Boden war, auf dem er sich hier bewegte. An den exponierteren Stellen, dort, wo der Wind ins Tal eindringen konnte, oder dort, wo es keine Steilwand gab, die den Sonnenstrahlen das Schneefressen verwehrte, war der Fels blank und schwarzgrau.

Es ging fast ständig bergauf. Manchmal ging Pucher so weit voraus, daß Penz glaubte, er hätte jetzt endgültig genug und würde ihn seinem Schicksal überlassen. Da überlegte er dann, wie er wohl die Nacht verbringen würde. Pucher hatte das winzige Zweimannzelt auf seinen Rucksack geschnallt. Er hatte auch den Kocher und das Geschirr. Penz trug seinen Schlafsack, ein sündteures Nylongewebe, das mit chinesischen Entendaunen gefüllt war und das er erst zwei Tage zuvor in einem Spezialgeschäft in Graz gekauft hatte. Er trug auch die Schaumstoffmatte, auf der er schlafen würde. Wind, Wetter und Kälte war er aber ohne Puchers Ausrüstung ziemlich schutzlos ausgeliefert.

Wenn er Pucher nicht unmittelbar vor sich hatte, wurde sein Schritt immer etwas langsamer. Er hielt auch den Tausenderrhythmus nicht mehr ein, sondern rastete schon

nach achthundertachtundachtzig oder neunhundertzwei Schritten. Wenn Pucher dann hinter dem nächsten Baum wartete, fühlte sich Penz wie ein Viertkläßler, der von seinem Lehrer während einer Schularbeit mit einem Schwindelzettel ertappt wurde. Der Bach war zwar zugefroren, aber es gab immer wieder Stellen, an denen das Wasser aus dem Eis gurgelte und dann abwärtsplätscherte. Dieses Geräusch und der Wind. Sonst gab es nichts, das nicht von den beiden Menschen verursacht wurde. Penz kannte die Geräusche des Waldes nicht, und er nahm an, daß die Tiere, die hier lebten, entweder in den Winterschlaf verfallen, oder an wärmere Orte gezogen waren.
Wenn Pucher vor ihm ging und er sich bemühte, Schritt zu halten, konzentrierte er sich nur auf die Löcher, die sein Vordermann mit den Schuhen in den Schnee grub. Puchers Schrittlänge war anders als seine, deshalb kostete es Penz große Mühe, seinen rechten Fuß in das Loch zu setzen, das Puchers rechter gemacht hatte und den linken dorthin, wo der andere seinen linken aus dem Schnee gezogen hatte. Irgendwann, nach ein paar Schritten, mußte er immer selbst in den Tiefschnee stapfen.
Um drei Uhr nachmittags schlüpfte die Sonne hinter den Berg. Eine Weile erhellte sie den Himmel noch und ließ das Blau leuchten. Dann färbte sie eine Hälfte davon orange und weinrot ein und tauchte das Ganze noch kurz in kräftiges Violett, bevor die Welt um die beiden Männer grau und immer kälter wurde.
Penz hatten den Augenblick, in dem er den Entschluß zum Mitmachen gefaßt hatte, schon hundertmal verflucht. Nach der Mittagspause war jeder Schritt zur Qual geworden. Die Muskeln in den Waden und Oberschenkeln brannten, der Atem wurde immer kürzer, und dazu kam, daß sich an beiden Fersen schmerzhafte Blasen gebildet hatten. Ein Wonnezustand für einen Masochisten. Zu seinem Pech war Penz keiner.

Als nichts mehr an die Sonne erinnerte und sich neben der Kälte auch Beklemmung, ja sogar eine gewisse Angst vor dem Unbekannten, in das er sich gewagt hatte, einschlich, blieb Penz stehen, holte tief Luft und brüllte, so laut er konnte. »Pucher, du Arschloch! Genug für heute! Hörst du? Ich habe gesagt, ich habe genug für heute! Verdammt noch mal, willst du bis ans Ende der Welt gehen?«
Die lange Gestalt, die vor ihm die Winterlandschaft durchschnitten hatte, blieb abrupt stehen und rührte sich einige Sekunden lang nicht. Es war, als sei sie zur Statue erstarrt. Ein dunkelblauer und roter Streifen im Weiß.
Penz tat instinktiv dasselbe und hörte dabei, wie das Echo seine Worte mit zusätzlichem Hall versah und zu ihm zurückwarf.
Ich hätte wohl nicht schreien dürfen, dachte er. Pucher ist jetzt sicher stinksauer auf mich. Vielleicht habe ich sogar alles verdorben und Fürst damit gewarnt. Dann gab er sich einen Ruck und überwand sich, den Körper weiterzuquälen. Pucher reagierte erst, als Penz unmittelbar neben ihm stand. Er drehte sich langsam um und verzog dabei schmerzlich den Mund.
»Du Wahnsinniger«, sagte er. Sonst nichts. Dann begann er wieder zu gehen.
In Penz keimte wieder Wut hoch, aber diesmal beherrschte er sich. Er war Pucher ausgeliefert. Heute noch. Denn heute konnte er nicht mehr zurück. Er mußte im Wald übernachten, und dafür brauchte er nicht nur Puchers Ausrüstung, sondern auch Puchers Erfahrung. Aber morgen früh würde er seine Sachen zusammenpacken und zurückgehen. Er brauchte ja nur den Spuren zu folgen, und bergab würde alles leichter gehen. Eine Viertelstunde später hatte er Pucher aus den Augen verloren. Penz hatte sein Tempo jetzt so gedrosselt, daß er pro Atemzug nur noch einen Schritt tat. Die Fersen schmerzten ihn trotzdem höllisch, und er hatte das Gefühl, daß sich beide

Schuhe langsam mit Blut füllten. Es war schon lange her, daß Penz Blasen an den Füßen gehabt hatte. Und er hatte völlig vergessen, wie weh sie tun konnten.
Das Grau, das ihn einhüllte, wurde rasch dunkler, und die Einsamkeit, die ihn umgab, machte ihm Angst. Er dachte an eine Hütte und ein wärmendes Feuer, an dampfenden Tee und Schnaps und das Lachen von Menschen und begann sich ungemein danach zu sehnen. Fürst hatte er in diesem Augenblick völlig vergessen. Er empfand den Marsch als Tortur und als Mutprobe, die er nie und nimmer bestehen würde.
Die Spur, der er folgte, schwenkte nach links und führte hinunter zum zugefrorenen Bach. Penz konnte sie kaum noch erkennen und ging noch langsamer, um sie nicht zu verlieren. Dann hörte er, wie ein Hammer auf Metall schlug, und wieder war das Echo beinahe so laut wie das Geräusch, das es hervorrief. Als er Pucher erreichte, hatte dieser das Zelt beinahe fertig aufgestellt.
Der Gendarm hielt kurz inne und blickte über die Schulter. »Könntest du bitte den Kocher auspacken und Tee machen?« fragte er. Es klang höflich, und Penz entdeckte in der Stimme sogar eine Spur von Freundlichkeit. Er ließ den Rucksack von den Schultern gleiten und kam sich plötzlich federleicht vor.
Die Flamme des Kochers sorgte für etwas Licht, und als beide auf ihren Rucksäcken saßen und den heißen Tee schlürften, war Penz längst wieder friedlich gestimmt.
»War ein harter Tag heute«, sagte Pucher.
»Verdammt hart!«
»Nicht nur für dich. Auch ich hab' mich ganz schön schinden müssen!«
Penz lachte gequält.
»Ich wette aber, daß deine Fersen besser aussehen als meine. Die haben Löcher, so groß wie Zehnschillingstücke.«
»Blasen sind was Scheußliches«, sagte Pucher, »aber ich

hab' da was, das hilft. Zeig mir deine Fersen später im Zelt.«
Sie tranken und schwiegen eine Weile. Der Bach war ganz in der Nähe und plätscherte schallgedämpft unter der Eisschicht dahin. Dann und wann raschelte es in den Bäumen, und zu Eis gewordener Schnee rieselte über die Äste. Es gab einen Mond, aber der war nur eine schmale Sichel. Die paar Sterne, die man sehen konnte, flackerten wie Kerzenflammen auf einem Friedhofsgrab.
Penz räusperte sich und sprach das laut aus, woran er während der letzten Minuten gedacht hatte.
»Und du glaubst wirklich, daß ein Stadtmensch wie ich hier draußen in dieser eiskalten Wildnis einen Winter überstehen kann?«
Pucher schlürfte den letzten Rest des Tees aus seinem Becher, griff zum Kochtopf und füllte den Becher wieder auf. »Er ist kein Stadtmensch wie du. Ich meine das nicht persönlich. Für mich ist Fürst anders. Beinhart. Bis zur Selbstaufopferung. An der Grenze des Wahnsinns.«
Penz verstand.
Wer ein Teil dieser Natur war, der war kein Mensch mehr. Zumindest keiner von der Art, wie er sie kannte.
Ein Wahnsinniger. Oder ein Tier.
Pucher hielt ihm den Topf entgegen.
»Trink's aus. Wir brauchen den Topf. Ich hab' Suppenpulver da. Steinpilzsuppe. Wir könnten etwas von dem Speck hineinschneiden, den ich dir eingepackt habe. Dann wär's beinah wie ein Eintopf. Und Brot haben wir auch!«
Bis jetzt hatte Penz nicht bemerkt, wie hungrig er war. Zuerst war's der Ärger über Pucher gewesen, dann der höllische Schmerz in den Fersen. Zuletzt wohl der Respekt, wahrscheinlich sogar die Angst vor der Umgebung, der er sich so hilflos ausgeliefert fühlte.
Jetzt nickte er begeistert und begann seinen Rucksack aus-

zupacken. Pucher hatte bei weitem die schwerere Last übernommen. Ein paar Dosen mit Gulasch, das Brot, den Kocher, den Topf. Er selbst trug nur eine Plastikdose, in der sich die Packungen mit dem Suppenpulver befanden, und eine andere mit einem Bündel kleiner Trockenwürste und einem großen Stück Speck. Dazu natürlich seine Klamotten, die Isoliermatte, den Schlafsack und andere Dinge wie Regenschutz, Taschenlampe und so weiter. Puchers Liste der Ausrüstungsgegenstände war vollständig gewesen. Er hatte wochenlang daran gearbeitet und absolut nichts vergessen. Auch die Apotheke nicht. Und die trug auch er in seinem Rucksack mit.

Als Penz den letzten Rest der Suppe mit dem letzten Stück Brot aus seinem Eßgeschirr gewischt hatte, rülpste er laut, streckte die angewinkelten Arme seitlich weg, legte den Kopf zurück, atmete dabei tief ein und stieß dann die Luft mit zufriedenem Stöhnen aus.

Pucher grinste.

»Ein warmes Essen hier draußen schmeckt nach einem harten Marschtag besser als das feinste Menü im Waldorf Astoria, stimmt's?«

Penz stöhnte nochmals. Diesmal etwas schwächer.

»Fehlt nur noch ein Verdauungsschnaps!«

»Auch damit kann ich dir dienen!«

Pucher kramte kurz in seinem Rucksack und zog eine Plastikflasche hervor. Er schraubte sie auf, roch kurz an der Öffnung, rollte dabei die Augen und reichte die Flasche an Penz weiter, ohne selbst getrunken zu haben.

Es war einer jener Bauernschnäpse, die brennen wie das leibhaftige Höllenfeuer selbst. Penz hatte in Unkenntnis der Stärke des klaren Getränks einen viel zu tiefen Schluck genommen und spürte nun, wie ihm ein glühender Stab in den Magen geschoben wurde. Zugleich schossen ihm die Tränen in die Augen.

Pucher lachte laut.

»Trink noch einen Schluck, dann schau' ich mir deine Fersen an!«
Penz winselte wie ein geprügelter Hund.
»Wenn ich noch einen Schluck trinke, dann brauche ich keine Fersen mehr. Und auch keine Beine und keinen Kopf. Denn dann bin ich tot. Von welchem Giftmischer hast du denn dieses Gesöff?«
»Ich kenn' da einen Bauern«, begann Pucher, sprach aber den Satz nicht zu Ende. Es war ja auch völlig unwichtig, wer den Schnaps gebrannt hatte. Penz kannte den Mann ohnehin nicht. Statt dessen begann er das Zelt einzurichten. Er rollte die Matte auf und legte sie auf den Boden. Dann packte er den dicken Daunenschlafsack aus und legte ihn darauf.
Penz schaute ihm eine Weile zu und spürte dabei, wie ihm der Schnaps langsam in den Kopf zu steigen begann. Er fühlte sich glücklich und leicht, und nichts war mehr düster, und Angst hatte er auch keine mehr.
Eine Viertelstunde später war alles im Zelt verstaut, und Pucher zog die beiden Reißverschlüsse zu. Dann entkleidete er sich bis auf die Unterwäsche.
»Glaubst du nicht, daß du dir den Arsch abfrieren wirst?« fragte Penz.
Pucher lachte.
»Die Daunen reichen völlig aus, um einen warmzuhalten. Wenn du dich in voller Montur hineinlegst, dann glaubst du, du bist in der Sauna.«
Penz begann seine Schuhe auszuziehen. Seine Fersen hatte er zuletzt, als er nur noch gesessen hatte, nicht mehr gespürt. Als er langsam die Socken von den Beinen schälte, kam die Erinnerung an den Schmerz wieder zurück, und er wunderte sich, daß kein Blut durch die Wolle gesickert war. Auch am Fuß war kein Blut. Nur zwei daumennagelgroße Blasen, die auf den ersten Blick ziemlich harmlos aussahen.

»Und diese mickrigen Dinger haben mich stundenlang gequält«, sagte er fast enttäuscht.
Pucher sah sich die Fersen beim Licht der Taschenlampe genau an und kramte dann in seiner Apotheke herum. Er nahm einen kleinen Plastiktiegel heraus und schmierte eine gelbliche Salbe auf die wunden Stellen. Dann legte er Wattebäusche darüber und klebte sie mit Heftpflaster fest.
»Das bleibt bis morgen früh drauf. Dann kriegst du etwas anderes. Es wird zwar noch eine Weile weh tun, aber in zwei, drei Tagen spürst du nichts mehr!«
Penz erinnerte sich daran, daß er sich vor wenigen Stunden noch fest vorgenommen hatte, morgen früh umzukehren. Da hatten aber auch seine Fersen noch höllisch geschmerzt, und Pucher hatte kaum ein Wort mit ihm gesprochen. Jetzt hatte er das Gefühl, daß ihn der Partner nicht mehr als lästiges Anhängsel betrachtete, sondern sogar als eine Art Freund. Vielleicht war's aber nur der Schnaps. Natürlich würde er morgen nicht zurückgehen.
Als Pucher am nächsten Morgen aufwachte, dachte er an die Frau. Und den Jungen. Wahrscheinlich hatte er auch von ihnen geträumt. Es war warm im Schlafsack, und er versuchte den Zustand zwischen Schlaf und Wachwerden so lange wie möglich hinauszuzögern.
Die Frau hatte ihn beeindruckt. Nicht nur, weil sie den Typ reiferer Frauen verkörperte, zu dem er sich immer schon hingezogen gefühlt hatte. Da war auch ein Gemisch aus kühler Gelassenheit und abwartender Intelligenz, das sie für ihn interessant machte. Die Art, wie sie über Fürst und den Wald gesprochen hatte, erinnerte ihn jetzt, im Halbschlaffilm, den er hinter den geschlossenen Augen abrollen ließ, an die Mutter eines Skifahrers, der nach Japan geflogen war, um dort Weltmeister zu werden. Weil alle Kommunikationsmöglichkeiten zusammengebrochen waren, wußte sie auch Tage nach dem Rennen noch nicht, wie es ausgegangen war. Und sie zitterte noch immer mit

ihm, obwohl für ihn alles schon längst gelaufen war. In Fürsts Frau war dieselbe innere Spannung. Alles war gelaufen. War alles gelaufen?
Eine Abart dieser Spannung war es wohl auch gewesen, die ihn selbst in den Wald getrieben hatte. Vielleicht fühlte er sich der Frau deshalb so nahe. Vielleicht war's aber auch nur die physische Anziehungskraft. Gerade als er sich vorzustellen begann, wie es mit ihr im Bett sein könnte, erinnerte er sich, daß er nicht allein im Zelt war. Penz hatte sich in seinem Schlafsack zusammengerollt wie ein Engerling und stieß nach jedem langen, tiefen Atemzug die Luft aus wie einer, der alle Geburtstagskerzen auf einer riesigen Torte auf einmal ausblasen will.
Pucher befreite die linke Hand mühsam aus dem Schlafsack und blickte auf die Uhr. Es war kurz nach sieben. Draußen würde es noch klirrkalt sein, und allein beim Gedanken daran rieselte ihm eine Gänsehaut über den Rücken.
Er war nie der knallharte Naturbursche gewesen. Da gab's andere, hier droben im Norden der Steiermark, die ihre Härte immer wieder unter Beweis stellten. Bei halsbrecherischen Klettertouren im Gesäuse oder bei Skiabfahrten über Lawinenhänge. Er kannte einen, der war bei Expeditionen dabeigewesen. Die südamerikanischen Kordilleren, das russische Pamirgebirge, Karakorum, Himalaja.
Er blickte hinüber zu Penz.
Für den versoffenen Sesselkleber mußte er all das verkörpern, was er immer gern gewesen wäre. Den Naturburschen, der nur die Nase in den Wind zu strecken braucht, um zu wissen, wann der nächste Wettersturz bevorsteht. Den beinharten Marschierer, den Überlebenskünstler, den Trapper, den Pfadfinder, den Indianer.
Es tat gut, von jemandem bewundert zu werden. Auch wenn man nur der Einäugige unter den Blinden war. Vielleicht hatte er Penz gerade deshalb mitgenommen.

Nein. Der wahre Grund für die Anwesenheit des Schreiberlings lag in dessen Beruf. Er würde über all das schreiben. Über ihn, den Führer. Und über die Suche nach Fürst. Die Gefangennahme. Dann würden sie den Namen Pucher kennen. Auch die lahmarschigen Bürohengste im Landesgendarmeriekommando. Seit er Penz näher kannte, hatte er allerdings viel von dem Respekt verloren, den er Presseleuten bisher immer entgegengebracht hatte. Außerhalb seines Terrains war Penz verloren. Und sein Terrain war die Stadt. Hier war er ihm völlig ausgeliefert. Auch geistig. Er mußte das glauben, was Pucher ihm erzählte, weil es keinen anderen mit einer Meinung gab, den er hätte fragen können, und er selbst keine Meinung hatte. Pucher lächelte. Er nahm sich vor, Penz irgendwann während des Waldtrips irgendeine erlogene Geschichte zu erzählen. Es mußte eine gute Geschichte sein. Er war überzeugt, daß der Schreiber sie ihm aus der Hand fressen und später auch in seiner Zeitung schreiben würde.
Pucher überlegte, ob er nun endlich aufwachen, oder vorher noch eine Weile an Fürst denken sollte. Er entschied sich für Fürst und begann, sich die erste Begegnung auszumalen. Wahrscheinlich lebte er in einer Höhle, und sie würden den Rauch des Feuers schon von weitem sehen. Nach all diesen Monaten gab es für Fürst keinen Anlaß mehr, vor Verfolgern auf der Hut zu sein. Pucher würde sich an den Höhleneingang heranarbeiten und dann das Gewehr in Anschlag bringen. »Sie sind festgenommen, Herr Fürst«, würde er sagen. Ganz ruhig. Und eine ausgemergelte, bärtige Gestalt würde zusammenzucken. Fürst tat ihm irgendwie leid. All die Monate hier für nichts. Die wahnsinnigen Entbehrungen, die Irrsinnskälte, die Einsamkeit und wohl auch die Angst. Vielleicht würde er sogar froh sein, daß alles vorbei war. Daß es nicht er war, der sich selbst gestellt hatte, sondern daß ihn ein übermächtiger Gegner zur Strecke gebracht hatte. Einer, der wohlge-

nährt und vor allem bestens ausgerüstet war. Und einer, der ein Gewehr hatte.
Schießen würde er wahrscheinlich nicht. Auch wenn sich der Höhlenmensch auf ihn stürzen würde. Dann würde es eben ein kurzes Handgemenge geben, und da mußte einfach der gesunde, kräftige, ausgebildete Kämpfer gewinnen.
Pucher befreite beide Arme und öffnete die Augen. Er griff hinüber zu Penz und begann ihn zu rütteln.
»Bruno«, sagte er laut, »Zeit zum Aufwachen. Halb acht!«
Er hörte, wie Penz den Atem anhielt und dann laut schnaubte. Dann kam in den Schlafsack Bewegung, so, als hätte man einen Sack voll Schlangen hineingeschüttet. Einige Sekunden später saß Penz aufrecht da und versuchte, die Hände aus dem Sack zu kriegen. Das gelang nur mit größter Anstrengung. Penz rieb sich die Augen, atmete tief durch und sagte: »Ich hätte, bitte, gern ein englisches Frühstück mit zwei Spiegeleiern, Herr Ober!«

Das Feuerholz hatte gerade bis zum Morgen gereicht. Als es draußen hell wurde, mußte Fürst hinaus, um neues zu sammeln. Es war bitterkalt, und seine Gelenke waren steif und schmerzten. Der Wald hier oben war ganz anders als der Wald, der sein Tal umgab. Alles war düsterer und höher und steiler. Fürst fühlte eine Unruhe und auch eine Unsicherheit. Die Welt schien noch zu schlafen, und auch die Luft stand still. Er hielt den Atem an und lauschte, aber er hörte nicht einmal den Bach tief unten in der Schlucht, dessen Zischen und Gurgeln bis hier herauf gedrungen war, als der Winter ihn noch nicht in Eis verwandelt gehabt hatte.
Plötzlich hatte er Heimweh nach seinem Tal. Nach der

geordneten kleinen Welt, die er sich geschaffen hatte. Dort unten war's kein purer Kampf ums Überleben mehr. Dort unten lebte er bereits. Er fluchte laut vor sich hin, während er das wenige Holz zusammentrug, das der Wald ihm freiwillig gab.

Später, als er am Feuer saß und in den Tontiegel starrte, in dem er sein Frühstücksgebräu zubereitete, verflog die Beklemmung wieder. Er begann, über seine unmittelbare Zukunft nachzudenken und versuchte dabei, den Weg zu rekonstruieren, den er auf seiner Flucht genommen hatte. Das erste Stück von der Höhle in Richtung Außenwelt kannte er noch ganz gut. Es hatte an jener steilen Felsnase geendet, die seine bescheidenen Kletterfähigkeiten auf eine beinharte Probe gestellt hatten. Das war einen Tag nach jenem Tag gewesen, an dem er es zum erstenmal geschafft hatte, Feuer zu machen. Er mußte versuchen, höher hinauf zu gelangen. Dann konnte er das Hindernis sicher umgehen. Einen Tag lang würde es wohl dauern, bis er die Steilwand hinter sich hätte. Dann waren da noch einige eher harmlose Kletterpassagen und dann das Tal. Der Bach mit den großen Fischen. Wahrscheinlich gab's dort auch Rehe oder Hasen. Wie er das Problem der nächsten Übernachtung lösen würde, wußte er noch nicht. Er erinnerte sich an das vom Blitz gerodete Waldstück mit den toten Baumzacken, die wie graue Zeigefinger in den Himmel ragten, und an die gewaltigen Baumstämme, die am Boden zum Teil übereinander lagen. Vielleicht gab es dort Hohlräume, die ihm Schutz bieten konnten.

Wenn das mit der Jagd nicht klappte, dann würde er auch nicht allzu traurig sein. Er könnte ja, um der Expedition Sinn zu geben, den Sack mit Flechten füllen. Wahrscheinlich würde es unten, am Bach, auch Nüsse geben. Aber es war ja ohnehin nie der Hunger gewesen, der ihn zu diesem Trip bewogen hatte. Neugier und der Wunsch nach etwas Abwechslung waren's gewesen. Der Übermut

des Zufriedenen, den er jetzt schon zu bereuen begann. Er würde nicht allzulange hier draußen bleiben.
An Verfolger dachte Fürst nicht. Er war völlig überzeugt, daß man ihn draußen, in der bewohnten Welt, längst für tot hielt. Wenn er zurückdachte und sich in sein früheres Leben versetzte, konnte er sich ganz gut vorstellen, was man unten, im Dorf, für möglich hielt, und was man ausschloß. Für möglich konnte man halten, daß es der Lehrer geschafft hatte, seinen Verfolgern zu entkommen, und daß er nun irgendwo, weit weg, ein neues Leben begonnen hatte. Möglich war auch, daß er in den Schluchten des Urwalds abgestürzt und umgekommen war. Ausgeschlossen war, daß es ein Mensch ohne jegliche Hilfsmittel schaffen würde, den Winter im Wald zu überstehen. Tote braucht man nicht zu suchen. Die schaden niemandem mehr.
Da er sehr früh aufgestanden war, konnte er auch sehr früh aufbrechen. Er überquerte den Hang auf der Höhe der Höhle einige hundert Meter weit und begann dann, sich extrem langsam und vorsichtig hochzuarbeiten. Da war kein Zeitdruck, und auch sonst gab es keinen Grund, sich zu beeilen. Die Hektik, die einen Menschen in der Mühle der sogenannten Zivilisation begleitet, hatte er längst abgelegt. Unten, in seinem Tal, hatte er gelernt, mit der Zeit umzugehen. Sie als freundlichen Begleiter zu betrachten. Sie nicht totzuschlagen, sondern zu genießen. Es war schon eine Weile her, seit er sich einsam gefühlt hatte. Einsamkeit war doch wohl nur der Zwang, ohne andere Menschen auskommen zu müssen. Und die anfängliche Sehnsucht nach menschlicher Gesellschaft war im Laufe der einsamen Wochen immer schwächer und schwächer geworden und schließlich ganz verflogen. Seither fühlte er sich nicht mehr einsam. Noch immer redete er oft laut mit sich selbst, und manchmal spaltete er sich in zwei Personen, die zwei verschiedene Meinungen hatten und diese lautstark ausdiskutierten. Er hatte

auch schon überlegt, ob das die ersten Anzeichen einer beginnenden Schizophrenie sein könnten, war aber zu dem Schluß gekommen, daß er geistig völlig gesund sei. Die Zwiegespräche hatten schauspielerische Wurzeln und dienten nur seiner Unterhaltung.
Nebel hatte es an diesem Morgen keinen gegeben. Dafür war die Luft viel zu kalt. Es würde ein klarer Tag mit einem blauen Himmel werden.
Er bemerkte die meisten Eisplatten schon vorher und konnte so Stürze vermeiden. Einige Male rutschte er trotzdem aus und schlitterte einige Meter auf dem Bauch zurück. Diese kleinen Unfälle blieben jedoch ohne Folgen. Gegen Mittag wußte er, daß sein Plan aufgegangen war. Von der Felsnase hatte er noch nichts gesehen. Da sie sich ihm nie in den Weg gestellt hatte, mußte er sie umgangen haben.
Nur einmal rastete er kurz. Sein Marschtempo war so langsam und kräfteschonend, daß weder Müdigkeit noch Hunger aufkamen. Am mittleren Nachmittag wurde das Gelände etwas flacher. Im Sommer mußte es hier aussehen wie auf einer Hochalm.
Die Weite, der er plötzlich gegenüberstand, schockte ihn kurz. Da waren keine steilen Felswände mehr, und der Horizont war in Brusthöhe, nicht irgendwo weit oben bei den Bergspitzen. Fürst kam sich schutzlos vor und nackt. Wie ein Camper, dem der Wind das Zelt davongeblasen hatte. Oder wie einer, dessen Bett plötzlich im Freien steht, weil eine Schubraupe die Mauern des Schlafzimmers weggeschoben hat. Er beeilte sich, die ebene Fläche rasch zu überqueren, und atmete auf, als er auf der anderen Seite wieder in den Wald eintauchen konnte.
Der defekte Feuerbehälter hatte die Glut bis hierher bewahrt, aber bald würden alle Mühen, das Feuer am Leben zu erhalten, vergebens sein. Fürst mußte so rasch wie möglich eine Stelle finden, an der er lagern konnte.

Die Zeit hatte zwar viel von der Erinnerung an den damaligen Fluchtweg gelöscht, er wußte aber, daß er damals von der rechten Seite auf die kleine Hochebene gekommen war. Dort unten mußte auch das bizarre, von Blitzen halb zerschlagene Waldstück liegen. Es war noch ein weiter Weg bis dorthin. Da waren einige Steilwände und Kletterpassagen, und ganz unten würde er auf den Bach stoßen. Wenn er weiterginge, würde er beim Einbruch der Dunkelheit in irgendeiner Felswand hängen oder sich mühsam einen Steilhang abwärtstasten. Und Feuer hätte er dann auch keines mehr.

Er mußte also nach links. Tiefer in den Wald hinein, den er nicht kannte. Der Schnee war hier stellenweise so tief, daß er das Unterholz völlig bedeckte. Fürst watete mühsam und kräfteraubend, und er hatte noch immer keine Ahnung, wie und wo er die Nacht verbringen würde.

Die Anstrengung war so groß, daß er die Kälte nicht spürte. Nach einer Weile wurde der Wald dichter und die Schneedecke dünner. Sie trug ihn jetzt, und er kam rascher vorwärts. Bis zur Dunkelheit hatte er noch gute zwei Stunden.

Die Bäume waren dünn und wuchsen kerzengerade in den Himmel. Wind kam auf und wirbelte kleine, weiße Schneewölkchen in die Luft.

Die Lösung seines Problems kam in Form einer kleinen Lichtung, die am anderen Ende von einer niedrigen Felswand abgeschlossen war. Der Wind hatte hier meterhoch Schnee angehäuft. Er hatte noch nie zuvor ein Iglu gebaut, oder eine Schneehöhle ausgehoben. Und er hatte auch vor dem Betreten der Lichtung nie daran gedacht, sich auf diese Weise einen Unterschlupf zu schaffen. Jetzt wühlte er sich mit den fellbehandschuhten Händen in den weißen Berg hinein und wunderte sich, wie einfach das alles war.

Eine halbe Stunde später brannte ein kleines Feuer, und

als es draußen dunkel zu werden begann, trank Fürst aus dem dampfenden Tontiegel. Wie auf Bestellung hatte er in einer geschützten Felsnische fast trockenes Holz gefunden. Es würde für die Nacht reichen. Einige dürre Baumstämme und Äste, die er auf den eisigen Boden gelegt hatte, mußten als Schlafstätte dienen. Wahrscheinlich würde es zum Schlafen ohnehin zu kalt sein. Er würde sitzen und ins Feuer starren. Und denken. Vielleicht würde er auch wieder die alten Lieder singen oder neue erfinden. Irgendwelche. Mit Texten, die sich reimten.

Am zweiten Tag war es für Penz schon viel besser gegangen. Dabei hatte es am Morgen mit einem Schock begonnen. Seine Blasen taten höllisch weh, als er es endlich geschafft hatte, die Füße in den Schuhen zu versenken. Penz konnte beim Gehen den Fuß kaum abwinkeln. Und wenn er es trotzdem tat, schossen ihm vor Schmerz die Tränen in die Augen.
Pucher war fröhlich wie noch nie zuvor und pfiff irgendeine ländliche Schnulze, während er das Frühstück zubereitete. Er setzte sich neben Pucher auf seinen Rucksack und schlürfte den heißen Tee.
»Schnaps?« grinste Pucher und hielt ihm die Flasche mit dem Teufelsgesöff entgegen.
Penz schüttelte sich angewidert.
Beide Fersen pochten gegen die harte Hülle, in die er sie gezwängt hatte. Der Schmerz schien aber langsam nachzulassen.
Gegen zehn Uhr packten sie ihre Sachen zusammen und bauten das Zelt ab. Pucher tat den Hauptteil der Arbeit. Er bemühte sich auch gar nicht, Penz zu beschäftigen. Der tat einige Alibi-Handgriffe, war aber froh, sich nicht

allzuviel bewegen zu müssen. Er hatte beschlossen, dem anderen zunächst noch nichts von den Qualen zu sagen, die er ausstand. Wenn es dann allzu arg werden würde – und das konnte nicht sehr lange dauern –, würde er umkehren. Natürlich müßte er Pucher davon informieren. Vielleicht würde ihm der auch wieder etwas von der Salbe anbieten, die schon in der Nacht kaum gewirkt hatte. Längere Pausen würde er aber sicher nicht einlegen. Und langsamer gehen würde er auch nicht. Von einem Lager und einer eintägigen Rast gar nicht zu reden.

Dann war aber alles ganz anders gekommen. Eine halbe Stunde lang hatten ihn die Füße noch gemartert, der Schmerz war aber immer dumpfer geworden und dann schließlich ganz eingeschlafen. Er spürte die Blasen nur, wenn er für längere Zeit stehenblieb, deshalb machte es ihm auch gar nichts aus, daß die Mittagsrast kurz war.

Pucher behandelte ihn etwas verständnisvoller und drosselte das Marschtempo gegenüber dem ersten Tag etwas. Penz dehnte daher seinen Tausend-Schritte-Rhythmus auf zweitausend Schritte aus.

Das Tal hatte sich längst verengt. Die Wände, die es links und rechts begrenzten, waren näher gerückt, und der Anstieg wurde immer steiler. Beide Männer keuchten schwer, und die Rucksäcke drückten sie bei jedem Schritt noch tiefer in den Schnee.

Es gab keine Sonne, nur helles Grau, das den Himmel überzog. Der Wind kam unregelmäßig und in verschiedener Heftigkeit. Manchmal spürte Penz ihn nur als leichten Hauch im Gesicht, dann zerrte er wieder an den Kleidern, so, als wolle er die einsamen Marschierer in den Schnee zwingen.

Zum Denken hatte Penz kaum Zeit. Der Körper war einfach zu sehr damit beschäftigt, genügend Sauerstoff aufzunehmen und das Blut durch die Umlaufbahn zu jagen. Der klarste Gedanke, dessen er fähig war, sagte ihm allerdings

mit schonungsloser Offenheit, daß er den Punkt ohne Wiederkehr längst überschritten hatte. Allein würde er es kaum noch schaffen, aus dieser weißen Wüste herauszukommen. Er war an Pucher, dessen Zelt und dessen Erfahrung gefesselt.
Irgendwann blieb Pucher stehen und wartete, bis Penz zu ihm aufgeschlossen hatte. Der Journalist hob langsam den Kopf und blickte ihm ins Gesicht. Beide hatten die Augen weit aufgerissen und sogen durch Nase und Mund zugleich soviel Luft ein, wie die Lungen halten konnten. Puchers Finger hatten sich in die Oberschenkel verkrallt, und der Oberkörper stand in fast rechtem Winkel zu den Beinen. Das Gesicht war schweißnaß.
»Ich wollte es dir ersparen«, keuchte er, »aber jetzt mußt du für eine Weile spuren. Bis dort vorn zumindest!«
Er zeigte auf den Punkt, an dem sich das Tal so verengt hatte, daß es wohl nur noch einen Weiterweg gab, wenn man rechts, über eine Wand, hochkletterte.
Penz hatte keine Ahnung, was Spuren bedeutete. Bis jetzt war er nur hinter dem anderen hergestapft und trotz dessen Führungsarbeit und Wegbereitung manchmal bis zu den Oberschenkeln im Schnee versunken. Er hatte das Leistungsgefälle zwischen sich und Pucher so eingeschätzt, daß dieser trotz des Kraft-Mehraufwands noch immer um Welten stärker war als er selbst. Puchers plötzliche Kapitulation verblüffte ihn.
»Wir könnten auch lagern«, sagte Penz.
Der andere schüttelte den Kopf und wischte sich mit dem Handrücken den Schweiß aus den Augen.
»Eine Weile geht's schon noch. Fang einmal an!«
Der Schnee war hier nur kniehoch. Das bedeutete aber, daß man bei jedem Schritt das Bein bis über die Schneeobergrenze heben und dann, mit dem vollen Körpergewicht belastet, nach unten drücken mußte. Gehen im Treibsand mußte so ähnlich sein. Da das Gelände außer-

dem steil war, rutschte man bei jedem Schritt um mindestens die halbe Schrittlänge zurück. Der Raumgewinn reduzierte sich damit auf ein Minimum.
Penz wußte bereits nach zehn Minuten, daß er diese Strapaze nicht sehr lange würde durchhalten können. Sein Muskelapparat war für solche Kraftproben ebensowenig trainiert wie seine Lunge. Körperliche Qualen hatte er während der letzten Jahre nur dann erleiden müssen, wenn er nach einer durchzechten Nacht mit einem Riesenkater aufgewacht war.
Er kannte seine physische Leistungsgrenze nicht, weil er sie noch nie erreicht hatte. Jetzt hatte er das Gefühl, daß schon der nächste Schritt über sie hinausgehen würde. Zu seinem Erstaunen gelang ihm aber immer wieder ein neuer Schritt. Und dann noch einer. Und noch einer. Den Rucksack, der noch vor einer halben Stunde wie ein Mühlstein auf seinen Rücken gedrückt hatte, spürte er nicht mehr. Der Atem ging automatisch und in einem genauen Rhythmus. Manchmal mußte er husten, das löste in seinem Kopf dann immer ein Schwindelgefühl aus, das aber nach einigen tiefen Atemzügen wieder verschwand.
Sie hatten die Wand beinahe erreicht, als seine Beine einknickten und er seitwärts in den Schnee stürzte. Er spürte, wie sich die weiche Decke über ihm schloß und wie etwas Kaltes über sein Gesicht strich und ihm den Mund füllte. Es war ruhig und still, und er mußte nicht mehr gehen. Zum Denken hatte er noch immer keine Zeit, weil er schlafen wollte. Die Augen schließen und die Beine weit wegstrecken.
Es dauerte eine Weile, bis sich Pucher zu ihm durchgearbeitet hatte. Er hatte den Zusammenbruch schon viel früher erwartet. Daß Penz so lange durchgehalten hatte, erfüllte ihn sogar mit leiser Bewunderung für den Schreiberling.
Der Schnee war unter der harten Kruste weich und leicht,

wie Daunenfedern. Er wischte ihn von Penz' Gesicht und schlug ihm mit der flachen Hand einige Male auf die Wange.
Einige Minuten später saßen beide auf den Rucksäcken. Pucher lachte.
»In dir steckt ja ein echter Bergfex! Du wärst mir dort unten fast davongezogen. Ich hab' mich ganz schön anstrengen müssen, um mithalten zu können.«
Penz knabberte an einem Müsliriegel und spürte so etwas wie Stolz. Er konnte sich nicht erinnern, jemals Anerkennung für eine sportliche Leistung erhalten zu haben. Es war eine Art Reifeprüfung, die er gerade bestanden hatte. Von jetzt an würde alles viel leichter sein. Das wußte er. Und er spürte auch, daß er die Wand schaffen würde, die sich kaum fünfzig Meter weiter oben vom Tal weglehnte. Pucher hatte keine Ahnung, was sie oben, am Kamm, erwarten würde. Der Tag hatte noch mindestens drei Stunden Helligkeit, und die mußten sie ausnutzen. Er stand auf und klopfte den Schnee von den Hosenbeinen.

Am Morgen fühlte sich Fürst müde und ausgelaugt. Wie befürchtet, war er den größten Teil der Nacht wach gewesen. Ein paarmal war er kurz eingenickt, aber eine innere Alarmklingel hatte ihn immer wieder geweckt. Außer dem Umstand, daß das Feuer ausgehen könnte, fand er keine Ursache für die Unruhe, die ihn ergriffen hatte. Vielleicht war's die Umgebung, mit der er nicht so vertraut war. Oder die Angst vor der nächsten Nacht.
Eigentlich wollte er viel lieber umkehren, als weiter hinabzusteigen. Aber da war der Entschluß, den er unten in seinem Tal gefaßt hatte, und der Drang, nicht zu versagen. Vielleicht würde er einen Hasen erlegen. Oder etwas

Größeres. Auf alle Fälle würde er heute mit dem Flechtensammeln beginnen.
Er ließ sich Zeit mit dem Frühstück. Zuerst trank er zwei Schalen Nadeltee, dann kochte er in seinem Tontiegel ein paar getrocknete Fleischstücke weich. Dazu zerkaute er etwas von seinem Flechtenmehlbrot.
Als er fertiggegessen hatte, rieb er den Topf mit Schnee sauber und bereitete die Glut in seinem Feuerbehälter sorgsam zu. Er hatte noch genügend trockene Holzstücke und dürres Reisig in seinem Sack, um für mehrere Tage Feuer zu haben.
Auch das reichliche Frühstück hatte seine Unruhe nicht vertrieben. Er wußte, daß er keine Zeit mehr verschwenden durfte und an diesem Tag so weit wie möglich absteigen mußte, die Neugierde bewog ihn jedoch dazu, die Felswand zu umgehen und nachzusehen, wie es auf der anderen Seite weiterginge. Es war der gleiche Wald, die Schneedecke war gleich dick, und es ging leicht bergauf. Plötzlich stand er an einer Kante, die fast senkrecht nach unten abfiel. Der Wald hörte dort auf, wo der Fels anfing. Es war seine Schlucht. Unten mußte der Bach fließen, der seinen See nährte. Er hörte ihn nicht, weil er zugefroren war. In etwa hundert Meter Entfernung türmte sich auf der anderen Seite der Fels hoch. Es war, als hätte jemand mit einer riesigen Axt in den Berg gehauen und ihn gespalten.
Er blieb eine Weile stehen und verfolgte den Verlauf der Schlucht, so weit er konnte. Dort unten, irgendwo, war sein Tal. Vielleicht sollte er doch umkehren und zurückgehen. Er tat es nicht.
Eine Stunde später hatte er den Punkt erreicht, an dem er die normale Abstiegsroute verlassen hatte. Am Vortag war er von hier in rechtem Winkel abgebogen. Die alten Spuren waren noch da und zogen sich wie eine zittrige, von einem Kind gezeichnete Linie durch den Schnee. Er kümmerte sich kurz um sein Feuer und stapfte dann wei-

ter. Der Steilhang war bei weitem nicht so steil, wie er ihn in Erinnerung hatte. Er rutschte im Schnee bergab und kam bald zu dem Wald, an den er sich noch so klar erinnern konnte.

Da waren die Reste von gewaltigen Bäumen, die eine Naturgewalt innerhalb von Sekundenbruchteilen in kümmerliche Ruinen verwandelt hatte. Kopflos zeigten sie mit scharfen Spitzen in den grauen Himmel. Wenn sie gekonnt hätten, so hätten sie wohl Fäuste geballt und Flüche nach oben geschickt. Ihre oberen Hälften waren am Boden gelandet und dort saft- und kraftlos verdorrt. Er stapfte durch ein Labyrinth toter Bäume. Die Natur zeigte ihm wieder einmal die Zähne, aber er kam sich nicht mehr so winzig und unbedeutend vor wie bei ähnlichen Gelegenheiten zuvor. Er hatte sich längst eine eigene Ordnung geschaffen und wußte um seinen Platz und Stellenwert darin.

In dem wirren Haufen abgestorbener Stämme und Äste fand er bald genau das, was er gesucht hatte. Einen geschützten Raum, in dem er sein Feuer anzünden konnte und der auch groß genug war, ihm Schutz für die Nacht zu bieten. Er arbeitete eine Weile, brach armdicke Äste entzwei, indem er sie über zwei Stämme legte und von einem höheren Platz auf sie herabsprang, und beschaffte sich so nicht nur Feuerholz, sondern auch eine Abdeckung, die ihn vor den Winden schützte, die hier fast ständig wehten.

Als er fertig war, trank er etwas Nadeltee. Hier würde sein Basislager sein. Es war beinahe wie eine winzige Hütte. Vier gewaltige Baumstämme waren so gestürzt, daß sie zum Teil übereinander lagen und einen Wall von fast eineinhalb Meter Höhe bildeten. Zwei weitere waren in fast rechtem Winkel dazu gelandet und bildeten das Dach. Die rückwärtige Wand war ein Gemisch aus Gestrüpp und hartgefrorenem Schnee. Hier hatte er etwas nachgeholfen und für mehr Abdichtung gesorgt. Vorn hatte er eine Reihe von dicken Ästen nebeneinander an die Dachstämme gelehnt und so ein Eck geschaffen, das vom Wind völlig geschützt war. Hier brannte auch das Feuer. Er war zufrieden.

Die Nahrung würde noch für einige Tage reichen. Er konnte sich also Zeit lassen und von hier aus die nähere Umgebung erkunden. Flechten gab es im Geisterwald, wie er die Gegend nannte, zur Genüge.

Am mittleren Nachmittag startete er einen ersten Erkundungsgang. Er verfolgte seine Aufstiegsroute von damals weiter und sammelte dabei so viele Flechten, daß der Fellsack beinahe voll wurde.

Am Ende des toten Waldes war ein steiler Hang. Er erinnerte sich jetzt wieder, wie er ihn damals hochgekrochen war. Es hatte geregnet, und er hatte zum erstenmal Zweifel gehabt, ob seine Flucht richtig gewesen war. Wenn er damals umgekehrt wäre, dann säße er jetzt wahrscheinlich noch immer im Gefängnis und müßte auf einen Prozeß warten, dessen Ausgang ein Lotteriespiel sein würde. Die Anwälte von Schweglers Angehörigen könnten mehr Zeugen präsentieren, die ihn belasten würden, als er solche, die ihn entlasteten.

Er stand nun an der Kante zum Steilhang und blickte in das Tal hinab, das der Fluß in die Natur gekerbt hatte. Unter dem Hang breitete sich ein kleines Flachstück aus, wie eine weiße Schürze, dann fiel das Gelände wieder ab. Das mußte die Stelle sein, an der sich dem Flüchtling eine kleine Felswand in den Weg gestellt hatte. Fürst sah wenig Sinn darin, sich heute noch nach unten zu quälen. Dort war nichts. Nur das Geröll, das der Fluß vor sich hergetrieben hatte, und eine dicke Eis- und Schneeschicht. Er erinnerte sich an eine kümmerliche Aulandschaft weiter unten im Tal. Wahrscheinlich würde er dort noch ein paar gefrorene Haselnüsse finden können. Ob diese die Mühe wert sein würden, wußte er nicht. Aber er hatte ja noch

Zeit. Für heute hatte er mit dem Errichten des Lagers und dem Sammeln der Flechten schon genug getan.
Er wollte sich gerade umdrehen und zurückgehen, als er die Stimmen hörte.
Zuerst beachtete er sie gar nicht, dann hielt er sie für eine akustische Täuschung. Die Geräusche des Windes in Verbindung mit denen des Schnees, der von den Bäumen rieselte. Er blieb aber trotzdem stehen und hielt den Atem an, um zu lauschen.
Es waren Wortfetzen. Gebrüllte Befehle.
»Fuß ... reechts ... hoch ... aufpassen ... neeeiin ... gut so ... jetzt links ...«
Die Erkenntnis durchfuhr ihn wie ein Blitz. Er spürte die Gefahr so massiv, daß sie ihn für Augenblicke lähmte. Er hatte sich bis jetzt völlig allein in dieser Gegend gewähnt und konnte sich auch jetzt noch keinen Grund vorstellen, der Menschen um diese Jahreszeit in diesen Winkel des Urwalds hätte treiben können. O doch. Es gab einen Grund. Einen einzigen. Ihn!
Sein Herz schüttelte die Lähmung als erstes ab, und er spürte, wie es wild zu arbeiten begann. Trotz der Kälte hatten sich auf seiner Stirn Schweißtropfen gebildet.
Er ging in die Knie und starrte auf den Punkt, von dem die Stimmen kamen. Nach einer Weile sah er, wie sich ein Kopf über die Kante schob. Das Gesicht konnte er nicht erkennen. Da war eine bunte Wollmütze, und später kam ein rot-blauer Anorak nach. Der Rucksack, den der Mann trug, war ebenfalls rot. Und dann sah er noch etwas: ein Gewehr mit einem Zielfernrohr, das neben dem Rucksack über der Schulter des Unbekannten hing.
Er machte sich noch kleiner und schob sich einige Meter weit zurück. Jetzt konnte er niemanden mehr sehen.
Die Jäger waren da. Warum kamen sie erst jetzt? Sie hätten doch viel früher kommen können. Im Dezember, als der Winter noch nicht so streng war. Jetzt war's doch sinnlos.

Er spürte Wut in sich aufsteigen. Zuerst über die Dummheit und Inkompetenz seiner Jäger und dann über die Sorglosigkeit, die es verhindert hatte, daß er sich nicht schon längst einen wirksamen Plan für diese Situation ausgedacht hatte. Es würde noch eine halbe Stunde dauern, bis sie die nächste Kante erreichten und dort unweigerlich auf seine Fußspuren stoßen mußten. Eine halbe Stunde war gar nichts. Aber mehr hatte er nicht.

Fürst versuchte, seinen Kopf von allem belastenden und unnötigen Gedankenkram frei zu kriegen. Er schloß die Augen und atmete langsam und tief.

Da sie eine oder mehrere Waffen hatten, durften sie ihn auf keinen Fall zu Gesicht bekommen. Er mußte für sie ein unsichtbares Phantom bleiben. Seine Stärke lag in der Ortskenntnis, und wahrscheinlich war er auch in der Lage, sich in diesem Gelände schneller bewegen zu können.

Der Vorteil der Jäger bestand eindeutig in ihrer Ausrüstung. Sie konnten lagern, wo sie wollten, weil sie sicher Zelt und Schlafsäcke mithatten, und sie konnten sich mit Hilfe ihrer Feuerzeuge, Kocher und der mitgebrachten Pulver- und Konservennahrung zu jeder Tages- und Nachtzeit Essen zubereiten. Ohne die Ausrüstung waren sie nichts! Er wiederholte den Satz: Ohne ihre Ausrüstung sind die Jäger nichts! Und plötzlich wußte er, daß darin seine einzige Chance lag.

Zunächst einmal mußte er zurück zu seinem Unterschlupf und das Feuer holen. Die Jäger würden ihm ganz sicher dorthin folgen. Die Fußspuren ließen ihnen gar keine andere Wahl. Umwege oder Abstecher, um sie zu verwirren, konnte er nicht machen. Dazu war die Zeit zu kurz. Er mußte erst das Feuer holen, und dann mußte er den oberen Steilhang bewältigen. In einer knappen Stunde würde es dunkel sein. Das bedeutete, daß seine Verfolger irgendwo lagern mußten. Wahrscheinlich am Fuße des nächsten Hanges. Oder im Geisterwald.

Fürst versuchte zu laufen, spürte aber schon nach wenigen Schritten, daß der Kräfteverschleiß viel zu groß war. Er marschierte, so rasch es die Bodenverhältnisse erlaubten. Wenn er exakt in seiner Spur blieb, sank er kaum tiefer im Schnee ein. Einige Male trat er daneben und verlor dadurch Zeit. Er fluchte. Fehler konnte er sich in seiner Lage nicht leisten.
Die Stimmen hörte er nicht mehr. Obwohl er wußte, daß die Jäger die zweite Kante noch nicht erreicht haben konnten, drehte er sich immer wieder um und blickte zurück.
Sein Feuer glühte noch, und den feinen Rauch, den es verbreitete, konnte man erst sehen, wenn man ganz nahe war. Dann roch man ihn auch. Es war ein angenehm heimeliger Geruch, und es tat ihm leid, daß er jetzt nicht neben einem größeren, prasselnden Feuer hocken und positiveren Gedanken nachhängen konnte. Er bereitete, so rasch er konnte, die Glut im Feuerbehälter zu, packte alles zusammen, was wichtig war, und machte sich wieder auf den Weg. Es würde ein langer Weg werden.

Natürlich war es Pucher, der als erster die Fußspuren bemerkte. Penz hatte noch nicht einmal den halben Anstieg geschafft, als der Gendarm schon oben war. Er hatte die Abdrücke im Schnee sofort gesehen, und der Gedanke, daß sie vielleicht von einem großen Tier stammen könnten, war nie aufgekommen. Pucher blieb stehen und lauschte. Dann ging er langsam auf die Löcher im Schnee zu. Sie schienen ganz frisch zu sein, und wahrscheinlich war der Mann, der sie verursacht hatte, noch in der Nähe. Vielleicht beobachtete er ihn sogar.
Er war froh, daß er allein war. So konnte er seinen Triumph

in Ruhe auskosten. Er hatte zwar immer gespürt, daß er mit seiner Fürst-Theorie recht hatte, den endgültigen Beweis dafür aber hatte er erst jetzt vor Augen. Die Spuren kamen aus dem Norden und damit aus einem Gebiet, das bisher kaum Menschen betreten hatten. Er versuchte sich das Gelände so vorzustellen, wie er es aus der Luft gesehen hatte. Weiter im Osten mußte es eine Schlucht geben, die völlig unzugänglich war, und vor ihr türmten sich Berge auf. Es war eine riesige Sackgasse, aus der es kaum ein Entrinnen gab. Es sei denn, man schaffte die Überquerung einiger Felsriesen. Dafür mußte man aber ein exzellenter und bestens ausgerüsteter Bergsteiger sein.
Fürst war es nicht, und der Mann, der die Spuren hinterlassen hatte, war es auch nicht. Das waren keine Abdrücke von Bergschuhen. Es waren überhaupt keine Schuhabdrücke. Sie waren plump und oval, und die Sohlen hatten nicht das geringste Profil.
Es waren Fürsts Spuren. Daran zweifelte Pucher keinen Augenblick.
Penz hatte den Anstieg endlich geschafft und stand nun laut schnaufend an der Kante. Der Schweiß tropfte von seiner Stirn; er wischte ihn mit der behandschuhten Hand ab.
Pucher winkte ihm, näherzukommen, aber er brauchte noch einige Minuten, bevor er seinen Körper wieder in Bewegung setzen konnte.
Die Spuren im Schnee beeindruckten Penz tief. Er betastete sie beinahe mit Ehrfurcht und versuchte sich dabei vorzustellen, wie der Mann wohl aussehen mochte, der sie hinterlassen hatte. Die Spuren waren der Beweis dafür, daß die beiden Männer keinem Hirngespinst nachgelaufen waren. Sie waren aber auch erst der Anfang.
»Wie geht es jetzt weiter?« fragte er.
Pucher hatte es nicht gehört, und Penz stellte die Frage nochmals.

»Jetzt haben wir ihn!« sagte Pucher und grinste dabei wie einer, der einen Hasen in der Falle hat und ihn nur noch herauszunehmen braucht.
Penz sagte nichts. Er spürte aber, daß alles viel komplizierter war. Und daß die harte Arbeit erst jetzt begann. Der Klumpen, der in seinem Magen saß, signalisierte ihm auch Gefahr. Sie hatten es mit jemandem zu tun, der um sein Leben kämpfte. Oder zumindest um seine Freiheit. Und für Fürst gab es wohl kaum einen Unterschied zwischen diesen beiden Begriffen.
Pucher hatte das Gewehr von der Schulter genommen und trug es nun in der Hand.
»Du wirst ihn nicht abknallen«, sagte Penz und wunderte sich selbst über die Schärfe in seiner Stimme.
Pucher sah ihn erstaunt an.
»Wer redet denn vom Abknallen? Ein Warnschuß vielleicht. Bist du wirklich so naiv, zu glauben, daß er freiwillig mit uns kommen wird? Daß er in die Hose scheißt und den Schwanz einzieht, wenn er merkt, daß wir hinter ihm her sind? Wir brauchen ein Druckmittel. Und da gibt's nur eines!« Er tätschelte den Kolben der Waffe.
Penz hatte plötzlich Angst. Er spürte die Kälte stärker und fühlte sich unendlich müde. Es war der Augenblick der Wahrheit, und die Wahrheit war es, die er nicht wahrhaben wollte. Es gab zwei Jäger und einen Gejagten. Keine Romantik mehr, kein harmloses Abenteuer, keine Geschichte, die nur aus Lettern und Papier bestand.
Die Menschenjagd hatte begonnen. Und er hatte teil daran. Ähnliches hatte er bisher nur im Film gesehen. Oder in Büchern gelesen. Jetzt waren die Akteure von der Leinwand gestiegen und hatten ihn in die Mitte genommen.
Pucher ging vor ihm auf den Wald zu. Erst jetzt sah Penz, welcher Wald es war. Das Bild, das sich vor ihm ausbreitete, paßte genau zu seiner Stimmung. Alles war irreal. Wie ein Traum, aus dem er bald aufwachen würde. Die

Bäume waren von entfesselten Naturgewalten entzweigehackt worden. Es war ein Bild der Zerstörung. Sinnlose Kraftakte, statt harmonischen Zusammenlebens. Wucht statt Sensibilität.
Die Spur vor ihnen verlor sich in einem Gewirr von zerborstenem Holz, das nur teilweise vom Schnee zugedeckt war. Ein weißes Blatt Papier, auf das ein Kind mit einem schwarzen Stift wirre Linien gezeichnet hatte.
Pucher ging gebückt und lauernd wie eine Raubkatze. Penz bemühte sich, dieselbe Haltung einzunehmen. Die Spannung hatte sich bis in seine Fußsohlen ausgebreitet, sie kribbelten und schienen nur darauf zu warten, zum Sprung ansetzen zu dürfen.
Pucher roch das Feuer zuerst. Er legte die Hand auf die Lippen, und Penz erstarrte in der Bewegung. Dann sah er auch den blassen Rauch, der aus einem Haufen umgestürzter Baumriesen stieg. Pucher winkte Penz, dort zu bleiben, wo er war. Er selbst legte vorsichtig seinen Rucksack ab. Es war schwer, sich im Schnee lautlos vorwärtszubewegen. Jeder Schritt verursachte Geräusche, die ihn zusammenzucken ließen. Kurz vor dem Holzhaufen ging er in die Knie und kroch auf allen vieren weiter.
Die Spannung schnürte ihm die Kehle zusammen. Er hatte noch nie mit einer Waffe auf einen Menschen zielen müssen. Das kalte Ding lag schwer in seinen behandschuhten Händen, aber er brauchte es. Penz hatte doch keine Ahnung. Ein Romantiker, der glaubte, Probleme würden sich von selbst lösen und er dürfte in der ersten Reihe sitzen und dabei zusehen.
Der Geruch des verbrennenden Holzes wurde intensiver. Pucher mußte jetzt ganz in der Nähe der Feuerstelle sein. Die Stille, die ihn umgab, wirkte wie ein Verstärker auf jedes Geräusch, das er verursachte. Es war, als ließe man in einer leeren Kirche ein kleines Steinchen auf eine Trommel fallen. Wenn Fürst ganz nahe am Feuer saß,

dann konnte es sein, daß das Prasseln der Flammen Puchers Geräusche übertönte. Wenn nicht, dann mußte er ihn längst gehört haben. Weiterzukriechen hatte keinen Sinn mehr.
Plötzlich war nur noch der Entschluß da, und der verdrängte alles andere. Pucher sprang auf, klemmte den Gewehrkolben unter die Achsel und legte den Finger auf den Abzugsbügel. Dann schnellte er mit ein paar hohen Sätzen vor und stand Sekunden später vor Fürsts Notunterkunft. Er duckte sich und ließ sich dann auf das rechte Knie fallen. Jetzt hatte sein Gewehr alles, was in der Behausung vorging, unter Kontrolle.
Aber es ging nichts vor. Da waren nur das Feuer und ein Haufen Holz.
Pucher wußte nicht, ob er enttäuscht sein oder sich freuen sollte. Der Vogel war ausgeflogen, und das ersparte ihm die Amtshandlung, vor der er sich insgeheim fürchtete.
Er stand auf und winkte Penz zu sich heran.
»Er hat uns schon längere Zeit beobachtet«, sagte er. »Wenn er dort vorn, an der Kante, gestanden hat, als wir in der Felswand waren, dann hat er fast eine Stunde Vorsprung. Und in einer Stunde ist's dunkel.«
»Ein schlauer Fuchs«, sagte Penz und ärgerte sich, daß ihm nichts Intelligenteres einfiel. Die Ereignisse der letzten halben Stunde waren über ihm zusammengeschlagen wie riesige Wellen über einem Papierschiffchen. Aus einem ungeliebten Marsch unter körperlicher Qual war ein Krimi geworden. Er sah sich in der Behausung um. Sie war ungemein klug gewählt und hatte es dem Bewohner erspart, viel Arbeit zu investieren. Für die eine Seitenwand und das Schrägdach sorgten mehrere gewaltige Baumstämme, die Rückwand bestand aus einem Gemisch von Ästen, Wurzeln, Schnee und Eis, und vorn genügte ein kurzer Wall aus armdicken Ästen, um dem Feuer den nötigen Schutz vor dem Wind zu bieten.

Penz begann den Unterschlupf genau zu untersuchen. Neben dem Feuer fand er ein kleines Häufchen zerkochter Tannennadeln und ein daumengroßes Stückchen getrocknetes Fleisch.
Er spürte Fürsts Nähe plötzlich ganz intensiv. Der Lehrer war wirklich zum Waldmenschen geworden.
Pucher gab sich mit dem ersten Erfolg ihrer Expedition zufrieden.
»Morgen«, sagte er, »verfolgen wir die Spur weiter. Er kennt das Gebiet, und wir kennen es nicht. In der Nacht hat er damit Vorteile. Bei Tageslicht stehen unsere Chancen besser!« Sie suchten eine Weile und fanden dann am Rande des Waldes einen ebenen Flecken, der groß genug für das Zelt war und trotzdem noch den Schutz der Bäume bot. Penz, der nun schon etwas besser mit dem Leben in der Wildnis vertraut war, bot sich an, das Essen zuzubereiten, während Pucher das Zelt aufstellte.
Als sie auf ihren Rucksäcken saßen und die heiße Suppe löffelten, begann Penz zu ahnen, was die Romantik des Outdoor-Lebens ausmachte. Bis jetzt hatte er mehr gelitten als genossen, Fürsts erste Spuren hatten jedoch Strapazen und Ungewißheit weggewischt. Penz kam sich vor wie ein Schatztaucher, der das langgesuchte Wrack gefunden hatte und nun nur noch die Goldkisten heben mußte. Der Vergleich gefiel ihm so gut, daß er ihn Pucher nicht vorenthalten wollte. Der blies sachte in den dampfenden Löffel, schlürfte die Suppe tröpfchenweise und nickte erst, als er den letzten Tropfen geschluckt hatte. »In solchen Geschichten kommen aber auch immer ein paar riesige Kraken und Mörderhaie vor.« Er lachte. »Mit denen brauchen wir hier wohl nicht zu rechnen!«
Nach der Suppe aßen sie Brot und Speck.
Der Mond war halb voll. Oder halb dunkel. Das Licht war fahl und kalt, und es gab dem seltsamen Wald eine Atmosphäre, die Penz an die alten Dracula-Filme erinnerte.

Aber da war keine halbzerfallene Burg, und auch das Käuzchen klagte nicht. Der Gaskocher zischte ein gleichmäßig eintöniges Lied, und die blauen Flammen zuckten unter dem Boden des Aluminiumtopfes, in dem das Teewasser langsam zu kochen begann.
Sie aßen und redeten wie zwei alte Freunde. Die Spannung, die ihre Beziehung während der letzten achtundvierzig Stunden belastet hatte, war nicht mehr da. Pucher erzählte Geschichtchen aus seinem Gendarmenleben, und Penz versprach ihm, daraus einmal eine Reportage zu machen. Arbeitstitel: »Die Leiden eines Landgendarmen«. Darauf tranken sie Tee mit Schnaps.
Es war nicht die Müdigkeit, die Penz schließlich in den Schlafsack kriechen ließ, sondern ein Pochen im Kopf, das immer stärker wurde und von Schmerzen begleitet war, die ihm fast die Tränen in die Augen trieben.
Pucher wühlte kurz in seinem Rucksack und gab ihm dann eine Packung Tabletten.
»Nimm die«, sagte er. »Wenn die zu wirken beginnen, dann spürst du absolut nichts mehr.«
Penz schluckte zwei davon und schloß die Augen. Das Klopfen wurde bald schwächer, und dann spürte er nichts mehr. Als er einschlief, begann draußen ein Uhu zu rufen.

Fürst hörte den Vogel nicht mehr. Er hatte den Geisterwald weit hinter sich gelassen und auch schon den Anstieg bewältigt, der zwischen seinen beiden Lagerplätzen lag. Jetzt stapfte er langsam in seiner Abstiegsspur bergauf. Zum Glück reichte das Mondlicht, um die Umgebung schemenhaft erkennen zu können. Er mußte nur aufpassen, durfte seine Spur nicht verlieren. Das war aber

nicht besonders schwierig, wenn er sich konzentrierte und mit den Augen am Boden blieb.
Je mehr Entfernung er zwischen sich und seine Verfolger brachte, desto mehr Zeit würde er haben, sich einen Plan auszudenken. Bis jetzt hatte er noch keinen. Er wußte nur, daß er sie in die Große Wand locken und ihnen dort irgendwie die Ausrüstung wegnehmen mußte. Damit wären sie hilflos wie Nackte in der Wüste. Wenn er einmal in seiner Höhle war, würde er darüber nachdenken. Jetzt wollte er das nicht. Es war auch unwichtig. Was zählte, waren die Schritte, die ihn von den Jägern wegbrachten.
Er spürte keine Müdigkeit. Jede Bewegung kam natürlich und ungezwungen. Das Marschtempo stimmte genau, und die Frequenz der Atemzüge paßte exakt dazu.
Gegen Mitternacht kam er zu jener Stelle, an der er den von ihm gewählten Abstiegsweg verlassen hatte und tiefer in den Wald gegangen war, um dort sein Iglu zu graben. Er blieb stehen und überlegte. Wenn er jetzt weiter in Richtung Große Wand ginge, dann würden ihm seine Jäger folgen. Die Abzweigung bot jedoch eine Chance, noch mehr Zeit zu gewinnen. Er mußte sie nur zur Schneehöhle locken. Dort gab es dann mehrere Spuren für sie zur Auswahl. Eine führte sogar bis an den Rand der Schlucht.
Er bog nach rechts ab. Das Gehen war hier ungleich mühsamer, weil der Wind seine Spuren zum Teil verweht hatte und die Schneedecke an manchen Stellen viel tiefer war. Er tröstete sich jedoch mit dem Gedanken, daß auch seine Verfolger hier durchmußten.
Als er das Schneeloch erreichte, rastete er kurz, kümmerte sich einige Minuten lang um die Glut in seinem Feuertopf, dann legte er ein Spinnennetz von Fußspuren an. Dabei entfernte er sich immer weiter von der kleinen Lichtung und ging dann schließlich in der Richtung weiter, in der er bald wieder auf seine Abstiegsspur zu stoßen hoffte. Kurz vor der Almwiese erreichte er sie. Bald würde

es hell werden, und das war gut so, denn für die Große Wand brauchte er Licht. Nachts hätte er sich nie hineingewagt.

Am oberen Ende der Alm fand er eine Felsnische, in der es völlig windstill war. Hier legte er sein Gepäck ab und suchte Holz für ein Feuer. Als er den heißen Nadeltee schlürfte, wusch das erste Licht des Tages das Dunkelgrau der Nacht weg. Es war nicht allzukalt, und Fürst war zufrieden. Von hier an würde es für seine Verfolger verdammt hart werden. Er wartete, bis es taghell war, und ging dann weiter. Das Gelände war hier noch flach, aber die Große Wand hing bereits wie ein drohender Schatten über ihm. Das Band, auf dem er sich bewegte, verengte sich bald, und dann stürzte die Landschaft plötzlich steil nach unten.

Die Spuren, die er hinterlassen hatte, als er sich aus der Wand gearbeitet hatte, waren noch deutlich zu sehen. Er versuchte auch gar nicht, neue Spuren zu vermeiden, indem er sich nur dort bewegte, wo wenig Schnee war oder der Untergrund aus Eisplatten oder steinhart gefrorenem Waldboden bestand. Seine Verfolger sollten sie sehen und ihnen folgen. Nur so hatte er sie einigermaßen unter Kontrolle. Wenn sie sich von seinem Pfad entfernten und eine eigene Route suchten, mußte er sie erst wieder finden.

Er fühlte sich vor den Jägern so sicher, daß er jedes Risiko ausschalten und sich langsam und vorsichtig auf dem tückischen Boden bewegen konnte. Er erreichte die Höhle ohne Unfall. Es war Mittag, und er spürte die tiefe Müdigkeit eines Menschen, der das Gefühl hat, viel und gute Arbeit geleistet und sich damit einen langen, tiefen Schlaf verdient zu haben.

Seiner Schätzung nach hatte er einen ganzen Tag Vorsprung vor den Verfolgern gewonnen. Wahrscheinlich würden sie jetzt irgendwo in der Nähe der Schneehöhle herumstapfen und seinen Spuren folgen. Wenn sie clever

waren, konnten sie bis zum Abend den Einstieg in die Große Wand erreicht haben. Dort müßten sie aber ihr Zelt aufschlagen und übernachten.
Er zwang sich zum Holzsammeln, und bald brannte in der Feuerstelle der Höhle ein beachtliches Feuer. Es würde einige Stunden lang halten. Er legte sich auf den Reisighaufen und schlief tief und traumlos bis zum Abend.
Es war der Hunger, der ihn weckte, und er trank Tannennadeltee und bereitete sich eine Brühe aus den Fleischstückchen und einigen getrockneten Kräutern zu.
Er wußte, daß er einen Plan fassen mußte. Das klare, analytische Denken fiel ihm jedoch schwer. Da war er, und da waren die Jäger. Wenn er überleben wollte, mußten die Jäger weg. Das war simpel. Er konnte versuchen, eine Falle zu bauen, oder sie einfach aus einem Versteck mit seinen Pfeilen erschießen. Er hatte auch noch seinen Speer.
Die Erkenntnis, daß es sich bei den Verfolgern um Menschen handelte und nicht um eßbare Beute, die sein Überleben sicherte, kam ihm erst später.
Sie hatten Waffen bei sich, und sie hatten ihm den Krieg erklärt. Er mußte sich irgendwie zur Wehr setzen. Sie wollten ihn einfangen wie ein entlaufenes Haustier, und dann würden sie ihn wegschleppen. Sie ließen ihm keine Wahl. Er konnte versuchen, sich zu verstecken, bis sie die Geduld verloren hatten oder ihnen die Nahrungsmittel ausgingen. Dann würden sie wahrscheinlich sein Tal finden und dort unten alles zerstören, was er sich aufgebaut hatte. Sie würden weggehen und mit vielen anderen wiederkommen. Weil sie nun die Gewißheit hatten, daß er lebte und daß er da war. Er dachte nicht an Mord. Er dachte nur an Begriffe wie Schutz und Überleben.
Aber da war eine Kraft in ihm, die sich vehement dagegen sträubte, daß er den Verfolgern gegenüber Gewalt anwendete. Daß er Steine auf sie wälzte, oder Pfeile in sie schoß.
Er dachte lange nach und schlürfte dabei die heiße

Fleischbrühe. Er war jetzt wieder müde und wollte schlafen. Morgen früh würde er das Gelände in der Nähe der Höhle bis ins letzte Detail erkunden müssen. Exakte Ortskenntnis war ein wichtiger Teil des Planes, der jetzt langsam in ihm zu wachsen begann. Er würde die Natur die Arbeit tun lassen. Er selbst mußte nur ein bißchen nachhelfen.

Pucher und Penz saßen in Fürsts Iglu auf ihren Rucksäcken und tranken Tee. Er war heiß und wärmte die Finger ebenso wie das Innere. Die Schneehöhle und der Feuerplatz ließen die Bewunderung, die Penz für den Waldmenschen empfand, weiter anwachsen. Eigentlich war es simpel, hier draußen zu überleben. Man mußte nur wissen, wie. Ein Loch im Schnee, ein paar umgestürzte Baumstämme. Das Feuer. Penz hatte keine Ahnung, wie Fürst es immer wieder schaffte, Feuer zu machen. Er sah nur, daß es ihm gelang. Woher hatte er das Fleisch? Sicher von der Jagd! Aber wie jagte er?
Penz fieberte dem Augenblick der Begegnung entgegen. Es war keine Neugier mehr, sondern eine beinahe schmerzhafte Spannung, die ihn würgte. Konnte Fürst noch sprechen? Würde er zurückwollen, wenn man ihm klarmachen konnte, daß die Chance bestünde, beim Prozeß freigesprochen zu werden, und daß er, Penz, sich für ihn einsetzen würde?
Pucher lachte plötzlich laut und riß Penz damit aus seinen Gedanken.
»Du schläfst ja mit offenen Augen«, sagte der Gendarm und boxte ihn sanft in den Oberarm.
»He, ich bin auch noch da!«
Penz lächelte entschuldigend und zuckte die Schultern.

»Ich hab' an Fürst gedacht«, sagte er.
Pucher lachte wieder.
»Denk nicht soviel. Marschiere lieber! Sonst werden wir ihn nie zu Gesicht bekommen!«
Er stand auf und wischte das Geschirr im Schnee sauber.
Penz packte den Kocher ein.
Sie brauchten zwei Stunden, um die Spur zu finden, die sie aus dem Wald herausführte. Als sie das obere Ende der Almwiese erreichten, war es bereits so dunkel, daß sie ihre Taschenlampen brauchten, um das Zelt aufstellen zu können.
Die dritte Nacht im Wald, und Penz fühlte sich beinahe wohl. Er rollte sich fest in seinen Schlafsack und ließ sich vom Rascheln des Windes und einem Gemisch aus anderen Geräuschen, die er nicht definieren konnte, in den Schlaf wiegen.
Der Morgen war düster und wolkig, wahrscheinlich würde es bald schneien. Es war windstill, und es schien, als würde die Natur den Atem anhalten und ihre Kräfte sparen.
Pucher beeilte sich, die Sachen wegzupacken, und drängte immer wieder zur Eile. Zum Frühstück gab es nur Tee und ein paar Kekse.
»Heute ist vielleicht der entscheidende Tag«, sagte er. »Ich spüre, daß wir ganz nahe an ihn herangekommen sind.«
Bevor sie weggingen, kontrollierte er das Gewehr, nickte schließlich zufrieden und hängte es sich über die Schulter. Penz spürte einen eisigen, knochigen Finger, der über seine Wirbelsäule strich.
Es dauerte nicht allzulange, bis sie das Ende des Plateaus erreicht hatten und vor dem Einstieg in die Große Wand standen.
Sie türmte sich so hoch in den Himmel, daß Penz den Kopf weit zurücklegen mußte, um ihr oberes Ende sehen zu können. Und unter ihm stürzte sie ins Tal, bis sie sich in einem Gewirr aus schneebedeckten Wipfeln verlor. Die Bäume

waren schlank und hoch und bildeten mit der Wand extrem spitze Winkel. Penz konnte sich nicht vorstellen, daß man sich in ihr vorwärtsbewegen könnte. Mit Seil und Pikkel vielleicht. Dann aber sah er die Spuren und wußte, daß es doch möglich war. Fürst mußte sich von Baum zu Baum weitergetastet haben. Die Fußabdrücke waren überall dort, wo Schnee war. Er hatte den Schnee so zertreten, daß kleine Stufen entstanden waren. Treppen, auf denen er stehen und den nächsten Schritt überlegen konnte.
Auch Pucher stand still da und starrte in die Wand. Penz spürte, daß der Gendarm Angst hatte. Er zeigte sie nicht, aber in seinem Gesicht waren nur noch Spannung und Konzentration. Der Muskel am Ende der Kinnlade arbeitete, und unter dem linken Auge zuckte es.
Es war Fürsts Land, und beide wußten es. Nichtschwimmer, die in einen reißenden Gebirgsfluß mußten, um ein Phantom zu verfolgen, das sie noch nie gesehen hatten. Einer, der diese Welt zu seinem Lebensraum gemacht hatte, verdiente sie auch. Nicht nur, weil sie ohnehin kein anderer wollte, sondern auch, weil er sich seine Existenzberechtigung in ihr hart erarbeitet hatte.
Penz zögerte, dann sagte er es doch.
»Ich will da nicht hinunter! Er lebt, das wissen wir jetzt ja. Lassen wir ihn doch leben!«
Pucher drehte sich langsam um.
»Bruno«, sagte er, »du weißt so gut wie ich, daß wir in die Wand hineinmüssen. Alles, was wir in Zukunft tun würden, wäre nichts wert. Es wäre unvollendet. Vor uns selbst wären wir immer Versager und Feiglinge.«
Penz wußte, was sein Gefährte meinte. Er empfand ähnlich, obwohl er es anders ausgedrückt hätte.
Er legte die Angst auf eine Waagschale und den Drang, dem Waldmenschen begegnen zu müssen, auf die andere und wußte sofort, daß er weitergehen würde.
Pucher spürte ein Kribbeln im Nacken und fühlte, wie

ein riesiger Wattebausch die Flüssigkeit aus seinem Magen zu saugen begann. Seine Kehle war trocken, die Hände schwitzten in den Handschuhen.
Er sah Penz an und nickte dann.
»Du wirst es schon schaffen, Bruno. Wenn du vorsichtig bist, dann wirst du es schon schaffen!«
Penz sagte nichts. Er nahm seinen Rucksack auf und begann langsam zu gehen. Pucher folgte ihm und holte ihn knapp vor dem Einstieg ein. Jetzt verfluchte er sich, daß er keine Steigeisen mitgebracht hatte.
Zu seiner Überraschung ging es aber auch so. Sie hieben die Schuhspitzen in den Schnee und tasteten sich seitlich weiter. Für die Hände gab es immer irgendwelche Griffe. Meistens waren es Äste oder ganze Baumstämme. Penz rutschte am Anfang einige Male mit den Füßen ab, konnte sich aber immer mit den Händen festhalten und einen Sturz vermeiden. Auch Pucher verlor einmal den Halt. Der Ast, an den er sich gerade geklammert hatte, riß, und er glitt einige Meter in die Tiefe, bevor ihn ein Baum stoppte. Die rauhe Rinde schabte ein Stück Haut von seiner Wange ab. Da war Blut, das die eine Gesichtshälfte dunkelrot färbte und in den Schnee tropfte. Er kümmerte sich jedoch nicht darum, und auch Penz sagte nichts.
Es waren die Arme, die zuerst ermüdeten.
»Hast du eine Ahnung, wie wir in dieser Wand übernachten werden?« fragte Penz plötzlich.
Pucher reagierte überhaupt nicht.
Nach den Armen ermüdete der Geist. Sie mußten sich bei jedem Schritt bereits auf den nächsten konzentrieren und wenn dieser gelang, auf den nächsten. Daraus entwickelte sich eine gewisse Monotonie, ähnlich jener, die man empfindet, wenn man lange Zeit mit hundertachtzig auf der Autobahn dahindonnert. Es war die Monotonie der höchsten Aufmerksamkeit.
Wieder rochen sie das Feuer. Puchers Herz blies sich auf

und drückte auf den Magen. Er wollte Penz warnen, der einige Schritte hinter ihm war, doch der hatte es ebenfalls schon gerochen.

Pucher ahnte, daß sie beobachtet wurden. Wenn Fürst in der Nähe war, dann hatte er sie gehört, daran hatte er keinen Zweifel. Der Wald servierte dem Lauscher jedes Geräusch auf dem Silbertablett. Pucher hing in der Wand und konnte die Füße kaum bewegen, ohne dabei in Sturzgefahr zu kommen. Langsam löste er eine Hand von dem Ast, den er umklammert hielt, und nahm vorsichtig das Gewehr von der Schulter. Er hob es hoch und drückte den Kolben an die Wange. Dann legte er sein Auge an das Zielfernrohr. Er sah nur Wald. Und eine dünne Rauchsäule, die irgendwo, weiter vorn, aus dem Gehölz stieg.

Die Spannung hing dick in der Luft, und Penz, der noch nie auf der Jagd gewesen war, spürte, wie sie sich um ihn legte und ihn umklammerte. Aus Angst, man könnte sein Ausatmen hören, sog er so lange Luft in sich hinein, bis sein Brustkorb zu platzen drohte. Als er sie hinauslassen mußte, geschah dies mit hörbarem Zischen, und er zuckte zusammen.

Pucher hörte es, reagierte aber nicht darauf. Er wußte ganz genau, daß Fürst längst hätte zuschlagen können. In ihrer jetzigen Position waren Penz und er völlig wehrlos.

Wenn es Fürst gelang, sie aus dem Gleichgewicht zu bringen, würde er ihnen den Boden unter den Beinen wegziehen, und nichts konnte verhindern, daß sie den Hang hinunterstürzten.

Er hatte aber noch nichts getan. Das konnte bedeuten, daß er etwas anderes mit ihnen vorhatte, es konnte aber auch bedeuten, daß er nicht in der Nähe war. Vielleicht war er gerade auf Holzsuche. Oder auf der Jagd. Oder er tat etwas ganz anderes. Wie zum Teufel sollte er wissen, was ein verdammter Waldmensch um diese Tageszeit in einer Steilwand zu tun pflegt.

Sie mußten weiter. Pucher befreite seine Rechte vom Handschuh und hielt das Gewehr nun in der ungeschützten Hand. Mit Handschuh hätte er den Finger nicht um den Abzugsbügel gebracht. Die Waffe war kalt.
Er hatte jetzt nur noch eine Hand, mit der er sich am Hang festklammern konnte. Seine Bewegungen wurden dadurch noch sparsamer, und der Raumgewinn beschränkte sich auf wenige Meter pro Minute.
Die Fußspuren, denen sie folgten, führten sie direkt zum Höhleneingang. Ein niedriges, ovales, schwarzes Loch, aus dem sich hellgrauer Rauch kräuselte, der sich über dem Eingang sammelte und dann als gerade Säule nach oben stieg.
Wenn Fürst in der Höhle war, dann saß er in der Falle. Er war es nicht, und Penz war irgendwie erleichtert darüber. Das Ende konnte nicht so banal sein. Hätte Fürst wirklich ahnungslos am Feuer gesessen, so hätte er nicht die Intelligenz, den Instinkt und den Scharfsinn besessen, die Penz ihm zuschrieb.
Es war die dritte Behausung des Waldmenschen, die sie während der letzten achtundvierzig Stunden betraten. Und es war die bei weitem komfortabelste. Die Feuerstelle war mit Steinen eingesäumt, daneben hatte Fürst Reisig aufgehäuft, das ihm offenbar als Schlafstätte diente. Feuerholz gab es zur Genüge. Und dann entdeckte Penz auch das Geheimnis von Fürsts ewigem Feuer. Der seltsam geformte Tontopf lag in einem dunklen Winkel am Höhlenrand. Am Boden klebte noch eine dicke Schichte verkohlten Holzes, oben war ein Stück ausgebrochen. Daneben lagen der Deckel und zwei etwa vierzig Zentimeter lange Schnüre, die kunstvoll aus Baumrinde geflochten waren. Penz hielt das Ding hoch und zeigte es Pucher. Der warf nur einen kurzen Blick darauf und starrte dann wieder auf den Höhleneingang.
»Er hat irgend etwas mit uns vor«, sagte er. »Ich bin über-

zeugt, daß er uns genau dort hat, wo er uns haben will. Ich spüre es, aber ich weiß auch, daß ich nichts dagegen tun kann.«
Penz versuchte ein Lächeln.
»Vielleicht siehst du zu schwarz«, sagte er. »Vielleicht war das nur eine Zwischenstation auf dem Weg zu seiner wirklichen Behausung. Vielleicht ist er schon längst unten, im Tal!«
Pucher zuckte die Schultern.
»Vielleicht bin ich wirklich zu mißtrauisch«, sagte er.
»Es ist Mittag«, sagte Penz. »Wir könnten uns etwas kochen!«
Ohne auf Puchers Zustimmung zu warten, holte er den Kocher aus dem Rucksack und stellte ihn auf.
»Ich hole Schnee«, sagte Pucher. »Schnee für den Tee!« Er lachte. »Hast du gehört: Schnee für den Tee. Das reimt sich!«
Penz nickte.
»Pucher, der Dichter! Vielleicht solltest du deine Meldungen ans Landesgendarmeriekommando in Zukunft in Versform abfassen. Wär' was Neues!«
Pucher holte den Topf aus dem Rucksack und ging gebückt auf den Höhlenausgang zu. Ein ovales Loch im Schwarz. Die Ränder hoben sich scharf von der beinahe blendenden Helligkeit ab, die das Oval füllte.
Vor dem Ausgang wurde die Höhle so niedrig, daß er auf allen vieren kriechen mußte. Das Tageslicht blendete ihn, und er schloß für eine Sekunde die Augen. Als er sie wieder öffnete, starrte er in ein anderes Gesicht.
Es stand etwa einen halben Meter vor ihm, und es roch nach Kälte, Schnee, Schweiß und Dreck. Es war ein scharfer, unangenehmer Geruch, und er schreckte Pucher zuerst mehr ab als das, was er sah.
Da waren Haare. Viele Haare. Sie quollen unter dem seltsam geformten Helm hervor, den der andere auf dem

Kopf trug, und sie wucherten überall im Gesicht. Das bißchen Haut, das sie nicht verdeckten, war fast schwarz und ließ die Augen, die sich in Pucher zu bohren schienen, noch weißer erscheinen.
Aus beiden Gesichtern löste sich beinahe gleichzeitig ein Schrei. Pucher ließ sich zurückfallen und spürte dabei, wie die Luft aus seiner Brust gepreßt wurde.

Fürst hatte die Begegnung gesucht, aber er hatte erwartet, den Zeitpunkt selbst wählen zu können. Er wollte nur einen Blick in die Höhle werfen und dabei seine Position abstecken. Sein Auftritt am Höhleneingang hätte ein theatralischer sein sollen. Etwas Mystisches, Unheimliches. Ein Wesen aus einer anderen Welt. Er hätte sich mit einem Urschrei vorgestellt und wäre dann vom Wald verschluckt worden.
Der Anblick des fremden Gesichts dicht vor seinem eigenen hatte ihn ebenso überrascht wie den anderen. Er hatte so lange kein menschliches Gesicht aus der Nähe gesehen. Die weit aufgerissenen Augen, die Nase, der Mund. Und dann der Schrei.
Er hatte keine Zeit, das Erlebte zu verarbeiten. In seinem Inneren pochte es, aber der Kopf war bereits wieder klar. Er wußte genau, wohin er wollte, und Arme und Beine arbeiteten perfekt, wie Maschinen. Der Wald beruhigte ihn, und Fürst wußte, daß er auf seiner Seite war.
Gleich hinter der Höhle arbeitete er sich fast senkrecht die Wand hoch. Die Tritte hatte er längst vorbereitet, und er fand sie auch sofort. Zehn Atemzüge nach der Begegnung mit dem anderen war Fürst für die Verfolger unsichtbar. Da waren Felsen und Bäume, die ihn schützten. Vor Blicken, aber auch vor Gewehrkugeln.

Nach einigen Minuten erreichte er ein winziges Plateau, das gerade groß genug war, einen liegenden Körper aufzunehmen. Er ließ sich auf den Boden fallen und blickte den Hang hinab. Wenn er sich vorbeugte, konnte er die Stelle sehen, auf die man gelangte, wenn man aus der Höhle kroch. Er sah einen Mann, der ein Gewehr hielt, halb gebückt dastand und lauernd um sich blickte. Nach einer Weile tauchte der zweite neben ihm auf. Ebenfalls gebückt und lauernd. Sie warteten und hatten Angst. Wenn jetzt nichts geschah, würden sie wieder in die Höhle zurückgehen, und sein Plan wäre gescheitert.
Er schloß die Augen und atmete einige Male tief durch. Er spürte, wie dabei die Kräfte in seinem Körper mobil wurden, die er während der nächsten Minuten brauchen würde. Dann stand er auf und machte dabei so viel Lärm, daß die beiden Menschen tief unter ihm auf ihn aufmerksam wurden und hochblickten. Sie sahen eine Gestalt, die sich in den Hang krallte, sich geschickt einen Meter hocharbeitete, dann aufschrie und aus ihrem Gesichtsfeld stürzte.
Fürst stöhnte laut und brachte sogar einen dramatisch echt klingenden Schmerzensschrei zustande. Er hörte, wie sich unten etwas zu bewegen begann. Er schob den Kopf wieder über die Kante und sah, daß der mit dem Gewehr zu ihm hochstieg. Der zweite zögerte kurz und begann dann ebenfalls zu klettern. Der Countdown hatte begonnen.
Fürst lächelte. Es war ein wissendes, ein zufriedenes Lächeln. Sein Plan würde aufgehen. Das spürte er, als er sich, weil links vom Plateau, hinter dem Felsen, der ihn vor den Verfolgern abschirmte, die Wand hocharbeitete. Noch nie hatte er sich stärker gefühlt als jetzt. Noch nie hatte er sich der Natur, die ihn umgab und beschützte, mehr verbunden gefühlt als jetzt. Die beiden hilflos unter ihm herumpolternden, rutschenden und fluchenden Menschen taten ihm beinahe leid.
Als er genug Höhe gewonnen hatte, lehnte er sich gegen

die Wand und schloß die Augen. Der Atem ging rasch und stoßweise, aber er hatte ihn völlig unter Kontrolle. Unter der Fellkappe tropfte Schweiß hervor. Er wischte ihn mit dem Handrücken weg. Der Wind, den er zuvor noch gespürt hatte, war nicht mehr da.
Er ließ seinen Blick wie ein Kameraauge von der Wand wegschweben und sah den Wald, in dem er sich befand, plötzlich als Ganzes. Er lokalisierte seinen Standort und konnte sich als dunklen Flecken im Weiß-Grün-Braun entdecken. Die Verfolger sah er deutlicher. Das Rot und Blau war nicht zu übersehen. Sie hatten gerade das Plateau erreicht und suchten nach Spuren. Die würden sie bald finden. Er hatte sie bewußt deutlich hinterlassen.
Der Atem war jetzt wieder normal. Er nickte und startete zur nächsten Etappe. Dem Abstieg. Von den beiden anderen hörte er nichts. Wahrscheinlich rasteten sie noch.
Er glitt den Hang hinab und achtete darauf, mit mindestens einer Hand immer festen Halt zu haben. Wenn er sich umdrehte und zurückblickte, sah er hinter sich eine dicke Schleifspur, die er mit den Füßen und mit dem Hinterteil gezogen hatte. Zuletzt mußte er die Felswand umgehen, dann erreichte er die Stelle, an der seine Abstiegsroute den Pfad kreuzte, den er und die beiden anderen auf dem Weg zur Höhle ausgetreten hatten. Jetzt waren es nur noch wenige Schritte.
Das Eingangsloch war schmal und düster, und irgend etwas hielt ihn davon ab, die Höhle sofort zu betreten. Der Geruch des Rauches hing nur noch ganz zart in der Luft. Eine Weile stand er ganz still da und starrte auf das schwarze Oval. Es war wie ein Mund im Fels und schien zu atmen. Er schüttelte den Kopf, als wolle er damit die Beklemmung wegschütteln. Er hatte viel zuwenig Zeit, um sie mit Hirngespinsten vergeuden zu können. Er ging auf das Loch zu und kroch ins Höhleninnere.
Das Feuer gloste nur noch schwach, aber durch den Höh-

leneingang drang genug Licht. An einer Wand lehnten zwei prallgefüllte Rucksäcke. Einer war geöffnet, und daneben lag ein Campingkocher am Boden. Neben dem Eingang fand er das Aluminiumgeschirr.
Es waren Dinge aus einer anderen Welt. Fürst nahm den Kocher und betrachtete ihn. Ein kompliziertes Ding aus Metall. Etwas, das er vor wenigen Monaten noch für unentbehrlich gehalten hatte. Das die Nahrung erst genießbar machte und, wenn nötig, auch Wärme spendete. Er hielt es in beiden Händen, und es kam ihm dabei fragil und zerbrechlich vor. Ein Ofen auf Zeit – und was tat man, wenn man kein Gas mehr hatte? Fürst blickte auf die Feuerstelle daneben. Die Steine, die er kreisförmig angeordnet hatte, den Kochstein, die Glut, die nur noch schwach glomm.
Er wandte sich ab und ging zu den Rucksäcken. Oben waren längliche Rollen. Schlafmatten und darin eingerollt die Schlafsäcke. Er öffnete eine Deckklappe und nahm eine der Rollen in die Hände. Sie war leicht und auf den Seiten weich. Er drückte mit beiden Armen hinein und fühlte die Daunen.
Die Zeit rann ihm davon, und der andere hatte ein Gewehr. Vor ihm lagen Schätze, aber er durfte sich nicht von ihnen blenden lassen. Es galt nur, den Plan umzusetzen. Und dieser versprach ihm Freiheit und Leben. Das war wohl das Wichtigste.
Fürst nahm die beiden Rucksäcke und trug sie zum Höhleneingang. Dann holte er den Kocher und das Aluminiumgeschirr. Er kroch hinaus und zog einen Rucksack nach. Der Wind war wieder etwas stärker geworden. Er arbeitete sich durch das Dickicht der Äste und erzeugte ein leises Murmeln. Es war, als wolle der Wald beruhigend auf ihn einreden.
Er ging zwei Schritte nach vorn und stand nun vor dem Abgrund, der direkt in die Schlucht stürzte. Der Rucksack

flog wie ein bunter Ballon einige Meter weit waagrecht durch die Luft, verwandelte sich in einen bunten Stein, sackte zu Boden und kollerte dann, sich immer wieder überschlagend, ins Nichts. Beim zweiten Rucksack wiederholte sich das Bild, dann schleuderte er den Alutopf nach und zuletzt auch den Kocher. Jetzt war die Höhle wieder leer. Er ging zurück und holte seine Sachen.

Im Höhleneingang drehte er sich noch einmal um. Das Feuer war beinahe erloschen, mit viel Mühe würde man es allerdings noch einmal zum Leben erwecken können. Sie konnten die Höhle haben. Und auch das Feuer. Was sie damit anfangen würden, ging ihn nichts mehr an. Bald würde er wieder in der Wand sein. Er mußte sich beeilen, wenn er sein Tal noch vor Einbruch der Dunkelheit erreichen wollte. An die beiden anderen dachte er nicht mehr. Er hatte seine Aufgabe erledigt, und um die Folgen wollte er nicht wissen. Jetzt noch nicht. Vielleicht würde er im Sommer wieder hier heraufkommen. Vielleicht auch nicht. Er schüttelte den Kopf. Nein. Wahrscheinlich würde er nie mehr hierher zurückkommen!

Er kroch nach draußen und richtete sich auf. Der Wald murmelte noch. Es war kälter geworden, das würde ihn zwingen, schneller zu gehen. Er hängte seinen Sack über die Schulter und wollte den ersten Schritt tun, als ihn ein Schrei stoppte. Er wollte gehen. Einfach gehen und sich nie mehr umdrehen. Was hinter ihm geschah, hatte nichts mehr mit ihm zu tun. Wenn ein Schuß fallen würde und ihn traf, dann würde eben ein Schuß fallen und ihn treffen. Dann war es etwas, das er nicht beeinflussen konnte. Der Gang der Ereignisse. Das Leben. Oder der Tod.

Der Fatalismus, dem er sich ausliefern wollte, hielt genau drei Sekunden lang an. Dann drehte er sich um. Ganz langsam, so als wäre ihm alles lästig. Obwohl die Spannung in ihm immer stärker wurde, blieb sein Gesicht steinern.

Etwa zwanzig Meter hinter ihm, dort, wo die Abstiegsspur den Weg zur Höhle kreuzte, stand ein Mann. Er war groß und hager und hielt ein Gewehr im Anschlag. Der Hall des ersten Schreis hing noch irgendwo oben in den Baumwipfeln, als der Mann mit dem Gewehr zum zweitenmal schrie.
»Bleib stehen«, schrie er. »Wenn du noch einen Schritt tust, muß ich abdrücken. Sei vernünftig, Fürst! Ich will kein Blut sehen. Bitte zwing mich nicht dazu!«
Zum erstenmal seit langer Zeit hatte Fürst wieder Angst. Hemmungslose, demütigende, schmerzende Angst. Vor wenigen Sekunden war er noch der Sieger gewesen. Das komfortable, weiche Gefühl der Sicherheit hatte ihn eingelullt und ihm das Gefühl der Unbesiegbarkeit gegeben. Jetzt hatte ihn eine unsichtbare Hand gepackt, ihn aus all dem herausgerissen und die Zeit zurückgedreht. Das Kapitel, das er bereits abgeschlossen hatte, mußte nun neu geschrieben werden. Und es schien ganz so, als wäre diesmal er der Verlierer.
Er rührte keinen Muskel. Er verharrte in seiner Position wie eine Statue aus Stein. Sein Blick vergrub sich in die Augen des anderen. Und er glaubte auch da Angst zu sehen. Er wußte, daß er nur noch wenige Sekunden lang in dieser Position verharren konnte. Dann mußte eine Entscheidung fallen.
Gewinnen konnte er nicht mehr. Für einen Kampf war der andere zu weit weg, und List fiel ihm keine ein. Blieb nur das Verlieren. Und da gab es genau zwei Arten: Er konnte vor der Waffe kapitulieren und damit auch den Menschen, zu dem er geworden war, sterben lassen, oder er konnte sich von der Waffe töten lassen.
Es war keine Entscheidung, sondern eine Handlung. Und die hätte nicht anders sein können.
Er bohrte seinen Blick noch einmal in den des anderen, dann verzog er den Mund zu einem Lächeln. Es war ein unendlich trauriges Lächeln, das in ein Kopfschütteln

überging. Dann drehte er sich langsam um und begann zu gehen. Irgendwo dort unten lag sein Tal. Bald würden ihn die Bäume schlucken und für den anderen unsichtbar machen. Er mußte nur gehen. Und gehen.
Als der Schuß fiel, zuckte er nicht einmal zusammen. Er wunderte sich nur, wie lange eine Kugel brauchte, um in einen Körper einzuschlagen, der keine dreißig Schritte weit vom Lauf des Gewehrs entfernt war. Da war kein Schlag, kein Schmerz. Nicht einmal ein Lufthauch. Fürst blieb stehen und drehte sich um.
Er sah zwei Menschen, die ineinander verkrallt waren, und er hörte ihr Stöhnen. Die Hand des einen drückte den Gewehrlauf in die Höhe, und der zweite versuchte, sich und die Waffe aus diesem Griff zu befreien. Es war ein stummer und erbitterter Kampf am äußersten Rande des Abgrunds. Als die Männer erkannten, daß es nicht mehr um das Gewehr ging, sondern nur noch darum, den Sturz zu vermeiden, war es bereits zu spät. Engumschlungen kippten beide über den Rand. Einer von ihnen schrie, dann waren sie nur noch ein buntes Knäuel, das in die Tiefe kollerte.
Das Unvermutete hatte Fürst getroffen wie ein Keulenschlag. Der Regisseur, der die Ereignisse der letzten Minuten inszeniert hatte, liebte offenbar Überraschungen. Jetzt war Fürst der Sieger. Aber er fühlte sich nicht als solcher. Da war kein Platz für Triumph, nicht einmal Erleichterung empfand er. Er hätte jetzt gehen können, aber er tat es nicht. Er blieb stehen und versuchte, Ordnung in sein Inneres zu bringen.
Der Schrei war schwach, aber doch deutlich hörbar.
»Hilfe, um Gottes willen, hilf mir doch!«
Er ging zu der Stelle, von der die beiden abgestürzt waren, und beugte sich vor. Sie lagen nicht allzuweit unten. Den einen hatte ein Felsbrocken aufgefangen. Er lag seltsam verkrümmt da und bewegte sich nicht. Der andere hatte

es geschafft, sich an einem dünnen Bäumchen festzuklammern. Dadurch hatte er zwar den Fall für den Augenblick gestoppt, hatte jedoch keine Chance, sich allein aus seiner Lage zu befreien. Die Wand machte in seiner Kopfhöhe einen Knick und fiel steil nach unten. Das Bäumchen hatte seine Wurzeln knapp über der Kante im Boden verkrallt. Allzulange würden sie der Belastung nicht mehr standhalten können. In Fürsts Innerem herrschte immernoch Chaos. Er empfand jedoch so etwas Ähnliches wie Dankbarkeit, dafür, daß er noch am Leben war. Und einer der beiden Männer war dafür verantwortlich. Er konnte beide sterben lassen und frei sein. Aber wäre er dann auch wirklich frei? Er legte sein Gepäck ab und begann sich ganz langsam in die Tiefe zu bewegen. Als er an der Kante war, brachte er den Körper in Querlage. Zum Glück stand in der Nähe des ersten ein zweites, etwas größeres Bäumchen. Er packte den Stamm. Der war stark und bog sich zögernd unter dem Gewicht des Menschen. Ganz langsam glitt Fürst auf die Kante zu.
Der Boden war zum Teil hart gefroren und zum Teil mit Eiskrusten oder vereistem Schnee bedeckt. Dann sah er die Hände des anderen. Und dann auch sein Gesicht. Es hatte den Ausdruck eines Kindes, das nach langem Hoffen und Bangen endlich den Weihnachtsmann zu sehen bekommt, aber nicht weiß, ob es von ihm beschenkt oder bestraft wird. Es war ein kantiges Gesicht, das weder alt noch jung war.
Fürst starrte in die Augen, deren Lider immer wieder zuckten, und behielt dabei seine steinerne Maske. Dann begann er sich langsam zu strecken. Immer weiter. So weit er konnte. Seine Finger gruben sich wie dicke Insektenbeine in den harten Boden und wühlten sich Zentimeter um Zentimeter nach vorn. Die Hand erreichte den Baumstamm, an den sich der andere klammerte, und näherte sich den anderen Händen. Er blickte wieder in das

fremde Gesicht und sah, daß die Augen jetzt geschlossen und fest zusammengekniffen waren. Der Mund war nur eine dünne Linie ohne Lippen. Die hatte der Mann unter ihm zwischen die Zähne geschoben. Wahrscheinlich biß er auf sie. Fürsts Fingerspitzen berührten jetzt die Haut. Sie war kalt und fest, wie ein Klumpen Eis.
»Du mußt mir die Hand geben«, sagte Fürst, und seine Stimme klang für ihn fremd und schien von weither zu kommen. Die Augen öffneten sich wieder.
»Ich kann nicht mehr«, sagte der Mund, und die Lippen waren nun wieder sichtbar. Die vier Worte klangen so, als wären sie die letzten, die der hängende Körper hervorbringen könnte. So, als wären sie mit der allerletzten Luft, die der Körper hatte einatmen können, entwichen.
Fürsts Finger krallten sich in die Hand. Seine Nägel rissen dabei die Haut auf und brachten das Fleisch darunter zum Zucken. Nach einigen endlosen Sekunden hatte er sich so weit vorgearbeitet, daß er das Handgelenk des anderen zu fassen bekam. Er hatte jetzt den Griff, den er gesucht hatte.
»Greif zu«, schrie er. »Greif jetzt endlich zu, du Arschloch!«
Eine Sekunde lang geschah nichts, dann begann sich die kalte Haut um sein Handgelenk zu legen. Fürsts linke Hand und seine Beine hatten sich irgendwie mit den Ästen des Bäumchens, an dem er hing, verknotet. Die Rechte hielt die ganze Last des Mannes, der wie ein Sack in den Abgrund hing.
»Hilf mit, du Arsch«, schrie er. »Greif mit der anderen Hand zu und tu was mit deinen verdammten Beinen!«
Unter ihm begann es zu stöhnen, und in seiner Hand bewegte sich etwas. Dann spürte er einen Ruck und noch einen, und das Stöhnen wurde lauter. Die zweite Hand des anderen schob sich neben ihm höher, er konnte die Rechte anziehen und sich selbst über den Kantenrand und damit etwas weiter in den sicheren Bereich wälzen.

Der Kampf gegen den Abgrund dauerte nur ein paar Dutzend Atemzüge lang. Und doch geschah er in einem Zeitraum, der weder meß- noch begreifbar war. Weil er über die Dauer eines ganzen Lebens entschied.
Als alles vorbei war, lagen beide lange neben dem Höhleneingang und versuchten, den Atem wieder unter Kontrolle zu bringen. Er raste zwischen Mund und Bauch hin und her und ließ die Körper winseln und stöhnen.
Nach einer Weile setzte sich Fürst auf und lehnte den Oberkörper gegen die Felswand. Er war völlig durchnäßt, so, als ob er gerade mitsamt seinen Kleidern gebadet hätte.
Er schaute nach links und sah sein Gepäck. Aus dem Feuertopf stieg feiner Rauch. Es kostete ihn einige Mühe, auf die Beine zu kommen. Er hob den Feuertopf auf und trug ihn in die Höhle. Da war noch immer genug Holz, und bald brannte wieder ein Feuer. Er setzte sich auf den Reisighaufen und starrte in die Flammen.
Der andere tauchte im Höhleneingang auf und kroch langsam herein. Er näherte sich nur zögernd, und Fürst wußte nicht, ob aus Furcht oder aus Respekt. Es war ihm auch egal. Mit der Rettung hatte er sich Probleme aufgehalst, mit denen er erst fertigwerden mußte. Die Situation war jetzt völlig anders als vor einer halben Stunde.
»Danke«, sagte der Mann und setzte sich neben ihn. Dann starrte auch er ins Feuer.
Der Daunenanorak war an den Ärmeln zerfetzt, Hände und Gesicht bluteten.
»Ich heiße Bruno Penz«, sagte er später. »Ich bin Journalist und komme aus Graz. Wir sind hierhergekommen, weil wir Sie finden und zurückbringen wollten.«
Fürst nickte.
Das Feuer knisterte, und er legte ein paar Zweige nach. Es war jetzt wärmer in der Höhle, aber sein Körper hatte sich so stark abgekühlt, daß es ihn leicht fröstelte.

»Der andere heißt Klaus Pucher«, sagte Penz. »Er ist ein Gendarm aus Ihrem Dorf. Ich weiß nicht, ob er wirklich abgedrückt hätte.«
Fürst hatte Puchers Gesicht nie richtig gesehen. Er konnte sich jedoch an den Namen erinnern und wußte, daß er auch das Gesicht kennen müßte, wenn er es aus der Nähe sah. Es hatte ja nur zwei oder drei Gendarmen im Dorf gegeben. Sie saßen und starrten und schwiegen eine Weile.
»Ich werde jetzt hinuntersteigen und nach ihm schauen«, sagte Penz und stand auf. Es ging nur langsam; Fürst merkte, daß er Schmerzen hatte.
»Wenn er tot ist, können wir nichts mehr tun«, sagte er.
»Und wenn er nicht tot ist?«
Fürst zuckte die Schultern und stand ebenfalls auf.
Sie stiegen langsam ab. Der Körper lag noch immer neben dem Felsbrocken, und als sie näherkamen, sahen sie, daß der Schnee neben dem Kopf rot war. Der Unterschenkel des linken Beins stand in einem ungewöhnlichen Winkel vom Körper weg. Penz kniete sich nieder, nahm den Kopf in beide Hände und drehte das Gesicht zu sich her. Es war beinahe so weiß wie der Schnee, und die Augen waren geschlossen.
Fürst stand daneben und kämpfte gegen den Druck, der in seiner Brust zu wachsen begonnen hatte. Er fühlte sich wie ein Gefangener. Wahrscheinlich hätte er jetzt, wo er den einen vor dem Absturz bewahrt hatte, einfach weggehen sollen. Der zweite würde sterben. Daran zweifelte er nicht. Das Bein konnte ihn keinen Meter weit tragen, und die Wunde am Kopf war tief und schwarz und blutverkrustet.
Da war eine Unentschlossenheit, die ihn hilflos und deshalb auch wütend machte. Er stand da und wußte nicht einmal, was er mit seinen Händen anfangen sollte. Er verschränkte sie und ließ sie dann wieder auf den Seiten

herunterhängen. Schließlich versteckte er sie auf dem Rücken.
Er blickte in das Gesicht, das so bleich in den Händen des Journalisten lag. Es war jung und wirkte gepflegt. Die dunklen Augenbrauen hoben sich kraß vom Weiß der Haut ab. Wie zwei dicke Striche mit einem schwarzen Filzstift auf einem Blatt Papier. Die Nase war schmal und hoch, und die Lippen waren halb geöffnet. Im Mund war Blut, es hatte die Zähne dunkel gefärbt. Das Kinn war etwas zu groß und etwas zu eckig für die sonst so feinen Züge, aber gerade diese Unregelmäßigkeit machte das Gesicht interessant. Das war also der Mann, der ihn gejagt hatte. Der ein Gewehr auf ihn gerichtet hatte und wahrscheinlich auch geschossen hätte, wenn der andere nicht dazwischengesprungen wäre. Warum wollte ihn der eine töten und der zweite nicht?
Er wußte nicht, ob er die Antwort wissen wollte. Er wußte nur, daß es Zeit war, seine Lage zu überdenken. Er konnte jederzeit gehen und das Problem auf diese Weise lösen.
Sein Blick lag noch immer auf dem Gesicht. Er erforschte es nicht mehr, und es hatte auch nichts mehr mit seinen Gedanken zu tun. Er hatte nur vergessen, den Blick wegzunehmen und auf etwas anderes zu richten. Außer Wald und Penz gab es auch nicht viel anderes, das betrachtenswert war.
Als Pucher die Augen aufschlug, zuckte Fürst zusammen. Der Blick war starr auf ihn gerichtet und drückte ungläubiges Staunen aus. Dann schlossen sich die Lider für eine Sekunde, und als sie sich wieder auftaten, war der Blick fragend. So als wisse er nicht, ob es das Leben war, das die Augen sahen, oder der Tod.
Der Schrei, den Penz ausstieß, war laut und schrill und hallte durch den Wald.
»Er lebt«, schrie der Journalist. Dann beugte er sich so weit vor, daß sich die beiden Nasen beinahe berührten.

»Klaus«, rief er, »Klaus, du lebst! Sag doch was. Sag irgend etwas!«
Pucher sagte nichts. Er schloß wieder die Augen, und Fürst glaubte, ein leichtes Lächeln um seine Mundwinkel bemerkt zu haben.
Es dauerte fast eine Stunde, bis der Verletzte in der Höhle lag. Sie hatten ihn behutsam, Meter um Meter, hinaufgetragen. Dabei hatte einer immer den Oberschenkel des linken Beins getragen und versucht, den offenbar gebrochenen Unterschenkel so gut es ging zu entlasten. Aber das Gesicht zeigte keine Reaktionen mehr. Es war wieder starr und weiß, und die Zähne waren immer noch blutig.
Sie legten ihn auf den Reisighaufen, und Fürst kümmerte sich um das Feuer. Als es wieder ordentlich brannte, ging er hinaus, um mehr Holz zu holen. Wieder dachte er daran, einfach wegzugehen, und wieder tat er es nicht. Irgend etwas, jenseits von Logik und nacktem Überlebenswillen, hielt ihn zurück. Und er bemühte sich auch nicht, dagegen anzukämpfen. Es war, als treibe er in einem Fluß dahin und versuche nie, ans rettende Ufer zu schwimmen. Vielleicht war es die Neugier, zu erfahren, was am Ende des Flusses auf ihn wartete. Als er wieder in die Höhle zurückkam, hatte Penz damit begonnen, mit einem Taschenmesser die Hose von Puchers verletztem Bein zu schneiden. Fürst schaute ihm dabei zu und bemerkte, daß die Hände des anderen zitterten.
Die Haut war an der gebrochenen Stelle blau gefärbt, da war aber kein Blut. Penz packte den Unterschenkel mit beiden Händen und versuchte, ihn geradezurichten. Er zog den Fuß nach unten und schob ihn dann sanft in die richtige Lage. Pucher stöhnte und begann, mit den Händen herumzuschlagen. Fürst ging zu ihm hin und hielt die Arme fest. Es erforderte einige Mühe, sie ruhigzustellen.
»Wahrscheinlich sollten wir das Bein jetzt schienen«, sagte Penz und zuckte dabei die Schultern. »Ich hab' so etwas

noch nie gemacht. Aber ich stelle mir vor, daß es so sein müßte. Wissen Sie mehr darüber?«
Fürst schüttelte den Kopf.
»Keine Ahnung«, sagte er, »aber wir können ja zwei von den dünneren Ästen nehmen und sie mit den Resten der Hose umwickeln.« Das taten sie dann auch.
»Wenn wir Wasser hätten, dann könnten wir auch die Kopfwunde auswaschen«, sagte Penz später. Fürst holte eine volle Wasserflasche aus seinem Gepäck und reichte sie dem Journalisten.
Den Verband für den Kopf schnitten sie aus dem Bein von Puchers langer Unterhose.
Sie betteten den Verletzten bequemer neben das Feuer, und Penz zog ihm die zerfetzte Daunenjacke aus. Er griff in die Taschen und zog die Hand mit triumphierendem Gesichtsausdruck zurück.
»Hier«, sagte er zu Fürst und hielt ihm eine kleine, bunte Schachtel entgegen. »Das sind die Schmerztabletten, die er mir gestern gegeben hat. Er hat sie nicht mehr in den Rucksack zurückgepackt!«
Pucher stöhnte jetzt wieder lauter und versuchte, seine Beine zu bewegen. Er schrie und setzte sich auf. Seine Augen waren weit aufgerissen, und Fürst sah, daß er Angst hatte. Der Blick des Verletzten irrte kurz durch die Höhle, dann traf er Penz.
»Bruno«, schrie er. Penz hockte sich neben ihn und drückte ihn wieder auf das Lager zurück.
»Ganz ruhig, Klaus«, sagte er und seine Stimme klang wie die eines Hypnotiseurs, der sein Gegenüber in einen Tiefschlaf versetzen will.
»Ich werde dir jetzt ein paar Tabletten geben. Wenn du die geschluckt hast, wird alles besser sein. Dann wirst du den Schmerz nicht mehr spüren und schlafen. Du mußt versuchen, zu schlafen, Klaus. Verstehst du. Schlafen!«
Pucher stöhnte.

»Es tut so weh. Es tut so verdammt beschissen weh.«
Fürst blieb sitzen. Es gab nichts, das er tun konnte. Alles war verworren, und er ärgerte sich immer mehr darüber, daß er die Situation nicht mehr unter Kontrolle hatte. Der Mensch, der wimmerte und stöhnte, tat ihm nicht leid. Wenn sie in einer Stadt gewesen wären, oder wenigstens außerhalb dieses Waldes, dann hätten sie Hilfe holen können. Dann wäre es nur eine Frage der Zeit gewesen, bis er in einem Krankenhaus von Ärzten behandelt worden wäre. Hier draußen war's anders. Hier hatte er keine Chance.
Fürst hatte sich oft mit diesem Gedanken beschäftigt. Er wußte, daß eine schwere Verletzung für ihn den Tod bedeutete. Er hatte Geist und Körper immer wieder darauf einzustellen versucht. Und er hatte seine Grenzen gesucht und gefunden. Die Limits, die er sich selbst gesteckt hatte, durfte er nur in Extremfällen erreichen. Sonst hatte er sich innerhalb der Sicherheitsgrenzen zu bewegen. Die Rettungsaktion, die er gerade hinter sich hatte, lag weit außerhalb dieser Sicherheitsgrenzen. Penz hatte drei Tabletten aus der Packung genommen und schob sie Pucher in den Mund. Der hatte die Augen wieder geschlossen, sein Atem ging schwer, und auf der Stirn glänzten Hunderte von kleinen Schweißtropfen. Als Penz die Wasserflasche an seine Lippen setzte, öffneten sich die Augen wieder. Er trank, und Fürst sah, daß sein Blick jetzt auf ihn gerichtet war. Es war ein blanker, ausdrucksloser Blick, so, als betrachtete jemand ein Poster an der Wand, das ihn absolut kalt ließ.
Eine Viertelstunde später war Pucher eingeschlafen. Penz und Fürst hockten am Feuer. Beide starrten in die Flammen, und beide wußten, daß die entscheidende Frage schwer im Raum hing. Fürst wußte die Antwort darauf noch nicht, und Penz schien Angst davor zu haben, die Frage zu stellen. Er fürchtete sich wohl davor, erfahren

zu müssen, daß er verloren hatte. Er hatte Fürst das Leben gerettet, und Fürst hatte dasselbe für ihn getan. Die Rechnungen waren beglichen. Als Penz die Frage trotzdem stellte, war's keine Frage. Nur ein Satz. Seine Stimme klang dünn und unsicher.
»Sie wissen, daß wir Ihnen ausgeliefert sind«, sagte er.
Fürst schüttelte den Kopf.
»Du brauchst nicht Sie zu mir zu sagen«, sagte er. »Das klingt lächerlich. Ich heiße Karl. Aber das weißt du ja.«
»Wir sind dir ausgeliefert, Karl«, sagte Penz. Er holte tief Luft und spürte, daß etwas von seiner Sicherheit zurückkam.
»Du weißt ganz genau, daß der dort drüben keine Chance hat.« Er machte eine Kopfbewegung in Richtung Pucher. »Und ich vielleicht auch nicht. Ins nächste Dorf sind's vier Tage. Drei, wenn man gut zu Fuß ist. Ich hab' keinen Schlafsack mehr, kein Zelt, keinen Kocher, nichts zu essen. Wahrscheinlich würde ich in der Nacht erfrieren.«
Er machte eine Pause und vermied es dabei, Fürst anzusehen. Doch der sagte nichts.
Schließlich richtete sich Penz auf und schaute dem Waldmenschen gerade in die Augen.
»Wir sind hierhergekommen, weil wir dich gesucht haben. Ich, weil ich dich als Mensch kennenlernen wollte. Weil du für mich eine gewaltige Geschichte bist. Solche wie dich gibt es nicht. Irgendwo in Kanada vielleicht. Oder in Alaska. Oder im australischen Busch. Aber hier, in Mitteleuropa, gibt es solche wie dich nicht.«
Fürst starrte ihn an und bewegte keinen Muskel. Es ist schwierig, mit einer Maske zu sprechen. Penz sprach trotzdem weiter.
»Der Pucher ist Gendarm. Für den bist du der Mörder von diesem Sägewerksmenschen. Du mußt das verstehen. Der war tot, und du warst weg. Da ist das Urteil über dich gesprochen worden. Karl Fürst, der Mörder. Und keiner

war da, der das Gegenteil behauptet hätte. Keiner war da, der dich verteidigt hätte. Und für den Pucher, als Gendarm, warst du der größte Fall. Der hat sich in dich und deine Lebensgeschichte verkrallt. Der hat mit vielen Menschen geredet, die dich gekannt haben, und der war der einzige, der überzeugt war, daß du es hier draußen schaffen könntest. Er wollte dich mitnehmen und vor Gericht bringen. Ich hab' bis zuletzt nicht geglaubt, daß er es mit Waffengewalt tun würde. Ich weiß nicht, ob er abgedrückt hätte. Ich wollte es aber nicht so weit kommen lassen. Ob du ein Mörder bist oder nicht. Ich weiß es nicht. Und es ist wohl auch nicht mehr so wichtig.«
Fürst hatte die Stirn gerunzelt. Er nahm einen Ast und begann damit im Feuer herumzurühren.
»Es war ein Unfall«, sagte er schließlich. »Ein blöder, scheußlicher Unfall. Wenn man's genau nimmt, hat er sich selbst erschossen.« Er zuckte die Schultern. »Als Verteidigung klingt das wohl lächerlich. Er ist auf mich losgegangen, ich habe mich gewehrt, dabei hat sich ein Schuß gelöst!«
Er wunderte sich, wie leicht es ihm fiel, über Schweglers Tod zu sprechen. Sentimentalität oder Selbstmitleid gab es in ihm nicht mehr. Da war die Realität, und die war die Wahrheit. Sonst gab es nichts, was in seinem Leben zählte. Eine einzige Wirklichkeit, der man mit aller Kraft und Aufmerksamkeit begegnen mußte, um nicht unterzugehen.
Er zog seinen Sack zu sich her und begann, darin zu wühlen. Außer einem größeren Stück Trockenfleisch und einem halben Fladenbrot fand er nichts Eßbares mehr. Er nahm beides heraus und riß zuerst das Fleisch, dann das Brot entzwei.
»Mehr hab' ich nicht«, sagte er, als er Penz die beiden Hälften reichte. Der nahm sie und betrachtete sie lange.
»Woraus«, fragte er schließlich, »hast du das Brot gemacht?«

Fürst erklärte es ihm, und sie redeten über die Werkzeuge, die er verwendete, die Waffen, die er zur Jagd gebrauchte, das Eßbare, das er in seinem Tal gefunden hatte.
Mit Penz redete es sich leicht. Er war ein guter Zuhörer und stellte nur dann Fragen, wenn es wirklich wichtig war. Fürst hatte ursprünglich keine Absicht gehabt, über sich und sein Leben zu reden. Jetzt machte es ihm nichts aus. Im Gegenteil. Es machte ihm sogar Spaß. Er hatte etwas geschafft, worauf er stolz war. Und das sollte der andere auch wissen. Das konnten alle wissen. Nur mußte man ihn dann wieder allein lassen. Für immer allein lassen.
»Interessiert dich, was draußen los war?« fragte Penz nach einer Weile. »Was in der Welt passiert ist, während du hier im Wald warst?«
Er dachte nach.
»Was war denn in der Welt los?« fragte er schließlich.
Penz begann aufzuzählen, und es fielen ihm nur Kriege ein. Im Mittleren Osten, in Mittelamerika. Dann kamen Naturkatastrophen, ein paar Politskandale.
»Und das Positive?« fragte Fürst.
»Im Wirtschaftswachstum sind wir ganz vorn dabei, die Arbeitslosenzahl ist gesunken«, Penz lächelte, »und bei der Skiweltmeisterschaft haben wir fünf Goldmedaillen gewonnen!«
Fürst blickte den Journalisten an.
»Habe ich etwas versäumt?« fragte er.
Penz lächelte noch immer.
»Wahrscheinlich nicht«, sagte er. »Nichts, was wirklich wichtig für dich gewesen wäre.«
Das Feuer war heruntergebrannt, und er legte Holz nach. Es begann wieder stärker nach Rauch zu riechen. Draußen war es jetzt dunkel.
Fürst legte sich ans Feuer und bettete seinen Kopf auf den Fellsack.

»Ich werde jetzt schlafen«, sagte er. »Morgen werden wir sehen, wie's weitergeht!«
Penz schlief nicht. Er saß da, starrte Fürst an und dachte nach.
Er hätte von dem Jungen reden können. Aber er hatte es nicht getan. Es wäre wie eine Erpressung gewesen. Das letzte schwere Geschütz. Die emotionelle Explosion. So, wie er Fürst mittlerweile einschätzte, hätte er ihn damit keineswegs weich gekriegt. Der Mann hatte sein Leben so fest im Griff, daß auch sein einziger wunder Punkt nicht dazu benutzt werden konnte, ihn von seinem Weg abzubringen.
Da war eine starke Neugier, wahrscheinlich die Neugier des hartgesottenen Lokaljournalisten, die Penz drängte, es doch zu versuchen. Und sei es nur, um die Reaktion des Waldmenschen auf die Konfrontation mit Liebe und Sentimentalität zu beobachten.
Fürst schlief tief und fest. Er schnarchte dabei leise, und das harte Gesicht war weich und harmlos geworden. Wahrscheinlich, weil die Augen nicht mehr da waren, und wahrscheinlich auch, weil er sich sicher fühlte. Es gab keine Feinde mehr. Nur Menschen, die auf ihn angewiesen waren. Während Penz den verwahrlosten, aber doch so starken Körper beobachtete, spürte er wieder die tiefe Sympathie, die er Fürst gegenüber schon empfunden hatte, als dieser noch ein Phantom für ihn gewesen war. Er glaubte auch bedingungslos, was Fürst über den Tod des Sägewerksmenschen gesagt hatte. Daß es ein Unfall war und daß er keine Chance gesehen hatte, seine Unschuld beweisen zu können. Vielleicht wollte er die Chance gar nicht sehen, auch wenn es sie gegeben hätte. Vielleicht war der Schuß für ihn das Lebensverändernde gewesen, auf das er immer schon gewartet hatte.
In Penz' Leben hatte es diesen Schuß nie gegeben. Als er dreißig gewesen war, hatte er sich fünfunddreißig als Limit

für eine Veränderung gesetzt. Mit fünfunddreißig waren es dann vierzig gewesen. Jetzt hatte er aufgegeben.
Das Feuer bestand nur noch aus ein paar seidigen Flammen, die mit der Eleganz arabischer Bauchtänzerinnen über der Glut schwebten, und die Glut war rot und warm. Penz legte Holz nach und veränderte damit das Bild, und auch seine Gedanken wurden zu anderen. Er dachte an ein warmes Essen, an die Kneipe, an die Hände einer Frau und verfiel dabei in einen Zustand zwischen Wachen und Träumen, der ihm half, die Nacht rascher hinter sich zu bringen.
Am nächsten Morgen stellte Fürst einen kleinen Lehmtopf über das Feuer und warf später eine Handvoll Tannennadeln ins kochende Wasser. Die Brühe, die daraus entstand, schmeckte überraschend würzig und belebend. Penz flößte Pucher ein paar Schluck davon ein und gab ihm dazu wieder drei von den Schmerztabletten. Pucher sprach kein Wort. Er blickte Fürst mit starren, fiebrigen Augen an und schlief bald wieder ein.
»Wenn er hier nicht bald wegkommt, wird er sterben«, sagte Penz. Er hatte den Tod schon oft aus der Ferne, aber noch nie so unmittelbar und nah erlebt. Wenn Pucher starb, dann war er dafür verantwortlich. Deshalb mußte er alles tun, um ihn am Leben zu erhalten.
»Ich bitte dich um Hilfe. Das einzige, das ich dir als Gegenleistung dafür anbieten kann, ist das Versprechen, niemandem zu verraten, daß du noch lebst. Daß du hier lebst. Ich habe noch nie in meinem Leben etwas ehrlicher gemeint als das. Du mußt mir einfach glauben. Eine andere Garantie kann ich dir nicht geben. Wenn Pucher durch deine Hilfe überlebt, wird er ebenso empfinden wie ich. Wenn er dich trotzdem verrät, werde ich ihn in meiner Zeitung vernichten. Ich werde ihn zum Lügner und Hochstapler stempeln und seine Karriere für immer zerstören!«
Es war eine lange Rede gewesen, und Penz wußte nicht, ob

Pucher sie gehört hatte. Der Verletzte atmete schwer, und auf seiner Stirn lag noch immer der Teppich aus glitzernden Schweißperlen. Die Augen waren geschlossen, und ob der Verstand wach war, konnte man nicht sehen.
Fürst schlürfte etwas vom heißen Nadeltee und starrte dabei Penz an. Der begegnete dem Blick und spürte, daß gerade dieser Augenkontakt für Fürsts Entschluß entscheidend sein würde. Er war der Test für die Ehrlichkeit seiner Worte. Penz legte alles, was er an Überzeugungskraft aufbringen konnte, in seinen Blick und versuchte, das Flehende und Mitleidsuchende fernzuhalten. Es dauerte unendlich lange, bis Fürst sich abwandte und aufstand.
»Ohne Essen schaffen wir es nie«, sagte er. »Ich muß weg. Wenn alles gut geht, bin ich am Abend wieder hier!«
Penz klopfte das Herz im Hals. Er schluckte einige Male schwer und brachte damit das Pochen wieder unter Kontrolle. Das Gefühl, einen Sieg errungen zu haben, blieb jedoch bei ihm. Stark und dominierend.
Fürst füllte seinen Feuertopf mit Glut, verschwand mit einer leeren Wasserflasche im Höhleninneren und brachte sie gefüllt wieder zurück.
»Wenn du Wasser brauchst, dann geh ganz nach hinten. Dort kannst du die Flasche auffüllen«, sagte er.
Es war noch sehr früh am Morgen, als er durch das Oval verschwand, hinter dem der Wald lag. Grau und neblig und kalt. Ein Kauz rief, und Penz hörte die Schritte im Schnee noch eine Weile, dann war es still.
Er fühlte sich plötzlich allein und hilflos. Das Siegesgefühl von vorhin kämpfte mit der Angst um die Vorherrschaft in seinem Innern. Er wußte nicht, was er tun würde, wenn Fürst nicht wiederkam. Und er versuchte auch gar nicht, daran zu denken. Fürst würde wiederkommen. Er mußte einfach wiederkommen. Aber warum sollte er wiederkommen? Weil er edel war und gut? Der unfehlbare Ritter in der silbernen Rüstung? Weil er so dumm war, zwei völlig

Fremden zu trauen. Zwei Fremden, von denen einer versucht hatte, ihn zu erschießen?
Die Sekunden wurden zu Stunden und die Minuten zu Tagen, und als Penz auf seine Uhr schaute, war erst eine halbe Stunde vergangen. Wahrscheinlich sollte er Pucher liegenlassen und allein weggehen, um Hilfe zu holen. Wahrscheinlich würde er es aber nicht bis ins Dorf schaffen, und wenn es ihm doch gelingen sollte, wäre Pucher bis dahin längst tot.
Er holte Wasser und kochte Nadeltee. Immer wieder. Und er weckte Pucher einige Male aus dem Dämmerzustand, um ihm die heiße Brühe einzuflößen. Einmal ging er hinaus, um mehr Holz zu sammeln. Der Wald schien ihn drohend anzufauchen, und er war froh, als er wieder in der Höhle war. Während er wartete, dachte er ans Sterben. Es kostete ihn immer mehr Mühe, diese Gedanken wieder zu verdrängen. Natürlich wollte er nicht sterben. Jetzt genausowenig wie je zuvor. Er würde kämpfen, aber er wußte noch nicht, wie. Im Augenblick kämpfte er gegen die Zeit, die auf ihm hockte und ihm den Atem aus den Lungen preßte. Es war die Angst.
Er wartete auf Fürst.

Die Arme und Beine arbeiteten perfekt, aber in Fürsts Kopf herrschte immer noch Unordnung. Der Journalist aus der Stadt hatte ihn beeindruckt. Unter anderen Umständen wären sie vielleicht sogar Freunde geworden. Aber konnte er ihn mit seinem Wissen wirklich freilassen? Würde er seine Ruhe wiederfinden können, wenn die beiden draußen, in Sicherheit, waren? Wie stand's mit dem anderen? Dem Ehrgeizigen? Ihn kannte er überhaupt nicht.

Was ist Vertrauen? Er hatte sich vorgenommen, niemandem zu vertrauen. Es gab nur die Realität, und in der war kein Platz für Gefühlsduseleien.
Es war wärmer geworden, und der Schnee war an vielen Stellen weicher und etwas griffiger. Er kam rasch voran und erreichte am mittleren Vormittag sein Tal. Als er in seine Behausung trat und alles so vorfand, wie er es verlassen hatte, ergriff ihn eine Art Besitzerstolz. Es war sein Heim, und er fühlte sich wohl darin. Er betrachtete die Dinge, die er gebastelt hatte, nahm einen Speer in die Hand und streichelte mit den Fingern sanft über den Schaft. Dann nahm er einen Lehmtopf und ging zum See. Das Eis war nur dünn, und er hatte bald ein Loch ausgehauen, das groß genug war, um Wasser daraus schöpfen zu können.
Später, als er am Feuer saß und zusah, wie das Wasser langsam zu kochen begann, dachte er daran, wie es wohl sein würde, wenn er all das aufgeben müßte. Wenn Menschen kämen und ihn von hier wegzerrten.
Sie waren ja auch jetzt gekommen. Er hatte nur das Glück gehabt, sie rechtzeitig zu sehen und zu stoppen. Es gab keine Garantie dafür, daß nicht andere kommen würden. Wenn die beiden nicht zurückkämen, würde man nach ihnen suchen. Und wenn es niemanden gäbe, der nach ihnen suchte, dann würde es wahrscheinlich andere geben, die ebenfalls daran glaubten, daß es ihn als Waldmenschen gab.
Die Angst, entdeckt zu werden, war die Angst, mit der er leben mußte. Immer. Sie war der Preis, den er für das Leben, das er hier führen durfte, bezahlen mußte.
Er trank Tee und packte dann Trockenfleisch und Fisch in den Fellbeutel. Bis er voll war. Er fand auch noch Nüsse und getrocknete Beeren und ein paar Fladenbrote. Sie waren hart wie Stein, aber wenn man kleine Stücke abbrach und sie lange genug im Mund mit Speichel aufweichte, konnte man sie noch essen.

Es war noch immer nicht Mittag, als er den Eingang zu seiner Behausung wieder mit Ästen verschloß und den Hang in Angriff nahm. Er blickte nicht zurück, und das heimelige Gefühl, das er gerade noch empfunden hatte, gab es nicht mehr. Er hatte endlich einen Entschluß gefaßt, und sein Kopf war wieder völlig klar.
Der Anstieg war Schwerarbeit, aber er machte nur wenige Fehler und brauchte deshalb auch keine längeren Rastpausen einzulegen. Als er die Stelle erreichte, an der die lange Hangquerung begann, war es bereits dunkel. Der Himmel war wolkenlos und stahlgrau. Er sah ein paar Sterne und den Mond, der nur halb voll war, aber hell genug schien. Er konnte die Bäume als gewaltige Silhouetten sehen und mit etwas Konzentration sogar die Spur, die er beim Abstieg hinterlassen hatte.

Penz war todmüde, aber er schlief nicht. Am Nachmittag hatte sich Puchers Zustand merklich verschlechtert. Er wälzte sich auf seinem Lager herum und schrie vor Schmerzen auf, wenn er dabei auf sein gebrochenes Bein zu liegen kam. Er hatte noch Fieber, und Penz konnte nicht beurteilen, ob es stärker geworden oder gleich geblieben war. Er wußte nur, daß es nicht gesunken war. Immer wieder hatte er Pucher Tee eingeflößt und ihm den Schweiß von der Stirn gewischt. Er war froh, daß er nicht allein war und eine Aufgabe hatte.
Als das Tageslicht im Höhleneingang dünner zu werden begann, ging er noch einmal hinaus um Holz für die Nacht zu sammeln. Er blickte sich um und starrte den Spuren nach, die Fürst beim Abstieg hinterlassen hatte. Aber da war niemand, der sich in ihnen auf ihn zubewegte.
Die Nacht kam rasch, und als kein Licht mehr von drau-

ßen in die Höhle drang, hatte Penz immer größere Mühe, sich zum Optimismus zu zwingen.
Gerade als er dabei war, die Hoffnung auf- und der Verzweiflung Raum zu geben, raschelte es draußen, und eine dunkle Gestalt kroch durch das Oval auf ihn zu.
Als Fürst in den Feuerschein trat, lächelte er zum erstenmal seit ihrer Begegnung. Es war kein warmes, freundliches Lächeln, sondern eines, das ausdrücken sollte: »Du hast wohl nicht mehr daran geglaubt, aber jetzt bin ich da!«
Penz sprang auf und stand dann hilflos da. Er wußte nicht, was er sagen sollte, die Arme baumelten nutzlos an der Seite, schließlich kratzte er sich am Kopf, grinste unbeholfen und setzte sich wieder. Einen Augenblick lang schämte er sich, daß er Angst und Freude zugleich so deutlich gezeigt hatte, dann kniff er trotzig die Augen zusammen.
»Ich bin froh, daß du da bist«, sagte er. »Ich hab' schon nicht mehr geglaubt, daß du es heute noch schaffen würdest.«
Er machte eine Kopfbewegung in Richtung Pucher.
»Dem Klaus geht's ziemlich mies. Hohes Fieber. Er war nie richtig bei Bewußtsein. Ich hab' ihm noch ein paar Tabletten gegeben. Es sind aber nicht mehr viele übrig. Die reichen höchstens noch für drei Tage. Wenn wir extrem sparsam damit umgehen.«
Fürst packte die Lebensmittel aus, die er mitgebracht hatte. Zuletzt zog er einen Lehmtopf aus dem Sack, der ganz unten verstaut gewesen war.
»Hast du noch Wasser?« fragte er. »Wenn keins mehr da ist, dann hol welches!«
Penz griff wortlos nach den beiden Bierflaschen und verschwand im Schwarz. Fürst riß einen Teil des Trockenfleisches in kleine Stücke und gab einen Großteil der Trockenfrüchte dazu. Als Penz mit dem Wasser zurück-

kam, goß er den Inhalt einer Flasche in den Topf und stellte ihn aufs Feuer.
Die Brühe war dick und stark und schmeckte gar nicht so schlecht. Mit etwas Salz und Pfeffer wäre es ein passabler Eintopf gewesen, fand Penz, als er die Flüssigkeit von dem groben Holzlöffel schlürfte, den Fürst ihm gereicht hatte.
Gemeinsam fütterten sie anschließend Pucher, der in einem fragilen Zustand zwischen Wachen und Schlafen schwebte. Es gelang ihnen, eine relativ große Menge der heißen Flüssigkeit und sogar etwas von dem gekochten Fleisch zwischen seine Lippen zu kriegen. Anfangs bewegte sich der Mund kaum, doch dann sahen sie, daß er Kaubewegungen machte, und am Zucken des Adamsapfels erkannten sie auch, daß Pucher das Essen schluckte.
»Das ist gut«, sagte Penz. »Es wird ihm vielleicht die Kraft geben, die er braucht, um die Reise nach draußen zu überleben.«
Penz schlief tief und traumlos, bis ihn Fürst weckte. Draußen war es noch dunkel, aber das Feuer in der Höhle brannte hoch und hell. Sie tranken Tee und aßen den Rest der Brühe. Puchers Zustand schien sich leicht gebessert zu haben. Er atmete tief und gleichmäßig, und auf seiner Stirn stand kein Schweiß mehr.
»Ich werde ihn auf meinen Rücken binden«, sagte Fürst. »Aber dazu brauche ich dein Hemd.«
Penz zog den zerfetzten Anorak und den Pullover aus und schälte schließlich auch das Hemd vom Körper. Darunter trug er eine Schicht warmer Unterwäsche, und er wußte, daß ihm auch ohne das Hemd nicht kalt werden würde. Bevor er den Pullover wieder anzog, betrachtete er ihn einige Sekunden lang. Dann hielt er ihn Fürst hin.
»Ich hab' ja immer noch genug zum Anziehen. Willst du ihn haben?«
Das Gesicht des Waldmenschen drehte sich zu ihm her,

und die Augen weiteten sich. Dann zog sich der Mund in die Breite, und im Bartgestrüpp tauchten die Zähne auf. Er grinste. »Ich brauch' so was wirklich nicht. Danke für den guten Willen.«
Penz war enttäuscht, aber er zog den Pullover wortlos wieder an.
Sie rissen das Hemd in Streifen und knüpfte sie zusammen. Das Seil, das sie daraus gewannen, war einige Meter lang und hielt den eher sanften Zerreißtests, die sie durchführten, stand.
Draußen war es heller geworden. Der Höhleneingang hatte sich grau gefärbt, und ein Specht begann zu klopfen. Mein Specht, dachte Fürst. Und erinnerte sich daran, wie ihm der Vogel geholfen hatte, die Richtung zur Höhle zu finden.
Mit dem Rest des Hemdes erneuerte Penz den Verband an Puchers Kopf. Die Wunde hatte einen dicken, roten Rand und schien größer geworden zu sein. Sie stank.
Dann stellten sie Pucher auf die Beine. Der Körper schien aus Gummi zu sein und sackte immer wieder unter ihnen weg. Sie lehnten ihn an die Höhlenwand, und Penz legte sich einen von Puchers Armen über seine Schulter und den anderen um die Hüfte. Fürst lehnte seinen Rücken an die schlaffe Gestalt, dann nahm er beide Hände des Verletzten und band sie vor seinem Kinn zusammen. Mit dem Rest des Seils knüpften sie eine Art Sitzgurt, der Puchers Gesäß mit Fürsts Schultern verband.
Der Marsch hinaus aus der Steilwand war mühsam und teilweise lebensgefährlich. Manchmal war das Weiterkommen für Fürst ein Balanceakt zwischen dem Abgrund und der Sicherheit der wenigen Griffe, die die Wand bot. Penz konnte ihm in dieser Phase kaum helfen. Er ging hinter ihm und hatte alle Hände voll damit zu tun, nicht selbst in den Abgrund zu stürzen.
Es schneite nicht, und manchmal brach sogar die Sonne

durch die Wolken. Als sie die Wand hinter sich hatten, marschierten sie im Stundenrhythmus. Eine Stunde Marsch, dann wurde gerastet, bis der Körper zum Weitermarsch fähig war. Dann wieder eine Stunde und wieder eine Stunde. In den flacheren Passagen übernahm Penz manchmal die Rolle des Trägers, dann ging Fürst voraus und trat den Schnee, der sich in ihren alten Spuren gesammelt hatte, nieder, um das Gehen für den anderen etwas leichter zu machen.

Sie übernachteten dort, wo Fürst zuvor übernachtet hatte. Die Glut im Feuertopf hielt aus, und das Essen, das Fürst aus seinem Tal mitgebracht hatte, reichte.

Am Ende des dritten Tages hatten sie die flache Stelle des Flußlaufs erreicht. Das Weiterkommen war jetzt etwas leichter, und als sie an den Ort gelangten, wo Penz und Pucher zum erstenmal ihr Zelt aufgestellt hatten, machten sie ein Feuer, schmolzen Schnee und brauten sich zum letztenmal eine Fleischbrühe.

Es war eine klare Nacht, und der Mond war nur noch zu einem Drittel dunkel. Pucher atmete schwer und erbrach alles, was sie ihm einflößten.

»Weißt du noch, wie weit es bis zur Holzfällerhütte ist?« fragte Fürst und Penz schüttelte den Kopf.

»Für mich war dieser Teil des Anstiegs eine furchtbare Quälerei«, sagte er. »Ich hab' jeden Zeit- und Entfernungsbegriff verloren.«

Fürst dachte nach.

»Es ist hell, und du kannst eure Spur deutlich sehen. Es geht immer bergab. Wenn du langsam gehst und dir die Kräfte richtig einteilst, bist du in der Früh bei der Hütte. Dort kannst du ihn auf die Pritsche betten und Hilfe holen.«

Penz hatte den Vorschlag schon selbst machen wollen, war aber froh, daß er nun von Fürst gekommen war.

»Du hast genug für uns getan«, sagte er. »Sie werden mit

dem Hubschrauber hereinfliegen und dabei unsere Spuren aus der Luft sehen. Vielleicht folgen sie ihnen sogar, und vielleicht gehen sie ihnen auch nach. Da ist es besser, wenn sie nur eine Spur erkennen können.«
Fürst nickte.
»Ich hab' dasselbe gedacht.«
Er stand auf.
»Ich helfe dir, ihn auf den Rücken zu binden.«
Die Last drückte schwer, aber Penz stemmte sich dagegen und wußte, daß er es schaffen würde. Ein Schritt ging immer noch. Und dann noch einer. Er hatte gelernt, wie man die Zähne zusammenbeißt und physischen Qualen trotzt. Und er hatte keine Angst mehr.
»Vielleicht komm' ich eines Tages zu dir«, schmunzelte er. »Wenn mich das Leben dort draußen anstinkt.«
»Tu's nicht«, sagte Fürst. »Für dich ist's nichts. Du würdest mehr verlieren, als du gewinnen würdest.«
Penz zuckte die Schultern. Dann griff er in seine Hosentasche und zog sein Taschenmesser hervor.
»Es ist alles, was ich dir geben kann«, sagte er und reichte es Fürst. Der streckte die Hand aus und nahm es. Seine Finger schlossen sich um das kleine, längliche Ding und drückten es. Es war kalt und erzeugte in ihm ein unangenehmes Gefühl. »Ich brauch' es nicht«, sagte er und hielt es Penz wieder hin. Der schüttelte den Kopf.
»Es gehört dir. Tu damit, was du willst!«
Dann drehte er sich um und begann, ganz langsam abwärtszugehen. Ein schwarzer Schatten mit einer schweren Last auf dem Rücken.
Fürst packte seine Sachen zusammen und löschte das Feuer. Dann machte auch er sich auf den Weg.
Er fühlte sich leicht und frei. Und er war auf dem Heimweg. Er dachte nicht mehr an Penz oder an Pucher, sondern nur noch an sein Tal und an den Frühling. Er würde versuchen, Samen zu sammeln und einen Garten anzule-

gen. Beeren und Kräuter würden ganz sicher darin wachsen. Vielleicht würde es ihm sogar gelingen, Pilze zu züchten. Und wenn der Sommer kam, hatte er einen See, in dem er schwimmen konnte.

Er ging Tag und Nacht und genoß es, daß er endlich wieder allein mit sich und seinen Gedanken sein konnte. Als er die Höhle erreichte, machte er ein großes Feuer und aß den letzten Rest des Fleisches. Er würde bald wieder jagen müssen. Unten, im Tal, hatte er viele Spuren gesehen, und er war zuversichtlich.

Bevor er sich schlafenlegte, ging er hinaus, um Holz zu holen. Dabei erinnerte er sich an das Messer, das Penz ihm zum Abschied gegeben hatte. Er nahm es aus der Tasche und schnitt damit einige Zweige ab. Es drang fast mühelos in das Fleisch des Baumes ein, und Fürst fühlte sich nicht wohl dabei. Es ging zu leicht und erinnerte ihn irgendwie an eine Maschine, die die Tagesarbeit von zehn Menschen in einer Minute erledigt.

Er hatte Zeit. Viel Zeit.

Fürst klappte die Klinge zu, blickte das rote Ding kurz an, schüttelte dann lächelnd den Kopf und warf es in die Luft. Es drehte sich, zog einen großen Bogen und stürzte dann über den Rand hinunter in die Schlucht.

Penz erreichte die Hütte im Morgengrauen. Er spürte weder seinen Rücken noch seine Beine. Alles, was er getan hatte, war wie im Traum geschehen. Manchmal hatte er gedacht, er hätte den Zustand der Schwerelosigkeit erreicht. Da hatten sich die Beine bewegt, und er hatte weder die Last auf dem Rücken gespürt, noch hatte er unter der Atemnot gelitten, die ihn zuvor so gequält hatte.

Er riß an der Hüttentür, und sie öffnete sich. Penz stand

lange in der Türöffnung und starrte in das schwarze Loch, bis sich seine Augen an die Dunkelheit gewöhnt hatten. Da war eine Pritsche, und da waren ein paar grob zusammengezimmerte Einrichtungsgegenstände. Er versuchte das Bein zu heben und über die Schwelle zu steigen. Er schaffte es nicht. Die Füße waren am Boden festgeklebt, und die Last auf dem Rücken war unendlich schwer. Der Körper neigte sich langsam, ganz langsam. Penz versuchte gegen den Druck anzukämpfen, dann stürzte er nach vorn und schlug schwer auf dem Boden auf. Sonderbarerweise spürte er den Schmerz kaum. Er blieb eine Weile liegen, dann drehte er sich zur Seite.

Es dauerte sehr lange, bis Penz alle Knoten gelöst und sich von der Last befreit hatte. Der Körper neben ihm war schlaff, und das Fauchen des Atems hatte aufgehört. Penz legte sein Ohr an Puchers Brust, aber da war nichts. Er griff nach Puchers Hand und versuchte, den Puls zu fühlen, fand aber keinen. Die Finger waren kalt und steif.

Er packte Pucher bei den Schultern und schleppte ihn zur Tür. Es würde ein schöner Tag werden. Der Himmel war klar, und das Grau begann sich bereits in Blau zu verwandeln.

Puchers Augen waren geschlossen, er schien zu schlafen. Penz hob seinen Kopf sorgsam hoch und hielt ihn mit beiden Händen fest.

»Klaus«, sagte er leise, »wir sind da. Wir haben es geschafft!«

Aber das Gesicht rührte sich nicht. Penz schüttelte es, dann brüllte er es an, aber es lebte nicht mehr. Pucher war irgendwann während des langen Marsches durch die Nacht auf seinem Rücken gestorben, und er hatte es nicht einmal bemerkt.

Er legte Puchers Kopf in seinen Schoß und sah durch die Hüttentür hinaus in den Wald. Es fröstelte ihn, aber er

spürte nur die Bewegung in seinem Körper und nicht die Kälte. Der Tod hockte neben ihm, aber es machte ihm nichts aus. Dort draußen, weit hinter den Bäumen, hatte ein anderer das Leben gefunden.
Penz wußte längst nicht mehr, was richtig und falsch, was gerecht und was ungerecht war. Er dachte an Fürst und daran, daß er die größte Geschichte seines Journalistenlebens nie schreiben würde.
Aber er lebte.
Er schleppte Puchers schlaffen Körper zur Pritsche im Hintergrund der Hütte und legte ihn darauf. Dann schloß er die Hüttentür und ging über die Lichtung zum Wald. Er hatte keine Eile mehr.

GTS-EXKLUSIVBERICHT

Auf tragische Weise kam am Wochenende der siebenundzwanzig Jahre alte Gendarmerie-Revierinspektor Klaus Pucher aus Liezen ums Leben: Der erfahrene Bergsteiger war während einer Tour durch ein unwegsames Waldstück im steirisch-niederösterreichischen Grenzgebiet einige Meter tief abgestürzt und hatte sich dabei schwer verletzt. Obwohl ihn sein Begleiter unter Aufbietung all seiner Kräfte zwei Tage lang auf dem Rücken zu Tal schleppte, kam für Pucher jede Hilfe zu spät.
Es war eine Tour ins Ungewisse gewesen. Nur ganz wenige Eingeweihte hatten bisher das Waldstück, das sich seit Jahrhunderten im Besitz der Familie Hebenstein befindet, betreten dürfen. Während der letzten zweihundert Jahre hat das schwer zugängliche Gebiet im Nordwesten des sogenannten Krahkogels weder Axt noch Säge gesehen – es ist im wahrsten Sinn des Wortes ein Urwald geblieben. Ein Umstand, der den Pioniergeist und die Abenteuerlust des

Bergsteigers und Hobbyfußballers Pucher herausgefordert hatte. Auf Drängen seines Freundes, unseres langjährigen Redaktionsmitgliedes, des GTS-Redakteurs Bruno Penz, hatte sich der Gendarmeriebeamte bereiterklärt, ihn auf die Tour mitzunehmen. Penz wollte später eine Reportage über den letzten mitteleuropäischen Urwald schreiben.
Auf einem extrem steilen Hang im äußersten Westen des Waldgebiets verlor Pucher aus nicht geklärter Ursache plötzlich den Halt und stürzte einige Meter tief ab. Ein Felsvorsprung stoppte den Sturz zwar, der Siebenundzwanzigjährige erlitt dabei aber mehrere Knochenbrüche und schwere innere Verletzungen. GTS-Redakteur Bruno Penz, der wußte, daß jede verlorene Stunde über Leben und Tod entscheiden konnte, barg den Bewußtlosen unter Einsatz seines eigenen Lebens, band sich dann den leblosen Körper auf den Rücken und schleppte ihn unter beinahe übermenschlichen Anstrengungen zwei Tage lang ins Tal. Dort angelangt, mußte der vierzig Jahre alte Journalist feststellen, daß Klaus Pucher nicht mehr am Leben war. Penz selbst wurde zur Beobachtung ins Grazer Landeskrankenhaus gebracht. Die Reportage über den »letzten Urwald« will er aus Pietät gegenüber seinem toten Freund nicht schreiben.

Rosemarie Fürst las die Geschichte zweimal, dann schlug sie den *Grazer Tagesspiegel* zu und starrte eine Weile ins Leere. Nein, sie würde Penz nicht anrufen und ihn auch im Spital nicht besuchen. Karl Fürst war tot. Es war besser so. Als Patrick nach Hause kam und sich zum Essen an den Tisch setzte, legte sie die aufgeschlagene Zeitung vor ihn hin. »Der eine, der da war, ist gestorben«, sagte sie. Dann wartete sie, bis der Junge die Geschichte gelesen hatte.
»Die haben ihn nicht gefunden«, murmelte sie kaum hörbar.

Patrick Fürsts Augen waren groß und starr, aber ohne Tränen. Er stand langsam auf und ging zur Tür. Vor dem Hinausgehen drehte er sich um und sah seine Mutter an. »Vielleicht werden sie ihn nie finden«, sagte er. »Aber wenn er tot wäre, dann würde ich es spüren!« Er drückte beide Hände gegen seine Brust. »Und ich spüre nichts!« Er ging. Rosemarie Fürst begann zu weinen.

Es gibt vieles im Wald, von dem ich keine Ahnung hatte.
Einige der unten Genannten haben mir geholfen, es zu erkennen und zu begreifen.
Die anderen haben mir den Mut gegeben, durchzuhalten.
Ohne sie würde es dieses Buch wahrscheinlich nicht geben.
Ich danke allen.
Bruno Baumann, Dr. Klaus Edlinger, Gerhard Felbinger, Univ. Prof. Dr. Helmut Hartl, Dr. Hugo Kofler, Ramani, Kim, Ian, Raoul und Kevin Kopacka, Margarethe und Walter Kopacka, Wolfgang Löschberger, Günther Noll, Robert Schauer, Heribert Weber.